Dagon

J'AI LU

HOWARD PHILIPS LOVECRAFT | *ŒUVRES*

L'AFFAIRE CHARLES DEXTER WARD	*J'ai lu* 410**
LA COULEUR TOMBÉE DU CIEL	
DANS L'ABÎME DU TEMPS	
PAR-DELÀ LE MUR DU SOMMEIL	
JE SUIS D'AILLEURS	
DAGON	*J'ai lu* 459*****
DÉMONS ET MERVEILLES	
ÉPOUVANTE ET SURNATUREL EN LITTÉRATURE	
L'HORREUR DANS LE MUSÉE	
NIGHT OCEAN	*J'ai lu* 2519***

en collaboration avec
August DERLETH

LE RÔDEUR DEVANT LE SEUIL	*J'ai lu* 471**
L'OMBRE VENUE DE L'ESPACE	*J'ai lu* 821**
LA TRACE DE CTHULHU	*J'ai lu* 622**
LE MASQUE DE CTHULHU	*J'ai lu* 638**
LÉGENDES DU MYTHE DE CTHULHU	*J'ai lu* 1161****

HOWARD P. LOVECRAFT

Dagon

D'APRÈS LA TRADUCTION
DE PAULE PÉREZ

ÉDITIONS J'AI LU

DAGON

C'est dans un état bien particulier que j'écris ces mots, puisque cette nuit je ne serai plus.

Je me trouve sans le sou, au terme de mon supplice de drogué qui ne supporte plus la vie sans sa dose, et je ne puis endurer plus longtemps ma torture.

Je vais sauter par la fenêtre, me jeter dans cette rue sordide. Il ne faudrait pourtant pas croire que la morphine, dont je suis l'esclave, ait fait de moi un être faible ou dégénéré.

Lorsque vous aurez lu ces quelques pages hâtivement griffonnées, vous ne vous étonnerez pas — encore que vous ne puissiez jamais le comprendre parfaitement — que je me trouve devant cette unique alternative : l'oubli ou la mort.

Cela se passa dans l'une des régions les plus désertes du vaste Pacifique. J'étais le subrécargue d'un paquebot qui tomba sous les assauts d'un destroyer allemand. La Grande Guerre en était à ses tout premiers débuts et les forces navales ennemies n'étaient pas arrivées au stade ultime de leur dégradation. Par conséquent, notre vaisseau constituait encore une proie de choix, et son équipage fut traité avec toute la considération qui lui était due. Nos geôliers se montrèrent même tellement libéraux que, cinq jours à peine après notre capture, je trouvai le moyen de m'enfuir seul sur un petit bateau, avec de l'eau et une provision de vivres suffisante pour subsister assez longtemps.

Lorsque je fus assez loin du bateau ennemi pour me sentir absolument libre, je m'aperçus que je n'avais pas la moindre idée de l'endroit où je me trouvais. Je n'ai jamais été un bon marin. Je pus constater toutefois, d'après la position du soleil, et plus tard des étoiles, que j'étais quelque part au sud de l'Equateur. Mais j'ignorais tout de la situation de ces lieux, et il n'y avait en vue aucune côte, aucune île pour m'en donner la moindre indication. Le temps était au beau fixe, et, durant des jours et des jours, je voguai sans but sous un soleil de plomb, dans l'attente de voir passer un navire à l'horizon, ou de rejoindre les côtes d'une terre habitable. En vain : nulle terre hospitalière, nul bateau ne se montra. Dans ma solitude, je commençai à désespérer devant l'infini de cette vastitude d'azur.

Le changement advint tandis que je dormais. Comment se produisit-il ? Je n'en sais rien. Mon sommeil, bien que troublé, agité de rêves multiples, avait été très lourd.

Lorsque enfin je m'éveillai, ce fut pour découvrir que mon corps avait été, comme par un étrange phénomène de succion, à demi happé par une sorte de boue d'un noir d'encre, qui s'étalait autour de moi en ondulations monotones à perte de vue, et dans laquelle, non loin de moi, mon bateau était allé s'échouer.

J'aurais pu tout d'abord, en découvrant une scène aussi prodigieuse, aussi surprenante, rester frappé de stupeur et d'étonnement. En fait, je fus saisi d'une immense panique. Car il y avait dans l'air, et sur le sol jonché de pourriture, un je-ne-sais-quoi de sinistre, qui me glaça d'effroi. Des carcasses de poissons morts, une foule d'objets indescriptibles, qui affleuraient en protubérances à la surface de cette étendue de fange, rendaient la région entièrement putride.

Jamais je ne pourrai décrire telle que je la vis cette hideur innommable qui baignait dans le silence absolu d'une immensité nue. Il n'y avait là rien à écouter, rien à voir, sauf un vaste territoire de vase.

La peur que fit naître en moi ce paysage uniforme et muet m'oppressa tant que j'en eus la nausée.

Le soleil étincelait du haut d'un ciel sans nuages qui me sembla presque noir, comme s'il eût reflété lui-même le marais d'encre qui était sous mes pieds. Comme je rampais pour rejoindre mon bateau, je me rendis compte qu'il n'y avait à ma situation qu'une seule explication : lors d'une éruption volcanique, une partie des grands fonds océaniques avait dû émerger, ramenant ainsi en surface des régions qui, depuis des millions d'années, étaient restées cachées sous d'insondables profondeurs aquatiques. Cette nouvelle terre était tellement immense que, même en tendant l'oreille, je ne percevais aucune houle marine. Aucun oiseau de mer non plus ne venait se poser sur ces choses mortes.

Plusieurs heures durant, je restai assis à réfléchir dans mon bateau qui, couché sur le côté, me protégeait légèrement du soleil. A mesure que le jour avançait, le sol se fit moins humide. Il semblait sécher et durcir et je pensai que, sous peu, j'allais pouvoir m'y aventurer. Cette nuit-là je dormis à peine.

Le lendemain, je préparai un paquetage de vivres et d'eau, en vue d'un voyage à travers ces terres, à la recherche de la mer évanouie et dans l'espoir d'une délivrance.

Le troisième matin, je sentis que le sol était suffisamment sec pour que j'y puisse marcher sans difficulté. L'odeur des cadavres de poissons était pestilentielle. Mais j'étais si préoccupé de mon propre salut qu'elle ne me gêna pas outre mesure. Rassemblant tout mon courage, je partis pour une destination inconnue.

Tout au long du jour, je me dirigeai vers l'Ouest, en direction d'un monticule qui se détachait à l'horizon de ce désert. Je campai à même le sol cette nuit-là, et, le lendemain, je poursuivis mon chemin vers le but que je m'étais choisi, bien que celui-ci me parût à peine plus proche que le premier jour.

Le quatrième soir j'atteignis le pied de la colline, qui se révéla plus haute qu'elle ne m'était apparue dans le lointain. Trop fatigué pour en faire l'ascension, je décidai de dormir à l'ombre de ses flancs.

Je ne sais pas pourquoi mes rêves furent si délirants cette nuit-là. Mais avant même que la lune blême et gibbeuse ne s'élevât au-dessus de la plaine orientale, je me réveillai couvert d'une sueur glacée, et je décidai de ne plus fermer l'œil. Des visions comme celles qui s'étaient imposées à mes yeux étaient trop horribles pour que je pusse les supporter une fois de plus. Dans le rougeoiement de la lune, je constatai pourtant combien j'avais été imprudent d'entreprendre ce voyage en plein jour. Il m'aurait coûté moins d'énergie d'accomplir cette expédition lorsque le soleil aveuglant et brûlant était absent de l'horizon. Pourtant, je me sentais maintenant la force de faire l'ascension qui la veille, au crépuscule, m'avait semblé irréalisable. Après avoir ramassé mon bagage, je me dirigeai vers la crête.

J'ai déjà dit que la monotonie de la plaine était pour moi la source d'une horreur diffuse. Mais je pense que cette horreur devint plus forte lorsque j'atteignis le sommet et que j'aperçus en contrebas sur l'autre versant des gorges si profondes que la lune — qui n'avait pas encore atteint son apogée — ne pouvait en éclairer tous les sombres replis. Je me sentis au sommet du monde. Penché sur le chaos insondable d'une éternelle nuit. Je me souvins du *Paradis perdu.* Et une satanique laideur monta des étranges royaumes des ténèbres.

A mesure que la lune s'élevait dans le ciel, je commençai à voir que les bords de la vallée n'étaient pas aussi abrupts que je l'avais pensé. Au contraire, après une pente abrupte de quelque cent pieds, la déclivité se faisait progressive, ce qui permettait une descente relativement aisée. Pressé par je ne sais quelle impulsion, je dévalai la côte. C'est alors que je me trouvai devant des profondeurs stygiennes où la lumière n'avait jamais pénétré.

Soudain mon attention fut attirée par un objet immense et singulier qui se dressait sur la pente opposée, à cent yards de moi. Un objet blanc qui brillait sous les rayons de la lune. Il s'agissait tout simplement d'un gigantesque bloc de pierre. Mais je sentis qu'il n'était pas une œuvre de la Nature. Comme je l'observais avec plus d'attention, d'étranges sensations s'emparèrent de moi.

Il était énorme et, depuis la genèse, il avait reposé dans un abîme au fond des mers. En dépit de tout cela, je sus immédiatement que cet étrange bloc était un monolithe, aux belles proportions, et dont la masse assurément avait été travaillée par l'homme, et peut-être même vénérée par d'autres créatures vivantes douées de la faculté de penser.

Stupéfait et effrayé à la fois, mais aussi, je l'avoue, non sans éprouver ce fameux frisson qui chez le savant ou l'archéologue est l'expression du plaisir de la découverte, j'examinai les alentours avec plus de soin. La lune, maintenant proche du zénith, brillait d'une lueur étrange et crue au-dessus des flancs de la vallée qui dominaient la crevasse. Je m'aperçus qu'un flot puissant dévalait les pentes du gouffre. L'eau commençait déjà à me mouiller les pieds. Autour de moi, des vaguelettes léchaient la base du monolithe cyclopéen, à la surface duquel je pus alors distinguer des inscriptions hiéroglyphiques et des bas-reliefs. Je n'avais jamais vu dans mes livres une écriture semblable à celle-ci, qui se composait de symboles aquatiques : poissons, crustacés, pieuvres, mollusques, baleines, et autres habitants de l'océan. De nombreux idéogrammes représentaient de toute évidence des objets marins inconnus de notre monde, mais que j'avais vus en décomposition au cours de mon étrange équipée sur le grand océan fangeux.

Cependant ce furent les bas-reliefs qui me terrorisèrent. Ils étaient parfaitement visibles, car ils s'élevaient bien au-dessus de la nappe d'eau envahissante. Doré les aurait contemplés avec passion. Je pense en effet que ces sculptures voulaient représenter des hommes — ou tout au moins une certaine catégorie d'hommes. Ils jouaient comme des poissons dans des grottes sous-marines, ou bien se trouvaient réunis dans un sanctuaire monolithique qui, lui aussi, reposait au fond des eaux... Je n'ose pas les décrire en détail, car il me suffit d'évoquer leur image pour défaillir. Plus horrible encore que les personnages qui hantaient l'imagination délirante d'un Poe ou d'un Bulwer, ils avaient une allure odieusement humaine, malgré leurs pieds palmés, leurs mains molles, leurs lèvres énormes, leurs yeux gonflés, et d'autres traits encore plus déplaisants. Ces créatures semblaient avoir été sculptées sans souci des proportions : la baleine qui, sur le bas-relief, succombait, victime de l'une de ces créatures, était à peine plus grande que son agresseur. Je décidai que ces personnages grotesques ne pouvaient être que les dieux imaginaires de quelque tribu de pêcheurs ou de marins, engloutie avant même que naquît le tout premier ancêtre du Piltdown ou de l'homme de Néanderthal.

Saisi de crainte devant ce spectacle d'un passé si reculé que le plus audacieux des anthropologues n'en pourra jamais concevoir de plus lointain, je demeurai dans cette contemplation, tandis que la lune jetait des reflets bizarres sur le chenal qui s'étalait devant moi.

Soudain, je vis la chose. Dans un léger remous au-dessus des eaux troubles, elle émergea.

D'un aspect répugnant, d'une taille aussi imposante que celle de Polyphème, ce gigantesque monstre de cauchemar s'élança rapidement sur le monolithe, l'étreignit de ses grands bras couverts d'écailles, tandis qu'il inclinait sa tête hideuse en proférant une sorte d'incantation. Je pense que c'est à ce moment précis que je suis devenu fou. De mon escalade frénétique sur la falaise, de ma journée de délire sur le bateau échoué, je me souviens à peine. Je crois que j'ai beaucoup chanté, et ri bizarrement lorsque je ne pouvais plus chanter. J'ai le vague souvenir d'un violent orage qui a dû éclater lorsque j'eus atteint le sommet de la falaise. Je suis sûr, en tout cas, d'avoir entendu le tonnerre et d'autres bruits comparables que la Nature n'émet que lorsqu'elle est déchaînée.

Quand je suis sorti des ténèbres, je me trouvais dans un hôpital de San Francisco, où m'avait déposé le capitaine d'un bateau américain qui m'avait recueilli en plein océan. J'avais longtemps déliré mais on semblait avoir fait peu de cas de mes récits. Mes sauveteurs n'avaient entendu parler d'aucun tremblement de terre dans le Pacifique, et je n'ai guère insisté : à quoi bon leur parler d'une chose qu'ils ne pourraient croire ?

Un jour j'ai rencontré un célèbre ethnologue que mes questions sur l'antique légende philistine du *Dagon,* le Dieu-poisson, amusèrent. Mais je m'aperçus bientôt que ce savant était désespérément conventionnel, et j'arrêtai là mon enquête.

C'est la nuit, quand la lune gibbeuse décline, que je vois la chose. J'ai bien essayé la morphine. Mais la drogue n'a amené qu'un léger sursis, et de plus elle a fait de moi son esclave. Aussi, maintenant que j'ai achevé d'écrire ce qui informera ou fera rire mes contemporains, je vais en finir. Souvent je me suis demandé si tout cela, au fond, n'était pas un simple phantasme — le résultat d'un accès de fièvre, qui m'aurait saisi juste après mon évasion du vaisseau allemand. J'ai beau mettre en doute ces horribles souvenirs, cette vision hideuse me poursuit sans trêve. Je ne peux songer à la haute mer sans revoir, en frémissant, ces êtres sans nom qui nagent et pataugent dans leur lit de vase, adorant leurs vieilles idoles de pierre, gravant leur propre image sur des obélisques de granit immergé. Mon rêve étrange se poursuit et je vois le jour où ils s'éléveront au-dessus des flots pour engloutir l'humanité affaiblie par les guerres. Ce jour-là, les terres s'enfonceront, et le fond des sombres océans se dressera au-dessus des eaux pour envahir l'univers.

La fin est toute proche. J'entends un bruit à ma porte. Comme si un gigantesque corps rampant s'était glissé jusque chez moi. Il ne me trouvera pas. Mon Dieu ! *cette main !* La fenêtre ! la fenêtre !

HERBERT WEST, REANIMATEUR

I

De Herbert West, qui fut mon ami à l'Université comme à la ville, je ne puis parler sans une irrépressible terreur. Cela est dû davantage au travail étrange auquel il avait consacré sa vie qu'à la manière sinistre dont il a disparu voici peu de temps.

Ses recherches ont commencé il y a plus de dix-sept ans, alors que nous étions tous deux élèves de troisième année de médecine à l'Université Miskatonic d'Arkham. Tant que nous étions ensemble, ses expériences diaboliques me fascinaient ; or, j'étais son plus proche compagnon.

Aujourd'hui il est mort et le charme maléfique est rompu. Ma frayeur n'en est que plus grande. Les souvenirs ont toujours quelque chose de plus inquiétant que la réalité.

Le premier incident qui survint pendant notre amitié fut le plus grand choc que je ressentis jamais et c'est à contrecœur que je le raconte.

West, au cours de nos études, s'était déjà signalé par son étrange théorie sur la nature de la mort. Celle-ci, selon lui, pouvait être vaincue artificiellement.

Sa pensée, tournée en dérision par nos professeurs et nos condisciples, reposait sur le caractère essentiellement mécanique de la vie. Il voulait agir sur la machine organique de l'homme par une action chimique appliquée après l'arrêt des processus naturels.

Au cours de ses expériences sur des êtres animés, il avait tué un nombre incroyable de lapins, de cobayes, de chats, de chiens et de singes. Il représentait, pour l'Université, un véritable fléau. A plusieurs reprises, il était parvenu à observer des signes de vie sur des animaux prétendus morts. Des signes faibles et parfois des signes intenses.

Mais il dut bientôt s'avouer que le perfectionnement de ses procédés exigerait une vie entière de recherches.

Puis il s'aperçut que le même traitement agissait différemment sur des espèces vivantes distinctes. Pour aller de l'avant et progresser, il lui fallait trouver des sujets humains. C'est là que, pour la première fois, il se heurta ouvertement aux autorités de l'Université. Ce fut le doyen de la Faculté de médecine en personne, le généreux et savant Dr Allan Halsey, dont les travaux en faveur des paralytiques sont célèbres, qui lui interdit la poursuite de ses expériences. J'avais toujours montré une tolérance exceptionnelle envers les recherches de mon ami, et nous discutions souvent de ses théories, dont les ramifications et les corollaires étaient presque infinis.

Je partageais son avis, selon lequel toute vie est un processus chimique et physique, la prétendue « âme » étant un mythe. Mon ami croyait que la réanimation artificielle d'un mort ne dépendait que de l'état des tissus, et que, à moins que la décomposition n'ait déjà commencé son œuvre, un cadavre pourvu de tous ses organes pouvait, grâce à des mesures appropriées, être réintégré dans ce curieux processus qu'on appelle la vie. West se rendait parfaitement compte que la vie physique ou intellectuelle pourrait alors être affectée par une légère détérioration des cellules du cerveau, extrêmement sensible, due même à une brève période de mort.

Au début il avait espéré découvrir un élément qui rendrait la vitalité avant la mort effective, et seuls ses échecs répétés sur les animaux lui avaient démontré que les mouvements de la vie naturelle étaient incompatibles avec ceux de la vie artificielle.

Il se mit alors à rechercher des spécimens extrêmement frais, injectant ses solutions immédiatement après l'extinction de la vie. C'est ce détail qui rendit les professeurs sceptiques, car ils pensaient que la mort véritable ne s'était pas produite. Ils ne s'attardèrent pas à examiner le problème d'une manière plus rationnelle. Ce fut peu de temps après que les professeurs lui eurent interdit ses travaux que West me confia sa résolution de se procurer des corps frais par différents moyens pour continuer en secret ses expériences.

L'entendre discuter des « différents moyens » était assez effrayant, car à l'Université nous ne nous étions jamais procuré de spécimens anatomiques par nous-mêmes. Chaque fois que la morgue ne pouvait répondre à la demande, deux Noirs se chargeaient de l'affaire, et on les interrogeait rarement.

West était alors un jeune homme petit et mince, aux traits délicats, portant lunettes, aux cheveux blonds, aux pâles yeux bleus et à la voix douce, et il était étrange de l'entendre discuter des mérites respectifs du cimetière de Christ Church et de la fosse commune, parce que pratiquement tous les corps de Christ Church étaient embaumés, ce qui compromettait ses recherches. A cette époque, j'étais son assistant actif et enthousiaste, je l'aidais à prendre toutes ses décisions, non seulement en ce qui concernait notre approvisionnement en corps, mais aussi pour trouver un endroit convenant à notre macabre besogne. Ce fut moi qui pensai à la ferme déserte des Chapman, derrière Meadow Hill, où nous installâmes au rez-de-chaussée une salle d'opération et un laboratoire pourvus de rideaux sombres pour dissimuler nos activités nocturnes.

Nous avions pris d'infinies précautions pour que d'éventuels promeneurs ne pussent apercevoir quelque lueur insolite. La moindre imprudence nous eût conduits à la catastrophe.

Si l'on nous découvrait, nous étions convenus de dire que nous avions installé là un laboratoire chimique. Peu à peu, nous équipâmes notre refuge scientifique avec du matériel acheté à Boston, ou subrepticement emprunté à l'Université. Nous nous procurâmes également quelques pelles et pioches, pour les nombreux enterrements que nous allions avoir à faire dans la cave. A la Faculté, on utilisait de coutume un incinérateur, mais cet appareil nous eût coûté trop cher. La présence des cadavres était un problème constant, même lorsqu'il s'agissait de ceux des petits cobayes utilisés par West dans sa chambre à la Cité universitaire. Tels des vampires, nous étions à l'affût du moindre décès, et surveillions sans cesse la chronique nécrologique locale. Nous exigions de nos spécimens des qualités particulières. Il nous fallait, en effet, des cadavres enterrés aussitôt après la mort, n'ayant subi aucun traitement pour leur préservation, de préférence non atteints de malformations, et avec tous leurs organes. Nous préférions travailler, par conséquent, sur les victimes d'accidents.

De nombreuses semaines durant, nous restâmes sans sujet d'expérience convenable, malgré nos entretiens avec les autorités et le personnel hospitalier à qui nous rendions visite au nom de l'Université. Car nous avions découvert que l'Université avait priorité de choix si bien que nous allions devoir rester à Arkham pendant l'été, durant la période des vacances, où les cours étaient réduits.

Enfin, la chance nous sourit, car un jour nous eûmes vent d'un corps presque idéal dans la fosse commune, un jeune ouvrier vigoureux qui s'était noyé le matin précédent dans l'étang de Summer, et avait été enterré aux frais de la ville sans délai ni embaumement. Cet après-midi-là, nous allâmes voir la nouvelle tombe, et décidâmes de nous mettre au travail peu après minuit. Ce fut une tâche assez répugnante, même si, à ce moment-là, nous ne ressentions pas encore cette horreur particulière pour les cimetières que nos expériences ultérieures allaient provoquer en nous. Nous prîmes des pelles et des lanternes à huile (car si les torches électriques existaient déjà, elles n'étaient pas aussi satisfaisantes que les lampes à tungstène d'aujourd'hui). Déblayer la terre fut une tâche longue et sordide qui aurait pu être poétiquement funèbre si nous avions été des artistes et non des scientifiques. Nous fûmes contents lorsque nos pelles heurtèrent le bois. Quand le cercueil fut complètement découvert, West descendit, enleva le couvercle et sortit le corps. Je descendis également, et nous hissâmes le cadavre hors de la tombe, puis nous nous efforçâmes de rendre à l'endroit son apparence première.

Tout cela nous rendait assez nerveux, et surtout la silhouette raide et le visage vide de notre premier butin. Nous parvînmes à effacer toutes traces de notre passage. Quand nous eûmes remis en place la dernière pelletée de terre, nous enfouîmes le spécimen dans un sac de toile, et nous marchâmes vers la vieille ferme, de l'autre côté de Meadow Hill.

Sur une table de dissection improvisée, à la lueur d'une puissante lampe à acétylène, il apparut que le spécimen, qui n'avait pas encore l'air d'un cadavre, avait été un jeune homme vigoureux et apparemment sans imagination, de type plébéien, aux épaules larges, aux yeux gris et aux cheveux bruns. Un animal en bonne santé, sans complications psychologiques et ayant possédé probablement la physiologie la plus simple et la plus saine. Maintenant, les yeux fermés, il paraissait dormir, mais les tests savants de mon ami ne laissèrent aucun doute sur sa mort.

Nous avions enfin ce que West avait toujours désiré : un mort de l'espèce idéale, prêt à subir l'injection de la solution préparée selon ses calculs précis et ses théories sur la vie humaine.

Nous étions très tendus. Nous savions qu'il y avait très peu de chances de succès total, et nous ne pouvions nous empêcher de craindre les effets aberrants d'une réanimation partielle. Nous étions inquiets de l'état mental de la créature et de ses éventuelles impulsions, car dans les moments qui avaient suivi la mort, quelques cellules cérébrales extrêmement délicates pouvaient s'être détériorées. Moi-même, j'avais encore de curieuses notions sur « l'âme » telle que la conçoit la tradition, et je ressentais de l'angoisse à l'idée des secrets révélés par quelqu'un qui reviendrait de la mort.

Je me demandai ce que ce jeune homme tranquille pouvait avoir vu dans les sphères inaccessibles de l'au-delà et ce qu'il pourrait raconter si on le ramenait à la vie. Par bonheur ces questions ne me préoccupèrent pas longtemps, car je partageais en grande partie le matérialisme de mon ami. Il était plus calme que moi tandis qu'il injectait une grande quantité de son liquide dans la veine du bras du cadavre et, faisait immédiatement une ligature.

L'attente fut éprouvante, mais West ne faiblit pas. De temps en temps il appliquait son stéthoscope et constatait l'absence de résultat. Au bout de trois quarts d'heure sans le moindre signe de vie, il déclara, déçu, que la solution était inadéquate, mais il décida de tirer profit de cette occasion pour essayer de changer la formule avant de se débarrasser du corps. Nous avions creusé l'après-midi même une tombe dans la cave. Nous devions agir avant l'aurore. Il ne fallait commettre aucune imprudence. D'ailleurs le corps ne serait plus très frais la nuit suivante.

Emportant donc la lampe à acétylène, nous laissâmes notre hôte silencieux sur la table dans l'obscurité, et concentrâmes notre énergie à préparer une nouvelle solution. West recomposa sa mixture avec un soin presque fanatique.

L'horrible événement se produisit soudain de façon tout à fait inattendue.

J'étais en train de verser quelque chose dans un tube et West s'affairait au-dessus de la lampe à alcool qui faisait office de bec Bunsen dans cette maison dépourvue de gaz, quand, de la pièce noire que nous avions quittée, se firent entendre les cris les plus démoniaques que nous eussions jamais entendus. Le chaos de l'enfer n'aurait pas été plus épouvantable s'il avait laissé échapper l'agonie des damnés, car dans cette cacophonie inconcevable étaient réunis toute la terreur surnaturelle et le désespoir suprême d'une créature animée. Ce n'était pas humain — il n'est pas dans le pouvoir de l'homme d'émettre de tels sons —, et sans plus penser à notre activité, ni à nos éventuelles découvertes, nous bondîmes vers la fenêtre comme des bêtes traquées, renversant les tubes, la lampe et les cornues, nous ruant comme des fous dans les ténèbres de la nuit. Je pense que nous hurlions à en perdre la voix, tandis que nous courions comme des insensés vers la ville ; mais en atteignant les faubourgs, nous nous maîtrisâmes suffisamment pour avoir l'air de fêtards attardés revenant péniblement d'une nuit d'orgie. Nous ne nous séparâmes pas et nous nous glissâmes dans la chambre de West, où nous restâmes à chuchoter à la lueur de la lampe à gaz, jusqu'à l'aube. Nous eûmes le temps de nous calmer un peu à l'aide de théories rationnelles et de plans de recherche, si bien que nous nous endormîmes enfin, au lever du jour, et n'assistâmes point aux cours. Mais ce soir-là, deux articles dans le journal, sans aucun lien entre eux, nous empêchèrent de trouver le sommeil. La vieille maison abandonnée des Chapman avait inexplicablement brûlé, et était réduite en cendres. Cela, nous le comprîmes parfaitement à cause de la lampe que nous avions renversée. Deuxième nouvelle : on avait essayé d'ouvrir une tombe récente dans la fosse commune, et la terre semblait avoir été labourée par des ongles, sans aucun outil.

Cela nous ne le comprîmes pas, car nous avions soigneusement égalisé la terre sur la tombe.

Dix-sept années durant, après cet événement, West regarda fréquemment par-dessus son épaule, en déclarant qu'il entendait des pas dans son dos. Aujourd'hui, il a disparu.

II

Le démon de la peste

Je n'oublierai jamais cet été horrible d'il y a seize ans, où comme un malfaiteur fuyant des fins fond de l'Ebis, la typhoïde se répandit dans Arkham. C'est à cause de ce fléau satanique que l'on se souvient de cette année. La terreur aux ailes de chauve-souris rôda sur les amoncellements de cercueils, dans les tombes du cimetière de Christ Church.

Mais pour moi cette époque est marquée par une autre terreur, plus horrible encore, et que je suis seul à connaître maintenant que West a disparu. Lui et moi suivions les cours d'été à la Faculté de médecine de l'Université Miskatonic, et mon ami avait acquis une certaine célébrité à cause de ses sinistres expériences.

Après le massacre scientifique d'innombrables petits animaux, ses recherches bizarres avaient été interrompues sur l'ordre de notre doyen, mais West avait poursuivi certaines expériences secrètes dans sa chambre. Un jour terrible et inoubliable, il avait sorti un corps de sa tombe, dans la fosse commune, pour l'emporter dans une ferme abandonnée derrière Meadow Hill. J'étais avec lui, et je le vis injecter dans les veines immobiles l'élixir qui, pensait-il, restaurerait dans une certaine mesure les processus chimiques et physiques de la vie. Cela s'était terminé d'une façon horrible, dans un délire de terreur que nous finîmes par attribuer à nos nerfs surmenés —

mais West n'avait jamais pu, par la suite, se délivrer de la sensation d'être suivi et traqué.

Le corps n'était pas suffisamment frais, et l'incendie de la vieille maison nous avait empêchés de l'enterrer à nouveau. Nous aurions préféré le savoir sous terre. Après cette expérience, West avait interrompu ses travaux quelque temps.

Mais bientôt il recommença à importuner les professeurs de l'Université, en insistant pour qu'on lui permît d'utiliser la salle de dissection et des spécimens humains frais pour des travaux qu'il estimait de la plus haute importance. Ses désirs ne furent pas exaucés. Le doyen Halsey ne se laissa pas fléchir et les autres professeurs l'approuvèrent.

Dans cette théorie de la réanimation, ils ne voyaient rien d'autre que les divagations d'un jeune exalté, dont la frêle silhouette, les cheveux blonds, les yeux bleus protégés par des lunettes et la voix douce ne laissaient pas soupçonner la froide et presque diabolique puissance mentale. Je le revois encore tel qu'il était, et j'en frissonne. Son visage ne donnait pas l'impression de vieillir.

Et à présent il y a eu cet accident à Sefton et West a disparu.

Il avait eu une vive altercation avec le Dr Halsey, vers la fin de notre dernière année d'études, ce qui lui avait causé plus de tort qu'au doyen. Il estimait être retardé inutilement dans un travail de la plus haute importance. Un travail qu'il poursuivrait bien entendu ultérieurement, mais qu'il désirait entreprendre tant qu'il avait encore les facilités exceptionnelles de l'Université. Que les aînés, liés par les traditions, méprisent ses résultats sur les animaux, et persistent à nier toute possibilité de réanimation, cela l'écœurait.

Le jeune homme logique qu'était West n'avait pas suffisamment de maturité pour comprendre les limites mentales du type « docteur-professeur » — produit de générations de puritanisme poétique, bienveillant, consciencieux, parfois gentil et aimable, mais toujours étroit, intolérant, prisonnier des traditions et manquant d'ouverture.

West, qui était très jeune d'esprit malgré ses étonnantes connaissances scientifiques, avait peu de patience avec le bon Dr Halsey et ses érudits collègues. Il nourrissait un ressentiment grandissant, en même temps que le désir de prouver de façon éclatante et théâtrale, ses théories à ces hommes respectables mais obtus. Comme la plupart des jeunes gens, il se laissait aller à des rêveries de vengeance, de triomphe, et finalement de pardon magnanime.

C'est alors que le fléau surgit, grimaçant et mortel, venu des cavernes cauchemardesques de Tartarie. West et moi avions obtenu nos diplômes quand il commença à se manifester. Mais nous étions restés aux cours d'été pour faire des travaux supplémentaires, si bien que nous étions à Arkham lorsqu'il se déchaîna sur la ville.

Bien que diplômés, nous n'avions pas encore le droit d'exercer. Cependant, on nous pria instamment de nous mettre au service de la communauté, car le nombre des cas augmentait. La situation était presque sans issue, et les morts se produisaient trop fréquemment pour permettre aux entrepreneurs de pompes funèbres de venir à bout de leur tâche. Les enterrements sans embaumement avaient lieu en toute hâte, et même le cimetière de Christ Church était bondé de cercueils de morts non embaumés. West y pensa souvent. Quelle ironie du sort ! Tant de spécimens frais, et pourtant aucun qui fût utilisable pour ses recherches persécutées !... Nous étions terriblement surmenés et le gigantesque effort mental et nerveux qu'il fournissait rendait mon ami morbidement songeur.

Mais les adversaires de West n'étaient pas moins harcelés de devoirs accablants. L'Université était pratiquement fermée, et tous les docteurs de la Faculté de médecine étaient requis pour combattre le fléau de la typhoïde.

Le Dr Halsey, en particulier, s'était distingué par son esprit de sacrifice, mettant son habileté de praticien et toute son énergie au service de cas que beaucoup de ses confrères abandonnaient. Un mois ne s'était pas écoulé que le courageux doyen était devenu un héros, quoiqu'il semblât inconscient de sa renommée tandis qu'il luttait pour ne pas succomber à la fatigue physique et au surmenage nerveux. West ne pouvait retenir son admiration pour le courage de son ennemi, mais il n'en était que plus décidé à lui prouver la véracité de ses surprenantes doctrines. Profitant de la désorganisation de la Faculté et des règlements sanitaires municipaux, il réussit, une nuit, à faire entrer clandestinement dans le laboratoire de dissection un corps fraîchement décédé, et en ma présence il lui injecta sa solution modifiée.

La « chose » *ouvrit réellement les yeux,* mais fixa seulement le plafond avec un air d'horreur à vous pétrifier l'âme, avant de retomber dans une inertie d'où rien ne put la faire sortir. West déclara que le cadavre avait été trop affecté par la chaleur de l'été. Cette fois-là, nous faillîmes nous faire prendre avant d'avoir incinéré le corps, et West envisagea de renoncer à cette audacieuse utilisation du laboratoire de la Faculté.

Le point culminant de l'épidémie fut atteint en août. West et moi étions pour ainsi dire morts, et le Dr Halsey mourut effectivement le 14. Tous les étudiants assistèrent, le 15, à ses hâtives funérailles et offrirent une gerbe impressionnante, quoique plus petite que celles des citoyens d'Arkham et des autorités de la ville. Ce fut presque une affaire publique, car le doyen avait été un bienfaiteur. Après l'enterrement, nous étions tous assez déprimés, et passâmes l'après-midi au bar de Commercial House. C'est là que West, bien que frappé par la mort de son principal adversaire, nous glaça en nous reparlant de ses fameuses théories. La plupart des étudiants rentrèrent chez eux ou se rendirent à leurs obligations tandis que le soir s'avançait. Mais West me persuada de l'aider à « passer une nuit mémorable ». Sa logeuse nous vit arriver, vers 2 heures du matin, avec un troisième homme entre nous. Elle déclara à son mari que nous avions manifestement bien bu et bien mangé... Apparemment, cette mégère acariâtre avait raison, car vers trois heures du matin toute la maison fut réveillée par des cris provenant de la chambre de West, où, lorsqu'on enfonça la porte, on nous découvrit tous les deux inconscients, sur le tapis taché de sang, battus, griffés et meurtris, entourés de débris des éprouvettes et des instruments de West. Seule une fenêtre ouverte révélait ce qu'il était advenu de notre agresseur, et beaucoup se demandèrent dans quel état on allait le trouver après le fantastique saut de deux étages qu'il avait dû faire. Il y avait d'étranges vêtements dans la pièce. En reprenant conscience, West prétendit qu'ils n'appartenaient pas à l'étranger, mais qu'ils étaient des spécimens gardés pour des analyses bactériologiques sur la transmission des germes de maladies. Il donna l'ordre de les brûler aussitôt que possible. A la police, nous déclarâmes tous deux ignorer l'identité de notre tardif compagnon. C'était, dit West nerveusement, un étranger sympathique que nous avions rencontré dans un bar. Nous nous étions bien amusés, et ni West ni moi-même ne désirions que notre compagnon eût des ennuis.

La même nuit eut lieu le second événement horrible d'Arkham, qui, à mes yeux, éclipse celui de l'épidémie.

Le cimetière de Christ Church fut la scène d'un meurtre atroce : un veilleur fut griffé à mort, et ses blessures firent naître un doute quant à leur origine. Etaient-elles le fait d'un homme ? La victime avait été vue en vie bien après minuit, et c'est à l'aube qu'on découvrit le cadavre. Le directeur d'un cirque de la ville voisine fut interrogé, mais il jura qu'aucune bête ne s'était échappée dans la nuit. Ceux qui découvrirent le corps notèrent une trace de sang qui conduisait jusqu'à la fosse commune, où une petite mare de sang stagnait sur le ciment juste devant la grille d'entrée. Une trace plus légère les conduisit jusque dans les bois, mais se perdit bientôt. La nuit suivante, des démons dansèrent sur les toits d'Arkham et un vent de folie surnaturelle souffla. Une malédiction s'était emparée de la ville déjà enfiévrée, malédiction qui, selon certains, était plus grave que l'épidémie. On murmura qu'il s'agissait de la personnification même du fléau.

Dans huit maisons, une chose innommable pénétra et sema la mort dans son sillage. En tout, dix-sept corps furent retrouvés mutilés après le passage de ce monstre sadique et silencieux. Quelques personnes l'avaient entrevu dans l'obscurité. Elles dirent qu'il était blanc et ressemblait à un singe difforme, ou à un monstre anthropomorphe. Il n'avait pas laissé derrière lui tout ce qu'il avait attaqué, car il avait eu faim. Il avait tué quatorze personnes. Trois de ses victimes se trouvaient encore dans des maisons frappées par la maladie. Elles étaient déjà mortes.

La troisième nuit, des équipes de chercheurs conduites par la police le capturèrent dans une maison de Crane Street, près de l'Université de Miskatonic. On avait soigneusement organisé les recherches, au moyen du téléphone, et lorsqu'une personne du quartier de l'Université fit savoir qu'elle entendait gratter contre une fenêtre fermée, le filet fut aussitôt mis en place. Grâce aux précautions et à l'alerte générale, il n'y eut que deux victimes de plus, et la capture s'effectua sans incident grave. La « chose » fut finalement touchée par une balle et transportée à l'hôpital local, dans l'excitation et le dégoût général.

Car il s'agissait bien d'un *homme*. C'était incontestable, malgré ses yeux nauséeux, ses traits simiesques, son absence de voix et sa sauvagerie démoniaque. On pansa sa blessure et l'individu fut envoyé à l'asile psychiatrique de Sefton, où il se cogna la tête seize ans durant contre les murs de sa cellule matelassée jusqu'à la récente mésaventure au cours de laquelle il s'échappa.

Pour les enquêteurs, le moment le plus horrible fut encore celui où, la face du monstre ayant été nettoyée, ils constatèrent son incroyable ressemblance avec le martyr érudit que la ville venait de perdre et qui avait payé son dévouement de sa personne, feu le Dr Allan Halsey, l'ancien doyen de notre Faculté, enterré depuis trois jours.

L'horreur et le dégoût atteignirent alors, en Herbert West et en moi-même, une insoutenable intensité. Ce soir, je frissonne en y songeant, plus encore que le matin où West, à travers ses bandages, murmura cette phrase terrifiante :

— Bon sang, il n'était pas *tout à fait* assez frais.

III

Six coups de feu au clair de lune

Il n'est pas courant de tirer six coups de feu à la suite alors qu'un seul suffirait. Mais il faut avouer que toute l'existence de Herbert West avait un caractère d'exception. Par exemple, il est peu commun qu'un jeune médecin se trouve contraint de dissimuler les raisons qui ont guidé le choix de sa résidence et de son cabinet. Ce fut pourtant le cas de mon ami. Lorsque nous eûmes tous deux obtenu nos diplômes universitaires, nous nous installâmes comme praticiens de médecine générale, tout en prenant soin de ne pas dire que nous avions choisi notre demeure pour sa situation isolée. Elle se trouvait en outre à proximité de la fosse commune. Ce choix était lié aux recherches extrêmement impopulaires que nous poursuivions. Extérieurement, nous n'étions que des médecins, mais sous cette apparence se cachaient des desseins d'une envergure infiniment plus ambitieuse. Car l'essence de la vie de West était une quête parmi les royaumes ténébreux et interdits de l'inconnu, dans lesquels il espérait découvrir le secret de la vie, et redonner à l'argile froide des cimetières une animation perpétuelle. Une telle recherche exige d'étranges matériaux et en particulier des cadavres frais : pour pouvoir s'approvisionner selon ses besoins, il faut donc vivre discrètement, dans un endroit peu éloigné des lieux d'enterrement.

J'avais rencontré West en Faculté, et j'avais été le seul à témoigner de la sympathie pour ses hideuses expériences. J'étais devenu peu à peu son inséparable assistant, et maintenant que nous avions quitté l'Université, nous restions ensemble. Ce ne fut pas facile de trouver des débouchés pour deux nouveaux médecins associés, mais finalement, les autorités universitaires nous firent obtenir un cabinet à Bolton, ville industrielle proche d'Arkham. Les usines Worsted de Bolton sont les plus importantes de la vallée du Miskatonic, et leurs employés polyglottes ne sont pas des clients très appréciés des médecins locaux. Nous choisîmes notre maison très soigneusement, nous décidant enfin pour un cottage délabré, près de l'extrémité de Pond Street, à cinq numéros du voisin le plus proche, et séparé de la fosse commune locale par une prairie, traversée elle-même par une bande de forêt étroite et dense. La distance était supérieure à ce que nous aurions souhaité, mais nous ne pouvions trouver de maison plus proche, tout en restant dans le quartier de l'usine.

Nous n'étions pas trop mécontents, cependant, car il n'y avait personne entre nous et notre sinistre source d'approvisionnement. Il fallait un peu marcher, mais nous pouvions traîner nos spécimens silencieux sans être dérangés.

Nous fûmes surpris d'avoir tout de suite une aussi large clientèle. Les ouvriers de l'usine étaient plutôt turbulents, et en plus de leurs efforts physiques, leurs querelles fréquentes au couteau nous donnaient beaucoup de travail. Mais ce qui absorbait vraiment nos esprits, c'était le laboratoire secret que nous avions installé dans la cave — le laboratoire avec la longue table sous la lampe électrique, où, aux petites heures du matin, nous injections souvent les différentes solutions de West dans les veines des corps que nous amenions de la fosse commune. West faisait des expériences passionnées pour trouver ce qui remettrait en mouvement un homme mort, mais il se heurtait aux obstacles les plus grands. La solution devait être différente pour chaque cas. Tout ce qui servait pour les cobayes ne pouvait pas servir pour les êtres humains, et les différents spécimens demandaient d'importantes modifications. Les corps devaient être très frais, car la plus petite décomposition des tissus cérébraux faussait la réanimation. Oui, le problème essentiel était de trouver des corps suffisamment frais. West avait eu des expériences horribles, pendant ses recherches universitaires secrètes, avec des cadavres d'une fraîcheur douteuse. Les résultats d'une réanimation partielle ou imparfaite étaient bien plus redoutables que les échecs, et nous avions tous deux des souvenirs atroces de ces événements. Depuis notre première expérience démoniaque, dans la ferme abandonnée de Meadow Hill, nous sentions une vague menace, et West, qui était par bien des aspects une espèce d'automate calme, blond, aux yeux bleus, à l'esprit scientifique, avouait souvent, en frissonnant, qu'il avait l'affreuse sensation d'être poursuivi — illusion psychologique due à ses nerfs ébranlés, mais renforcée par le fait indéniablement inquiétant qu'au moins l'un des spécimens que nous avions ranimés était encore en vie. C'était un terrifiant carnivore enfermé dans une cellule matelassée. Il y en avait un autre — notre premier cobaye — dont nous n'avions jamais connu le sort exact. Nous eûmes plus de chance avec les spécimens de Bolton. Cela faisait à peine une semaine que nous étions installés quand nous nous procurâmes un accidenté la nuit même de son enterrement. Nous réussîmes à lui faire ouvrir les yeux, dans lesquels nous pûmes discerner une expression étonnamment rationnelle, mais l'effet de la solution s'arrêta là. L'homme avait perdu un bras — si le corps avait été intact, nous aurions probablement mieux réussi. Entre cette expérience et le mois de janvier, nous fîmes trois autres tentatives ; l'une fut un échec total, la seconde provoqua des mouvements musculaires assez marqués, et la dernière fut plutôt effrayante ; car le cadavre se leva et émit un son. Puis vint une période où la chance nous fit défaut. Il y eut moins d'enterrements, et ceux qui avaient lieu concernaient des spécimens trop malades ou trop abîmés pour nous être utiles. Nous nous tenions au courant de toutes les morts et des conditions dans lesquelles elles se produisaient.

Une nuit du mois de mars, cependant, nous obtînmes par hasard un spécimen qui ne venait pas de la fosse commune. A Bolton, l'esprit puritain avait interdit les combats de boxe. Mais des rencontres clandestines avaient communément lieu parmi les ouvriers d'usine, et, à l'occasion, des professionnels peu connus étaient même invités. En cette tardive nuit d'hiver, un match avait eu des résultats désastreux, et deux Polonais craintifs étaient venus nous voir en murmurant des paroles inquiètes. Nous les suivîmes dans une grange abandonnée, où ce qu'il restait d'une foule d'étrangers apeurés regardait en silence une forme noire sur le sol. Le match avait eu lieu entre Kid O'Brien, un gaillard empoté, agité à présent de tremblements — avec un nez busqué qui ne ressemblait pas à un nez irlandais —, et Buck Robinson, « la Fumée de Harlem ». Le Noir avait été mis K.O., et un rapide examen nous permit de conclure qu'il demeurerait ainsi pour l'éternité. Il était laid et ressemblait à un gorille, avec des bras anormalement longs (que je ne pus m'empêcher d'appeler des pattes de devant), un visage qui faisait penser aux secrets innommables du Congo et aux battements du tam-tam sous une lune mystérieuse. Il devait avoir l'air encore pire de son vivant, mais le monde contient tant de laideur ! La foule pitoyable était apeurée, car ils ne savaient pas ce que la loi leur réservait si l'affaire n'était pas étouffée. Les hommes furent reconnaissants à West lorsque celui-ci, malgré mon involontaire frisson, leur proposa de les débarrasser en secret de la chose. Pour une raison que je connaissais trop bien...

Nous entrâmes dans la maison par la porte de derrière, descendîmes l'objet dans la cave et le préparâmes pour l'expérience. Nous avions très peur de la police, bien que nous eussions soigneusement minuté notre voyage pour éviter la seule patrouille du secteur. Le résultat fut peu passionnant. Car notre butin resta insensible à chaque solution que nous injectâmes dans ses bras morts, solutions préparées pour des expériences réservées à des spécimens de race blanche. C'est pourquoi, comme l'aube approchait dangereusement, nous fîmes ce que nous avions fait avec les autres : nous traînâmes la chose à travers champs jusqu'au petit bois à côté du cimetière, et l'enterrâmes dans une tombe que nous réussîmes tant bien que mal à creuser dans le sol gelé. La tombe était peu profonde, mais aussi bonne que celle qui nous avait servi pour le spécimen précédent — celui qui s'était levé et avait émis un son. A la lueur de nos lanternes, nous la recouvrîmes de feuilles et de racines, à peu près certains que la police ne la trouverait pas dans une forêt si sombre et si dense. Le jour suivant, j'eus peur des autorités, car un patient nous rapporta des rumeurs sur un combat et une mort suspects.

West avait un autre sujet d'inquiétude, car il avait été appelé dans l'après-midi pour un cas qui s'était terminé de façon alarmante. Une Italienne était devenue hystérique à la suite de la disparition de son enfant, un gamin de cinq ans qu'on n'avait pas revu depuis le matin et qui n'était pas rentré le soir. Elle présentait des symptômes très inquiétants. L'enfant avait déjà disparu plusieurs fois, sa crise était donc inexplicable. Mais les paysans italiens sont très superstitieux et cette femme semblait aussi effrayée par des présages que par des faits. Elle était morte vers sept heures du soir, et son mari, perdant la tête, avait essayé de tuer West, à qui il reprochait de ne pas l'avoir sauvée. Des amis l'avaient retenu quand il avait sorti un poignard, et West était parti au milieu de ses cris inhumains, de ses malédictions et de ses serments de vengeance. Dans son chagrin, l'homme semblait avoir oublié son enfant, que l'on n'avait toujours pas retrouvé dans la nuit. On parla de faire des recherches dans les bois, mais la plupart des amis de la famille étaient occupés à habiller le cadavre de la femme et à calmer le mari. La tension nerveuse de West avait dû être énorme. La pensée de la police et de l'Italien fou pesait lourdement sur nos esprits.

Nous nous couchâmes vers onze heures, mais ne dormînes pas bien. Bolton avait des effectifs de police étonnamment importants pour une si petite ville, et je ne pouvais pas m'empêcher de redouter les conséquences si on découvrait l'affaire de la nuit précédente. Cela signifierait la fin de notre travail, et peut-être même la prison pour nous deux. Je n'aimais pas du tout les rumeurs qui couraient au sujet de ce combat. L'horloge sonnait trois heures et la lune m'éblouissait ; je me retournai sans me lever pour tirer le store. C'est alors qu'un grattement régulier se produisit à la porte de derrière. Je demeurai immobile, un peu interdit, lorsque j'entendis West frapper à ma porte. Il était en robe de chambre et en pantoufles et tenait un revolver et une lampe électrique. A voir cette arme, je conclus qu'il pensait plus à l'Italien fou qu'à la police.

— Nous ferions mieux d'aller voir tous les deux, chuchota-t-il. Il ne servirait à rien de ne pas répondre, et ce peut être un client. Cela ressemblerait bien à l'un de ces idiots de frapper à la porte de derrière.

Nous descendîmes donc l'escalier sur la pointe des pieds avec une crainte à demi justifiée. Le grattement continua et s'amplifia. Quand nous nous trouvâmes devant la porte, je la déverrouillai prudemment, puis l'ouvris brusquement, et, tandis que la lune révélait la silhouette, West commit un acte étrange. Sans craindre d'attirer l'attention et d'amener sur nous les recherches de la police — ce qui ne se produisit pas grâce à l'isolement de notre maison —, mon ami déchargea les six cartouches de son revolver sur le visiteur nocturne, et cela brusquement, intempestivement et sans nécessité apparente. Car ce visiteur n'était ni l'Italien ni la police. Se détachant hideusement contre la lune spectrale, il avait une silhouette gigantesque, difforme, cauchemardesque ; c'était une apparition sur quatre pattes, aux yeux vitreux d'un noir d'encre, couverte de moisissures, de feuilles, de racines, répugnante, avec des plaques de sang séché, tenant entre ses dents luisantes un objet blanc comme neige, cylindrique, avec au bout une petite main.

IV

Le cri du mort

Le cri d'un mort attisa en moi la terreur dans laquelle West et moi-même avons vécu les dernières années de notre compagnonnage. Mais ce ne fut pas de l'homme mort que j'eus peur.

West, dont j'étais l'associé et l'assistant, était animé d'un intérêt scientifique qui allait bien audelà de la routine habituelle d'un médecin de campagne. C'est pourquoi, quand il s'était installé à Bolton, il avait choisi une maison isolée près de la fosse commune. Pour dire les choses crûment, le seul intérêt de West était l'étude secrète des phénomènes de la vie et de la mort en vue de ranimer les morts par l'injection d'une solution revivifiante. Pour ces expériences macabres, il était nécessaire d'avoir un approvisionnement constant en corps humains très frais. Car la plus petite décomposition endommageait irrémédiablement les cellules du cerveau. Nous avions découvert que la solution devait être composée de manière différente selon les types d'organismes. Nous avions tué d'innombrables lapins et cobayes, mais ces pistes ne menaient à rien. West n'avait jamais complètement réussi, car il n'avait pu se procurer de corps suffisamment frais ; ce qu'il voulait, c'était des corps où la vie venait de s'éteindre, des corps dont toutes les cellules fussent intactes, et qui fussent capables de recevoir l'impulsion qui les ramènerait à ce type d'activité qu'on appelle la vie. Nous avions espéré que cette seconde existence artificielle pourrait être rendue perpétuelle par des injections répétées, mais nous avions appris que la vie naturelle ne répondait pas à cette excitation. Pour réaliser cette activité artificielle, la vie véritable devait avoir cessé — les spécimens devaient être frais, mais bel et bien morts.

Ces recherches macabres avaient commencé lorsque nous étions étudiants. Nous croyions à la nature entièrement mécanique de la vie. Cela, c'était sept années plus tôt. Mais West avait l'air à peine vieilli. Il était blond, rasé de près, il avait la voix douce et portait des lunettes. Seul, parfois, l'éclair de ses yeux bleu acier pouvait révéler le fanatisme croissant de sa personnalité sous la pression de ces terribles recherches.

Nos expériences avaient souvent été des plus horribles et les résultats des réanimations défectueux. Des masses molles provenant de l'argile des cimetières avaient été galvanisées par des injections de la solution vitale, et avaient réagi par des mouvements morbides, non naturels et indépendants du cerveau. L'une de ces choses avait émis un cri propre à ébranler le système nerveux ; une autre s'était relevée avec violence, nous avait assommés et avait exercé bien des ravages avant d'être capturée et placée derrière les barreaux d'un asile ; une autre encore, une répugnante monstruosité africaine, avait réussi à sortir de sa tombe peu profonde et avait commis un meurtre — West avait dû l'abattre. Comme nous n'avions pu obtenir de corps suffisamment frais pour qu'ils fassent preuve de raison une fois ranimés, nous avions obligatoirement créé des créatures terrifiantes. Il était assez inquiétant de penser qu'un ou peut-être deux de nos monstres étaient encore en vie. Cette pensée nous hanta jusqu'à ce que, enfin, West disparût dans des conditions épouvantables.

Mais à l'époque de ce cri, dans le laboratoire que nous avions installé au fond de la cave de notre cottage isolé, nos craintes étaient liées à la difficulté d'obtenir des spécimens frais. West était plus avide que moi, si bien qu'il me semblait presque qu'il regardait avec convoitise tous les êtres vivants doués d'une bonne santé.

C'est en juillet 1910 que notre malchance commença à tourner. J'avais effectué un séjour chez mes parents en Illinois, et à mon retour, je trouvai West dans un état d'exaltation étrange. Il avait très probablement résolu, me dit-il, avec excitation, le problème de la fraîcheur, grâce à une nouvelle méthode, celle de la conservation artificielle. Je savais qu'il travaillait sur un nouveau procédé d'embaumement, et ne fus pas surpris d'apprendre qu'il avait découvert quelque chose. Mais jusqu'à ce qu'il m'en eût donné les détails, je me demandai en quoi cette méthode pourrait nous aider, puisque l'état douteux de nos spécimens était dû aux délais qui s'écoulaient entre leur mort et le moment où nous nous les procurions.

West était parfaitement conscient de cela. Il avait composé sa formule d'"embaumement pour l'utiliser dans le futur plutôt que dans l'immédiat, et s'en remettait au destin pour que celui-ci nous apportât de nouveau un cadavre très frais, non enseveli, comme celui du Noir.

Le sort nous fut enfin favorable et nous finîmes pas nous procurer un cadavre dont la décomposition n'avait pas encore commencé. West ne s'aventura pas jusqu'à prédire ce qui se passerait lors de la réanimation. Cette expérience serait une étape importante de nos recherches, et il avait gardé le corps pour mon retour afin que nous pussions ensemble assister au spectacle. West me dit comment il avait obtenu le spécimen. C'était un homme vigoureux, un étranger bien habillé qui était descendu du train pour traiter des affaires avec l'usine de Bolton. Sa marche à travers la ville avait été longue, et quand le voyageur s'était arrêté devant chez nous pour demander le chemin des usines, son cœur avait déjà été soumis à rude épreuve. Il avait refusé un remontant, et était tombé raide mort un moment après. Le corps avait semblé à West un cadeau du ciel. Dans sa brève conversation, l'homme avait révélé qu'il était étranger à Bolton, et la fouille de ses poches nous apprit qu'il s'agissait d'un certain Robert Leavitt, de Saint Louis, apparemment sans famille susceptible de faire des recherches sur sa disparition. Si cet individu ne pouvait être ramené à la vie, personne ne serait au courant de notre expérience. Nous enterrions, en effet, nos cobayes dans une forêt épaisse qui s'étendait entre la maison et la fosse commune. Mais si nous réussissions, notre glorieuse renommée serait établie à jamais. C'est pourquoi, sans attendre, West avait injecté dans le poignet du cadavre le liquide qui le maintiendrait frais jusqu'à mon arrivée. La présence d'un cœur peu solide, qui dans mon esprit compromettait le succès de notre expérience, ne semblait guère gêner West. Il espérait obtenir enfin une étincelle de raison, et peut-être une créature vivante normale. Donc, dans la nuit du 18 juillet 1910, West et moi étions dans le laboratoire de la cave et observions une forme blanche et silencieuse sous la lumière aveuglante de la lampe. La formule d'embaumement avait parfaitement fait son effet, car fasciné par la vue du corps vigoureux qui depuis deux semaines n'avait pas encore atteint la rigidité, je demandai à West de m'assurer qu'il était vraiment mort. Assurance qu'il me donna sans hésiter, en me rappelant que la solution de réanimation n'était jamais utilisée sans précautions préalables, puisqu'elle restait sans effet si la mort n'était pas absolue.

Tandis que West procédait aux préliminaires, je restai impressionné par la complexité de sa nouvelle expérience, complexité si grande qu'il ne pouvait se fier à une autre main que la sienne. M'interdisant de toucher le corps, il injecta d'abord une solution dans le poignet, juste à côté de l'endroit où il avait injecté le liquide d'embaumement. Selon lui, cela devait neutraliser la formule et permettre au corps de revenir à une relaxation normale pour que la solution de réanimation pût agir avec efficacité. Peu après, un changement et un vague mouvement semblèrent se produire dans les membres ; West jeta violemment une sorte d'oreiller sur le visage qui se convulsait, et le maintint jusqu'à ce que le cadavre fût immobile et prêt pour notre expérience de réanimation. L'exalté effectua encore quelques tests pour s'assurer de l'absence totale de vie, se déclara satisfait, et finalement injecta dans le bras gauche une quantité soigneusement mesurée de l'élixir vital, préparé pendant l'après-midi avec plus de soin que lors de nos premiers tâtonnements, du temps où nous étions encore à l'Université.

Je ne parviens pas à exprimer l'anxiété et l'impatience avec lesquelles nous attendîmes les résultats sur ce premier spécimen réellement frais, le premier dont nous pouvions attendre qu'il parlât, d'une manière rationnelle, pour nous raconter peut-être ce qu'il avait vu de l'autre côté du gouffre insondable. West était matérialiste. Il ne croyait pas à l'existence de l'âme et attribuait tous les effets de la conscience à des phénomènes physiques. C'est pourquoi il n'attendait aucune révélation sur les mystères et les abîmes de l'au-delà. Théoriquement, je n'étais pas en complet désaccord avec lui, mais instinctivement quelques résidus de la foi primitive de mes ancêtres me revenaient. Si bien que je ne pouvais m'empêcher de regarder le corps sans une certaine appréhension. De plus, je ne pouvais chasser de ma mémoire ce cri horrible et inhumain que nous avions entendu la nuit où nous avions fait notre première expérience, dans la ferme déserte d'Arkham.

Il s'écoula peu de temps avant que je visse que la tentative ne serait pas un échec total : un peu de couleur revint sur les joues, jusque-là blanches comme de la craie, et s'étendit sous la barbe couleur de sable. West, qui tenait le pouls du poignet gauche, hocha brusquement la tête d'une manière significative, et presque simultanément une buée se forma sur le miroir incliné vers la bouche du cadavre. Puis quelques mouvements spasmodiques agitèrent les muscles. On put alors entendre la respiration et voir la poitrine se soulever. Je regardai les paupières fermées et crus qu'elles s'agitaient. Elles s'ouvrirent enfin, découvrant les yeux gris, calmes et vivants, mais encore dénués d'intelligence et même de curiosité. En proie à quelque lubie fantastique, je chuchotai des questions aux oreilles qui se coloraient, des questions sur l'autre monde, que sa mémoire pouvait encore avoir présent à l'esprit. La terreur qui s'ensuivit les a depuis, chassées de mon esprit, mais je crois que la dernière que je lui répétai fut :

— Où avez-vous été ?

Je ne sais toujours pas si je reçus une réponse, car aucun son ne sortit de la bouche bien dessinée ; mais je suis certain qu'à ce moment les lèvres minces remuèrent silencieusement, formant des syllabes que je compris ainsi :

« Seulement maintenant »,

si toutefois cette phrase a quelque sens. A ce moment, dis-je, j'étais convaincu et j'exultais : nous avions atteint notre grand objectif et, pour la première fois, un cadavre ranimé avait prononcé distinctement des mots dictés par la raison. L'instant d'après, le triomphe ne fit plus de doute. La solution avait vraiment accompli, du moins temporairement, sa mission : rendre aux morts une vie rationnelle et douée de langage. Mais ce triomphe suscita en moi la plus grande de toutes les horreurs — non pas envers la chose qui parla, mais envers l'action dont j'avais été témoin et pour l'homme avec lequel j'étais professionnellement associé. Car ce corps si frais, qui reprenait enfin entièrement conscience d'une manière terrifiante, les yeux dilatés au souvenir de la dernière minute de vie, se mit à agiter les bras comme pour se défendre contre un danger mortel ; et, retombant brusquement dans une seconde inconscience finale et sans retour, il jeta ce cri qui résonnera éternellement dans mon cerveau douloureux :

— *Au secours ! Arrière, maudit démon aux cheveux filasse ! ne me touche plus avec cette maudite aiguille !*

V

L'horreur venue des ombres

Nombreux sont ceux qui ont relaté des choses épouvantables sur les champs de bataille de la Grande Guerre, sans jamais les publier. Certains de ces récits m'ont dégoûté, certains m'ont donné une nausée épouvantable, tandis que d'autres m'ont fait frissonner d'effroi. Pourtant, je me crois capable de relater la plus horrible de toutes les horreurs, la plus bouleversante, la plus surnaturelle et la plus incroyable. En 1915, j'étais médecin et j'avais le grade de lieutenant d'un régiment canadien des Flandres, l'un des nombreux régiments américains à précéder l'entrée du gouvernement dans cette bataille gigantesque. Je ne m'étais pas engagé dans l'armée de ma propre initiative, mais à la suite de l'engagement d'un homme dont j'étais l'assistant inséparable, le célèbre chirurgien de Bolton, le Dr West. Il s'était montré désireux de servir comme chirurgien dans une grande guerre, et quand l'occasion s'était présentée, il m'avait entraîné avec lui presque contre mon gré. Pour de nombreuses raisons, j'aurais été content que la guerre nous séparât, raisons qui m'avaient fait trouver la compagnie de West et sa façon de pratiquer la médecine insupportables. Lorsqu'il partit pour Ottawa et obtint, grâce à l'influence d'un confrère, sa nomination de major, je ne pus résister à l'insistance d'un homme bien décidé à ce que je l'accompagne.

Quand je dis que le Dr West était désireux de servir à la guerre, je n'implique pas qu'il était particulièrement belliqueux ou soucieux de la sauvegarde de la civilisation. Il avait été, de tout temps, une machine intellectuelle aussi froide que la glace. Mince, blond, les yeux bleus et portant lunettes. Je pense qu'en secret il méprisait mes élans d'enthousiasme martial. Il était venu chercher quelque chose dans les Flandres embrasées par la guerre. Pour l'obtenir, il avait dû se faire militaire. Ce qu'il cherchait en fait, c'était, ni plus ni moins, une abondante source d'hommes fraîchement tués et à tous les stades de l'amputation. West avait besoin de corps frais. La clientèle à la mode qui avait si rapidement bâti sa renommée après son arrivée à Bolton ignorait tout de ses travaux, mais je ne les connaissais que trop bien, car j'étais son meilleur ami et son seul assistant depuis nos études. C'était à cette époque qu'il avait entrepris ses terribles expériences, d'abord sur de petits animaux, puis sur des corps humains. Il injectait une certaine solution dans les veines de ses cadavres qui, s'ils étaient suffisamment frais, réagissaient d'étrange manière. Il avait eu beaucoup de mal à découvrir la formule appropriée, car il s'était révélé que chaque type d'organisme nécessitait un stimulant spécialement adapté. La terreur s'emparait de lui quand il pensait à ses échecs partiels, aux monstres innommables nés de solutions imparfaites ou de corps insuffisamment frais. Un certain nombre des produits de ses échecs étaient vivants — l'un était dans un asile, tandis que les autres avaient disparu —, et en pensant à des éventualités virtuellement impossibles, mais concevables, il frissonnait souvent sous son apparente impassibilité.

West avait bientôt découvert que la fraîcheur absolue était la première exigence. C'est pourquoi il avait eu recours à des expédients effrayants et contre nature pour voler des corps. A l'Université et pendant les premières années d'exercice de notre profession dans la ville industrielle de Bolton, j'éprouvais pour lui une sorte d'admiration et de fascination, mais au fur et à mesure que ses méthodes se faisaient plus audacieuses, je me mis à éprouver une terreur lancinante. Je n'aimais pas la manière dont il regardait les individus en bonne santé, et puis un événement cauchemardesque s'était produit dans le laboratoire de la cave, où j'avais appris que le spécimen qu'il avait réussi à se procurer avait été tué par lui. Ce fut la première fois qu'il réussit à faire renaître la pensée rationnelle dans un cadavre, et ce succès, dû à un acte répugnant, l'avait endurci. Je n'ose pas parler de ses méthodes dans les cinq années qui suivirent. Seule la peur me fit rester auprès de lui, et je vis des scènes qu'il est humainement impossible de relater. Peu à peu, j'en vins à penser que West lui-même était plus horrible que tout ce qu'il faisait — j'eus un jour la révélation que ce qui avait été jadis une ardeur scientifique normale employée à prolonger la vie avait peu à peu dégénéré en une curiosité morbide et macabre, en une jouissance secrète devant les cadavres. Son intérêt devint un goût pervers et infernal pout tout ce qui était anormalement repoussant et malsain ; il se réjouissait calmement de monstruosités artificielles qui auraient fait mourir de peur et de dégoût la plupart des hommes sains d'esprit. Il devint derrière sa pâle façade d'intellectuel un Baudelaire dégénéré de l'expérimentation physique, un Héliogabale des tombes. Il prenait des risques sans broncher, commettait des meurtres imperturbablement. Je pense qu'il atteignit le summum quand il réussit à prouver que l'on pouvait recréer la vie douée de raison. Il avait cherché à conquérir de nouveaux domaines en se lançant dans des expériences de réanimation de parties du corps. Il avait des idées incroyables sur les propriétés d'indépendance des cellules organiques et des tissus nerveux séparés de leur système physiologique naturel. Il avait obtenu certains résultats préliminaires sous forme de tissus artificiellement nourris, obtenus à partir des œufs d'un reptile tropical indescriptible couvés presque à terme. Il était impatient de tirer au clair deux problèmes biologiques :

1° Est-il possible d'obtenir une certaine quantité de conscience ou d'actions raisonnables sans le cerveau, en partant de la moelle épinière et des différents centres nerveux ?

2° N'existe-t-il pas un lien intangible, distinct des cellules, reliant entre elles les parties, séparées par la chirurgie, de ce qui était auparavant un seul organisme vivant ?

Toutes ces recherches exigeaient une quantité prodigieuse de chair humaine fraîchement tuée, et voilà pourquoi West s'était engagé dans la Grande Guerre.

L'événement fantastique se produisit à minuit, au mois de mars 1915, dans un hôpital militaire, derrière les lignes, à Saint-Eloi. Je me demande encore si cela n'a pas été autre chose qu'un rêve démoniaque de délirium. West avait un laboratoire privé dans une pièce de l'édifice provisoire qui ressemblait à une grange. Pour l'obtenir, il avait prétendu qu'il cherchait de nouvelles méthodes pour le traitement des cas de mutilation jusque-là sans espoir. Là, il travaillait comme un boucher au milieu de ces matériaux ensanglantés — je ne pouvais pas m'habituer à la légèreté avec laquelle il manipulait et classait certains objets. En diverses occasions, il accomplit réellement des prodiges de chirurgie pour les soldats, mais son plaisir principal était d'une espèce beaucoup moins publique et philantropique. On entendait souvent des bruits dans ce laboratoire. Et fréquemment des coups de revolver, ce qui n'était pas, bien sûr, anormal sur un champ de bataille, mais pour le moins inhabituel dans un hopital. Les spécimens réanimés du Dr West n'étaient pas destinés à une longue existence ni à un large public. En plus du tissu humain, West utilisait une grande quantité de tissus de reptiles embryonnaires. C'était mieux que le tissu humain pour maintenir la vie dans des fragments sans organe, et c'était à présent devenu l'activité principale de mon ami. Dans un coin sombre du laboratoire, dans un curieux incubateur, il conservait une grande quantité de cette matière cellulaire de reptiles.

Cette nuit-là, nous eûmes un splendide spécimen — un homme à la fois physiquement vigoureux et d'une intelligence si grande qu'il possédait certainement un système nerveux fort sensible. Ironie du sort, c'était l'officier qui avait aidé West à obtenir sa nomination et qui allait devenir notre partenaire. De plus il avait jadis secrètement étudié la théorie de la réanimation avec West.

Le major Eric Moreland Chapham Lee, D.S.O., était le plus grand chirurgien de notre division ; il avait été assigné au secteur Saint-Eloi quand les nouvelles du violent combat étaient parvenues au quartier général. Il était venu dans un avion piloté par l'intrépide Ronald Hill et avait été abattu juste au-dessus de son point de destination. La chute avait été terrible et spectaculaire. Hill en était méconnaissable. La catastrophe nous rendit le grand chirurgien pratiquement décapité, mais le reste du corps était intact. West s'était avidement emparé de la chose sans vie qui avait été jadis son ami et son compagnon d'études. Je frissonnai quand il eut fini de séparer la tête du corps, et qu'il l'eut placée dans le récipient diabolique des tissus reptiliens, pour le conserver en vue d'expériences futures. Je frémis quand il se prépara à traiter le corps décapité sur la table d'opération. Il lui injecta du sang frais, ligatura des veines et des nerfs à l'endroit du cou dépourvu de tête, et recouvrit la hideuse ouverture avec une greffe de peau prélevée sur un spécimen non identifié qui avait porté un uniforme d'officier. Je savais ce qu'il voulait : voir si ce corps hautement organisé pouvait sans sa tête montrer quelques signes de l'activité mentale qui avait distingué Eric Moreland. Autrefois chercheur en réanimation, ce tronc silencieux était à présent appelé, de façon macabre, à servir de cobaye. Je revois encore West sous la sinistre lumière électrique, en train d'injecter sa solution dans le bras du corps décapité. Je ne peux décrire la scène — je défaillerais si j'essayais, car c'est la folie qui régnait dans cette pièce : fragments de chair, pots de sang, débris humains jusqu'à hauteur de cheville sur le sol gluant, avec des éléments de reptiles bourgeonnants, faisant des bulles, mijotant sur le spectre bleuâtre et tremblotant d'une faible flamme dans un coin rempli d'ombres. Le spécimen, observa West, était doté d'un splendide système nerveux. Il en attendait beaucoup. Lorsque quelques mouvements spasmodiques commencèrent à apparaître, je lus l'intérêt fiévreux de West sur son visage. Il était prêt, je crois, à voir la preuve de sa conviction, à savoir que la conscience, la raison, la personnalité peuvent exister indépendamment du cerveau, que l'homme ne possède pas de centre connecteur, et qu'il n'est qu'une mécanique de matières nerveuses, chaque section formant une entité plus ou moins grande.

Par cette triomphale démonstration, West allait reléguer le mystère de la vie dans la catégorie des mythes.

Le corps s'agitait de plus en plus ; sous nos yeux avides, il commença à se soulever d'une manière effrayante. Les bras remuèrent dans tous les sens, les jambes en firent autant et plusieurs muscles se contractèrent. Puis la chose sans tête lança ses bras dans un mouvement qui était sans aucun doute celui du désespoir — un désespoir intelligent, apparemment suffisant pour prouver toutes les théories de West. Les nerfs se remémoraient les derniers actes de l'existence de cet homme, la lutte pour s'échapper de l'avion qui tombait.

Ce qui suivit, je ne le saurai jamais avec certitude. Il se peut que cela ait été une hallucination causée au même instant par la destruction soudaine et totale du bâtiment sous un obus allemand — qui peut l'affirmer, puisque West et moi-même avons été les seuls survivants connus ? West préférait cette version avant sa récente disparition, mais il y avait des moments où il ne pouvait le croire, car il était étrange que nous eussions eu tous deux la même hallucination. L'événement en lui-même fut très simple, seules ses implications en font une chose remarquable. Le corps, sur la table, s'était relevé, en tâtonnant d'une façon aveugle et terrifiante et nous entendîmes un son. Je n'appellerai pas ce son une voix, car c'était trop horrible. Et pourtant son timbre n'était pas ce qu'il y avait de plus atroce, pas plus que son message — elle avait simplement hurlé : « Saute, Ronald, pour l'amour de Dieu, saute ! » Mais ce son provenait du grand récipient couvert dans ce coin ignoble et grouillant d'ombres noires.

VI

Les légions des tombes

Lorsque le Dr West disparut, il y a un an, la police me pressa de questions. Ils me soupçonnaient de cacher quelque chose, et peut-être même des choses graves, mais je ne pouvais leur dire la vérité, car ils ne m'auraient pas cru. Ils savaient, bien sûr, que West s'était livré à des activités qui dépassent l'imagination ordinaire, car ces terrifiantes expériences sur la réanimation s'étaient faites sur une trop grande échelle pour que le secret total fût préservé ; mais la catastrophe finale, propre à ébranler l'esprit, comportait des éléments si démoniaques que je doute encore de la réalité de ce que j'ai vu. J'étais l'ami le plus proche de West et son unique assistant. Nous nous étions rencontrés bien des années auparavant à la Faculté de médecine, et j'avais participé à ses recherches dès le début. Il avait longuement essayé d'améliorer une solution qui, injectée dans les veines d'un mort récent, le ramènerait à la vie. Travail qui exigeait une abondance de cadavres frais et par conséquent impliquait les actions les plus contraires à la nature. Les produits de certaines expériences étaient encore plus choquants — des masses effroyables de chairs mortes, mais que West avait ramenées, dépourvues de cerveau, à un état d'animation aveugle. C'étaient les résultats qu'il obtenait habituellement, car, pour réveiller le cerveau, il était nécessaire d'avoir des spécimens assez frais pour qu'aucune détérioration n'ait affecté les délicates cellules nerveuses. Ce besoin de cadavres frais avait causé la ruine morale de West. Ils étaient difficiles à obtenir, et un jour il s'était procuré un spécimen encore vivant et en bonne santé. Une brève lutte, une seringue et un alcaloïde puissant l'avaient transformé en un cadavre tout frais, et l'expérience avait réussi pendant un bref moment ; mais West en était ressorti avec une âme insensible et durcie et un regard froid qui parfois observait avec une sorte d'estimation hideuse les hommes dont le cerveau était particulièrement sensible et le corps particulièrement vigoureux. Vers la fin, j'eus à mon tour peur de lui, car il se mit à me regarder de cette façon. Les gens ne semblaient pas remarquer son regard, mais ils notaient ma frayeur, et après sa disparition ils se livrèrent aux soupçons les plus absurdes. En réalité, West avait plus peur que moi. Ses recherches abominables le contraignaient à une vie de dissimulation, hantée d'ombres menaçantes. D'une part il avait peur de la police, mais quelquefois aussi sa nervosité était plus profonde et plus vague ; elle se rapportait à certaines choses indescriptibles dans lesquelles il avait injecté une vie morbide et qu'il n'avait pas vues disparaître ensuite. Il mettait habituellement fin à ses expériences avec un revolver, mais à plusieurs reprises, il n'avait pas été assez rapide. Il y eut ce premier spécimen sur la tombe duquel on découvrit des traces de griffes, il y eut aussi le corps de ce professeur qui avait perpétré des actes de cannibalisme avant d'être capturé et d'être jeté, non identifié, dans une cellule d'asile où il se frappa la tête contre les murs pendant seize ans.

Il est beaucoup moins facile de parler des autres survivants éventuels de ces expériences, car dans les années qui suivirent, le zèle scientifique de West avait dégénéré en manie malsaine et fantastique, et il avait utilisé son pouvoir à réanimer non des corps entiers, mais des fragments de corps ou des membres assemblés à une matière organique autre que humaine. C'était devenu vraiment monstrueux au moment où il disparut et on ne peut pas faire allusion à bon nombre de ces expériences. La Grande Guerre, dans laquelle nous servîmes tous deux en tant que chirurgiens, avait développé ce penchant. West éprouvait une vague crainte envers ses créatures. Et cette crainte complexe venait en partie simplement de ce qu'il savait que ces monstres innommables existaient, mais aussi de ce qu'ils pourraient lui infliger des blessures dans certaines circonstances. Leur disparition ajoutait encore à l'horreur de la situation — car West ne connaissait le sort que d'un seul d'entre eux, celui qui était à l'asile.

Puis il y avait une crainte encore plus subtile — une sensation éminemment fantastique résultant d'une expérience curieuse qu'il fit dans l'armée canadienne en 1915. West, dans le feu d'une bataille violente, avait réanimé un médecin de ses amis qui connaissait ses expériences et était capable d'en effectuer lui-même. L'homme avait été décapité dans un accident d'avion et West avait entrepris des recherches sur les possibilités d'intelligence du corps. Il touchait au succès juste au moment où le bâtiment avait été démoli par un obus allemand. Le tronc avait bougé avec intelligence, et, si incroyable que cela paraisse, nous étions tous deux sûrs et certains que des sons articulés étaient venus de la tête coupée qui gisait dans un coin sombre du laboratoire. L'obus nous avait épargnés, mais West ne s'était jamais senti complètement certain que nous étions les deux seuls survivants. Il faisait des suppositions effrayantes sur les actes possibles d'un médecin sans tête qui aurait eu le pouvoir de ranimer les morts. La dernière résidence de West se trouvait dans une vénérable maison très élégante qui dominait l'un des vieux cimetières de Boston. Il avait choisi cet endroit pour des raisons purement symboliques et esthétiques, puisque la plupart des tombes dataient de l'époque coloniale et présentaient par conséquent peu d'intérêt pour un savant qui recherchait des corps très frais. Le laboratoire était dans une cave secrètement construite, qui contenait un vaste incinérateur pour se débarrasser discrètement des corps ou des fragments de corps qui résultaient des expériences et des amusements sacrilèges de son propriétaire. En creusant la cave, les ouvriers avaient découvert une partie de bâtiment extrêmement ancienne, sans aucun doute reliée au vieux cimetière, mais trop profonde pour communiquer avec aucune des sépultures connues. Après avoir fait des calculs, West conclut que ce devait être une chambre secrète située sous la tombe des Averills, où le dernier enterrement avait eu lieu en 1768. J'étais avec lui lorsqu'il étudia les murs suintants et nitreux mis à nu par les pelles des ouvriers, et je me préparais à ressentir l'émotion macabre qui accompagnerait la découverte des secrets de ces tombes séculaires, mais pour la première fois, l'hésitation de West vainquit sa curiosité naturelle. Il ne fut pas fidèle à sa nature perverse, car il ordonna qu'on laissât cette maçonnerie intacte et qu'on la recouvrît de plâtre. C'est ainsi que jusqu'à la terrible nuit finale elle demeura une partie des murs du laboratoire secret.

Je parle de la décadence de West, mais je dois ajouter qu'elle était purement mentale.

Extérieurement, il resta le même jusqu'à la fin — froid, calme, mince, les cheveux blonds, les yeux bleus, portant lunettes, un jeune homme que les années et les craintes n'avaient pas marqué. Il paraissait calme, même lorsqu'il pensait à cette tombe ouverte et qu'il regardait pardessus son épaule. Même lorsqu'il songeait au monstre carnivore qui griffait et mordait derrière ses barreaux, à Sefton. La fin de West débuta un soir, alors que nous étions ensemble dans son bureau. Il lisait son journal en face de moi. Un titre l'avait frappé, et il semblait qu'une patte géante émergeait de seize années en arrière. Quelque chose d'effroyable, d'incroyable s'était produit à l'asile, à cinquante kilomètres de là. Au petit matin, un groupe d'hommes avait pénétré silencieusement dans l'hôpital, et leur chef avait réveillé les surveillants. C'était un militaire menaçant qui parlait sans remuer les lèvres, et dont la voix presque ventriloque semblait reliée à une grande valise noire qu'il portait avec lui. Son visage dénué d'expression était d'une beauté éclatante, mais il avait frappé le directeur quand la lumière du hall l'avait éclairé, car c'était un visage de cire avec des yeux de verre peint. Quelque accident terrible avait dû lui arriver. Un homme plus grand guidait ses pas, une carcasse repoussante dont la face bleuâtre semblait à moitié dévorée par une maladie inconnue. L'interlocuteur avait demandé la garde du monstre cannibale qui était enfermé là. Quand cela lui fut refusé, il donna le signal de l'attaque. Les démons battirent, piétinèrent, mordirent tous les surveillants qui ne s'étaient pas enfuis, en tuèrent quatre, et réussirent finalement à libérer le monstre. Celles des victimes qui pouvaient parler de l'événement sans devenir hystériques jurèrent que les créatures s'étaient conduites moins comme des hommes que comme des automates sans cerveau commandés par leur chef au visage de cire. Quand les secours arrivèrent, toute trace des hommes et de leur capture insensée avait disparu. Du moment où il lut cet article, West resta comme paralysé jusqu'à minuit. A minuit, on sonna à la porte, ce qui le fit sursauter de terreur. Tous les domestiques étaient endormis, si bien que j'allai ouvrir. Comme je le dis plus tard à la police, il n'y avait pas de voiture dans la rue, mais seulement un groupe d'individus bizarres qui portaient une grande boîte carrée qu'ils déposèrent dans l'entrée, après que l'un d'entre eux eut marmonné d'une voix étrange :

— Exprès. — Port payé.

Ils s'éloignèrent d'un pas saccadé, et tandis que je les regardais partir, j'eus l'étrange impression qu'ils s'en retournaient vers le vieux cimetière qui s'étendait derrière la maison. Quand je claquai la porte derrière eux, West descendit les escaliers et regarda la boîte. Elle faisait à peu près soixante centimètres de côté, et portait le nom et l'adresse de West. Elle portait également l'inscription : « De la part d'Eric Moreland Chapham Lee, Saint-Eloi — Flandres. » Plusieurs années plus tôt, dans les Flandres, un hôpital frappé par un obus s'était écroulé sur le corps décapité et réanimé du Dr Chapham Lee, et sur la tête qui avait, nous sembla-t-il, émis des sons articulés. West n'était même pas agité. Son état était plus effrayant. Il dit rapidement :

— C'est la fin, mais brûlons d'abord ceci.

Nous descendîmes la chose dans le laboratoire, l'oreille aux aguets. Je ne me souviens pas des détails — on peut imaginer dans quel état d'esprit je me trouvais —, mais c'est un odieux mensonge de dire que c'est le corps de West que je mis dans l'incinérateur.

Nous y déposâmes la boîte sans l'avoir ouverte, nous fermâmes la porte et nous mîmes l'appareil en marche. Aucun son ne sortit de la boîte. Ce fut West qui remarqua le premier le plâtre qui se détachait de cette partie du mur où l'on avait recouvert la maçonnerie de l'ancienne tombe. J'allais m'enfuir, mais il m'arrêta. C'est alors que je vis une petite ouverture noire, et que je sentis un vent malsain et glacial, ainsi que l'odeur venue des entrailles en putréfaction de la terre. Il n'y avait aucun bruit, mais juste à ce moment l'électricité s'éteignit, et je vis, se découpant sur la phosphorescence de quelque monde infernal, une horde de choses silencieuses et lentes que seule la folie pouvait créer. Leurs contours étaient humains, à moitié humains, en partie humains ou tout à fait inhumains. La horde était grotesque, hétérogène. Ils retiraient les pierres du mur séculaire, calmement, une par une. Quand la brèche devint suffisamment large, ils pénétrèrent dans le laboratoire en file indienne, conduits par une chose dont la tête magnifique était de cire. Une sorte de monstruosité aux yeux fous, qui se trouvait derrière le chef, saisit Herbert West ; celui-ci ne résista pas et ne dit pas un mot, puis ils se jetèrent tous sur lui et le mirent en pièces, sous mes yeux, emportant ses débris sous cette voûte souterraine d'abominations fabuleuses. La tête de West fut emportée par le chef au visage de cire, qui portait l'uniforme d'un officier canadien. Et tandis que la tête de West disparaissait, je vis les yeux bleus derrière les lunettes briller pour la première fois d'une émotion visible. Les domestiques me trouvèrent sans connaissance le matin suivant. West avait disparu. L'incinérateur ne contenait que des cendres non identifiables. Les détectives m'ont interrogé, mais que puis-je dire ? Ils n'établiront aucun lien entre toutes ces tragédies, ni avec les hommes qui portaient la boîte, dont ils nient jusqu'à l'existence. Je leur ai parlé du souterrain et ils m'ont montré en riant le plâtre intact du mur. Alors je me suis tu. Ils supposent que je suis fou, ou meurtrier — et je suis probablement fou. Mais je ne serais pas fou si ces maudites légions des tombes n'avaient pas été si silencieuses.

LA QUETE D'IRANON

Un jeune homme, le front ceint d'une couronne de feuilles de vigne posée sur des cheveux blonds brillants de myrrhe, vêtu d'une tunique pourpre déchirée par les bruyères de la montagne, errait dans Teloth, la cité de granit. Les habitants de Teloth, hommes graves à la peau sombre, vivent dans des maisons carrées. Soupçonneux, ils demandèrent à l'étranger d'où il venait, quels étaient son nom et sa fortune. Le jeune homme répondit :

— Je m'appelle Iranon. J'arrive de la lointaine cité d'Aira, dont je n'ai conservé qu'un vague souvenir que je tente de retrouver. Ma vocation consiste à créer de la beauté en perpétuant les évocations de l'enfance. Je chante des hymnes que j'ai appris à Aira. Ma richesse, c'est mes chansons. Elles sont faites de petits souvenirs, de rêves et d'espoirs que je fredonne le soir, dans les jardins, lorsque la lune est douce, et que le vent d'ouest agite les bourgeons de lotus.

Après avoir entendu cela, les habitants de Teloth se concertèrent. Si le rire et les chansons sont inconnus dans la ville de granit, ces hommes graves regardent parfois, au printemps, du côté des collines karthiennes, en songeant aux luths d'Oonai dont parlent les voyageurs. C'est pourquoi ils prièrent l'étranger de rester et de chanter dans le square devant la Tour de Mlin, bien qu'ils n'aimassent ni la couleur de sa tunique déchirée, ni la myrrhe de ses cheveux, ni sa couronne de feuilles de vigne, ni la jeunesse de sa voix d'or.

Le soir, Iranon chanta. Tandis qu'il chantait, un vieil homme pria et un aveugle affirma qu'il voyait une auréole autour de la tête du jeune poète. Mais la plupart des hommes de Teloth bâillèrent. Quelques-uns rirent et d'autres s'endormirent : Iranon ne disait rien d'utile, en ne chantant que ses souvenirs, ses rêves et ses espérances.

« Je me rappelle le crépuscule, la lune et les doux chants qui me berçaient pour m'endormir. De ma fenêtre, je voyais la rue, pleine de lumières dorées, où les ombres valsaient sur des maisons de marbre. Je me rappelle, sur le sol, le carré de lune dont la lueur était différente de toutes les autres, et les visions qui dansaient sur les rayons de l'astre nocturne, quand ma mère chantait pour moi. Je me rappelle, en été, le soleil du matin clair au-dessus des collines colorées, et aussi la douce senteur des fleurs, apportée par le vent du sud qui faisait chanter les arbres. »

« O Aira, cité de marbre et de béryl, que tes beautés sont nombreuses ! Comme j'aimais les bosquets tièdes et parfumés de l'autre côté du fleuve Nithra ! Et les cascades du petit Kra qui coulait dans la vallée verdoyante ! Dans les bois, et dans cette vallée, les enfants se tressaient mutuellement des guirlandes. Au crépuscule, je faisais d'étranges rêves sous les arbres de la montagne, tandis que je voyais sous moi les lumières de la cité, et le Nithra silencieux réfléchissant un ruban d'étoiles. »

« Et cette cité était remplie de palais de marbre veiné et teinté avec des dômes dorés, des murs peints, et des jardins verts décorés de bassins azurés et de fontaines de cristal. Souvent, je jouais dans les jardins, et barbotais dans les bassins. Je m'allongeais pour rêver parmi les fleurs pâles, sous les arbres. Et parfois, au coucher du soleil, je montais la longue rue en pente qui menait à la citadelle et à la terrasse, et de là je contemplais Aira, la cité de marbre et de béryl, splendide dans sa robe d'or flamboyant. »

« Je te regrette depuis longtemps, Aira. J'étais encore jeune quand nous connûmes l'exil, mais mon père était ton Roi, et je reviendrai vers toi, car c'est ainsi que le Destin en a décidé. Je t'ai cherchée à travers sept contrées, et un jour je régnerai sur tes bois et tes jardins, tes rues et tes palais. Je chanterai pour des hommes qui comprendront mes chants et qui les écouteront sans en rire. Car je suis Iranon, le Prince d'Aira. »

Cette nuit-là, les hommes de Teloth logèrent l'étranger dans une étable. Au matin, un archonte vint le trouver pour lui dire d'aller à l'échoppe d'Arthok, le cordonnier, pour être son apprenti.

— Mais je suis Iranon, un chanteur de chansons, dit-il, et je ne me sens pas la vocation de cordonnier.

— Tout le monde doit travailler à Teloth, répondit l'archonte. Ici, c'est la loi.

— Pourquoi travaillez-vous ? répliqua Iranon. N'est-ce pas pour vivre et être heureux ? Et si vous ne travaillez que pour travailler davantage, quand trouverez-vous le bonheur ? La vie n'est-elle pas faite aussi de beauté et de chansons ? Si vous n'admettez pas les chanteurs parmi vous, que ferez-vous alors des fruits de votre labeur ? Un travail sans chansons, c'est comme une dure journée sans fin. La mort elle-même me semble plus agréable.

Mais l'archonte était morose. Il ne comprit rien à ce discours et réprimanda l'étranger :

— Tu es un curieux jeune homme, et je n'aime ni ton visage ni ta voix. Les paroles que tu prononces sont des blasphèmes, car les dieux de Teloth ont dit que le travail était bon. Nos dieux nous ont promis un paradis de lumière. Après la mort, nous connaîtrons le repos éternel, et une froideur de cristal où personne ne tourmentera son esprit avec la pensée ou ses yeux avec la beauté. Va chez Arthok, le cordonnier, ou quitte la ville avant le coucher du soleil. Tout le monde ici doit travailler. Chanter n'est que sottise.

Alors Iranon sortit de l'étable. Il marcha dans les rues étroites, entre les sinistres maisons de granit, à la recherche d'un espace vert, car tout n'était que pierre. Les visages des hommes étaient hostiles et exprimaient la réprobation. Il arriva ainsi au quai de pierre de la lente rivière Zuro, où était assis un petit garçon aux yeux tristes qui contemplait, sur l'eau, les branches aux bourgeons verts apportées par les torrents des collines. L'enfant lui dit :

— N'es-tu pas celui dont parlent les archontes ? Celui qui recherche une lointaine cité dans un beau pays ? Je m'appelle Romnod. Je suis né à Teloth, mais je n'arrive pas encore à m'habituer à la ville de granit. Je me languis chaque jour des bosquets tièdes, des lointains paysages de beauté et des chants. Au-delà des collines karthiennes, il y a Oonai, la cité des luths et de la danse, dont les confidences des voyageurs affirment qu'elle est à la fois attirante et terrible. C'est là-bas que j'irais, si j'étais assez grand pour trouver seul le chemin. C'est là que tu devrais aller. Là, les hommes t'écouteront chanter. Quittons la cité de Teloth et partons ensemble pour les collines printanières. Tu me montreras comment on voyage et je t'écouterai chanter le soir, quand les étoiles, une à une, apportent le rêve dans l'esprit des dormeurs. Peut-être même Oonai, la cité des luths et de la danse, est-elle cette belle Aira que tu recherches ? Allons à Oonai, ô Iranon à la tête d'or, allons là où les hommes répondront à nos désirs. Là où ils nous accueilleront comme des frères, là où personne ne rira ni ne froncera les sourcils à ce que nous dirons.

— Qu'il en soit ainsi, petit, lui répondit Iranon. Si tu aspires à la beauté, il faut quiter la cité de granit et aller au-delà des montagnes. Je ne veux pas te laisser dépérir au bord du Zuro paresseux. Mais ne crois pas que tu trouveras la joie et la compréhension de l'autre côté des collines karthiennes, ni plus loin ni au bout d'un voyage d'un jour, ou d'un an, ou d'un lustre.

Ecoute : quand j'étais petit comme toi, j'habitais dans la vallée de Narthos, près du glacial Xari, où personne ne prêtait attention à mes rêves. Lorsque je serai plus grand, me disais-je, j'irai à Sinara, sur la côte sud, et je chanterai pour les chameliers souriants, sur la place du marché. Mais quand enfin j'arrivai à Sinara, je ne trouvai que des chameliers ivres et débauchés. Leurs chants étaient différents des miens. Je voyageai ensuite, en barque, sur le Xari, jusqu'à Jaren aux murs d'onyx. Mais les soldats de Jaren se moquèrent de moi, et me chassèrent, si bien que j'errai de cité en cité. J'ai vu Stethelos sous la grande cataracte, et j'ai contemplé le marécage où s'élevait jadis Sarnath. Je suis allé à Thraa, Ilarnek et à Kadatheron, au bord de la sinueuse rivière Aï. J'ai longtemps aussi habité à Olathoe, dans le pays de Lomar. Mais si j'ai eu parfois des auditeurs, ils ont toujours été peu nombreux, et je sais que je ne trouverai le bonheur qu'à Aira, la cité de marbre et de béryl, où mon père était jadis Roi. C'est pourquoi nous chercherons Aira. Nous irons visiter la lointaine Oonai, au-delà des collines karthiennes, qui pourrait être Aira, bien que je ne le croie pas. La beauté d'Aira dépasse l'imagination, et personne ne peut en parler sans ravissement, ce qui n'est pas le cas d'Oonai, dont les chameliers parlent d'un air concupiscent.

Au coucher du soleil, Iranon et le petit Romnod quittèrent Teloth et errèrent longuement parmi les vertes collines et les fraîches forêts. La route était dure et obscure, et elle semblait ne jamais vouloir conduire les voyageurs à Oonai, la cité des luths et de la danse. Chaque soir, quand les étoiles apparaissaient, Iranon chantait Aira et ses merveilles, et Romnod écoutait. Ils étaient amis, heureux, tous les deux à leur façon. Pour se nourrir, ils mangeaient en abondance des fruits et des baies rouges. Le temps passait et ils ne remarquèrent ni l'un ni l'autre que de nombreuses années s'étaient écoulées. Le petit Romnod était devenu grand. Il parlait d'une voix grave, et non plus aiguë, mais Iranon ne vieillissait pas. Ses cheveux dorés étaient toujours couverts de feuillages et parfumés d'une résine odorante qu'il trouvait dans les bois. Un jour, Romnod parut plus âgé que Iranon, bien qu'il fût très jeune quand son ami l'avait rencontré à Teloth en train de contempler les bourgeonnantes branches vertes flottant près des rives de pierre du paresseux Zuro.

Par une nuit de pleine lune, les voyageurs, en arrivant au sommet d'une montagne, découvrirent la myriade de lumières d'Oonai. Des paysans leur avaient dit qu'ils approchaient, mais Iranon sut que ce n'était pas Aira, sa cité natale. Les lumières d'Oonai étaient dures et crues, tandis que celles d'Aira brillaient aussi doucement et aussi magnifiquement que les rayons de lune sur le sol, près de la fenêtre où la mère d'Iranon chantait jadis des chansons pour l'endormir. Iranon et Romnod descendirent la colline escarpée et gagnèrent Oonai à la recherche d'hommes à qui les chansons et les rêves apporteraient la joie. Lorsqu'ils arrivèrent dans la ville, ils aperçurent des fêtards, des guirlandes de roses autour du cou, qui allaient de maison en maison. Ces hommes, qui écoutèrent les chansons d'Iranon, lui lancèrent des fleurs et l'applaudirent quand il eut fini. Alors, pendant un instant, Iranon crut qu'il avait enfin trouvé ceux qui pensaient et ressentaient la même chose que lui.

Quand l'aurore se leva, Iranon regarda autour de lui avec tristesse : les dômes d'Oonai n'étaient pas dorés, mais gris et lugubres ; la ville était cent fois moins belle que Aira. Les habitants étaient livides à force de débauches, amollis par le vin, et tout à fait différents des hommes beaux et radieux d'Aira. Mais comme ces gens lui avaient lancé des fleurs en applaudissant ses chansons, Iranon resta, ainsi que son ami, qui aimait l'atmosphère de fête de la ville. Romnod portait des roses et de la myrrhe dans ses cheveux noirs. Iranon chantait la nuit pour les fêtards, mais il ne changeait pas. Couronné de vigne des montagnes, il rêvait toujours aux rues de marbre d'Aira, au cristallin Nithra.

Iranon se produisit un jour dans le palais couvert de fresques du monarque, sur un dais de cristal élevé au-dessus d'un gigantesque miroir. Il chanta avec tant de cœur qu'il donna à ses auditeurs l'impression que le sol reflétait des choses anciennes, très belles, et à demi oubliées, et non des convives congestionnés par le vin qui lui lançaient des roses. Le Roi le pria de quitter sa pourpre déchirée, et l'habilla de satin et de tissu d'or, avec des bagues de jade vert et des bracelets d'ivoire teinté. Il le logea dans une chambre dorée et décorée de tapisseries, avec un lit de bois joliment sculpté et couvert de soie brodée de fleurs. Iranon demeura alors à Oonai, la cité des luths et des danses.

On ne sait pas combien de temps Iranon resta à Oonai, mais un jour, le Roi fit venir au palais des danseurs tourbillonnants du désert de Liranie et des joueurs de flûte basanés de Drinen. Ce soir-là, les noceurs lancèrent beaucoup moins de roses à Iranon qu'aux danseurs et aux joueurs de flûte. Peu à peu Romnod, jadis le petit garçon de Teloth, la ville de granit, devenait plus grossier et s'enivrait. Il rêvait de moins en moins et n'écoutait plus avec le même plaisir les chants d'Iranon. Malgré sa tristesse, Iranon continuait à chanter et à rêver d'Aira, la cité de marbre et de béryl.

Puis une nuit, Romnod, alourdi et congestionné, s'éteignit, sur les coussins de soie de sa couche de banquet. Il mourut pendant que Iranon, pâle et mince, chantait pour lui-même, dans un coin sombre.

Après avoir pleuré son ami et recouvert sa tombe de branches aux bourgeons verts comme les aimait jadis Romnod, Iranon enleva ses vêtements de soie et ses parures, et quitta Oonai, la cité des luths et des danses, sans que personne le remarquât, vêtu seulement de la pourpre déchirée avec laquelle il était arrivé, et le front couronné de vigne fraîche des montagnes.

Au coucher du soleil, Iranon repartait à la recherche de son pays natal et d'hommes qui comprendraient et aimeraient ses chansons et ses rêves. Dans toutes les villes de Cydathrie et dans les contrées au-delà du désert de Bnazie, les enfants aux visages malicieux se moquèrent de ses chansons anciennes et de sa tunique de pourpre déchirée. Iranon paraissait toujours aussi jeune et chantait inlassablement Aira, la cité magique.

Il arriva une nuit dans la cabane misérable d'un vieux berger, courbé par les ans et sale. L'homme gardait des moutons sur une pente rocailleuse qui s'élevait au-dessus d'un marécage de sables mouvants. Iranon s'adressa à lui, comme il l'avait fait tant de fois :

— Peux-tu me dire où je trouverai Aira, la cité de marbre et de béryl, où coule le Nithra cristallin ?

En entendant ces mots, le berger regarda longuement et intensément Iranon, comme s'il se souvenait de quelque chose de très ancien. Il étudia chaque trait de son visage, ses cheveux dorés et sa guirlande de feuillage. Puis hochant la tête, il répondit :

— O Etranger, j'ai bien entendu parler d'Aira, et des autres noms que tu as mentionnés, mais ils remontent loin dans le temps. Je les ai entendus dans ma jeunesse de la bouche d'un compagnon de jeux, le fils d'un mendiant qui avait des rêves étranges, et qui inventait de longues histoires sur la lune, les fleurs et le vent d'ouest. Nous nous moquions de lui, car nous connaissions son origine, bien qu'il se prît pour le fils du Roi. Il était beau, comme toi, mais étrange et un peu fou. Il s'est enfui de chez lui encore très jeune pour trouver ceux qui écouteraient avec plaisir ses chansons et ses rêves. Combien de fois m'a-t-il chanté des poèmes sur des contrées qui n'ont jamais existé, et sur des choses qui ne pourront jamais être ! Il parlait beaucoup d'Aira, de la rivière Nithra et des cascades du petit Kra. Il disait toujours, quoique nous fussions parfaitement au courant de ses origines, qu'il avait régné sur ces contrées. Mais il n'y a jamais eu de cité de marbre appelée Aira, ni d'hommes qui prendraient plaisir à écouter d'étranges chansons, sauf dans les rêves de mon ancien compagnon de jeux, Iranon, qui a disparu.

Et dans le crépuscule, tandis que les étoiles apparaissaient une à une, et que la lune répandait sur le marécage une lumière semblable à celle qu'un enfant aime voir palpiter sur le sol, quand on le berce pour l'endormir, un vieil homme à la tunique déchirée, couronnée de feuilles de vigne flétries, s'enfonça dans les sables mouvants mortels, regardant droit devant, comme s'il voyait les dômes d'or d'une belle cité où l'on comprendrait ses rêves.

Cette nuit-là, une partie de la jeunesse et de la beauté de l'ancien monde disparut à jamais.

CELEPHAIS

En rêve, Kuranes contempla la cité dans la vallée. La côte s'étendant derrière le pic neigeux qui domine la mer, et les galères aux couleurs gaies qui sortent du port pour aller vers les régions lointaines où le ciel et la mer se rejoignent. Ce fut également en rêve qu'il acquit ce nom de Kuranes, car lorsqu'il s'éveilla, il constata qu'on l'appelait autrement. Peut-être était-ce pour lui chose naturelle que de rêver d'un nouveau nom, car, dernier descendant d'une famille, et seul parmi les millions d'habitants indifférents de Londres, rares étaient ceux qui lui parlaient pour lui rappeler qui il avait été. Il avait perdu ses terres et son argent, et n'aimait guère les manières des gens qui l'entouraient. Il préférait rêver et transcrire ses rêves. Ceux à qui il montrait ses écrits se moquaient de lui, si bien qu'il les garda pour lui seul, et finalement cessa d'écrire. Plus il s'éloignait du monde qui l'entourait, et plus ses rêves devenaient merveilleux : il aurait donc été vain d'essayer de les coucher sur le papier. Kuranes n'était pas moderne, il ne pensait pas de la même façon que ceux qui écrivent. Tandis que ceux-ci s'efforcent de dépouiller la vie des voiles brodés des mythes qui l'entourent, montrant dans sa laideur cette triste chose qu'est la réalité, Kuranes recherchait uniquement la beauté. Quand la vérité et l'expérience n'eurent pas réussi à la lui révéler, il la chercha dans l'imagination et dans l'illusion, et la trouva toute proche, parmi les souvenirs nébuleux des contes et des rêves de son enfance. Enfant, nous écoutons et nous rêvons, nous avons des pensées encore floues, et quand, une fois adultes, nous essayons de les faire revivre en notre mémoire, le poison prosaïque de la vie ternit ces visions. Mais certains d'entre nous s'éveillent la nuit avec d'étranges phantasmes de collines et de jardins enchantés, de fontaines chantant dans le soleil, de falaises dorées qui surplombent des mers calmes, de plaines qui s'étendent jusqu'au pied de cités endormies et de légions de héros qui galopent sur des chevaux blancs caparaçonnés à l'orée de forêts épaisses. Alors, nous savons que nous sommes retournés en arrière, par des portes d'ivoire, dans ce monde merveilleux qui fut le nôtre avant l'âge de raison, qui est celui de la tristesse.

Kuranes revint très brusquement dans l'univers de son enfance. Il avait « revu » la maison où il était né, la vaste demeure de pierre couverte de lierre où treize générations de ses ancêtres avaient vécu et où il avait espéré mourir. Le clair de lune resplendissait, et il était sorti dans la nuit d'été parfumée. Il avait traversé les jardins, descendu les terrasses, longé l'allée de chênes du parc et marché sur la longue route blanche qui mène au village. Celui-ci semblait ancien. Kuranes se demanda si les toits pointus des petites maisons cachaient le sommeil ou la mort. Dans les rues, une herbe haute poussait. De chaque côté, des fenêtres aux vitres brisées. Kuranes ne s'était pas attardé. Comme poussé vers un but, il avait poursuivi son chemin. Puis il avait été attiré dans une ruelle qui montait aux falaises, et était arrivé, enfin, au précipice, où le village et le monde entier tombaient à pic dans le vide sans écho de l'infini. Là où même le ciel était vide, sans lune et sans étoiles. La foi l'avait poussé à continuer au-dessus du précipice et dans le gouffre, où il était descendu en flottant.

Il avait contemplé des rêves sombres et sans forme, des sphères vaguement éclairées qui pouvaient être des rêves à moitié rêvés, des choses ailées qui riaient et semblaient se moquer de tous les rêveurs de l'univers. Puis une déchirure parut s'ouvrir dans l'obscurité devant lui, et il revit, au loin, la cité dans la vallée, radieuse et étincelante au-dessous de lui, avec la mer et le ciel à l'arrière-plan, et une montagne au sommet neigeux près du rivage. Kuranes se réveilla à ce moment précis. Mais il savait déjà que ce qu'il avait vu n'était autre chose que Celephais, dans la vallée de Ooth-Nargai, de l'autre côté des collines de Tanarie, où son esprit était demeuré l'éternité d'une heure par un après-midi d'été, il y avait bien longtemps. Il s'était éloigné de sa nurse et, étendu sur une proche falaise, il avait laissé la chaude brise marine le bercer et l'endormir. Il avait protesté quand on l'avait retrouvé, réveillé, et reconduit à la maison, car, au moment où on l'avait réveillé, il était sur le point de s'embarquer sur une galère dorée vers ces régions attirantes où le ciel et la mer se rencontrent. Et à présent, il était également furieux de s'éveiller, car il avait retrouvé sa fabuleuse cité, après quarante pénibles années.

Trois nuits plus tard, Kuranes revint à Celephais. Comme la fois précédente, il rêva d'abord du village endormi et mort, et de l'abîme sur lequel on doit flotter en silence. Puis la déchirure s'ouvrit de nouveau, et il aperçut les minarets scintillants de la cité, il vit les gracieuses galères à l'ancre dans le port bleu, observa les arbres gingko, sur le mont Aran, frémissants sous la brise marine. Mais cette fois il ne fut pas arraché à cette vision, et, comme s'il avait des ailes, il se posa doucement sur une colline herbeuse. Il était vraiment revenu dans la vallée de Ooth-Nargai et dans la splendide cité de Celephais.

Au pied de la colline, parmi les herbes parfumées et les fleurs éclatantes, Kuranes marcha. Il franchit le Naraxa torrentueux sur un petit pont de bois, où il avait gravé son nom bien des années auparavant, traversa les bosquets jusqu'au grand pont de pierre à l'entrée de la cité. Rien n'avait vieilli. Les murs de marbre n'étaient pas décolorés et les statues de bronze poli n'étaient pas ternies. Jusqu'aux sentinelles sur les remparts qui étaient les mêmes, aussi jeunes qu'auparavant. Quand il pénétra dans la cité, passa les portes de bronze et marcha sur les pavés d'onyx, les marchands et les chameliers le saluèrent comme s'il n'était jamais parti, et ce fut la même chose au temple de turquoise de Nath-Horthath, où les prêtres couronnés d'orchidées lui déclarèrent que le temps n'existait pas à Ooth-Nargai et que la jeunesse y était éternelle. Puis Kuranes prit la rue des colonnes pour atteindre la muraille, près de la mer, où se rassemblent commerçants, marins, hommes étranges venus des contrées où la mer et le ciel se rencontrent. Il resta là longtemps, contemplant le port coloré où les vagues scintillaient sous un soleil inconnu et où les galères venues de loin voguaient sur l'eau. Et il contempla aussi le mont Aran, qui s'élevait majestueusement au-dessus de l'océan, avec ses pentes couvertes d'arbres et son blanc sommet touchant le ciel.

Plus que jamais, Kuranes désirait partir sur une galère vers ces lieux lointains dont il avait entendu tant de contes étranges. Il se remit à chercher le capitaine qui avait accepté de l'emmener autrefois. Il trouva l'homme, Athib, assis sur le même coffre d'épices. Ensemble ils ramèrent jusqu'à une galère du port, et, après avoir donné des ordres aux marins, commencèrent à s'éloigner sur la mer houleuse qui conduit au ciel. Plusieurs jours, ils voguèrent au gré des flots, jusqu'à ce que, finalement, ils arrivent là où la mer et la terre se rencontrent. La galère ne s'arrêta pas, mais se mit à flotter aisément dans le bleu du ciel parmi les nuages floconneux et teintés de rose. Et, loin sous la quille, Kuranes pouvait voir des pays étranges, des rivières et des cités d'une beauté extraordinaire, qui s'étendaient, indolents, sous le soleil. Enfin, Athib lui dit que leur voyage approchait de son terme, et qu'ils entreraient bientôt dans le port de Serranian, la cité de marbre rose des nuages, sur la côte éthérée où le vent de l'ouest se mêle au ciel ; mais au moment où les plus hautes tours sculptées de la cité lui apparaissaient, il y eut un bruit quelque part dans l'espace et Kuranes s'éveilla dans sa mansarde de Londres.

Pendant plusieurs mois, ensuite, Kuranes chercha en vain à retrouver Celephais et ses galères voguant vers le ciel. Personne dans ses rêves ne fut capable de lui indiquer le chemin de Ooth-Nargai, de l'autre côté des collines de Tanarie. Une nuit, il vola au-dessus de montagnes sombres où brillaient des feux de camp isolés, très éloignés les uns des autres, et où l'on voyait d'étranges troupeaux dont les chefs portaient des clochettes. Dans la partie la plus sauvage de cette contrée inconnue, il découvrit un vieux mur de pierre qui zigzaguait sur les crêtes et les vallées, trop gigantesque pour avoir été construit par des mains d'hommes, et si long qu'on n'en pouvait apercevoir la fin. Au-delà de cette muraille, dans l'aube grise, il parvint dans une contrée de jardins. Au lever du soleil, il y découvrit une telle splendeur de fleurs rouges et blanches, de feuillages et de pelouses vertes, d'allées blanches, de ruisseaux de diamants, de lacs d'azur, de ponts sculptés, et de pagodes aux toits rouges, que dans son plaisir il en oublia Celephais.

Une autre nuit, Kuranes grimpa un interminable escalier en spirale, aux degrés humides, et parvint à la fenêtre d'une tour qui dominait une vaste plaine et une rivière éclairée par la lune. Dans la cité silencieuse qui s'étendait au bord de la rivière, il eut l'impression de contempler un paysage déjà connu. Il serait descendu pour demander la route de Ooth-Nargai, si une aurore inquiétante n'avait surgi d'un endroit lointain, au-delà de l'horizon, révélant la ruine et la vieillesse de la cité, la stagnation de la rivière couverte de roseaux et la mort qui régnait sur ce pays depuis que le roi Kyranatholis, revenu de ses conquêtes, avait subi chez lui la vengeance des dieux.

C'est ainsi que Kuranes chercha en vain la merveilleuse cité de Celephais et ses galères qui voguent dans le ciel vers Serranian. Il vit beaucoup de merveilles, et une fois il échappa de justesse au grand prêtre, qu'on ne peut décrire, qui porte un masque de soie jaune sur le visage et vit seul dans un monastère de pierres préhistoriques, sur le plateau désertique et glacé de Leng. Avec le temps, il ne put plus supporter les mornes intervalles du jour, et se mit à acheter des drogues pour augmenter ses périodes de sommeil. Le hachisch l'aida beaucoup et l'envoya une fois dans une partie de l'espace où la forme n'existe pas. Un gaz de couleur violette lui dit que cette partie de l'espace se situait par-delà l'infini. Le gaz n'avait jamais entendu parler de planète ni d'organisme auparavant, mais il identifia Kuranes comme un simple produit de l'infini où la matière, l'énergie et la gravitation existent. Kuranes était maintenant impatient de retrouver Celephais et ses minarets, et augmentait ses doses de drogue.

Vint un jour où il se trouva à court d'argent. Puis, par une journée d'été, il fut renvoyé de sa mansarde et erra sans but dans les rues. Au-delà d'un pont, les maisons devinrent de plus en plus minces. C'est là que l'accomplissement se produisit, et qu'il rencontra le cortège venu de Celephais, pour l'y conduire définitivement. C'étaient de beaux cavaliers, montés sur des chevaux rouans, revêtus d'armures étincelantes, avec des tabards tissés d'or, aux blasons étranges. Ils étaient si nombreux que Kuranes les prit pour une armée, mais on les avait envoyés en son honneur ; puisque c'était lui qui avait créé Ooth-Nargai dans ses rêves, il allait maintenant être nommé son Dieu régnant pour toujours. Ils lui donnèrent un cheval et le mirent à la tête de la cavalcade, et tous galopèrent majestueusement à travers les plaines du Surrey, jusqu'à la région où Kuranes et ses ancêtres avaient vu le jour. C'était très étrange, mais les cavaliers semblaient remonter le temps au cours de leur galop. Quand il fit sombre, ils voyagèrent plus rapidement, jusqu'à ce qu'ils eussent l'impression de voler. A l'aube incertaine, ils arrivèrent dans un village que Kuranes avait vu vivant dans son enfance, et mort ou endormi dans ses rêves. A présent, il était vivant, et les villageois matinaux s'inclinèrent très bas quand les cavaliers paradèrent dans la rue et tournèrent dans la ruelle qui se termine dans l'abîme des rêves. Kuranes n'avait pénétré dans cet abîme que la nuit, et il se demanda à quoi il ressemblerait le jour. C'est pourquoi il attendait anxieusement d'y parvenir. Juste au moment où il arrivait au bord du précipice, une lueur dorée surgit de l'ouest et enveloppa tout le paysage de vapeurs éclatantes. L'abîme était un chaos bouillonnant de splendeurs roses et azurées, et des voix invisibles chantèrent avec exultation tandis que le cortège des cavaliers plongeait dans le vide et flottait gracieusement au-delà des nuées brillantes. Les cavaliers évoluèrent à l'infini, leurs montures galopant dans l'éther comme sur des sables d'or. Les vapeurs lumineuses s'entrouvrirent alors pour révéler une clarté plus lumineuse, la clarté de la cité de Celephais et de la côte qui s'étend derrière elle, du pic neigeux qui domine la mer et des galères aux couleurs gaies qui sortent du port et partent vers les régions éloignées où le ciel et la mer se rejoignent.

Et Kuranes régna alors sur Ooth-Nargai. Il y règne encore, et il y régnera toujours, même si au pied des falaises d'Innsmouth le ressac joue avec le corps d'un vagabond qui a traversé à l'aube le village désert, joue avec ce corps et le jette sur les rochers au pied de la tour Trevor recouverte de lierre, là où un brasseur millionnaire particulièrement odieux jouit des biens d'une noble famille aujourd'hui éteinte.

POLARIS

A travers la fenêtre de ma chambre, l'Etoile polaire brille d'une étrange lueur. Pendant les longues heures infernales des ténèbres, elle est là qui étincelle. Et en automne, lorsque les vents mugissent avec rage, lorsque les arbres du marécage, aux feuilles rougeâtres, bruissent dans le petit matin, alors que la corne lunaire pâlit, je m'assieds près de la croisée et contemple l'Etoile. Tombant de la voûte céleste, l'éclat de la scintillante Cassiopée vacille au fil des minutes, tandis que Charles Wain, le bûcheron, commence à travailler au milieu de la brume détrempée du marais. Juste avant l'aurore, Arcturus clignote sur le cimetière et, au loin, la chevelure de Bérénice luit, étrange, dans l'est mystérieux. La Polaire, elle, darde ses rayons cendrés et froids sur la terre, clignant hideusement comme un œil fou qui essaie de transmettre un message, mais qui a tout oublié, excepté qu'il avait un message à remettre. Quelquefois, quand le ciel est nuageux, je réussis à dormir.

Je me rappelle la nuit de la grande Aurore, lorsque les reflets de cette lumière démoniaque jouaient sur la fondrière. Un passage de lourds nuages en masqua les rayons, et je m'endormis.

Ce fut dans le dernier halo d'un croissant de lune que j'aperçus, pour la première fois, la Cité. Elle reposait, sereine et engourdie, sur un curieux plateau situé au creux d'un vallon, lui-même entouré de pics insolites. Ses murs, ses tours, ses colonnes, ses dômes et ses trottoirs étaient en marbre blafard. Dans les rues de marbre, des piliers de marbre portaient sur leur partie supérieure les têtes sculptées d'hommes barbus au visage austère. L'air était léger, immobile et chaud. A peine à dix degrés au-dessus du zénith, luisait l'Etoile polaire. Longtemps j'observai la ville, mais le jour ne se leva point. Après que la rougeoyante Aldébaran, qui chatoyait bas dans le ciel, eut accompli un quart de sa route autour de l'horizon, je vis de la lumière et de l'animation dans les maisons et dans les rues. Des silhouettes bizarrement drapées, empreintes d'une grande noblesse, mais qui me parurent immédiatement familières, circulaient sous la pâle lumière de la lune déclinante. Elles s'exprimaient avec sagacité dans un idiome que je comprenais, bien qu'il ne ressemblât à aucune des langues que je connaissais.

Et quand la rouge Aldébaran eut accompli plus de la moitié de sa route, l'obscurité et le silence retombèrent.

Lorsque je m'éveillai, je n'étais plus le même. Ma mémoire avait conservé la vision de la Cité et mon âme s'en était fait un souvenir vague dont la nature m'était incertaine. Par la suite, quand les nuits brumeuses me laissaient dormir, je revis souvent la Cité. Quelquefois, elle m'apparaissait sous les rayons chauds et dorés d'un soleil qui lui non plus ne se couchait pas, mais tournait lentement autour de l'horizon. Par les nuits claires, l'Etoile polaire brillait d'un éclat plus redoutable que jamais.

Graduellement, j'en vins à me demander quelle serait ma place dans cette ville mystérieuse, sur cet étrange plateau perdu au milieu d'étranges pics. Au début, je me contentais d'observer en spectateur intemporel, mais maintenant je désirais m'intégrer à la vie de la Cité, et donner mon avis, tout comme ses habitants, des hommes graves qui chaque jour réglaient leurs affaires sur les places publiques. J'en arrivai même à penser que ce n'était pas un rêve. Car pourquoi cette maison de pierre et de brique située au sommet de la colline, entre un sinistre marécage et un vieux cimetière, pourquoi cette chambre où pénétrait chaque nuit l'Etoile polaire seraient-elles plus réelles que la Cité ?

Une nuit, alors que j'écoutais une conversation qui se déroulait dans un grand parc plein de statues, je perçus un changement, et je compris que j'étais enfin physiquement présent dans la ville. Je ne venais plus en étranger sur le plateau de Sarkia, entre les pics Noton et Kadiphonek, dans les rues d'Olathoe. Mon ami Alos avait pris la parole, et son discours plut à mon âme. C'était celui d'un homme courageux et d'un véritable patriote. Cette nuit-là Daikos avait été destitué et les Inutos reprenaient les hostilités. Cinq ans auparavant, ces infernaux petits êtres jaunes et courtauds étaient venus de l'Ouest inconnu jusqu'aux confins du royaume, pour assiéger plusieurs de nos villes. Ils étaient au pied de la montagne, occupant déjà les places fortifiées qui défendaient l'accès du plateau. A moins que chacun d'entre nous n'opposât aux envahisseurs la résistance de dix hommes, nous étions perdus. Ces êtres trapus étaient passés maîtres dans l'art de la guerre. Ils n'avaient pas les mêmes scrupules que nos grands hommes aux yeux gris de Lomar à l'égard des conquêtes brutales.

Alos, mon ami, commandait toutes les forces du plateau, et c'est sur lui que reposait le dernier espoir de notre pays. A cette occasion, il évoqua les dangers qu'il faudrait affronter, et il exhorta les hommes d'Olathoe à se montrer aussi courageux que leurs ancêtres, les vaillants Lomariens, qui avaient victorieusement balayé les Gnophkehs — cannibales aux grands bras et à la longue chevelure — lorsqu'ils avaient été forcés d'évacuer Zobna vers le sud devant la progression d'une immense nappe de glace.

Alos me refusa le droit de me battre aux côtés de ses guerriers. Il savait que j'étais faible et sujet à d'étranges malaises lorsque j'étais soumis à des efforts et à des privations. Comme j'avais les yeux les plus perçants de la ville, et ce malgré les longues heures que je passais chaque jour à étudier les manuscrits pnakotiques et les écrits philosophiques des Pères zobnariens, mon ami, qui ne voulait pas me condamner à l'inaction, se reposa sur moi d'une tâche de la plus haute importance. Il m'envoya comme vigie à la tour de guet de Thapnen. Si les Inutos essayaient de surprendre la garnison de la Citadelle par le col du pic Noton, je devais donner le signal de tir à nos soldats, qui sauveraient ainsi la ville d'un désastre immédiat.

J'étais seul dans la tour, car chaque homme valide était requis à la défense des cols. Mon cœur me faisait mal à force d'excitation et (je n'avais pas dormi depuis plusieurs jours) de fatigue. J'aimais Lomar, le pays qui m'avait vu naître, et Olathoe, la cité de marbre, entre les pics Noton et Kadiphonek. J'étais fermement décidé à assumer toutes mes responsabilités.

Mais tandis que je me tenais à l'affût, dans la pièce située au sommet de la tour, j'aperçus la corne lunaire avant son ultime déclin, rouge et sinistre, clignotant à travers les vapeurs qui stagnaient au-dessus de la lointaine vallée de Banof. Par une ouverture du toit, la pâle et scintillante Etoile polaire se mit à frémir comme si elle était vivante et à me provoquer comme un démon tentateur. Il me semblait qu'elle me murmurait de mauvais conseils, m'enjoignant de m'enfoncer dans une somnolence traîtresse, à l'aide de cette litanie au rythme diabolique :

Endors-toi, guetteur, jusqu'à ce que les astres
Aient tourné pendant vingt-six mille ans.
Alors, je reviendrai à l'endroit où je brûle à pré-
[sent.
D'autres étoiles se lèveront alors dans l'axe du
[ciel,
Des étoiles qui apaisent et des étoiles qui bénis-
[sent
Avec une douce miséricorde.
C'est seulement lorsque j'aurai terminé mon
[périple
Que le passé viendra frapper à la porte.

Je luttais contre cette incoercible envie de dormir, essayant, en vain, de retrouver dans mes lectures des manuscrits pnakotiques sur la science céleste un sens à ces étranges paroles. Ma tête, lourde et oscillante, tomba sur ma poitrine, et quand j'ouvris à nouveau les yeux, j'étais dans un rêve. Par-dessus les arbres horribles et oscillants d'un marécage de cauchemar, l'Etoile polaire, à travers la fenêtre, me fixait avec un effrayant rictus. Et ce rêve est sans fin.

Parfois, je hurle frénétiquement de honte et de désespoir, suppliant les créatures de rêve qui m'entourent de me réveiller avant que les Inutos ne franchissent le col de Noton pour prendre la citadelle par surprise. Mais ces créatures sont des démons, elles me disent que je ne rêve pas. Elles se moquent de moi. Elles me tournent en dérision pendant mon sommeil, tandis que l'ennemi jaunâtre et trapu s'infiltre silencieusement dans nos lignes. J'ai failli à mon devoir et j'ai livré la cité de marbre d'Olathoe. J'ai trahi Alos, mon ami, mon chef. Et ces ombres continuent à se gausser de moi. Elles m'affirment que le pays de Lomar n'existe nulle part ailleurs que dans mon imagination ténébreuse, que dans ces contrées où l'Etoile polaire brille haut dans le ciel et où la rouge Aldébaran se déplace bas sur l'horizon, il n'y a jamais eu que glace et que neige depuis des millénaires, et aucun homme, si ce n'est des créatures jaunes et rabougries, flétries par le froid, qu'on appelle « Esquimaux ».

Et pendant que je me tords dans les affres de la culpabilité, essayant convulsivement de sauver la cité pour laquelle le péril augmente de minute en minute, luttant sans espoir pour me débarrasser du rêve de la maison de pierre et de brique dressée sur la colline entre un sinistre marécage et un cimetière, l'Etoile polaire, diabolique et monstrueuse, darde de la voûte ténébreuse ses rayons cendrés et froids, clignant hideusement comme un œil fou qui essaie de transmettre un message, mais qui a tout oublié, excepté qu'il avait un message à transmettre.

LA MALEDICTION DE SARNATH

Au pays d'Anar, il existe un lac vaste et tranquille. Aucun fleuve n'y prend sa source, aucun fleuve ne vient s'y jeter. La puissante cité de Sarnath, construite sur ses rives il y a dix mille ans, n'existe plus. Mais bien avant Sarnath, aux prémices de la création du monde, s'élevait sur ce rivage une autre cité, Ib, aussi ancienne que le lac lui-même.

Ib, la ville de pierre grise, était peuplée de laides et étranges créatures. Sur les cylindres de brique de Kadatheron, on peut lire qu'elles étaient de la même couleur verte que le lac brumeux. Elles avaient des yeux proéminents, des lèvres pendantes et charnues, de curieuses oreilles, mais pas de voix. Elles étaient descendues de la lune, par une nuit de brouillard, en même temps que le lac et la cité de pierre grise, Ib. Ces êtres bizarres avaient pour divinité une idole de pierre verte comme la mer, taillée à l'image de Bokrug, le grand lézard aquatique, qu'ils vénéraient en des danses horribles lorsque la lune, en son plein, était gibbeuse. Sur les papyrus d'Ilarnek, on peut lire également qu'ils découvrirent, un jour, les secrets du feu. Les flammes furent soigneusement entretenues pour relever de leur éclat fantastique d'étranges cérémonies. Mais on sait très peu de choses sur les habitants d'Ib. Ils vivaient il y a si longtemps, et notre monde humain est si jeune...

Après quelques millénaires, des hommes firent leur apparition au pays d'Anar. Des bergers basanés, accompagnés de leurs troupeaux laineux, édifièrent Thraa, Ilarnek et Kadatheron au bord de la sinueuse rivière Aï. Certaines tribus, plus téméraires que les autres, poussèrent jusqu'au bord du lac dont le sous-sol était fort riche en métaux précieux et y construisirent Sarnath. Installés non loin de la grise cité d'Ib et de ses singuliers habitants, les bergers se prirent d'une haine féroce à l'égard de leurs voisins. Ils n'aimaient pas à les voir se promener le soir autour de leur ville. Ils n'aimaient pas non plus leurs étranges et grises sculptures monolithiques, témoins de l'antériorité de cette civilisation sur la leur. Plus le temps passait et plus les hommes de Sarnath détestaient les habitants d'Ib. Ils les détestaient d'autant plus que ces petits êtres étaient faibles et vulnérables : leurs corps avaient la consistance de la gelée et n'offraient aucune résistance aux jets de pierres ou de flèches.

Un jour, les guerriers de Sarnath décidèrent de détruire Ib. Frondeurs, archers, lanciers, tous marchèrent sur la cité grise, dont ils massacrèrent les habitants. Pour ne pas avoir à toucher ces étranges créatures, ils poussèrent leurs corps dans le lac à l'aide de longues perches. Puis ils détruisirent systématiquement tout ce qu'ils trouvèrent dans la cité, jetant dans le lac les énormes blocs monolithiques dont la pierre grise ne ressemblait à aucune autre, jusqu'à ce que, enfin, il ne restât plus rien de la très ancienne Ib.

Seule, l'idole de pierre couleur de mer, taillée à l'image de Bokrug, le lézard d'eau, trouva grâce auprès des guerriers, puisqu'ils l'emportèrent avec eux, comme symbole de leur victoire sur les dieux et les gens d'Ib. Mais la nuit qui suivit son entrée dans le temple, il se produisit sur le lac un étrange carrousel lumineux, et le lendemain, le peuple de Sarnath constata la disparition de l'idole verte, en même temps qu'il découvrait le cadavre du grand prêtre Taran-Ish. Il était étendu au pied de l'autel de chrysolite, le visage déformé par un effrayant rictus de peur. Avant de mourir, il avait écrit, d'une main tremblante, sur l'autel de chrysolite : *Malédiction.*

Après Taran-Ish, il y eut de nombreux grands prêtres à Sarnath, mais jamais on ne retrouva l'idole de pierre couleur de mer. Des siècles s'écoulèrent, Sarnath devint extrêmement prospère. Seuls les prêtres et quelques vieilles femmes se souvenaient du dernier message écrit par Taran-Ish, sur l'autel de chrysolite. Il y avait, à présent, une route reliant Sarnath à Ilarnek. De nombreuses caravanes la prenaient pour venir échanger des métaux précieux, des tissus chatoyants, des bijoux, des livres, des outils pour les artisans, et tous les objets de luxe appréciés des peuples résidant le long et au-delà de la sinueuse rivière Aï. Sarnath devint encore plus belle, plus savante, plus puissante. Elle envoya ses armées conquérir les contrées voisines, jusqu'au jour où il n'y eut plus qu'un roi, sur le trône de Sarnath, pour gouverner tout le pays d'Anar. Sarnath la magnifique était la merveille du monde, l'orgueil de l'humanité tout entière. Ses murs étaient en marbre poli. Ils avaient trois cents coudées de haut et soixante-quinze de large, pour permettre aux chars d'y circuler aisément. Du côté du lac, une grande muraille de pierre verte avait été édifiée pour retenir les immenses vagues qui commémoraient ainsi, curieusement, une fois l'an, la destruction de la cité d'Ib. Lorsqu'on entrait dans la ville, cinquante larges avenues, coupées par cinquante rues, conduisaient du lac aux portes. Elles étaient toutes pavées d'onyx, sauf celles sur lesquelles passaient les chevaux, les chameaux et les éléphants, qui, elles, étaient recouvertes de granit. Chacune des portes de bronze de la ville était flanquée de statues de lions et d'éléphants, travaillées dans une pierre inconnue. Les maisons de Sarnath étaient de brique vernissée et de calcédoine ; chacune possédait un jardin clos de murs et un joli lac cristallin. Elles étaient délicieuses et sans pareilles. Leurs dômes brillants émerveillaient les voyageurs de Thraa, d'Ilarnek et de Kadatheron. Et pourtant, ces maisons n'étaient rien à côté de la magnificence des palais, des temples et des jardins appartenant au vieux roi Zakkar. La plus petite de ses nombreuses demeures était plus merveilleuse que la plus belle résidence de Thraa, d'Ilarnek ou de Kadatheron. Ses palais étaient si hauts que, de l'extérieur, ils donnaient l'impression de toucher le ciel. Et lorsque des torches trempées dans l'huile de Dother les éclairaient, leurs murs révélaient de vastes fresques épiques d'une splendeur et d'une richesse inimaginables. Toutes les colonnes de marbre étaient sculptées et les parterres merveilleusement décorés de béryls, de lapis-lazulis, d'escarboucles et d'autres pierres rares, disposées de façon à reproduire d'extraordinaires tapis de fleurs. Il y avait également des fontaines somptueuses, dont les jets d'eau parfumée formaient des ballets d'un raffinement exquis. Quant au trône royal, il reposait sur plusieurs marches audessus du sol brillant. Il était tout en ivoire, d'une seule pièce. Plus personne n'aurait su dire d'où avait pu venir cet énorme bloc, mais il avait existé, puisque le trône en témoignait. Il y avait aussi de très nombreuses galeries et des cirques gigantesques où les lions, les éléphants et les hommes s'affrontaient pour le plaisir des rois. Parfois, ces arènes étaient remplies par les eaux du lac pour permettre d'organiser des luttes nautiques entre nageurs, ou entre des hommes et de dangereuses espèces d'animaux aquatiques. Les dix-sept temples de Sarnath ressemblaient à des tours élevées, et lorsqu'on s'en approchait, on s'apercevait qu'ils avaient été construits à l'aide de pierres multicolores absolument inconnues ailleurs. Le plus grand d'entre eux avait mille coudées de haut. C'est là que résidait le grand prêtre, dans un luxe à peine inférieur à celui des princes. C'est là que se réunissaient les foules pour adorer Zo-Kalar et Tamash, les principaux dieux de Sarnath, dont les châsses, enveloppées d'encens, ressemblaient aux trônes des monarques. Les icônes de ces idoles étaient si parfaites, si vivantes, qu'on aurait juré que les Dieux barbus étaient assis là en personne. C'est dans ce temple que se perpétuait la haine de Bokrug, le lézard aquatique. Et c'est là qu'était conservé l'autel de chrysolite sur lequel était inscrite la malédiction de Taran-Ish.

Le vieux roi Zakkar avait aussi fait construire de magnifiques jardins. Ils se trouvaient dans le centre de Sarnath, sur un vaste espace entouré de murs élevés, et surmonté d'un immense dôme de verre à travers lequel le soleil, la lune et les planètes se reflétaient avec éclat et douceur de jour comme de nuit. En été, les jardins étaient rafraîchis par une brise odorante dispensée par d'ingénieux éventails, et en hiver, un invisible système de chauffage entretenait une chaleur printanière à l'intérieur des jardins. Une multitude de ponts enjambaient de petits cours d'eau coulant sur les cailloux colorés. Séparés par de grandes pelouses, les petits rus, qui traversaient des jardins aux couleurs extrêmement variées, tombaient en cascades dans des mares fleuries de nénuphars. Des cygnes blancs y nageaient paisiblement, bercés par la mélodie des chants d'oiseaux rares qui se confondaient avec celle des eaux. Les rivages verdoyants s'étageaient en terrasses, ornés çà et là de ceps de vigne, d'arbres en fleurs et de bancs de marbre ou de porphyre. Et il y avait encore des chapelles et des temples plus petits où l'on pouvait se reposer en toute quiétude et prier des dieux plus familiers.

Chaque année, Sarnath commémorait la destruction d'Ib. C'était l'occasion de chanter, boire et danser. Il y avait de nombreuses et importantes réjouissances. Des fêtes animées, où se produisaient des luthistes couronnés de roses de Zokkar, rendaient hommage au courage des anciens, qui avaient exterminé les habitants d'Ib. Les rois, pour maudire les ossements des morts, se penchaient sur le lac qui les renfermait. Au début, les grands prêtres n'aimaient pas ces manifestations de joie sauvage, car, parmi eux, circulaient d'étranges récits. On racontait la disparition de l'icône couleur de mer, et que c'était de peur que Taran-Ish était mort. Du haut de leur tour, disaient-ils, ils apercevaient parfois des lueurs sous les eaux du lac. Mais les années passèrent sans que rien de notoire ne se produisît. Les prêtres en vinrent à rire de cette histoire, et à se joindre enfin aux orgies des festoyeurs. En vérité, n'avaient-ils point, du haut de leur tour, accompli eux-mêmes le rite ancien et secret de haine contre Bokrug ?

Sarnath vécut un millier d'années dans la richesse et le plaisir. La millième célébration de la destruction d'Ib dépassa en magnificence tout ce que l'imagination pouvait concevoir. On avait préparé ces festivités dix ans durant au pays d'Anar. A cette occasion, des hommes de Thraa, d'Ilarneck et de Kadatheron accoururent, qui sur son cheval, qui sur son chameau ou son éléphant. La veille du grand jour, les princes et les voyageurs avaient planté tentes et pavillons devant les murs de marbre. Dans la salle de banquet, Nargis-Hei, le Roi, ivre du vin vieux des caves de Pnoth, ville conquise, festoyait, entouré de ses nobles. A sa table, on dégustait des mets succulents : paons des lointaines collines d'Implan, talons de chameaux du désert de Bnazie, noix, épices des bocages sydathriens, perles du Mthal, battues par les vagues et dissoutes dans le vinaigre de Thraa. Des cuisiniers chevronnés avaient préparé cent sauces diverses. Mais les plats préférés des convives étaient les grands poissons du lac, servis sur des plats d'or incrustés de rubis et de diamants.

Pendant ce temps, d'autres fêtaient ailleurs ce millénaire. Dans la tour du grand Temple, les prêtres goûtaient eux aussi au plaisir du festin, et sous leurs pavillons, au-delà des enceintes, les princes étrangers avaient organisé leurs réjouissances.

Ce fut le grand prêtre Gnaï-Kah qui le premier vit les ombres descendre de la lune gibbeuse vers le lac et le brouillard vert s'élever au-dessus du plan d'eau pour envelopper d'un halo funeste les dômes et les tours de Sarnath, désormais condamnée.

Puis ceux qui étaient dans ces tours et autour de la ville virent flotter au-dessus de l'eau des lumières étranges, tandis que le rocher gris Akurion, qui de coutume se dressait sur les bords du lac, était submergé. La peur s'empara des princes d'Ilarnek et de Rokol qui firent démonter leurs tentes et repartirent.

Vers minuit, toutes les portes de bronze de Sarnath s'ouvrirent livrant passage à une foule terrifiée qui envahit la plaine. C'est alors que tous les étrangers prirent la fuite. Sur ces visages terrorisés se lisait la folie que fait naître une insurmontable horreur. Les paroles qui naissaient sur leurs lèvres évoquaient des scènes si affreuses que nul n'osa vérifier leurs dires. Les hommes qui avaient pénétré dans la salle du banquet royal en ressortirent hagards, les yeux révulsés d'effroi. Car Nargis-Hei et sa cour avaient disparu de ces lieux envahis par une horde d'êtres verdâtres, muets, aux yeux proéminents, aux lèvres charnues et pendantes, aux étranges oreilles. Les nouveaux venus s'étaient mis à danser. Ils agitaient des plateaux incrustés de rubis et de diamants, d'où naissaient des flammes. Les princes et les voyageurs qui fuyaient la cité, chevauchant leurs chevaux, leurs chameaux ou leurs éléphants, se retournèrent une dernière fois vers le lac brumeux et virent Akurion, le rocher gris, submergé.

Ceux qui s'étaient sauvés de ces lieux d'épouvante racontèrent à tous leur histoire. Les caravanes évitèrent Sarnath, et n'y vinrent plus acquérir ses précieux métaux.

Il se passa longtemps avant que des voyageurs y revinssent. Ceux-ci n'étaient point des hommes d'Anar, mais de courageux jeunes gens, blonds aux yeux bleus. Sur le chemin de Sarnath, ces aventuriers trouvèrent le grand lac tranquille, et le rocher gris qui le surplombe. Mais ils ne virent pas la merveille du monde et la fierté de l'humanité. Là où jadis se dressaient des murailles de trois cents coudées et des tours encore plus hautes, s'étendait à présent un rivage marécageux. Là où cinquante millions d'hommes avaient vécu, rampait désormais le lézard aquatique abhorré. Jusqu'aux mines de métaux précieux qui avaient disparu...

Oui, la *malédiction* s'était abattue sur Sarnath.

Mais, enfouie parmi les joncs, on trouva une curieuse idole verte. Une très ancienne sculpture représentant Bokrug, le grand lézard aquatique. Transportée dans le plus haut temple d'Ilarnek, elle est depuis lors adorée, les soirs de lune gibbeuse, dans toutes les cités d'Anar.

LE BATEAU BLANC

Je suis Basil Elton, le gardien du phare de North Point, que mon père et mon grand-père ont gardé avant moi. C'est un phare gris, s'élevant assez loin du rivage sur des rochers gluants qui se découvrent seulement à marée basse. Pendant un siècle, les nefs majestueuses des sept mers ont fièrement passé devant lui. A l'époque de mon grand-père, elles étaient fort nombreuses, mais du temps de mon père, elles l'étaient déjà beaucoup moins. A présent, elles sont si rares que je me sens parfois étrangement seul, comme si j'étais le dernier homme de la planète.

Ces anciens navires aux voiles blanches arrivaient des côtes lointaines, où brille le chaud soleil et où de douces odeurs flottent sur d'étranges jardins et des temples colorés. Les vieux capitaines venaient souvent voir mon grand-père pour lui parler de ces choses qu'il raconta à mon père, et que mon père me racontait pendant les longues soirées d'automne, quand le vent venu de l'est hurlait férocement. Et sur ces choses et sur beaucoup d'autres. J'ai lu des livres que les hommes m'ont donnés quand j'étais jeune et plein de curiosité. Mais il y a bien plus magnifique encore que la science des hommes âgés et celle des livres. C'est la science secrète de l'océan. Bleu, vert, gris, blanc ou noir, calme, agité ou moutonneux, l'océan n'est jamais silencieux. Depuis toujours, je l'observe, je l'écoute et je le connais bien. Au début, il me racontait seulement des histoires simples des plages calmes et des ports voisins, mais avec les années, il devint plus amical et parla d'autres sujets. De sujets plus étranges et plus lointains dans l'espace et le temps. Parfois, au crépuscule, les vapeurs grises de l'horizon se sont entrouvertes pour me faire découvrir ce qui se trouvait au-delà du monde réel. Et parfois, la nuit, les eaux profondes de la mer sont devenues claires et phosphorescentes pour me permettre d'apercevoir ce qu'il y avait dans leurs profondeurs. Et ces choses que j'ai regardées fréquemment m'ont donné la vision de ce qui a été et de ce qui sera comme de ce qui est, car l'océan est plus ancien que les montagnes, et chargé des souvenirs et des rêves du temps.

C'est du sud que le bateau blanc avait coutume de venir quand la lune était pleine et haute dans le ciel. C'est du sud qu'il arrivait glissant doucement et silencieusement sur la mer. Et que la mer fût agitée ou calme, que le vent fût favorable ou hostile, il voguait toujours aussi régulièrement toutes voiles déployées, ses longues rangées d'avirons souquant l'eau au même rythme. Une nuit, j'aperçus sur le pont un homme barbu et vêtu d'une longue tunique, qui semblait me faire signe d'embarquer pour des rivages lointains et inconnus. Je le revis souvent ensuite, à la pleine lune, et il me faisait toujours signe. La nuit où je répondis à son appel, la lune brillait très vivement. Je traversai les flots jusqu'au bateau grâce à un pont formé de rayons lunaires. L'homme qui m'avait fait signe me souhaita la bienvenue dans une langue mélodieuse qu'il me semblait parfaitement connaître. Les heures qui suivirent furent emplies des chants des rameurs. Nous naviguions vers le sud mystérieux, guidés par la lueur dorée de la lune pleine et moelleuse. Et quand un jour rose se leva, j'aperçus le vert rivage de contrées éloignées, claires et belles, qui m'étaient inconnues. Des terrasses majestueuses, parsemées d'arbres, laissaient voir çà et là des toits blancs et brillants, et les colonnades de temples étranges qui s'élevaient au-dessus de la mer. Tandis que nous approchions de la rive verte, l'homme à la barbe me parla de cette contrée, le pays de Zar, où se trouvent réunis tous les rêves et toutes les pensées de beauté que les hommes ont une fois, puis oublient. Et quand je scrutai de nouveau les terrasses, je m'aperçus qu'il avait dit vrai, car parmi les spectacles qui s'offraient à moi, il y en avait beaucoup que j'avais déjà vus à travers les brumes, au-delà de l'horizon, et dans les profondeurs phosphorescentes de l'océan. Il y avait aussi des formes et des fantaisies plus splendides que tout ce que j'avais vu auparavant : les visions de jeunes poètes qui étaient morts avant que le monde pût apprendre ce qu'ils avaient vu et ce dont ils avaient rêvé. Mais nous n'abordâmes pas aux prairies vallonnées de Zar, car il est dit que celui qui y pose le pied ne retourne jamais plus dans son pays natal.

Tandis que le bateau blanc s'éloignait sans bruit des terrasses et des temples de Zar, nous aperçûmes, au loin, à l'horizon, les tours d'une grande cité. L'homme à la barbe me dit :

« C'est Thalarion, la cité des mille merveilles, c'est là que se trouvent tous les mystères que l'homme a vainement essayé de percer. »

Quand nous fûmes plus proches, je vis que cette cité était plus grande que toutes celles dont j'avais rêvé auparavant. Les tours de ses temples pénétraient le ciel, et l'on ne pouvait apercevoir leur sommet. Loin derrière l'horizon s'étendait de sévères murs gris par-dessus lesquels on ne pouvait apercevoir que quelques toits, étranges et inquiétants, mais décorés de riches frises et de belles sculptures. Je mourais du désir d'entrer dans cette cité à la fois fascinante et repoussante, et suppliai l'homme à la barbe de me débarquer sur la jetée près de l'énorme porte sculptée, Akariel. Mais il refusa, en me disant avec douceur :

« Nombreux sont ceux qui sont entrés dans Thalarion, la cité des mille merveilles, mais aucun n'en est jamais revenu. Car là ne vivent que des démons insensés qui ont été des hommes, et les rues sont blanches des ossements de ceux qui ont élevé leurs regards sur la déesse Lathi, souveraine de la ville. »

Le bateau blanc passa donc devant les murs de Thalarion, et suivit pendant plusieurs jours un oiseau qui volait en direction du sud, et dont le plumage brillant avait la couleur du ciel. Puis nous arrivâmes sur une aimable côte égayée de buissons fleuris de toutes nuances, et où, à perte de vue, on ne voyait que des bocages charmants et des arbres radieux dans un soleil à son zénith. De bosquets qui se trouvaient hors de notre vue, nous parvenaient des bribes de chants et de douces mélodies harmonieuses interrompues de rires si délicieux que, impatient, je pressai les rameurs d'aller plus vite. L'homme à la barbe ne dit pas un mot, mais m'observa tandis que nous approchions du rivage bordé de lis. Soudain, le vent soufflant par-dessus les prairies fleuries et les bois feuillus apporta une odeur qui me fit frémir. Le vent s'amplifia et l'air fut rempli de l'odeur fétide et charnelle des villes frappées par la peste et des cimetières mis à nu. Tandis que nous nous éloignions rapidement de cette côte damnée, l'homme à la barbe parla enfin et dit :

« Ceci est Xura, le pays des plaisirs inaccessibles. »

Une fois de plus, le bateau blanc suivit l'oiseau du ciel, sur des mers chaudes caressées par des brises légères et aromatiques.

Jour après jour, nuit après nuit, nous continuâmes à voguer et quand la lune était pleine, nous écoutions les chants des rameurs, mélodieux comme cette nuit lointaine où nous avions quitté mon pays natal.

Par un beau clair de lune, nous jetâmes l'ancre dans le port de Sona-Nyl, gardé par des promontoires de cristal jumeaux qui s'élèvent de la mer et se rejoignent pour former une arche resplendissante. C'est le pays de l'Imagination. Nous parvînmes au rivage verdoyant sur un pont doré formé par des rayons de lune. Au pays de Sona-Nyl, il n'y a ni temps, ni espace, ni souffrance, ni mort, et je restai là pendant plusieurs éternités. Les bocages et les prairies sont verts, les fleurs éclatantes et parfumées, les rivières bleues et musicales, les fontaines claires et fraîches. Splendides et majestueux sont les temples, les palais et les cités de Sona-Nyl. Cette contrée n'a pas de limites, car après chaque spectacle de beauté en apparaît un autre encore plus beau. Dans la campagne et la splendeur des villes, le peuple heureux vit à sa guise. Tous ses habitants sont doués d'une grâce inaltérable et jouissent d'un bonheur sans nuage.

Pendant les éternités que je passai là, je me promenai avec ravissement dans les jardins où des pagodes biscornues se laissent entrevoir à travers des bouquets d'arbustes, où les blanches allées sont bordées de délicats buissons de fleurs. Je gravis des collines du haut desquelles je pouvais contempler des panoramas d'un charme exquis, où des villes surmontées de clochers se nichent au creux de vallées verdoyantes, et où les dômes dorés de cités gigantesques miroitent sur l'horizon infini. Et je contemplais au clair de lune la mer scintillante, les promontoires de cristal, et le port tranquille où le bateau blanc était ancré. Ce fut encore par une nuit où la lune était pleine, au cours de l'année immémoriale de Tharp, que j'aperçus la silhouette de l'oiseau céleste. Il me faisait signe, et je fus pris du désir de repartir. Alors je parlai à l'homme à la barbe et lui confiai mon envie d'aller rendre visite à la lointaine Cathurie, qu'aucun homme n'a vue, mais que l'on croit être située au-delà des colonnes de basalte de l'ouest. C'est le pays de l'Espérance, et là brillent de tout leur éclat les représentations idéales de ce que nous connaissons ailleurs ; du moins le pense-t-on. Mais l'homme à la barbe me dit :

« Prends garde aux mers périlleuses où — croit-on — Cathurie se trouve. A Sona-Nyl n'existent ni la douleur ni la mort, mais qui peut dire ce qui se trouve au-delà des colonnes de basalte de l'ouest ? »

Le mois suivant j'embarquai sur le bateau blanc, et je quittai ce paisible port en compagnie du vieil homme.

L'oiseau du ciel qui nous précédait nous mena jusqu'aux colonnes de basalte de l'ouest, mais cette fois-ci les rameurs n'entonnèrent pas leurs doux chants sous la lune. Je rêvais souvent au pays inconnu de Cathurie, à ses bosquets, à ses splendides palais, et je me demandais quels plaisirs nouveaux m'attendaient.

« Cathurie, me répétai-je, est la demeure des dieux et le pays des cités d'or innombrables. Les forêts sont de santal et d'aloès, comme les bosquets parfumés de camorin, et dans les arbres les oiseaux colorés gazouillent joyeusement.

« Sur les montagnes vertes et fleuries, s'élèvent des temples de marbre rose, richement sculptés, et dans leurs cours se trouvent des fontaines d'argent où jaillissent avec une musique exquise les eaux parfumées qui descendent des sources de la rivière Narg. Et les cités de Cathurie sont ceintes de murailles d'or, et leurs rues sont aussi pavées d'or. Dans les jardins de ces cités poussent d'étranges orchidées, et on y trouve des lacs parfumés dont les lits sont de corail et d'ambre. La nuit, les rues et les jardins sont éclairés par des lanternes joyeuses façonnées dans les carapaces à trois couleurs des tortues, et l'on entend les douces notes d'un chanteur et d'un joueur de luth.

« Et toutes les maisons de Cathurie sont des palais, chacune étant construite sur un canal odorant où coulent les eaux sacrées du fleuve Narg. Les maisons sont de marbre et de porphyre, leurs toits sont d'un or brillant qui reflète les rayons du soleil et rehausse la splendeur des cités, tandis que les dieux pacifiques les contemplent du sommet de pics éloignés. Plus magnifique que les autres est le palais du grand monarque Dorieb, dont certains disent qu'il est un demi-dieu, et d'autres un dieu.

« Les hauts murs de son palais sont surmontés d'une multitude de tourelles de marbre. Dans ses vastes vestibules, de grandes foules se rassemblent, et c'est là que sont accrochés les trophées des siècles. Et le toit est d'or pur, posé sur de hauts piliers de rubis et de lapis-lazulis. Et le sol du palais est de verre, sous lequel coulent les eaux illuminées de la rivière Narg, où nagent des poissons multicolores inconnus en dehors de l'exquise Cathurie. »

C'est ainsi que je me représentais Cathurie, mais l'homme à la barbe m'enjoignait toujours de faire demi-tour et de retourner aux rivages heureux de Sona-Nyl, car Sona-Nyl est connue des hommes, tandis que nul n'a jamais vu Cathurie.

Et au trente et unième jour de notre voyage derrière l'oiseau, nous aperçûmes les colonnes de basalte de l'ouest. Elles étaient enveloppées de brouillard pour que personne ne pût voir au-delà d'elles ou apercevoir leur sommet dont on dit qu'il pénètre les cieux.

Et l'homme à la barbe me supplia de nouveau de faire demi-tour. Mais je ne l'écoutais pas, car au-delà du brouillard qui entourait les colonnes, je croyais entendre les notes des chanteurs et des joueurs de luth, célébrant mes louanges, moi qui avais voyagé si loin de la pleine lune, et qui avais vécu au pays de l'Imagination.

Et c'est au son de cette mélodie que le bateau blanc s'enfonça dans la brume, entre les colonnes de basalte de l'ouest. Et lorsque la musique s'arrêta, que le brouillard se leva, ce ne fut pas le pays de Cathurie que nous aperçûmes, mais une mer agitée et indomptable, qui entraîna notre esquif sans défense vers un lieu inconnu. Bientôt nos oreilles perçurent le grondement éloigné de chutes d'eau ; et nous distinguâmes sur l'horizon lointain le jaillissement titanesque d'une cataracte monstrueuse, où tous les océans du monde aboutissent pour tomber dans le néant abyssal.

Alors l'homme à la barbe me dit, tandis que les pleurs coulaient sur ses joues :

« Nous avons abandonné le merveilleux pays, et nous ne le reverrons plus jamais. Les dieux sont plus grands que les hommes, et ils ont gagné. »

Et je fermai les yeux avant le choc qui, je le savais, allait se produire, fuyant la vue de l'oiseau céleste qui agitait ses ailes bleues d'un air moqueur.

Après le choc vint l'obscurité, et j'entendis les hurlements d'hommes et de choses qui n'étaient pas humaines. Venus de l'est, des vents soufflèrent en tempête et me glacèrent jusqu'aux os, tandis que j'étais tapi sur la pierre humide qui avait surgi sous mes pieds. Puis entendant un autre choc, j'ouvris les yeux et je me retrouvai sur le socle du phare d'où j'étais parti il y avait des éternités. Dans l'obscurité qui s'étendait sous moi, on pouvait distinguer les contours imprécis d'un grand vaisseau qui s'écrasait sur les rochers cruels, et quand je regardai au-delà je vis que, pour la première fois depuis que mon grand-père avait assumé ses fonctions, la lumière s'était éteinte.

Et plus tard dans la nuit, quand j'entrai dans la tour, je vis sur le mur un calendrier qui était resté exactement comme je l'avais laissé le jour où j'étais parti. A l'aube, je descendis de la tour et je cherchai les traces du naufrage sur les rochers, mais tout ce que je trouvai, ce fut un étrange oiseau mort, dont la couleur était aussi bleue que le ciel, et une rame brisée d'une blancheur plus éclatante que l'écume des vagues ou la neige des sommets.

Et depuis ce jour-là, l'océan a cessé de me raconter ses secrets et si, depuis, la lune a brillé, maintes fois, haute et pleine au firmament, le bateau blanc venu du sud n'est plus jamais revenu.

LES CHATS D'ULTHAR

On raconte que dans Ulthar, de l'autre côté de la rivière Skaï, aucun homme n'a droit de tuer un chat. J'en suis d'autant plus convaincu que mes yeux se posent sur celui qui est assis là, ronronnant près du feu. Le chat est un animal mystérieux. Il devine et voit des choses que les humains ne perçoivent pas. N'est-il pas l'âme de l'antique Egypte et le sujet des contes oubliés de Meroe et Ophir ? De plus, il est apparenté au Seigneur de la Jungle, et comme tel, il est l'héritier des secrets de la sombre et inquiétante Afrique. Le Sphinx est son cousin. Il parle le même langage, mais il est plus ancien que lui et il se souvient de ce que le Sphinx a oublié.

A Ulthar, longtemps avant que l'on interdît d'abattre les chats, il y avait un vieux paysan et sa femme qui prenaient plaisir à prendre au piège, pour les tuer, les chats de leurs voisins. Pourquoi se livraient-ils à ce massacre ? Je l'ignore. Beaucoup de gens ont les chats en horreur, et ils ne supportent pas de les voir se glisser furtivement dans les cours et les jardins après le crépuscule.

Peut-être ce couple était-il du nombre, toujours est-il qu'ils tuaient tous les chats qui s'approchaient de leur maison. D'après les cris que l'on percevait la nuit, de nombreux villageois pensaient que le couple devait avoir un procédé bien particulier pour se défaire des animaux. Mais ils évitaient soigneusement d'en parler avec le vieil homme et sa femme. Il faut dire que l'expression de leurs deux visages ridés était effrayante. En vérité, si les propriétaires de chats haïssaient ces étranges habitants d'une minuscule chaumière, dissimulée sous des chênes centenaires, derrière une cour abandonnée, ils les craignaient plus encore. Et au lieu de les traiter comme des assassins, ils se contentaient d'empêcher leurs animaux favoris de s'approcher de la maison maudite. Lorsque, à la suite d'une imprudence, un chat disparaissait et que l'on entendait dès la nuit tombée les bruits étranges, il ne restait plus à son maître qu'à se lamenter, ou à se consoler en remerciant le destin que ce ne fût pas l'un de ses enfants qui eût disparu. Car les gens d'Ulthar étaient simples. Ils ne savaient pas d'où les chats étaient originaires. Un jour, une caravane d'étrangers venus du sud pénétra dans les rues étroites et pavées d'Ulthar. Ces voyageurs avaient la peau sombre et ne ressemblaient pas à ceux qui traversaient, deux fois l'an, le village. Pour quelque argent, ils disaient la bonne aventure sur la place du marché, et achetaient avec leurs gains des colliers de verroterie. Personne n'aurait su dire quel était leur pays d'origine. Mais leur comportement était curieux et leurs singulières prières étonnaient. Sur les flancs de leurs roulottes, ils avaient peint de curieuses silhouettes dont les corps humains portaient des têtes de chats, de faucons, de béliers et de lions. Le chef de la caravane avait sur la tête un bonnet décoré d'une paire de cornes et d'un curieux cercle.

Il y avait, dans cette singulière caravane, un petit garçon orphelin de père et de mère, qui avait reporté toute son affection sur un charmant chaton noir. La peste n'avait pas épargné les siens, mais elle lui avait laissé, quand même, cette petite créature soyeuse pour apaiser son chagrin. Lorsqu'on est très jeune, on peut trouver une consolation à voir gambader joyeusement un petit chat noir. Le garçon, que les gens basanés appelaient Ménès, souriait plus souvent qu'il ne pleurait pendant qu'il jouait avec son petit animal sur les marches d'une roulotte bizarrement peinte. Au troisième matin du séjour des voyageurs à Ulthar, Ménès ne retrouva pas son chaton noir. En le voyant sangloter sur la place du marché, certains villageois lui parlèrent du vieil homme et de sa femme, et des bruits que l'on entendait la nuit près de leur maison. Lorsqu'il eut écouté ces paroles, l'enfant s'arrêta de pleurer et se mit à méditer. Puis il fit une prière. Il tendit les bras vers le soleil, et récita des litanies dans une langue qu'aucun habitant d'Ulthar ne pouvait comprendre. A ce moment-là, les nuages prirent une forme curieuse. Il se formait dans le ciel des silhouettes indistinctes et nébuleuses de plantes exotiques, de créatures hybrides couronnées de cercles entourés de cornes. La nature aime prendre parfois ces figures tourmentées qui impressionnent les imaginatifs. Cette nuit-là, les voyageurs quittèrent Ulthar, et on ne les revit jamais plus.

Le lendemain matin, les villageois s'aperçurent, bouleversés, que les chats avaient disparu. L'animal familier semblait avoir déserté tous les foyers. Petit, grand, gros, noir, gris, jaune, rayé, il n'y avait plus un seul chat dans tout le village. Le vieux Kranon, le bourgmestre, jura que les gens à la peau sombre s'étaient emparés de tous ces animaux pour venger la mort du petit chat de Ménès, et il maudit et la caravane, et le jeune garçon. Mais Nith, le fluet notaire, déclara qu'il s'agissait sans doute encore d'un mauvais tour du vieux villageois et de sa femme, car leur haine des chats empirait de jour en jour. Pourtant, personne n'osa incriminer le sinistre couple. Atal, le fils de l'aubergiste, jura bien qu'il avait vu tous les chats d'Ulthar réunis au crépuscule dans la cour déserte de la chaumière. Mais pouvait-on accorder crédit au récit d'un si jeune garçon ? Celui-ci racontait que tous les chats avaient suivi solennellement deux d'entre eux, comme s'ils accomplissaient un rite inconnu. Mais les villageois, tout en craignant que le vieillard et sa femme eussent envoûté les chats pour les faire mourir, préférèrent ne pas se rendre à la lugubre demeure. Ils attendraient que le couple sorte pour l'accabler de reproches. Ulthar s'endormit en colère. Mais à l'aube un miracle semblait s'être produit, car les habitants retrouvèrent, à leur réveil, tous les chats du village. Petits, grands, gros, noirs, gris, jaunes, rayés, tous les chats étaient revenus. Ils semblaient gras et luisants, et ils ronronnaient de plaisir. Les citoyens discutèrent de cet événement et s'étonnèrent grandement de cette étrange aventure. Le vieux Kranon répéta que c'était là l'œuvre des gens à la peau basanée, puisqu'il était de notoriété publique que les chats ne revenaient jamais vivants de la chaumière du sinistre couple. Tout le monde tomba d'accord sur le fait que, les chats ne touchant plus à leurs pâtées ni à leurs soucoupes de lait, il y avait là quelque chose de curieux. Pendant deux jours entiers, les chats d'Ulthar refusèrent de toucher à leur nourriture et se chauffèrent au soleil ou près des foyers. Une semaine se passa avant que les villageois remarquent qu'il n'apparaissait plus aucune lumière à la fenêtre de la chaumière, sous les arbres. Puis le fluet Nith déclara que personne n'avait plus vu le vieil homme et sa femme depuis la nuit où les chats avaient disparu. Une semaine plus tard, le bourgmestre surmonta ses craintes pour aller voir ce qui se passait dans la silencieuse demeure. Il prit la précaution d'y aller accompagné de deux témoins : Shang, le forgeron, et Thul, le tailleur de pierres. Lorsqu'ils eurent enfoncé la porte, ils ne trouvèrent que deux squelettes parfaitement nettoyés, et un grand nombre de scarabées étranges qui grouillaient à travers toute la pièce. Cette découverte donna lieu à de nombreuses discussions. Zoth, le juge, se disputait à longueur de temps avec Nith, le fluet notaire. Kranon, Shang et Thul étaient pressés de questions. Même le jeune Atal, le fils de l'aubergiste, fut interrogé à plusieurs reprises et reçut des bonbons en récompense. On parla du vieux villageois et de sa femme, de la caravane et des étrangers à la peau sombre, du petit Ménès et de son chaton noir, des prières de Ménès et du ciel tourmenté, de ce que les chats avaient fait la nuit où la caravane était partie, et de ce qu'on avait trouvé plus tard dans la chaumière, sous les arbres sombres de la cour repoussante. Et, pour finir, les bourgeois instituèrent cette loi remarquable dont les commerçants parlent à Hotheg et les voyageurs à Nir. A savoir qu'à Ulthar, aucun homme n'a le droit de tuer un chat.

DE L'AU-DELA

L'horrible changement qui se produisit en mon meilleur ami, C. Tillinghast, dépasse l'imagination. Nous étions restés deux mois et demi sans nous voir, depuis le jour où il m'avait expliqué vers quel but tendaient ses recherches physiques et métaphysiques. Quand il avait répliqué à mes remontrances craintives en me jetant hors de son laboratoire dans un accès de rage, j'avais compris qu'il resterait à présent cloîtré dans son laboratoire en compagnie de cette maudite machine électrique, mangeant peu, éloignant de lui ses domestiques. Toutefois je n'avais pas pensé qu'une brève période de dix semaines pourrait modifier, défigurer à ce point une créature humaine. Il n'est guère agréable de voir un homme corpulent s'émacier brusquement, de constater que sa peau devient jaunâtre, que ses yeux s'enfoncent, se cernent et prennent des lueurs inquiétantes, que son front se couvre de veines et de rides et que ses mains sont agitées d'un tremblement convulsif. Et si l'on ajoute à cela une saleté repoussante, un manque de soins évident, chez un homme en d'autres temps méticuleux et impeccable, la découverte est bouleversante. C'est pourtant ainsi que C. Tillinghast m'apparut la nuit où son message incohérent me ramena à sa porte après des semaines d'exil.

C'était donc lui le spectre qui tremblait en me faisant entrer, une bougie à la main, et qui jetait des regards furtifs par-dessus son épaule, comme s'il craignait la présence de choses invisibles dans cette vieille maison solitaire, à l'écart de Benevolent Street. Il eût été faux de dire que C. Tillinghast avait étudié la science et la philosophie. On devrait abandonner ces recherches périlleuses aux esprits froids et impersonnels. Tillinghast avait été naguère la proie de l'échec, de la solitude et de la mélancolie. Mais maintenant, je savais qu'il avait réussi, je l'avais prévu dix semaines auparavant, quand il avait décrit avec enthousiasme ce qu'il était sur le point de découvrir. Il était alors très excité :

« Que savons-nous, avait-il déclaré d'une voix pédante et fébrile, du monde, de l'univers qui nous entoure ? Les moyens que nous possédons pour recevoir des impressions sont ridiculement peu nombreux, et notre connaissance des objets qui nous environnent est infiniment restreinte. Nous ne voyons les choses que de notre propre point de vue, et n'avons aucune idée de leur vraie nature. Avec cinq faibles sens, nous prétendons appréhender le cosmos complexe et sans limites, alors que d'autres êtres, qui possèdent un éventail de sens plus large, plus fort, ou différent, peuvent percevoir des univers entiers de matière, d'énergie et de vie, qui sont à portée de notre main, et qui ne peuvent pourtant jamais être détectés par nos organes sensitifs. J'ai toujours pensé que de tels mondes inaccessibles existent, près de nous. Maintenant je crois que j'ai trouvé le moyen de franchir les barrières qui nous en séparent. Je ne plaisante pas. D'ici à vingt-quatre heures, cette machine émettra des ondes qui agiront sur des organes inconnus en nous-mêmes, et qui sont atrophiés. Ces ondes nous ouvriront des perspectives inconnues. Nous verrons enfin à quoi hurlent les chiens la nuit, et ce qui fait dresser les oreilles des chats après minuit. Nous verrons tout cela, et d'autres choses qu'aucune créature vivante n'a encore vues. Nous traverserons le temps, l'espace et ses dimensions, et sans bouger, nous pourrons scruter le cœur de la création. »

Quand il parla ainsi, je lui fis des reproches, car je le connaissais suffisamment pour me sentir plus effrayé qu'amusé. Il devint fou de rage et me chassa de chez lui. A présent il n'était pas moins fanatique, mais son désir de parler avait vaincu son ressentiment, et il m'avait écrit d'une manière impérative.

En pénétrant dans la demeure de mon ami transformé soudainement en une gargouille tremblante, je me sentis pris d'une terreur insondable. Les paroles exprimées dix semaines auparavant semblaient s'être matérialisées dans l'obscurité qui régnait dans la maison. Je frémis en entendant la voix creuse et altérée de mon hôte. J'aurais souhaité voir les domestiques, mais il prétendit s'être séparé d'eux depuis trois jours. Il me parut curieux que le vieux Gregory eût abandonné son maître sans prévenir un ami aussi fidèle que moi. Mais mes craintes disparurent bientôt tant ma curiosité grandissait. Je ne pouvais que faire des suppositions sur ce que Tillinghast attendait de moi, mais je ne doutais pas qu'il eût à me confier quelque secret important. Auparavant, j'avais protesté contre son intrusion anormale dans l'impensable. A présent qu'il avait de toute évidence réussi, je partageais presque son état d'esprit, malgré le prix que sa victoire semblait lui avoir coûté. Je suivis dans la maison vide la bougie tremblante que cette caricature d'homme tenait à la main. L'électricité avait été coupée. J'en demandai la raison :

— Ce serait trop... Je n'oserais pas, murmura mon guide.

Et il continua de murmurer. Je notai cette nouvelle manie. Cela ne lui ressemblait pas de marmonner tout seul. Nous pénétrâmes dans le laboratoire, et j'observai cette détestable machine électrique qui émettait une lueur malsaine, sinistre et violette. Elle était reliée à une puissante batterie chimique, mais semblait ne recevoir aucun courant, car je me souvenais qu'à son stade expérimental elle ronronnait quand elle était en marche. Tillinghast me déclara que cette lueur permanente n'était pas électrique au sens où je l'entendais. Il me fit asseoir à gauche de la machine, et tourna un bouton quelque part sous les lampes. Le crépitement commença, puis se mua en sifflement, pour se terminer en un doux bourdonnement. Pendant ce temps, la luminosité augmenta, diminua de nouveau, puis prit une teinte pâle et indéfinissable que je ne puis décrire. Tillinghast, qui m'observait, remarqua ma surprise.

— Savez-vous ce que c'est ? chuchota-t-il. *C'est de l'ultra-violet.*

Il hocha curieusement la tête :

— Vous pensiez que l'ultra-violet était invisible ? Il l'est, mais *à présent* vous pouvez le voir, ainsi que d'autres choses invisibles. Ecoutez-moi. Les ondes qui proviennent de là éveillent un millier de sens endormis en nous, les sens qui nous ont été légués par des siècles d'évolution de l'état d'électron à l'état d'organisme. J'ai vu la *vérité*, et j'ai l'intention de vous la faire voir. Vous vous demandez quel aspect elle aura, je vais vous le dire.

Tillinghast s'assit en face de moi, éteignit sa bougie, et me regarda avec une effrayante fixité.

— Vos oreilles, d'abord, vont recevoir un grand nombre d'impressions. Vous avez entendu parler de la glande pinéale ? Je ris à l'idée de ce qu'en pensent les dupes et les disciples de Freud. Cette glande est le plus grand des organes des sens. *Je l'ai découvert.* C'est comme une vue sans fin qui transmettrait les images au cerveau. Si vous êtes normal, c'est ainsi que vous devriez le percevoir. Vous aurez la preuve de *l'au-delà.*

Je regardai autour de moi l'immense pièce mansardée, faiblement éclairée par des rayons que l'œil ordinaire ne peut voir. Les coins éloignés étaient dans l'ombre, et l'endroit tout entier était entouré d'un halo irréel qui invitait l'imagination aux phantasmes. Pendant le temps où Tillinghast resta silencieux, je me vis dans un temple peuplé de dieux morts depuis longtemps, un édifice à peine imaginable, aux innombrables colonnes de pierre noire qui s'élevaient d'un sol de dalles humides jusqu'à des hauteurs nuageuses, hors de mon champ de vision. L'image fut très nette un instant, puis laissa place graduellement à quelque chose de bien plus horrible : une solitude absolue, un espace infini, où l'on ne voit ni n'entend rien. Le néant semblait s'être établi, et rien d'autre.

Je ressentis une frayeur puérile, qui me poussa à sortir de ma poche le revolver que je portais sur moi en permanence depuis la nuit où l'on m'avait attaqué à East-Providence. C'est alors que, venu des régions les plus profondes du lointain, le *son* fit doucement son apparition. Il était très faible, avec de subtiles vibrations assurément musicales. Mais il portait une certaine connotation de brutalité qui me le fit ressentir comme une torture délicate sur tout le corps. Simultanément, un courant d'air froid passa devant moi, venu de la même direction que le bruit. Comme j'attendais en retenant ma respiration, je constatai qu'à la fois le son et le courant d'air augmentaient, me donnant l'impression d'être ligoté sur des rails à l'approche d'une locomotive gigantesque. Je me mis à parler à Tillinghast, et ce faisant, toutes ces impressions inhabituelles disparurent brusquement. Je vis seulement l'homme, la machine phosphorescente et l'appartement sombre. Tillinghast souriait sardoniquement en regardant le revolver que j'avais sorti presque inconsciemment. Mais à son expression, je fus convaincu qu'il en avait entendu et vu autant que moi, si ce n'est plus. Je lui dis à voix basse ce que j'avais ressenti, et il m'ordonna de rester aussi calme et réceptif que possible.

— Ne bougez pas, ordonna-t-il. Car dans ces rayons *on peut nous voir de la même façon que nous pouvons voir.* Je vous ai dit que les domestiques étaient partis, mais je ne vous ai pas dit *comment.* Cette femme de ménage stupide a allumé la lumière en bas après que je l'eus avertie de ne pas le faire — et les fils ont capté des vibrations concordantes. Ça a dû être terrible, je pouvais entendre ses cris jusqu'ici, malgré ce que je voyais et entendais d'une autre direction. Plus tard, ce fut assez horrible de trouver ce tas de vêtements épars dans la maison. Les vêtements de Mme Updike étaient à côté du commutateur d'entrée ; c'est ainsi que je sus ce qui s'était passé. Ils ont tous été atteints. N'ayez crainte. Aussi longtemps que nous ne bougerons pas, nous serons en sécurité. Rappelez-vous que nous avons affaire à un monde terrifiant dans lequel nous sommes pratiquement sans défense. *Ne bougez surtout pas.*

Le double choc de la révélation et de l'ordre qu'il venait de me donner me paralysèrent, et dans ma terreur mon esprit s'ouvrit de nouveau aux impressions venues de ce que Tillinghast appelait *l'au-delà.* J'étais maintenant dans un tourbillon de sons et de mouvements, avec des images confuses devant les yeux. Je voyais les contours flous de la pièce, mais d'un point de l'espace semblait se déverser une colonne bouillonnante de formes ou de nuages non identifiables, pénétrant par le toit sur ma droite. Puis j'eus de nouveau l'impression d'être dans un temple, mais cette fois-ci les colonnes atteignaient un océan de lumière qui envoyait un rayon aveuglant là où se dressait la colonne nuageuse que j'avais vue auparavant.

La scène, ensuite, devint un kaléidoscope, et dans ce désordre de visions, de sons et d'autres sensations non identifiables, je sentis que j'étais sur le point de me dissoudre, de perdre ma forme solide. Je me souviendrai toujours de ce moment particulier. Je crus un instant regarder un fragment de ciel nocturne, rempli de sphères brillantes et tournoyantes, et tandis qu'il s'éloignait, je vis que les soleils brillants formaient une constellation, une galaxie d'une forme déterminée : celle du visage ravagé de C. Tillinghast. A un autre moment, je sentis ces énormes objets mouvants me frôler, et même traverser mon corps supposé solide, et je crus voir Tillinghast les regarder comme si ses sens mieux entraînés pouvaient les saisir visuellement. Je me souvins de ce qu'il avait dit sur la glande pinéale, et je me demandai ce qu'il voyait de cet œil surnaturel. Soudain, j'eus la sensation d'être moi-même en possession d'une vue accrue. Au-dessus du chaos de lumière et d'ombre, s'éleva une image qui, bien qu'imprécise, avait des éléments de consistance et de permanence. Quelque chose de vaguement familier, car la partie inhabituelle était superposée à la scène terrestre habituelle, de la même manière qu'une image de film peut être projetée sur le rideau peint d'un théâtre. Je vis le laboratoire, la machine électrique et la silhouette de Tillinghast en face de moi, mais dans l'espace inoccupé par les objets familiers, il n'y avait pas une parcelle qui fût vide. Des formes indescriptibles, à la fois vivantes et inanimées, étaient mêlées dans un désordre repoussant, et auprès de chaque objet connu il y avait des univers d'entités inconnues. Il semblait que toute chose connue entrât dans la composition des choses inconnues, et vice versa. Parmi les objets animés, il y avait des monstruosités gélatineuses et noires, qui tremblotaient mollement selon les vibrations de la machine. Il y en avait à profusion, et je vis à ma grande horreur qu'elles se chevauchaient, qu'elles étaient à moitié fluides et capables de se traverser mutuellement, et aussi de traverser les corps que nous tenons pour solides.

Les choses ne restaient jamais immobiles, mais semblaient toujours flotter. Quelquefois, elles semblaient se dévorer, l'agresseur se jetant sur sa victime et la faisant disparaître instantanément. En frissonnant, je me rendis compte de ce qui avait fait disparaître les malheureux domestiques, et, tout en essayant d'observer les autres caractéristiques de ce monde nouvellement visible, qui nous entoure d'une manière invisible, je ne pouvais chasser cette pensée de mon esprit. Mais Tillinghast m'avait surveillé, et il se mit à parler :

— Vous les voyez, vous les voyez ces choses qui flottent autour de vous et vous traversent à chaque instant de votre existence, vous voyez ces créatures qui forment ce que les hommes appellent l'air pur et le ciel bleu. N'ai-je pas réussi à abattre les barrières, ne vous ai-je pas montré des mondes qu'aucun être vivant n'a jamais vus ?

Je l'entendis crier à travers le chaos épouvantable, et regardai le visage sauvage qui était tout près du mien. Ses yeux lançaient des éclairs, et il me fixait avec ce que je reconnus être une haine implacable. La machine grésillait d'une manière inquiétante :

— Vous pensez que ces formes flottantes ont fait disparaître les domestiques ? Insensé... Elles sont inoffensives. Mais les serviteurs ont disparu, n'est-ce pas ? Vous avez essayé de m'arrêter. Vous m'avez découragé quand j'avais justement besoin de tous les encouragements possibles. Vous aviez peur de la vérité cosmique, espèce de lâche ! Mais maintenant, je vous tiens. Qu'est-ce qui a fait disparaître les domestiques ? Qu'est-ce qui les a fait hurler si fort ? Vous ne savez pas, hein ?... Mais vous allez le savoir. Regardez-moi. Ecoutez ce que je vous dis. Pensez-vous qu'il existe vraiment des choses comme le temps et la magnitude ? Vous vous imaginez que la forme et la matière existent. Je vous le dis, j'ai atteint des profondeurs que votre cervelle étroite ne peut même pas se représenter. J'ai dépassé les limites de l'infini, et j'ai ramené des démons venus des étoiles. J'ai chevauché les ombres qui galopent d'univers en univers pour semer la mort et la folie. L'espace m'appartient, vous entendez ? Les choses me poursuivent maintenant, ces choses qui dévorent et qui dissolvent, mais je sais comment les éviter. C'est vous qu'elles auront, comme elles ont eu les domestiques. Vous bougez, cher ami ? Je vous ai dit qu'il était dangereux de bouger. Je vous ai sauvé jusqu'ici en vous disant de rester tranquille, je vous ai sauvé pour que vous puissiez voir encore autre chose et pour que vous m'écoutiez. Si vous aviez bougé, elles se seraient jetées sur vous depuis longtemps. N'ayez crainte, elles ne vous feront pas de mal. Elles n'ont pas fait de mal aux domestiques. C'est leur vision qui a fait hurler ces pauvres diables. Mes créatures ne sont pas belles, car elles viennent d'endroits où les critères esthétiques sont très différents. La désintégration est tout à fait indolore. Je vous le certifie, mais je veux que vous les voyiez. Je les ai quasiment vues, mais j'ai su m'arrêter. Vous êtes curieux ? J'ai toujours su que vous n'étiez pas un esprit scientifique. Vous tremblez, hein ? Vous tremblez de voir ces choses ultimes que j'ai découvertes. Eh bien ! Pourquoi ne bougez-vous pas ? Vous êtes fatigué ? Ne vous en faites pas, mon ami, car elles arrivent. Regardez, regardez, maudit bougre ! Regardez juste par-dessus votre épaule gauche...

Ce qu'il reste à raconter est très bref, et peut-être le savez-vous déjà d'après le récit qu'en ont fait les journaux. La police entendit un coup de feu dans la maison du vieux Tillinghast, et nous découvrit là. Tillinghast mort, moi inconscient. Ils m'arrêtèrent parce que j'avais un revolver à la main, mais me relâchèrent trois heures après, quand ils eurent découvert que Tillinghast était mort d'apoplexie et que le coup de feu avait été dirigé contre la machine, maintenant en mille morceaux sur le sol du laboratoire. Je ne parlai pas de ce que j'avais vu, car je craignis que l'officier de police ne se montrât sceptique. Mais les quelques indications que je donnai au docteur lui donnèrent à penser que j'avais sans aucun doute été hypnotisé par un fou vindicatif. Je voudrais bien croire le docteur. Cela calmerait mes nerfs ébranlés, si je pouvais oublier ce que je sais maintenant de l'air et du ciel qui m'entourent ! Je ne me sens jamais tout à fait seul ni tout à fait à l'aise, et la sensation affreuse d'être suivi m'assaille quelquefois quand je suis fatigué. Ce qui m'empêche de croire le docteur, c'est un fait très simple : la police n'a jamais retrouvé les corps des domestiques que C. Tillinghast a, dit-on, assassinés.

LE TEMPLE

(Manuscrit trouvé sur la côte du Yucatan)

En ce 20 août 1917, moi, Karl Heinrich, comte d'Altberg-Ehrenstein, lieutenant-commandant du sous-marin U-29 de la flotte impériale allemande, je m'apprête à introduire dans une bouteille cet ultime message écrit à partir d'une certaine position sur l'océan Atlantique dont j'ignore les coordonnées exactes, mais qui vraisemblablement se situe à 25° de latitude nord, 35° de longitude ouest, et où mon bateau vient de faire naufrage.

J'accomplis ce dernier acte dans le désir d'informer le public d'un fait inhabituel. Je ne survivrai certainement pas pour pouvoir en parler moi-même :

Mon sous-marin a été coulé, comme je l'ai déjà dit. Mais les circonstances où je me trouve sont à la fois si extraordinaires et si menaçantes que mon inébranlable volonté germanique en est fortement atteinte.

Au cours de l'après-midi du 18 juin, ainsi que nous l'avons signalé par radio au sous-marin U-61, en route pour Kiel, nous avons torpillé le cargo anglais *Victory* parti de New York pour Liverpool, à 45° 16' de latitude nord, 28° 34' de longitude ouest. L'équipage avait été autorisé à quitter le navire en canots afin de rendre plus dramatique le film que nous tournions des événements pour les archives de l'Amirauté. Le bateau sombra spectaculairement, la proue la première, la poupe dressée au-dessus des vagues, tandis que la coque s'enfonçait droit dans l'eau. Notre caméra ne manqua aucun détail, et je regrette qu'un si bon document cinématographique ne doive jamais atteindre Berlin. Après quoi nous coulâmes les canots de sauvetage avec nos fusils, puis ce fut la plongée.

Lorsque notre sous-marin refit surface au coucher du soleil, nous découvrîmes sur le pont le corps d'un marin. Ses mains étaient étrangement accrochées au garde-fou. Le pauvre garçon était jeune, le teint mat, très beau. Un Italien, ou un Grec, probablement, qui sans aucun doute, avait fait partie de l'équipage du *Victory*. Il avait cherché refuge sur le bateau même qui avait dû détruire le sien — victime avec tant d'autres de l'injuste guerre d'agression que ces cochons d'Anglais ont déclarée à notre Patrie. Nos hommes le fouillèrent et trouvèrent dans la poche de sa veste un étrange morceau d'ivoire gravé, représentant un jeune visage couronné de lauriers. Mon second, le lieutenant Klenze, pensant que cet objet était ancien et d'une grande valeur artistique, s'en empara et se l'appropria. Comment cette tête sculptée avait-elle pu devenir la propriété d'un homme d'équipage, personne ne le saura jamais.

Tandis que le cadavre était jeté par-dessus bord, deux incidents se produisirent, semant le trouble au milieu de nos marins. Comme on traînait le corps vers le bastingage, les yeux du mort, fermés jusque-là, s'écarquillèrent. Plusieurs hommes affirmèrent alors que le mort avait fixé ironiquement les deux matelots qui étaient penchés au-dessus de lui, Schmidt et Zimmer. Le bosco Müller, un homme âgé, qui de ce fait aurait dû se montrer raisonnable, mais qui en vérité est un crétin d'Alsacien superstitieux, fut tellement frappé de ce prétendu regard qu'il observa la chute du corps. Il jura ses grands dieux qu'après s'être un moment enfoncé dans l'eau, le marin s'était redressé, avait étiré ses membres et s'était éloigné rapidement vers le sud, en nageant sous l'eau. Klenze et moi-même n'apportâmes aucun crédit à cette démonstration de crédulité paysanne, et nous décidâmes de punir nos hommes, et particulièrement ce Müller.

Le lendemain, une partie de l'équipage était malade. De toute évidence, ils souffraient de la tension nerveuse que leur imposait notre long voyage. Ils avaient fait d'affreux cauchemars. Nombre d'entre eux semblaient hébétés, frappés d'une étrange langueur. Après m'être assuré qu'il n'y avait pas là simulation, je leur permis de prendre du repos. Et comme la mer était agitée, nous descendîmes à une profondeur où les vagues nous gênaient moins. Nous nous trouvions relativement au calme, il n'y avait, pour troubler notre route, qu'un énigmatique courant océanique orienté vers le sud, et qui ne figurait sur aucune de nos cartes de bord. Les plaintes des malades, bien qu'agaçantes à la longue, ne semblaient pas démoraliser outre mesure le reste de l'équipage, aussi n'appliquâmes-nous point les mesures extrêmes. Notre plan était de rester dans ces eaux afin d'intercepter le paquebot *Dacia*, dont nos agents new-yorkais nous avaient annoncé le passage.

Lorsqu'en fin d'après-midi nous émergeâmes, la mer était calmée. A l'horizon nord, on apercevait la fumée d'un navire de guerre, mais nous en étions suffisamment éloignés pour ne pas nous inquiéter de cette présence, d'autant que notre bâtiment était très aisément submersible. Ce qui nous angoissait davantage, c'étaient les discours de Müller, qui se faisaient de plus en plus violents à mesure que la nuit tombait. Il avait retrouvé une détestable mentalité infantile, et racontait dans un étrange babil qu'il voyait des cadavres à travers les hublots. Ces êtres, prétendait-il, le fixaient intensément. Il disait reconnaître en eux les victimes de nos exploits victorieux. De plus, ajoutait-il, ils étaient menés par le jeune marin jeté par-dessus bord. Son récit était tellement sinistre qu'après l'avoir sévèrement fouetté, nous le fîmes mettre aux fers. Les hommes eurent beau montrer leur mécontentement, nous pensions qu'il était nécessaire de faire observer la discipline. Nous rejetâmes aussi la requête d'une délégation conduite par Zimmer, qui désirait que la figurine d'ivoire fût lancée à la mer.

Le 20 juin, les matelots Bohm et Schmidt, qui avaient été la veille au nombre des malades, devinrent fous furieux. Je regrettai de n'avoir pas inclus dans mon équipage un officier médecin, car les vies allemandes sont précieuses. Les divagations des deux hommes troublaient à ce point la discipline générale que j'appliquai la solution extrême. L'équipage l'accepta de très mauvaise grâce, mais elle sembla toutefois calmer Müller — qui par la suite ne nous causa plus aucun souci. Ce soir-là nous le relâchâmes, et il retourna sans un mot à ses besognes habituelles.

La semaine suivante, dans l'attente du *Dacia,* nous étions tous très nerveux. Cette tension s'accrut lorsque nous eûmes constaté la disparition de Müller et de Zimmer, qui s'étaient probablement suicidés, harassés par les visions terrifiantes qui les avaient poursuivis des jours durant. Personne cependant ne les avait réellement vus se jeter par-dessus bord. Je me sentais presque débarrassé de Müller, car, même dans sa période de silence, sa présence avait fortement affecté l'équipage. Maintenant chacun restait taciturne, comme si, les uns et les autres, nous avions un terrible secret à garder. Les malades étaient nombreux. Le lieutenant Klenze avait du mal à supporter la pression des profondeurs et s'irritait au moindre détail. Les dauphins notamment, qui se rassemblaient toujours plus nombreux autour de l'U-29, l'agaçaient beaucoup, ainsi que la force croissante des courants mystérieux qui nous faisaient dériver vers le sud.

Il nous apparut alors que nous avions manqué le *Dacia.* De tels échecs ne sont pas rares, et je fus, en mon for intérieur, satisfait, puisque je pouvais désormais rentrer à Wilhelmshaven.

Le 28 juin, à midi, nous mîmes le cap vers le nord-est, et, en dépit de quelques collisions assez comiques avec des masses inhabituelles de dauphins, nous fûmes bientôt dans la bonne direction.

L'explosion de la chambre des machines à 2 heures du matin, fut pour nous tous une étonnante surprise, car les hommes, qui n'avaient jamais négligé leur tâche un seul instant, n'avaient jusqu'alors, constaté aucune défaillance mécanique. Lorsque le lieutenant Klenze s'y engouffra, il trouva le réservoir de combustible et la plupart des appareils complètement détruits. Raabe et Schneider, les deux mécaniciens, avaient été tués sur place. Notre situation était grave. Certes, les régénérateurs chimiques d'atmosphère étaient intacts, nous pouvions utiliser les réserves d'air comprimé et les accumulateurs pour plonger ou remonter, mais il nous était devenu impossible de propulser ou de diriger le sous-marin. Chercher le salut à bord des canots de sauvetage, cela revenait à nous livrer à l'ennemi impitoyable de notre grande nation germanique.

Le lendemain après-midi un vol compact d'oiseaux de mer, venus du sud, nous survola, et l'océan alors devint furieux. Après avoir fermé les écoutilles, nous attendîmes les événements et, très vite, nous prîmes conscience de la nécessité de replonger, si nous ne voulions pas être submergés par les vagues. Nos réserves d'air comprimé diminuaient à vue d'œil, nous souhaitions éviter de gaspiller nos ressources en électricité, mais nous n'avions pas le choix. Du reste, nous ne nous enfonçâmes pas profondément. Au bout de quelques heures, ayant constaté que la mer s'était calmée, je décidai de refaire surface. Mais le mécanisme de remontée s'était détérioré. Malgré l'ardeur de nos mécaniciens, il refusa de fonctionner.

Cet emprisonnement sous-marin eut le don d'épouvanter les hommes, qui se mirent à marmonner des choses déplaisantes sur Klenze, car son obstination à garder la plaquette d'ivoire les contrariait. Il ne nous fut possible d'obtenir le calme que lorsque nous les eûmes menacés de nos revolvers. Afin de les occuper et de les rassurer, nous leur avions donné l'ordre de s'acharner sur les machines, bien que cela fût parfaitement inutile.

Klenze et moi-même dormions à tour de rôle. Ce fut durant mon sommeil, vers 5 heures du matin, le 4 juillet, que la mutinerie éclata. Les six cochons de matelots qui nous restaient, se doutant que nous étions perdus, avaient piqué une crise de rage folle lorsque, deux jours auparavant, nous avions refusé de nous rendre à un navire américain. Ils déliraient depuis, nous abreuvant d'injures, rugissant comme de vils animaux qu'ils étaient, brisant sans discernement meubles et matériel. Ils évoquaient sans trêve le visage du jeune homme qui les avait prétendument regardés avant de s'enfuir à la nage, et ils maudissaient à longueur de journée la figurine de Klenze. Celui-ci, un Rhénan mou et efféminé, semblait paralysé. Il se révéla inefficace.

Je finis par abattre les six hommes. C'était devenu nécessaire. Après quoi, je m'assurai qu'ils avaient tous été touchés à mort. Nous jetâmes les cadavres à travers le double sas. Désormais, Klenze et moi étions les seuls occupants du sous-marin. Mon second, très tendu, buvait immodérément. Il fut décidé entre nous que nous resterions en vie aussi longtemps que possible, en utilisant le stock abondant de nos provisions et nos réserves d'oxygène. Les boussoles et tous les appareils de mesure avaient été détruits. Nous ne pouvions plus définir notre position que d'une façon approximative. Par chance, nous possédions dans nos accumulateurs des réserves d'électricité, pour les projecteurs et notre éclairage intérieur. En regardant par les hublots, nous n'apercevions jamais autre chose que les troupes de dauphins, qui nageaient parallèlement à notre dérive. Sur le plan scientifique, ces dauphins-là m'intéressaient, car tous les spécialistes savent que le *Delphinus delphis* commun, qui est un mammifère cétacé, ne peut subsister longtemps sans air. Or, en surveillant étroitement l'un de ces nageurs deux heures durant, je pus constater qu'il ne refaisait jamais surface.

A mesure que le temps passait, Klenze estima que nous dérivions toujours vers le sud, et que nous nous enfoncions de plus en plus profondément. Nous nous consacrâmes à l'étude de la flore et de la faune marines, car j'avais emporté dans mes bagages personnels de nombreux livres sur ce sujet. Mon compagnon manquait de culture. Son esprit, qui n'était pas celui d'un Prussien, se perdait dans des considérations sans intérêt. Il était très troublé par l'approche de notre mort inéluctable, et je le surprenais souvent à prononcer des paroles de remords à l'égard des hommes, des femmes, des enfants que nous avions envoyés par le fond. Au bout de peu de temps, il apparut franchement déséquilibré. Des heures durant, il fixait la figurine d'ivoire, et délirait sur les choses perdues et oubliées sous les eaux. Parfois, à titre d'expérience psychologique, je l'encourageais dans ses rêveries, pour écouter ses interminables citations poétiques et ses récits de naufrages. J'étais malheureux pour lui, car il est toujours triste de voir souffrir un Allemand. Mais je jugeai qu'il n'était pas le compagnon avec lequel il m'eût convenu de mourir. Car je suis un homme fier, je sais comment ma Patrie honorera ma mémoire, je sais que je servirai de modèle aux jeunes générations.

Le 9 août, nous vîmes le fond, sur lequel nous dirigeâmes aussitôt un puissant projecteur. C'était une plaine ondulante, jonchée d'algues et de coquillages. Elle était parsemée de petits objets recouverts d'herbes marines et incrustés de nacre, et qui, selon Klenze, étaient des épaves antiques, gisant dans leur tombe. Il fut cependant surpris par un pic de matière solide, d'un diamètre de deux pieds, qui s'élevait au-dessus du lit de l'océan de plus de quatre pieds, avec des côtés plats et des surfaces lisses qui formaient, en se rencontrant, des angles très obtus. Pour ma part, je pensai que ce pic était une simple protubérance, mais Klenze me soutenait qu'il y voyait des signes gravés. Au bout d'un moment, il se mit à trembler en détournant ses yeux de ce paysage sous-marin, comme terrorisé. Pour se justifier, il me déclara que la vastitude des grands espaces, l'obscurité, l'éloignement et le mystère de ces abîmes océaniques l'avaient mené au bout de ses forces. Il était fatigué, physiquement et moralement, c'est un fait, et désormais inutilisable. Mais moi, qui suis un

Allemand de pure race, je pus encore remarquer deux choses : *primo,* que l'U-29 supportait la pression d'une façon magnifique ; *secundo,* que ces étranges dauphins nous suivaient toujours, à une profondeur où l'existence d'organismes aussi évolués est considérée comme impossible par les naturalistes. J'avais certainement, du reste, surestimé cette profondeur. Mais je savais que nous étions descendus assez longtemps et assez bas pour être sûr de ce que j'avançais.

C'est le 12 août, à 3 h 15 du matin, que Klenze devint fou. Il s'était rendu dans la tour pour se servir du projecteur. Je le vis faire irruption, le visage complètement défait, dans la bibliothèque, où je m'étais installé. Il se mit alors à crier, avec une emphase étonnante :

— *Il* appelle ! *Il* appelle. Je *l*'entends ! Nous devons y aller.

Tandis qu'il parlait, il prit sur la table la figurine d'ivoire, l'enfouit dans sa poche, saisit ma main et essaya de m'entraîner vers le pont. En un éclair je compris que son projet était d'ouvrir le sas, et de plonger avec moi dans les eaux, commettant à la fois un crime et un suicide. Je tentai de le calmer, mais il devint de plus en plus violent :

— Venez *maintenant,* n'attendons pas, il sera trop tard. Il vaut mieux se repentir tout de suite et se voir pardonner aussitôt, plutôt que de défier et être condamné.

Je décidai de changer d'attitude, et lui déclarai qu'il était en train de perdre la raison.

— Si je suis fou, hurla-t-il alors, c'est merveilleux ! Puissent les dieux avoir pitié d'un homme qui dans sa dureté peut garder son sang-froid devant une mort aussi atroce. Venez, soyez fou, pendant qu'*il* demande grâce encore !

Son explosion de révolte semblait l'avoir quelque peu soulagé : à la fin de sa déclaration, il s'était calmé. Il me pria de le laisser sortir seul, si je ne voulais pas le suivre. C'était un Allemand, certes. Mais un Rhénan, et fou par surcroît. En acceptant sa requête je me débarrassais de celui qui n'était plus un compagnon, mais une constante menace. Je lui demandai de me remettre sa figurine d'ivoire avant son grand départ, mais cela le fit éclater d'un rire si étrange que je n'insistai pas. Je m'informai auprès de lui, afin de savoir s'il désirait laisser un souvenir à sa famille, une mèche de cheveux, par exemple, au cas où je me tirerais de là. Il repartit de son rire singulier.

Klenze grimpa à l'échelle, et je manipulai les leviers qui l'envoyèrent à la mort qu'il s'était choisie. Lorsqu'il fut sorti du bateau, je balayai l'eau avec mon projecteur pour l'apercevoir une dernière fois. Car je voulais savoir si la pression l'aplatirait, comme il eût été logique, ou si, au contraire, à l'instar de ces extraordinaires dauphins, il allait rester intact. Je ne réussis pas à voir mon dernier compagnon, car les dauphins s'étaient amassés autour du sous-marin.

Ce soir-là, j'ai regretté de n'avoir pas dérobé la figurine d'ivoire dans la poche de ce pauvre Klenze, car son souvenir me fascinait. Je ne pouvais effacer de ma mémoire cette tête jeune et belle, couronnée de feuilles, bien que, de nature, je ne sois guère artiste. De plus, j'étais un peu fâché de n'avoir personne à qui parler. Klenze, bien que n'ayant pas mon intelligence, c'était mieux que personne. Je dormis assez mal cette nuit-là, et finis par me demander quand, exactement, tout cela finirait. Quoi qu'il advînt, j'avais encore, pensais-je, une chance d'être sauvé.

Le lendemain, je recommençai, à l'aide du projecteur, mes investigations sous-marines. Au nord, la vue était la même que depuis plusieurs jours, mais je constatai que la dérive de l'U-29 avait perdu de la vitesse. Quand je dirigeai le faisceau lumineux vers le sud, je remarquai qu'au loin le fond océanique s'inclinait en pente raide, et qu'il était jalonné à intervalles réguliers de nombreux blocs de pierre, qui semblaient disposés de manière à former un tracé bien précis. Je dus ajuster le projecteur pour bien éclairer ces lieux en contrebas. Dans mes manipulations, un fil se détacha, et je perdis encore plusieurs minutes à le réparer. Mais la lumière finit par revenir, inondant la vallée sous mes yeux.

Je ne suis pas d'un naturel émotif, mais mon étonnement fut grand lorsque je contemplai ce que la lumière électrique révélait à ma vue. J'ai beau avoir été élevé dans le respect prussien de la *Kultur,* je n'en fus pas moins abasourdi devant cette fresque de la géologie et de la tradition au fond des océans. Un grand nombre d'édifices, à différents stades de conservation, et dont la plupart étaient en ruine, s'étendait devant moi. Leur architecture, qui ne relevait d'aucun style précis, était admirable. Certains d'entre eux étaient en marbre, et brillaient sous les feux du projecteur. Le plan général de ce paysage était, en fait, celui d'une grande ville au cœur d'une étroite vallée avec de nombreux temples isolés et des villas sur les pentes. Les toits s'étaient effondrés et les colonnes brisées, mais l'ensemble n'en gardait pas moins un air de splendeur ancienne, immémoriale, que rien ne pouvait effacer.

Confronté avec l'Atlantide, que jusque-là j'avais tenue pour un mythe, je devins le plus audacieux des explorateurs. Au fond de cette vallée, une rivière avait coulé autrefois. Car je distinguais, dans ces ruines, les restes de ponts, de terrasses et de quais, naguère, sans doute, gais et verdoyants. Dans mon enthousiasme, je devins presque aussi idiot et sentimental que le pauvre Klenze, et je mis longtemps à m'apercevoir que l'U-29 se posait lentement sur la cité engloutie, comme un avion sur la terre ferme. Je ne découvris pas tout de suite, non plus, que le groupe de dauphins avait disparu.

Deux heures après, mon submersible reposait sur une vaste place pavée, à proximité de la muraille rocheuse de la vallée. D'un côté je pouvais admirer la ville entière, descendant de la place vers le lit d'une ancienne rivière. De l'autre côté, tout près de moi, se trouvait la façade, richement ornée, parfaitement conservée, d'une grande bâtisse, très certainement un temple, taillée dans le roc. Je ne puis faire que des suppositions sur ce bâtiment cyclopéen. La façade gigantesque semble recouvrir une vaste galerie, car ses fenêtres sont larges et nombreuses. Au centre s'ouvre une grande porte, à laquelle on accède par un escalier impressionnant, entouré d'exquis bas-reliefs représentant des bacchanales. Il y a aussi de grandes colonnes et des frises décorées de sculptures d'une indéniable beauté. Celles-ci reproduisent manifestement des scènes pastorales, ou des processions de prêtres et de prêtresses, portant d'étranges emblèmes rituels pour l'adoration d'un dieu.

Cet art est d'une perfection éblouissante, d'une inspiration très voisine de celle de la Grèce antique, et pourtant très originale. Une telle impression d'ancienneté s'en dégageait, qu'on l'aurait cru antérieur encore à l'art de la civilisation qui fut elle-même l'ancêtre de la Grèce. Tout ce qui s'étendait sous mes yeux était de la même pierre que la colline, et celle-ci avait dû servir de carrière. Après des milliers d'années, tout cela restait intact, inviolé dans la nuit infinie du gouffre marin.

Je ne saurais dire combien d'heures j'ai passées devant cette admirable cité, ses maisons, ses ponts, sa beauté et son mystère. Je savais que ma fin était proche, mais la curiosité me dévorait. Je promenais sans cesse la lumière de mon projecteur. Quelques nouveaux détails m'apparurent, mais il m'était impossible de voir au-delà de la porte entrouverte du temple. Au bout d'un certain temps, je me résignai à éteindre mon projecteur dont l'intensité faiblissait. Mais, chose étrange, moins je pouvais contempler, et plus mon désir d'en savoir davantage s'aiguisait. Je brûlais d'envie de faire l'exploration de la ville antique. Une pensée me revenait constamment à l'esprit : en tant qu'Allemand, je me devais de fouler le premier ces chemins millénaires et oubliés.

Je sortis un scaphandre de plongée profonde, je me munis d'une lampe portative et d'un générateur d'oxygène. C'est au prix de multiples efforts, soutenu par mon avide curiosité, que je parvins à ouvrir seul le double sas. Mais je savais que je triompherais de n'importe quel obstacle grâce à mon habileté, à mes connaissances techniques et scientifiques ; je marcherais dans la ville morte.

En effet, ce fut le 16 août que j'effectuai ma première sortie. Avec peine, je me suis ménagé un chemin qui m'a mené au lit de la rivière. Il n'y avait là aucun squelette, et pas la moindre trace de restes humains. Mais je ramassai quantité de statuettes et de pièces de monnaie. Je ne puis en parler en cet instant, mais je tiens à faire part de ma stupéfaction devant une culture qui connut son épanouissement à une époque où l'Europe était habitée par les hommes des cavernes et où il n'y avait personne encore sur les rives du Nil. Que d'autres, guidés par mon manuscrit (si jamais on le recueille un jour), trouvent une explication plausible à ce mystère, que je ne puis, dans ma situation, que signaler. Je retournai à mon bateau ce jour-là, lorsque ma torche faiblit, bien décidé à visiter le temple le lendemain.

Le 17 août, à ma grande déception, je dus remettre mon ambitieux projet, car je réalisai que les matériaux nécessaires à la recharge de ma lampe portative avaient été détruits lors de la mutinerie de juillet. J'eus du mal à dominer ma rage, mais mon bon sens germanique m'interdisait de m'aventurer à l'intérieur de ce temple obscur, qui pouvait se révéler comme étant le repaire d'un horrible monstre marin, ou bien encore un labyrinthe où j'eusse risqué de me perdre. Tout ce que je pus faire, ce fut de diriger sur la porte le projecteur déclinant du sous-marin. Je sortis alors. J'escomptais bien ainsi admirer les bas-reliefs du monument. Mais ce fut en vain : le toit même n'était plus visible. Mon investigation dut s'arrêter là. De plus, pour la première fois de ma vie, je ressentis de la terreur. Je commençai à comprendre quels sentiments avaient envahi le pauvre Klenze, car, tandis que le temple m'attirait de plus en plus, ses abîmes aqueux m'épouvantaient. De retour dans mon bateau, j'éteignis les lumières et m'installai dans l'obscurité pour réfléchir.

Je passai ainsi tout le samedi 18 dans le noir, tourmenté par des pensées et des souvenirs qui menaçaient de l'emporter sur ma volonté de fer germanique. Klenze était devenu fou, il avait péri avant de connaître ce fantôme fantastique d'un passé incroyablement lointain. Il m'avait supplié de le suivre... Mes nerfs étaient mis à rude épreuve, et pourtant je résolus de chasser ces tourments propres seulement aux faibles.

Cette nuit-là, je ne pus fermer l'œil, et rallumai le projecteur, au mépris de ce que ce geste pouvait me coûter. Dans ma soif d'en voir davantage, j'aurais préféré avoir plus de réserves en électricité qu'en air et en vivres. Je songeai à me donner la mort, et restai longtemps à contempler mon pistolet automatique. Je finis par m'endormir sans éteindre la lumière. Le lendemain matin, j'ouvris les yeux dans l'obscurité. Les batteries étaient mortes. Je grattai plusieurs allumettes, et me pris à me reprocher désespérément mon imprévoyance.

Je restai longtemps sans lumière, très calme. Comme je considérais ma fin inévitable, mon esprit développa une image à demi consciente qui eût fait trembler un individu plus faible que moi, ou plus superstitieux : *le visage du dieu rayonnant dans les sculptures du temple était le même que celui de la figurine d'ivoire trouvée sur le cadavre du jeune marin, et que Klenze avait emportée au fond des mers.*

Cette coïncidence m'intrigua, mais ne me terrifia pas pour autant. Mon esprit était ébranlé, mais mon sens du rationnel m'interdisait d'expliquer ce qui est singulier et complexe par le court-circuit du Surnaturel. Les circonstances étaient troublantes, mais rien ne m'autorisait à établir quelque corrélation hasardeuse entre ma condition présente et ce qui s'était passé sur le bateau depuis l'affaire du *Victory*. Ayant besoin de repos, je pris un sédatif et je m'endormis. Dans mes rêves, il me sembla entendre des cris humains et voir des visages morts se presser contre les hublots. Dans la foule de ces têtes, il y avait celle, vivante, ironique et moqueuse, du jeune homme de la figurine d'ivoire.

Aujourd'hui, je dois être prudent en rédigeant ces notes, car je suis très ébranlé, et désormais les hallucinations se mêlent aux faits réels. Psychologiquement, mon cas est très intéressant, et je regrette de ne pouvoir être examiné par un spécialiste allemand compétent en la matière. Car dès que mes yeux se sont ouverts, j'ai éprouvé un puissant désir d'aller visiter le temple. Ce désir ne cesse de croître, bien que, automatiquement, je lui résiste en lui opposant ma peur de ce monde inconnu. Puis survint une impression de *lumière* dans les ténèbres aquatiques, et il me sembla avoir vu une sorte de lueur phosphorescente par le hublot qui donne sur le temple. Cela excita ma curiosité, car je sais qu'il n'existe aucun organisme sous-marin capable d'émettre une telle luminosité. Mais avant même que je pusse observer cela soigneusement, survint un troisième phénomène, si étrange qu'il acheva de me faire douter de tous mes sens. Il s'agissait cette fois d'une illusion auditive. Des sonorités rythmées, mélodieuses, comme si un chant avait pu parvenir jusqu'à moi à travers les parois absolument insonorisées du sous-marin. Convaincu que mes sens étaient abusés, j'absorbai une forte dose de bromure de sodium, qui sembla dissiper ces perceptions auditives. Mais la phosphorescence persistait, et j'eus peine à réprimer mon envie puérile d'aller jusqu'aux hublots pour en chercher l'origine. Elle se faisait pourtant de plus en plus réelle, puisque grâce à elle, à présent, je pouvais distinguer autour de moi des objets familiers, comme le verre maintenant vide, dans lequel j'avais absorbé mon calmant. Quelques instants auparavant, ce verre était encore invisible. Je traversai la pièce pour aller le toucher. Il se trouvait effectivement à l'endroit où j'avais cru le voir. Je compris que la lumière était donc soit réelle, soit l'effet d'une hallucination si forte que je ne pouvais la dissiper. Aussi, abandonnant toute résistance, suis-je monté dans la tour. Peut-être était-ce un autre sous-marin, qui me sauverait la vie ?

Je ne voudrais pas que le lecteur considère ce qui va suivre comme une vérité objective. Puisque les événements que je vais décrire dépassent la loi naturelle, ils sont certainement la création subjective de mon esprit surmené. Arrivé dans la tour, je m'aperçus que la mer elle-même était beaucoup moins lumineuse que je ne l'avais cru. Il n'y avait alentour aucun animal, aucun végétal phosphorescent, et la ville était fondue dans les ténèbres, invisible. Ce que je vis n'était pas spectaculaire, ni grotesque ni terrifiant, et pourtant cela me fit perdre le reste de confiance que j'avais en moi-même : *la porte et les fenêtres du temple sous-marin construit à même la colline rocheuse rayonnaient d'une lumière intermittente, comme si, à l'intérieur, une flamme puissante brûlait devant un autel.*

Ce qui suit est pur chaos. En fixant cette porte, ces fenêtres, je devins la proie de visions si extravagantes, que je ne puis même en faire le récit logique. Il me sembla, par exemple, distinguer des objets à l'intérieur du temple. Des objets à la fois mouvants et immobiles. Il me sembla entendre à nouveau les chants étranges qui m'étaient déjà parvenus. Mes terreurs se concentraient sur le souvenir du jeune garçon venu de la mer, et sur la figurine d'ivoire dont l'image se répétait sur les frises et les colonnes. Je songeai au pauvre Klenze, à son corps au fond des eaux. Il m'avait prévenu de quelque chose, et il n'y avais pas pris garde. Mais il n'était qu'un faible Rhénan, incapable de supporter les ennuis qu'un Prussien endure aisément.

Le reste est très simple. Mon impulsion à visiter le temple est devenue une irrésistible attirance à laquelle je ne puis m'opposer plus longtemps. Ma volonté allemande a perdu le contrôle de mes actes. C'est une semblable folie qui poussa mon second, tête nue, sans protection, dans l'océan. Mais je suis un Prussien, un homme sensé, et j'utiliserai jusqu'à la fin ce qu'il me reste de volonté.

Quand il m'est apparu que je devais y aller, j'ai revêtu mon scaphandre. Je m'apprête à confier cette relation hâtive à une bouteille, dans l'espoir qu'un jour elle parviendra au monde.

Je n'éprouve aucune crainte. Les prophéties du pauvre Klenze me laissent indifférent. Ce que j'ai vu ne peut être vrai. Tout ceci vient de ce que je n'ai plus d'air et que je suffoque. La lumière du temple est simple illusion, et je vais mourir calmement, comme un Allemand, dans les profondeurs noires et oubliées. Le rire démoniaque que j'entends vient de mon esprit épuisé.

Aussi vais-je ajuster avec soin mon scaphandre et marcher hardiment vers ce sanctuaire primitif. Vers ce secret silencieux des flots insondés, des siècles innombrables.

L'ARBRE

Il y a, sur une pente verdoyante du mont Ménale, en Arcadie, une oliveraie dans laquelle se trouve une villa. Tout proche se dresse un mausolée jadis décoré de merveilleuses sculptures, mais qui, comme le reste, est aujourd'hui en ruine. Au pied de la tombe, ses curieuses racines brisant par endroits le bloc de marbre pentélique, s'élève un olivier d'une taille surnaturelle et d'une forme singulière. Il ressemble au corps d'un être humain figé dans son dernier sommeil. L'image est tellement frappante que les habitants du pays évitent de passer par là lorsque la lune brille trop faiblement dans la nuit. Le mont Ménale est connu comme étant l'un des lieux de prédilection du redoutable Pan et de ses nombreux compagnons. Les bergers, hommes simples, sont tous persuadés que cet arbre a quelque lien de parenté avec les sinistres adorateurs de Pan. Pourtant, un vieil apiculteur, vivant non loin de la maison délabrée, m'a conté, lui, une histoire bien différente.

Il y a quelques décennies, la villa de la colline était neuve et dans toute sa splendeur. Deux sculpteurs, Kalos et Musidis, y avaient élu domicile. De la Lydie jusqu'à Naples, la perfection de leur art était célèbre, et personne n'aurait su dire lequel des deux surpassait l'autre. *L'Hermès* de Kalos se trouvait dans un temple de marbre à Corinthe, tandis que *la Pallas* de Musidis était placée au sommet d'une colonne, à Athènes, près du Parthénon. Tout le monde rendait hommage à l'art de Kalos et de Musidis, et s'émerveillait de savoir qu'aucune ombre de jalousie n'était jamais venue troubler leur chaleureuse et fraternelle amitié. Bien que vivant en parfaite harmonie, les deux hommes n'avaient pas le même caractère. Musidis aimait à passer ses nuits à festoyer à Tégée. Kalos, au contraire, préférait rester à la maison, d'où il s'échappait parfois à l'insu de ses esclaves pour aller rêver et méditer dans la fraîcheur de l'oliveraie. C'est là qu'il trouvait l'inspiration, et qu'il créait en imagination les statues aux formes parfaites, qu'il immortaliserait ensuite, palpipantes, dans le marbre. Les gens futiles disaient que Kalos venait là pour s'entretenir avec les esprits de l'oliveraie, et que ses œuvres n'étaient que la représentation des formes qu'il avait vues, car il ne faisait jamais appel à des modèles humains. Kalos et Musidis étaient si justement célèbres que personne ne s'étonna lorsque le tyran de Syracuse leur envoya des messagers, pour parler de la très belle statue de Tyché qu'il avait l'intention d'ériger dans sa ville. L'œuvre devrait être de grande taille et aussi proche que possible de la perfection, car il faudrait qu'elle soit l'une des merveilles du monde, le but du voyageur. Celui qui serait choisi pour accomplir ce travail aurait droit à tous les honneurs, et Kalos et Musidis étaient invités à concourir. Comme leur affectueuse amitié était bien connue, le puissant tyran insista pour qu'ils s'aident et se conseillent mutuellement, au lieu de travailler seuls. Cette collaboration donnerait, sans doute, deux œuvres d'une grande beauté, puisqu'elles seraient conçues en commun par les deux plus grands sculpteurs. Les deux hommes acceptèrent cette proposition avec joie. Dans les jours qui suivirent, les esclaves entendirent d'incessants coups de ciseau. Kalos et Musidis travaillèrent ensemble, mais dérobèrent leurs œuvres aux yeux du public. A part eux, personne ne put voir les deux silhouettes divines taillées avec habileté dans les rudes blocs, informes depuis que le monde est monde.

La nuit, comme autrefois, Musidis fréquentait les banquets de Tégée, tandis que Kalos errait seul dans l'oliveraie. Mais, au bout de quelque temps, Musidis parut préoccupé. C'était curieux, disait-on, que la tristesse vînt s'emparer de quelqu'un qui avait toute chance d'atteindre la consécration suprême. Plusieurs mois s'écoulèrent encore, mais rien dans l'attitude de Musidis ne laissait supposer qu'il se réjouissait de sa situation privilégiée. Enfin, un jour, il se mit à parler de l'étrange maladie de Kalos. Plus personne alors ne s'étonna de sa sombre humeur, car tout le monde savait quels sentiments de profonde amitié liaient les deux hommes. Par la suite, de nombreux visiteurs vinrent s'enquérir de la santé de Kalos. Ils remarquèrent évidemment la pâleur de son visage, mais aussi l'heureuse sérénité de son regard. Musidis, au contraire, tourmenté et anxieux, repoussait tous ses esclaves et ne laissait à nul autre que lui-même le soin de nourrir et de veiller son ami. Dissimulées derrière de lourdes tentures, se trouvaient les deux statues inachevées de Tyché, qui n'avaient pas été touchées depuis longtemps par le malade et son ami. Malgré les soins zélés de Musidis et d'un médecin, la santé de Kalos déclinait. Et plus elle déclinait, plus le malade demandait à être transporté dans l'oliveraie qu'il aimait tant. Il tenait absolument à rester là-bas, tout seul, comme s'il désirait parler à des êtres invisibles. Son ami cédait à toutes ses exigences, mais il avait le cœur gros à l'idée que Kalos éprouvait plus d'affection pour les esprits de l'oliveraie que pour lui-même.

La fin se fit proche, et Kalos se mit à parler de l'au-delà. Musidis, en pleurant, lui promit une sépulture plus belle que le mausolée. Mais Kalos le supplia de ne plus parler de splendeurs de marbre. Un seul désir obsédait maintenant l'esprit du mourant : que l'on enterrât les branches d'un certain olivier avec lui, près de sa tête. Une nuit, alors qu'il reposait seul dans l'obscurité de l'oliveraie, Kalos mourut. Le tombeau de marbre que Musidis, frappé de douleur, sculpta pour son ami bien-aimé, était d'une inimaginable beauté. Personne d'autre que Kalos n'aurait pu créer de tels bas-reliefs, où étaient représentées toutes les splendeurs de l'Elysée. Et Musidis n'oublia pas de déposer près de la tête de Kalos les branches d'olivier. Quand l'intensité de la douleur de Musidis fit place à la résignation, il se remit avec ardeur à travailler à la statue de Tyché. C'est lui qui aurait tous les honneurs. Sa tâche fut comme une échappatoire à son chagrin, et il travaillait de plus en plus chaque jour, abandonnant les distractions qu'il avait naguère aimées. Il passait ses soirées près de la tombe de son ami, où un jeune olivier avait pris racine à l'endroit même où reposait la tête du mort. La croissance de cet arbre avait été si rapide et sa forme était si étrange que tous ceux qui le regardaient s'exclamaient de surprise. Musidis semblait fasciné, il éprouvait à la fois de l'attirance et de la répulsion.

Trois ans après la mort de Kalos, Musidis envoya un messager au tyran de Syracuse, et l'on murmura sur l'agora de Tégée que la puissante statue était terminée. A cette époque, l'arbre de la tombe avait atteint des proportions étonnantes, dépassant tous les arbres de son espèce ; une branche singulièrement puissante dominait même l'appartement où travaillait Musidis. Comme beaucoup de visiteurs venaient voir l'arbre prodigieux et admirer le travail de l'artiste, Musidis était rarement seul. Mais il n'était pas gêné par cette foule. Et même, il semblait craindre de rester seul maintenant que son travail absorbant était terminé. Le vent froid des montagnes soufflait sur l'oliveraie et l'arbre de la tombe émettait d'étranges sons, vaguement articulés. Le ciel était sombre le soir où les émissaires du tyran arrivèrent à Tégée. On savait qu'ils allaient chercher la grande statue de Tyché et apporter les honneurs éternels à Musidis. C'est pourquoi on les accueillit très chaleureusement. Dans le courant de la nuit, une violente tempête se déchaîna sur la crête du mont Ménale, et ceux qui habitaient Syracuse furent contents d'être bien à l'abri dans la ville. Ils parlèrent de leur illustre tyran et de la splendeur de sa capitale, et évoquèrent la gloire de la statue que Musidis avait élevée pour lui. Et puis les hommes de Tégée parlèrent de la bonté de Musidis, de son chagrin pour son ami, et ils dirent comment les lauriers qui allaient couronner son art n'arriveraient sans doute pas à le consoler de l'absence de Kalos, qui aurait peut-être porté ces lauriers à sa place. Ils parlèrent de l'arbre qui poussait sur la tombe près de la tête de Kalos. Le vent hurlait horriblement, et ensemble les gens de Syracuse et d'Arcadie adressèrent des prières à Eole.

Quand le soleil se leva le lendemain matin, les proxènes conduisirent les messagers du tyran en haut de la côte, à la demeure du sculpteur, mais le vent de la nuit avait fait d'étranges ravages. Les cris des esclaves s'élevaient sur un spectacle désolant, car plus rien ne restait des colonnades brillantes du vaste vestibule de l'oliveraie où Musidis avait rêvé et travaillé. Seuls quelques murs peu élevés se dressaient encore tristement, car la lourde branche de l'arbre étrange s'était abattue sur le somptueux péristyle, réduisant la grandiose architecture de marbre à un amas de ruines. Tous demeurèrent abasourdis, regardant alternativement les ruines et le grand arbre sinistre dont l'aspect était si bizarrement humain, et dont les racines s'enfonçaient si curieusement dans le tombeau sculpté de Kalos. Leurs craintes et leurs inquiétudes augmentèrent quand ils pénétrèrent dans l'appartement dévasté, car on ne trouva aucune trace de l'aimable Musidis, ni de la merveilleuse statue de Tyché. Seul le chaos régnait sur ces ruines monstrueuses. Les envoyés des deux cités repartirent fort déçus. Ceux de Syracuse parce qu'ils n'avaient pas de statue à emporter, ceux de Tégée parce qu'ils n'avaient pas d'artiste à récompenser. Toutefois, les Syracusins réussirent à acquérir, après quelque temps, une splendide statue à Athènes et les Tégéens se consolèrent en élevant sur l'agora un temple de marbre célébrant les dons, les vertus et la piété fraternelle de Musidis.

Mais l'oliveraie est toujours là, ainsi que l'arbre qui pousse sur la tombe de Kalos, et le vieil apiculteur m'a conté que, quelquefois, les buissons murmurent dans le vent de la nuit, répétant sans cesse :

« Oida ! Oida ! — Je sais ! Je sais ! »

LES AUTRES DIEUX

Au sommet du pic le plus élevé du monde demeurent les dieux de la terre qui ne souffrent pas qu'aucun mortel les regarde. Jadis ils habitaient des pics moins élevés, mais les hommes des plaines escaladaient toujours plus hardiment les pentes rocheuses et neigeuses, repoussant les dieux vers ces hauteurs ultimes où ils se trouvent à présent.

En quittant leur demeure précédente, ils emportèrent avec eux tout ce qui eût pu les signaler. Ils laissèrent pourtant une sculpture gravée sur le flanc d'une montagne, connue sous le nom de Ngramek.

Ils vivent à présent au pays inconnu de Kadath, dans un désert glacé qu'aucun homme ne traverse, et sont devenus farouches. Sévères, aussi, et alors que jadis ils acceptaient que les hommes les fissent se déplacer, ils leur interdisent aujourd'hui de venir, ou, s'ils viennent, de repartir. Il est préférable que les humains ne connaissent pas Kadath, dans le désert glacé, sinon ils tenteraient de s'y rendre.

Parfois, quand les dieux ont la nostalgie de leur ancienne demeure, ils viennent rendre visite dans la nuit silencieuse aux pics qu'ils habitaient autrefois, et ils pleurent doucement en essayant de jouer comme jadis sur les pentes familières.

Les hommes ont perçu les pleurs des dieux sur Thurai au sommet neigeux, mais ils ont cru que c'était la pluie, et ils ont entendu leurs soupirs, à l'aube, dans les vents plaintifs de Lerion. Les dieux voyagent dans des vaisseaux de nuages, et les sages villageois connaissent des légendes qui les retiennent de passer dans certaines montagnes la nuit, lorsqu'il y a des nuages, car les dieux ne sont pas aussi cléments qu'autrefois. A Ulthar, de l'autre côté de la rivière Skaï, habitait autrefois un vieil homme désireux de contempler les dieux de la terre. Un homme très érudit, qui connaissait les sept livres secrets de la terre, un familier des manuscrits de la ville lointaine et pétrifiée de Lomar. Son nom : Barzai le Sage. Les villageois racontent comment, la nuit d'une éclipse bizarre, il escalada la montagne.

Il savait tant de choses sur les dieux et sur leurs allées et venues, il devinait si bien leurs secrets, qu'on pensait qu'il était lui-même un demi-dieu.

Ce fut lui qui conseilla aux bourgeois d'Ulthar de rédiger leur loi contre le meurtre des chats, et qui révéla au jeune prêtre Atal où se rendent les chats noirs, à minuit, la nuit de la Saint-Jean. Barzai était instruit dans la science des dieux de la terre, et possédé du désir de voir leur visage. Il pensait que sa grande connaissance des dieux le protégerait de leur colère. Aussi décida-t-il de monter au sommet rocheux du Hatheg-Kla, une nuit où il était sûr que les dieux y seraient.

Le Hatheg-Kla se trouve dans le désert rocailleux au-delà de Hatheg, dont il porte le nom, et s'élève comme une statue de pierre au fond d'un temple silencieux. Il y a toujours des brumes qui enveloppent son sommet, car les brumes sont les souvenirs des dieux, et les dieux aimaient bien Hatheg à l'époque... Souvent les dieux de la terre rendent visite au Hatheg dans leurs vaisseaux de nuages, répandant de pâles vapeurs sur les pentes tandis qu'ils dansent au sommet parmi leurs souvenirs, quand la lune est claire. Les villageois de Hatheg prétendent qu'il est imprudent d'escalader le Hatheg en temps normal, et qu'il y a danger de mort à l'escalader la nuit, quand les pâles vapeurs dérobent le sommet à la lumière de la lune.

Mais Barzai ne les écouta pas quand il arriva d'Ulthar en compagnie du jeune prêtre Atal, qui était son disciple. Atal n'était qu'un fils d'aubergiste, et il avait quelquefois peur, mais le père de Barzai, lui, avait été un seigneur, dans un château ancien ; c'est pourquoi Barzai n'avait pas de superstitions aussi ordinaires. Il ne moquait des villageois craintifs. Les deux hommes quittèrent la ville et s'enfoncèrent dans le désert de pierres, malgré les lamentations des paysans. La nuit, près de leur feu de camp, ils parlaient des dieux. Ils voyagèrent ainsi pendant plusieurs jours, et virent de loin le majestueux Hatheg-Kla, auréolé de brume. Le treizième jour, ils parvinrent au pied de la montagne, et Atal fit état de ses craintes. Mais Barzai était vieux et savant. Il n'avait pas peur. Audacieusement, il ouvrit la route en escaladant la pente qu'aucun homme n'avait foulée depuis l'époque de Sansu (à qui il est fait allusion avec terreur dans les manuscrits pnakotiques).

Le chemin était rocheux et rendu dangereux par des crevasses, des rocs et des chutes de pierres. Puis le temps devint froid et neigeux. Barzai et Atal glissaient et tombaient souvent tandis qu'ils grimpaient avec leurs bâtons et leurs haches. Enfin, l'air se raréfia et le ciel changea de couleur. Les grimpeurs eurent de la difficulté à respirer. Mais ils continuèrent à progresser, émerveillés de l'étrangeté du paysage, excités à l'idée de ce qui arriverait au sommet quand la lune brillerait et que les pâles vapeurs se répandraient.

Pendant trois jours, ils continuèrent à grimper vers le toit du monde, puis ils campèrent pour attendre que la lune se couvrît de nuages. Pendant quatre nuits il n'y eut aucun nuage, et la lune brilla froidement à travers les fines brumes qui entouraient le sommet silencieux. Puis la cinquième nuit, qui était celle de la pleine lune, Barzai vit des nuées épaisses arriver du nord, et veilla avec Atal pour les voir s'approcher. Elles voguaient, épaisses et mystérieuses, sur un rythme délibérément lent. Elles se disposèrent autour du pic, bien audessus des veilleurs, dissimulant la lune et le sommet à leurs regards. Les deux hommes fixèrent le spectacle une longue heure durant, tandis que les vapeurs tourbillonnaient et que l'écran des nuages s'épaississait.

Barzai connaissait les habitudes des dieux de la terre. Il écoutait avec attention, mais Atal sentait le froid des brumes humides, et il avait peur. Quand Barzai se mit à grimper plus haut et à lui faire signe, Atal mit longtemps à le suivre. Les vapeurs étaient tellement épaisses que le chemin était difficile. Lorsque enfin, il se mit en route, Atal voyait à peine la forme grise de Barzai sur la pente, dans la lueur nuageuse de la lune. Barzai était assez loin en avant, et semblait grimper beaucoup plus facilement que Atal, malgré son âge. Il ne craignait pas l'altitude, qui devenait insupportable, et il n'hésitait pas devant les larges crevasses noires que Atal avait du mal à franchir. Ils continuèrent donc à monter par-dessus les rocs et les gouffres dangereux, parfois effrayés de l'ampleur du silence des sommets glacés et désolés et des hauteurs de granit. Tout à coup, Barzai disparut du champ visuel d'Atal, escaladant une paroi qui semblait émerger pour barrer le passage à quiconque n'était pas un admirateur des dieux de la terre. Atal se trouvait bien au-dessous, et se demandait ce qu'il ferait lorsqu'il arriverait à cet endroit, quand il remarqua que la lumière s'était curieusement intensifiée, comme si le sommet sans nuages, rendez-vous des dieux éclairé par la lune, était tout proche. Et tandis qu'il grimpait vers la paroi proéminente et vers le ciel éclairé, une terreur immense s'empara de lui. C'est alors qu'à travers les brumes il entendit la voix de Barzai qui criait avec ravissement :

« J'ai entendu les dieux. J'ai entendu les dieux de la terre chanter sur le Hatheg-Kla. Les voix des dieux de la terre sont à présent connues de Barzai le Prophète ! Les brumes sont légères et la lune est brillante, et je verrai les dieux danser au sommet qu'ils ont tant aimé dans leur jeunesse. La sagesse de Barzai l'a rendu plus grand que les dieux de la terre, et contre sa volonté leurs charmes et leurs barrières ne pourront rien. Barzai contemplera les dieux, les dieux orgueilleux, les dieux qui méprisent la vue de l'homme. »

Atal ne pouvait entendre ces voix, mais il était maintenant tout près de la paroi proéminente, et cherchait des prises. Puis il entendit la voix de Barzai devenir plus forte et plus aiguë.

« La brume est très légère et la lune projette des ombres sur la pente, les voix des dieux de la terre sont fortes, et ils craignent la venue de Barzai le Sage, qui est plus grand qu'eux. La lueur de la lune vacille, pendant que les dieux dansent. Je vais voir leurs silhouettes danser et se déchaîner à la lueur de la lune... La lumière est plus faible et les dieux ont peur. »

Tandis que Barzai criait ces paroles, Atal progressait vers le sommet comme si les lois de la terre s'inclinaient devant d'autres lois plus fortes. Car si le chemin était plus escarpé que jamais, la voie était à présent rendue étrangement facile, et l'escarpement fut à peine un obstacle quand il l'atteignit et se laissa glisser sur la paroi. La lueur de la lune avait bizarrement diminué, et tandis que Atal continuait à monter à travers les brumes, il entendit son compagnon hurler dans les ténèbres :

« La lune est sombre et les dieux dansent dans la nuit. Il y a de la terreur dans le ciel, car sur la lune s'est abattue une éclipse qu'aucun livre humain ou divin n'a jamais prédite. Une magie inconnue règne sur Hatheg, car les cris des dieux effrayés se sont transformés en rires, et les pentes de glace montent dans les cieux noirs vers lesquels je me dirige. Hei ! Hei ! Enfin ! Dans la lueur incertaine, j'aperçois les dieux de la terre. »

C'est alors que Atal, glissant sur des pentes vertigineuses, entendit dans l'obscurité un rire épouvantable mêlé à un cri jamais entendu, si ce n'est dans le Phlégéthon des cauchemars indicibles. Un cri où se reflétaient toute l'horreur et toute l'angoisse d'une vie entière, rassemblées dans un seul moment.

« Les autres dieux, les dieux des enfers extérieurs qui protègent les faibles dieux de la terre ! Ne regarde pas ! Retourne-t'en ! Ne regarde pas ! La vengeance des abîmes infinis ! Ce gouffre maudit et damné... Dieux miséricordieux de la terre !... Je tombe dans le ciel ! »

Et tandis que Atal fermait les yeux, se bouchait les oreilles et essayait de fuir pour échapper à l'attraction puissante des hauteurs inconnues, un orage terrible éclata sur le Hatheg-Kla, qui réveilla les braves villageois des plaines et les bons bourgeois de Hatheg, Nir et Ulthar, et leur fit contempler à travers les nuages cette étrange éclipse de lune qu'aucun livre n'avait prévue. Quand la lune disparut enfin, Atal était en sécurité sur les glaciers inférieurs de la montagne, hors de la vue des dieux de la terre ou des autres dieux.

Or, il est dit dans les manuscrits pnakotiques que Sansu ne trouva rien d'autre que de la glace et du roc quand il escalada le Hatheg-Kla aux premiers âges du monde. Pourtant, quand les hommes d'Ulthar, de Nir et de Hatheg surmontèrent leurs craintes et gravirent la montagne, de jour, à la recherche de Barzai le Sage, ils trouvèrent, gravé dans la pierre du sommet, un curieux symbole cyclopéen de cinquante coudées de large, comme si la roche avait été travaillée par un ciseau titanesque. Et le symbole ressemblait à ce que les érudits ont relevé dans les parties des manuscrits pnakotiques trop anciennes pour être déchiffrées.

On ne retrouva jamais Barzai le Sage, et jamais Atal le saint prêtre ne put prier pour le repos de son âme. Depuis, et jusqu'à ce jour, les peuples d'Ulthar, de Nir et de Hatheg ont peur des éclipses, et prient la nuit quand de pâles vapeurs cachent le sommet de la montagne et la lune. Et au-dessus des brumes du Hatheg-Kla, les dieux de la terre dansent parfois avec leurs souvenirs, car ils savent qu'ils sont en sécurité. Ils aiment venir de Kadath l'inconnue, sur leurs vaisseaux de nuages, jouer comme dans l'ancien temps, lorsque la terre était jeune et que les hommes ne gravissaient pas les cimes inaccessibles.

L'ALCHIMISTE

Tout en haut d'une colline verdoyante, aux flancs plantés des arbres noueux d'une forêt des premiers âges, s'élève le vieux château de mes ancêtres. Pendant des siècles, il a servi de demeure et de fief à notre fière lignée, dont l'ancienneté dépasse celle des remparts moussus qui ont dominé, jadis, la rude et sauvage campagne environnante. Ses anciennes tours, qui portent les stigmates des bourrasques essuyées pendant des générations et qui s'effritent aujourd'hui sous l'inexorable et puissante pression du temps, faisaient partie, au Moyen Age, de l'une des plus formidables et redoutables forteresses de France. Du haut de ses tours à mâchicoulis et de ses remparts, des barons, des comtes, et même des rois avaient été tenus en échec, et jamais ses spacieuses salles d'armes n'avaient retenti du pas de l'envahisseur.

Mais les choses ont bien changé depuis l'époque féodale. L'austérité a remplacé les fastes d'antan. Trop fiers de leur nom pour se livrer au commerce, mes aïeux se sont petit à petit séparés de leurs biens. Même le château n'a pas été épargné : ses murs s'effritent, le parc est envahi par les herbes folles, les douves sont à sec et les tourelles menacent de s'effondrer. A l'intérieur, les planchers défoncés, les tapisseries passées, les lambris dévorés par les vers racontent notre lugubre histoire, celle d'une splendeur déchue.

Au fur et à mesure que les siècles passaient, l'une après l'autre les quatre grandes tours tombèrent en ruine, jusqu'au jour où il n'en resta plus qu'une, où s'abritaient les rares descendants des seigneurs autrefois tout-puissants de ces lieux. Ce fut dans l'une des grandes et lugubres pièces de cette dernière tour que moi, Antoine, le dernier des malheureux et maudits comtes de C..., je vis le jour, il y a de cela quatre-vingt-dix ans.

Les premières années de ma vie mouvementée, je les passai entre ces murs et dans ces forêts sombres, ainsi que dans les ravins et les grottes sauvages du flanc de la colline. Je n'ai jamais connu mes parents. Mon père avait été tué à l'âge de trente-deux ans, un mois avant ma naissance, par la chute d'une pierre qui s'était détachée de l'un des créneaux du château. Et ma mère était morte en me donnant le jour. Mon éducation fut confiée à un vieux serviteur très intelligent qui répondait au nom de Pierre. J'étais enfant unique, et ma solitude était encore aggravée par le fait que mon tuteur me tenait résolument à l'écart des enfants des paysans dont les demeures sont éparpillées dans la plaine, au pied de la colline.

A l'époque, Pierre me disait que cette règle

s'imposait, parce que ma naissance me plaçait très au-dessus de cette compagnie plébéienne. Maintenant, je sais que son but véritable était de m'empêcher d'apprendre ce qui se racontait la nuit à voix basse au coin du feu, dans les chaumières, sur la terrible malédiction qui pesait sur notre famille. Isolé et livré à moi-même, je passai de longues heures de mon enfance à lire les anciens volumes qui remplissaient la bibliothèque poussiéreuse du château, et à errer dans les bois fantomatiques de la colline. Très tôt, je devins mélancolique. Seul, ce qui avait trait à la nature mystérieuse et à l'occultisme m'intéressait.

Je ne parvins pas à connaître grand-chose de ma famille, mais le peu que j'en appris m'affecta profondément. Peut-être devais-je ce trait curieux aux réticences manifestes de Pierre à parler des miens, mais toujours est-il que je ne pouvais entendre prononcer le nom de ma lignée sans trembler d'effroi.

A mesure que je grandissais, je pus placer bout à bout les fragments de renseignements que j'avais péniblement réussi à arracher des lèvres de mon vieux précepteur. Son récit faisait état de circonstances qui m'avaient toujours semblé étranges, mais que je trouvais, maintenant, inquiétantes. Je veux parler de l'âge précoce auquel tous les comtes de notre lignée avaient trouvé la mort. J'avais jusqu'alors pensé que nous étions une famille d'hommes à la vie particulièrement brève, mais je me mis à réfléchir à ces décès prématurés et à établir des liens entre eux et les divagations du vieillard, qui parlait souvent de la malédiction qui, depuis des siècles, avait empêché les tenants du titre de dépasser trente-deux ans.

Le jour de mon vingt et unième anniversaire, le brave Pierre me remit un manuscrit qui, me dit-il, avait été transmis de père en fils depuis de nombreuses générations. Son contenu m'apparut très inquiétant et l'examen de ce document confirma mes plus terribles appréhensions. A cette époque-là, ma croyance dans le surnaturel était absolue ; sinon, comment expliquer que je n'aie pas rejeté avec dédain cette incroyable histoire ?

Le parchemin était daté du XIIIe siècle, quand le vieux château était au summum de sa puissance. Il évoquait le portrait d'un personnage qui avait jadis habité nos terres. C'était un homme de grand mérite, quoique sa condition le plaçât à peine au-dessus d'un paysan. Il s'appelait Michel, mais on l'avait surnommé le *Mauvais* à cause de sa sinistre réputation. Il connaissait, en effet, les terribles secrets de la magie noire et de l'alchimie. Et comme il avait étudié bien au-delà de ce que lui permettait son état, ses recherches sur la pierre philosophale ou l'élixir de vie éternelle terrorisaient les villageois. Michel le Mauvais avait un fils, Charles, un garçon aussi versé que lui dans les sciences occultes et qui répondait au sobriquet de *Sorcier*. Les deux hommes vivaient complètement en marge du village et on les soupçonnait de se livrer aux pratiques les plus odieuses. On disait, par exemple, que le vieux Michel avait brûlé vive sa femme en sacrifice au diable, et l'enlèvement inexpliqué de plusieurs enfants de paysans leur était imputé. Pourtant, dans la sombre nature du père et du fils, il y avait un rayon rédempteur d'humanité. Le vieil homme adorait son fils et le jeune homme avait pour son père un amour mystique.

Une nuit, le château connut une grande animation, à la suite de la disparition du jeune Godfrey, le fils du comte Henri. A la tête de son escorte, le père désespéré conduisait lui-même les recherches. Il arriva ainsi chez les sorciers, où il trouva Michel le Mauvais penché au-dessus d'un large chaudron en ébullition. Aveuglé par le désespoir, furieux, perdant complètement le contrôle de ses nerfs, il saisit violemment le vieillard par le col. Quand il relâcha son étreinte, sa victime avait cessé de vivre. Au même moment, ses serviteurs lui annoncèrent dans la joie que le jeune Godfrey venait d'être retrouvé dans l'une des chambres désaffectées du château. Mais il était trop tard pour le pauvre Michel, qui était mort pour rien.

Tandis que le comte et ses hommes s'éloignaient de l'humble demeure de l'alchimiste, la silhouette de Charles le Sorcier apparut derrière les arbres. Il apprit ainsi, par les bavardages des serfs attirés par cette agitation, ce qui venait de se passer. Il parut tout d'abord indifférent au destin de son père, puis s'avançant lentement à la rencontre du comte, il prononça d'une voix terne, et pourtant terrifiante, cette épouvantable malédiction :

— Que jamais aucun noble de ta race meurtrière ne vive jusqu'à un âge plus avancé que le tien, dit-il.

A ces mots, il tira de sa tunique une fiole d'un liquide incolore qu'il lança au visage du meurtrier de son père. Puis il disparut derrière le rideau d'encre de la nuit.

Le comte mourut instantanément, sans un mot. Il fut enterré le jour suivant. Il avait à peine plus de trente-deux ans. Bien que des bandes de paysans eussent sillonné les bois voisins et les prairies alentour, on ne retrouva jamais la trace du Sorcier. Puis le temps estompa le souvenir de cette malédiction dans l'esprit de la famille du comte Henri. Lorsque Godfrey, cause involontaire de cette tragédie et porteur du titre, fut tué au cours d'une partie de chasse, par une flèche, à l'âge de trente-deux ans, personne ne fit le moindre rapprochement entre sa fin et la prédiction de Charles. Mais quand, quelques années plus tard, son jeune fils Robert fut trouvé mort sans cause apparente dans un champ voisin, les vieux paysans ne manquèrent pas de noter cette coïncidence troublante : il avait, lui aussi, trente-deux ans. Louis, le fils de Robert, fut retrouvé noyé dans un fossé au même âge fatidique. L'inquiétante nécrologie se poursuivait ainsi jusqu'à nos jours. Les Henri, les Robert, les Antoine et les Armand, tous furent arrachés à leurs vies heureuses et vertueuses à l'âge qu'avait leur malheureux ancêtre lorsqu'il fut assassiné.

Si j'en croyais cette chronique, il me restait donc tout au plus onze ans d'existence. Ma vie, qui me paraissait sans intérêt jusqu'alors, me devint à chaque jour passé à explorer les sortilèges de la magie noire, plus précieuse. Coupé du monde comme je l'étais, la science moderne n'avait exercé sur moi aucune influence. Je passais tous mes loisirs, ainsi qu'avaient dû le faire, au Moyen

Age, le vieux Michel et son fils Charles, à acquérir la science démonologique et alchimique. J'avais beau lire tous les documents que je pouvais compulser, nulle part je ne trouvais trace de l'incroyable malédiction qui pesait sur ma famille. Dans mes rares moments de lucidité, j'allais même jusqu'à invoquer une cause naturelle pour expliquer tous ces décès, attribuant la mort prématurée de mes ancêtres aux descendants du sinistre Charles le Sorcier. Mais renseignements pris, l'alchimiste ne semblait pas avoir eu d'héritier. Je me remis donc à mes études, cherchant désespérément une formule magique qui libérerait ma race de cette infernale fatalité. De toute façon, une chose était certaine : je ne me marierais pas. Comme j'étais le dernier membre vivant de notre maison, la malédiction finirait ainsi avec moi. Lorsque j'atteignis l'âge de trente ans, le vieux Pierre fut rappelé dans l'autre monde. Seul, je l'ensevelis sous les pierres de la cour, là où il avait tant aimé à se promener. Devenu l'unique occupant de cette grande bâtisse, mes craintes s'apaisèrent progressivement. Mon esprit cessa ses vaines protestations contre un sort inéluctable, et j'en vins même à ne plus craindre la fin qui avait été celle de tous mes aïeux.

A partir de ce moment-là, je passai le plus clair de mon temps à explorer les salles et les tours abandonnées du château, ce que, par crainte, je n'avais jamais fait dans ma jeunesse. Certaines de ces pièces n'avaient pas reçu la visite d'un être humain depuis plus de quatre siècles. J'y découvris de nombreux et curieux objets, des meubles couverts d'une poussière séculaire, pourris par l'humidité, et des toiles d'araignée en quantité incroyable. D'énormes chauves-souris aux ailes osseuses étaicnt les seules occupantes de la demeure. Je me mis à tenir un compte minutieux de mon âge en jours et en heures. Chacun des mouvements du balancier de la massive pendule de la bibliothèque m'ôtait une seconde de vie. J'approchais ainsi du moment que j'appréhendais depuis si longtemps. Comme la plupart de mes ancêtres avaient été emportés un peu avant d'atteindre l'âge exact du comte Henri lors de sa mort, je m'attendais à tout instant à rencontrer le trépas. Quelle serait ma mort ? Sous quelle forme la malédiction se présenterait-elle ? Je l'ignorais, bien sûr, mais je n'étais pas décidé à la subir passivement. Elle ne trouverait pas en moi une lâche victime. En attendant, je me remis avec ardeur à fouiller les recoins du vieux château. Ce fut au cours de la plus longue de mes investigations, moins d'une semaine avant l'heure de ma fin, d'après mes calculs, que se produisit l'événement qui devait être pour moi le plus important de ma vie.

Après avoir passé la plus grande partie de la matinée à monter et descendre les escaliers d'une tour en ruine, j'explorai dans l'après-midi les niveaux inférieurs, qui me conduisirent dans ce qui aurait pu aussi bien être une remise médiévale qu'un dépôt plus récent de munitions. En traversant lentement le passage recouvert de salpêtre, au pied du dernier escalier, je découvris, à la lueur tremblante de ma torche, un mur lisse et humide qui m'obstruait le chemin. J'allais retourner sur mes pas, lorsque mon regard tomba sur une trappe garnie d'un anneau, juste devant moi. Pris de curiosité, je réussis non sans difficultés à soulever la pièce de bois, qui s'ouvrit sur un trou noir d'où s'exhalèrent des vapeurs si malsaines, qu'elles firent vaciller mon brandon. Dès que la flamme, que j'abaissai vers les ténèbres, se remit à brûler normalement, j'aperçus le sommet d'un escalier de pierre dans lequel je m'engageai. Les marches étaient nombreuses et menaient vers un étroit passage qui devait être situé très bas sous terre. Le couloir, assez long, se terminait par une massive porte de chêne toute suintante d'humidité, et qui résista fermement à tous les efforts que je fis pour l'ouvrir. De guerre lasse, j'interrompis mes infructueux essais. J'avais à peine fait quelques pas vers l'escalier que soudain j'éprouvai l'un des chocs les plus violents et les plus bouleversants qui se puissent imaginer. Au moment où je m'y attendais le moins, la lourde porte s'ouvrit lentement derrière moi, en grinçant affreusement sur ses gonds rouillés. Sur le coup, je fus absolument incapable d'analyser mes réactions, tant je tremblais de frayeur. Quand enfin je me tournai vers l'endroit d'où était venu le bruit, mes yeux jaillirent presque de leurs orbites au spectacle qui s'offrit à eux. Là, dans l'embrasure de l'ancienne porte gothique, se tenait un être humain. Il était vêtu d'une longue tunique sombre et d'une calotte comme on en portait au Moyen Age. Sa barbe abondante était d'un brun intense et son front beaucoup plus haut que la moyenne. Ses joues creuses étaient marquées de profonds sillons de rides et ses longues mains noueuses, semblables à des griffes, étaient d'une blancheur de marbre, comme je n'en avais encore jamais vu chez un homme.

La silhouette, d'une maigreur squelettique, était étrangement voûtée, et comme perdue dans les plis volumineux de l'anachronique vêtement. Mais le plus étrange de tout, c'étaient les yeux, deux abîmes d'obscurité, parfaitement semblables, qui exprimaient une profonde intelligence, mais dont la cruauté paraissait inhumaine. Et ces yeux étaient maintenant fixés sur moi, transperçant mon âme de leur haine, et me clouant sur place. Enfin, l'homme se mit à parler d'une voix sépulcrale qui me glaça jusqu'à l'os. La langue qu'il employait était une forme de bas latin utilisée par les hommes les plus instruits de l'époque féodale. Celle-ci ne m'était pas étrangère, en raison de mes recherches poussées sur les travaux des alchimistes et des démonologistes anciens. La singulière créature évoqua la malédiction qui planait sur ma race et m'apprit ma fin prochaine. Après avoir retracé le crime commis par mon ancêtre sur la personne du vieux Michel le Mauvais, elle s'appesantit longuement sur la vengeance de Charles le Sorcier. Elle me raconta comment, après s'être échappé à la faveur de la nuit, le jeune Charles était revenu bien des années plus tard pour tuer l'héritier Godfrey, à l'aide d'une flèche, juste avant qu'il n'atteignît l'âge où son père avait péri. A l'insu de tous, il était retourné vivre dans la propriété et s'était installé ici même, dans cette vieille chambre souterraine abandonnée. Robert, le fils de Godfrey, il l'avait terrassé dans un champ en le forçant à avaler du poison. Puis il avait tué le fils de Robert, et aussi le fils du fils de Robert, et ainsi de suite, jusqu'à ce jour. Depuis des siècles, il veillait scrupuleusement à ce que fussent remplis les termes cruels de sa malédiction vengeresse.

Mais il y avait là un mystère que je ne comprenais pas. Comment Charles le Sorcier, qui avait dû mourir il y avait plusieurs centaines d'années, avait-il pu frapper aussi régulièrement tous mes ascendants ? L'homme, pendant ce temps-là, parlait avec complaisance des recherches alchimiques très poussées que les deux sorciers, le père et le fils, surtout Charles d'ailleurs, avaient effectuées sur un élixir qui devait assurer à celui qui l'absorberait la vie et la jeunesse éternelles. Son enthousiasme était tel que, pendant un moment, son terrible regard noir perdit de sa cruauté. Mais d'un seul coup, ses yeux brillèrent d'une façon hallucinante, et, avec un sifflement comparable à celui d'un serpent, l'étranger brandit une fiole de verre avec l'évidente intention de m'assassiner ainsi que, six cents ans plus tôt, Charles le Sorcier l'avait fait pour mon ancêtre. Poussé par l'instinct de conservation, je rompis brusquement le charme qui me tenait immobile et lançai, avec force, ma torche vers la créature menaçante. La fiole se brisa sur la pierraille tandis que la tunique du meurtrier s'embrasait avec rapidité en jetant une lueur fantomatique sur l'horrible scène. Le cri de terreur et de rage impuissante qui s'échappa des lèvres du mourant dépassa en abomination ce que mes nerfs ébranlés pouvaient supporter. Et je m'écroulai, sans connaissance, sur le sol fangeux.

Lorsque je revins à moi, l'obscurité était totale ; tremblant de peur au souvenir de ce que je venais de voir, j'hésitai à pousser plus avant mes investigations, mais finalement, la curiosité l'emporta sur la terreur. Qui donc, me demandai-je, pouvait être ce diabolique personnage ? Comment avait-il réussi à pénétrer dans la tour ? Pourquoi essayait-il de venger avec tant d'ardeur la mort de Michel le Mauvais ? Et surtout, comment, depuis la mort de Charles le Sorcier, s'était exercée à travers les siècles la terrible malédiction ?

Sachant que celui que je venais d'abattre était l'homme qui devait me faire disparaître, je me sentis complètement délivré de mes craintes passées. Mais maintenant que j'étais libéré, je brûlais du désir d'en apprendre davantage sur le destin cruel qui avait poursuivi ma famille, et qui avait fait de ma jeunesse un cauchemar sans fin. Je trouvai dans mes poches un briquet à silex avec lequel j'allumai la seconde torche que je portais sur moi. Sa pâle lumière me révéla d'abord la silhouette déformée et sombre du mystérieux étranger. Ses yeux terrifiants étaient à présent clos. M'en détournant, je poussai la lourde porte gothique pour entrer dans la pièce. J'y découvris une espèce de laboratoire d'alchimiste. Il y avait dans un coin un tas de métal jaune, scintillant avec éclat à la lueur de la torche. Peut-être était-ce de l'or, mais encore sous le coup de l'émotion, je remis cet examen à plus tard. A l'autre bout de la pièce, je trouvai une ouverture qui débouchait dans l'un des nombreux ravins de la forêt. C'était par là que l'inconnu avait pénétré dans le château. En revenant sur mes pas, je passai près de l'étranger, lorsqu'il me sembla entendre un faible gémissement. Médusé, je me tournai pour examiner le corps calciné et tout recroquevillé sur le sol. Alors, brusquement, les yeux épouvantables, plus noirs encore que le visage brûlé dans lequel ils brillaient, s'agrandirent démesurément avec une expression que je fus incapable d'interpréter. Les lèvres craquelées essayèrent de former des mots que j'avais du mal à saisir. Je distinguai pourtant le nom de Charles le Sorcier, les mots « année » et « malédiction » furent également prononcés par la bouche déformée, mais je n'arrivais pas encore à trouver un sens à ces mots incohérents. Comme, manifestement, je ne comprenais pas la signification des paroles prononcées, les yeux noirs me fixèrent à nouveau, diaboliquement. Désarmé par les efforts de mon adversaire, je restai devant lui, immobile, tremblant d'effroi. Tout à coup, ce misérable corps fut animé d'un dernier sursaut. Soulevant sa tête du sol humide et rocailleux, il recouvra la parole pour hurler, dans un dernier souffle, ces mots qui, depuis, hantent mes jours et mes nuits :

— Insensé ! vociféra-t-il. Tu n'as pas deviné mon secret ? N'as-tu pas suffisamment d'intelligence pour reconnaître la volonté qui a perpétré la terrible malédiction qui depuis six cents ans pèse sur ta famille ? Ne t'ai-je pas parlé de l'élixir de la vie éternelle ? Ni de nos secrètes découvertes en alchimie ? Je te le dis, c'est moi. Moi ! Moi ! qui ai vécu six cents ans pour assouvir ma vengeance, car je suis Charles le Sorcier !

LA POESIE ET LES DIEUX

Juste après la fin de la guerre, par une soirée d'avril humide et triste, Marcia, dans son vaste salon du XXe siècle, se retrouva seule. Seule avec ses aspirations, ses désirs secrets. Seule avec ses intimes pensées, qui, nées dans cette pièce, s'échappaient vers l'Orient, vers les oliveraies de la lointaine Arcadie, qu'elle n'avait entrevue que dans ses rêves. Elle était entrée ici, l'esprit ailleurs, avait éteint les lustres illuminés, et reposait à présent sur un moelleux divan, ayant gardé pour toute clarté la lueur d'une petite lampe verte aussi apaisante qu'un rayon de lune à travers le feuillage d'une tonnelle.

Habillée d'une robe du soir noire et décolletée, elle avait toutes les apparences d'un produit de la civilisation moderne. Ce soir, pourtant, elle avait conscience de l'abîme incommensurable qui séparait son âme de tout ce qui l'entourait. Cela provenait-il de l'atmosphère étrange de sa maison, demeure froide où les relations étaient constamment tendues, où les habitants restaient, les uns pour les autres, des étrangers ? Ou alors était-elle, par un curieux anachronisme du destin, née trop tôt, ou trop tard, trop loin, en tout cas, des lieux que son esprit chérissait, pour se trouver jamais en harmonie avec les laideurs de la réalité contemporaine ? Pour chasser cette nostalgie qui l'envahissait, elle prit une revue sur la table près d'elle, en quête de quelque poème qui apaiserait son inquiétude. Car la poésie était un calmant pour son esprit. La plupart du temps, elle adoucissait ses tourments. Parfois, pourtant, les vers les plus beaux flottaient en son âme comme un frais nuage de laideur et d'opacité stérile, telle la poussière sur une vitre au travers de laquelle on tente d'admirer un magnifique coucher de soleil. Tournant distraitement les pages de la revue, comme pour y chercher un trésor inestimable, elle tomba soudain sur quelque chose qui dissipa sa langueur. Il sembla qu'une image précise, qu'une vision de rêve l'eût menée plus près de son but insaisissable. Il s'agissait seulement d'un fragment de vers libres, ce compromis pitoyable du poète qui ne parvient pas à maîtriser la divine mélodie des rimes. Ce morceau, pourtant, était imprégné de la musique primitive du barde qui vit et sent intensément, en quête de l'extase. Sans régularité, il naissait de ses mots, comme spontanément, une harmonie ailée qu'elle n'avait pas rencontrée dans les poèmes classiques et traditionnels qu'elle connaissait. Tandis qu'elle continuait à lire tout ce qui l'entourait s'estompa peu à peu. Bientôt, il ne flotta plus autour d'elle que les brumes du rêve, brouillards pourpres parsemés d'étoiles, hors du temps, où seuls se promènent les dieux et les rêveurs.

Lune sur le Japon
Lune papillon blanc
Que rêvent au chant du coucou
Les Bouddhas aux lourdes paupières.
Blanches ailes des papillons lunaires
Battant sur les ruelles de la ville
Réduisant au silence les inutiles mèches des
[sonores lanternes
Au creux des mains des filles.

Lune sur les Tropiques
Bourgeon aux courbes blanches
Offrant lentement ses pétales à la chaleur du ciel

L'air est rempli de senteur et de sons langoureux
Une flûte dans la nuit
Egrène sa musique d'insecte sous le pétale de lune
[incurvé des cieux.

Lune sur la Chine
Lune fatiguée sur la rivière du ciel
Le mouvement de la lumière dans ces saules
C'est l'éclat de milliers de poissons argentés
Dans les eaux sombres
Les mosaïques des tombes et les temples en ruine
Brillent tels des perles
Le ciel se peuple de nuages
Luisantes écailles d'un dragon.

Dans les brumes du rêve, la lectrice appelait les étoiles en mouvement. Dans la joie de sa lecture, elle avait senti naître une ère nouvelle de chants, elle avait reconnu Pan. Les yeux mi-clos, elle répétait les mots dont la mélodie semblait se cacher derrière cette poésie en prose. Ainsi, les cristaux dissimulés au fond d'un ruisseau avant l'aurore scintillent triomphalement au point du jour.

Lune sur le Japon
Lune papillon blanc

Lune sur les Tropiques
Bourgeon aux courbes blanches
Offrant lentement ses pétales à la chaleur du ciel
L'air est rempli de senteurs et de sons langou-
[reux...

Lune sur la Chine
Lune fatiguée sur la rivière du ciel...

Venue des brumes, la silhouette d'un jeune homme resplendissait comme celle d'un dieu. Il portait un casque, un caducée, des sandales ailées et sa beauté n'avait rien de terrestre.

Trois fois il agita, devant les yeux de la dormeuse, la baguette que Apollon lui avait donnée en échange de la conque mélodieuse aux neuf cordes. Il plaça sur son front une guirlande de myrtes et de roses. Hermès alors parla :

— O nymphe, toi dont la beauté dépasse celle des célestes Altantides et des trois sœurs aux cheveux d'or ! Chérie par Aphrodite, sanctifiée par Pallas, tu as découvert le secret des dieux, qui réside dans le chant et la beauté. O prophétesse plus digne d'amour que la Sibylle de Cumes quand Apollon vint la connaître, tu as parlé d'un âge nouveau. Car Pan soupire et s'impatiente de voir autour de lui les petits faunes couronnés de roses et les satyres anciens. Dans tes désirs tu as deviné que les dieux ne sont jamais morts. Ils ne font, tu le sais, que rêver dans les jardins fleuris de lotus des Hespérides, au-delà du pourpre Occident.

« Voici qu'approche maintenant le jour de leur éveil. Bientôt périront la laideur et le froid, car ils régneront à nouveau sur l'Olympe.

« Déjà, près de Paphos, la mer a bouillonné d'une écume que seuls les cieux antiques ont déjà contemplée. La nuit, sur l'Hélicon, les bergers entendent murmurer des mélodies à demi oubliées. Au crépuscule, les bois et les champs frémissent et l'océan immémorial laisse entrevoir des spectacles étranges au clair de lune. Les dieux sont patients. Ils ont dormi longtemps, mais n'ont rien perdu de leur puissance. Nul homme, nul géant ne pourrait leur lancer de défi. En Tartarie, les Titans se tordent d'effroi, et sous l'Etna en flammes, gémissent les enfants d'Uranus et de Géa. Le jour approche où l'homme devra répondre des siècles d'incroyance. Dans leur sommeil, les dieux ont gagné en bonté. Aussi ne le précipiteront-ils pas dans le gouffre destiné aux blasphémateurs. Leur vengeance dissipera l'obscurité, le mensonge et la laideur qui ont obscurci l'esprit de l'homme. Et sous le règne de Saturne, auquel ils offriront des sacrifices, les mortels vivront dans la joie et la beauté. Cette nuit, ô toi, tu connaîtras la faveur des dieux. Tu verras sur le Parnasse les songes que des siècles durant ils ont envoyés sur terre, pour prouver leur constante existence. Car les poètes sont les rêves des dieux. A chaque siècle l'un d'entre eux a chanté sans le savoir le message des jardins de lotus au-delà de l'Occident.

Hermès souleva la jeune rêveuse dans ses bras et l'emporta à travers les cieux.

Des brises venues du sommet de l'Aïolas les menèrent au-dessus des mers chaudes et parfumées. Ils se trouvèrent soudain devant Zeus, tenant sa cour sur le Parnasse. A la droite de son trône d'or, se trouvaient Apollon et les Muses, et à sa gauche, Dionysos couronné de lierre et les Bacchantes resplendissantes de plaisir.

Marcia n'avait jamais vu, même dans ses rêves de l'au-delà, pareille merveille. Cependant, elle ne fut pas trop éblouie par cet étonnant spectacle, comme elle l'eût été dans l'Olympe sublime. Car dans cette cour moins altière le père des dieux avait atténué son éclat, afin que les yeux des mortels pussent en supporter la vision.

A l'entrée de la caverne corycienne, tout ornée de lauriers, six personnages étaient assis en rond. Ils ressemblaient à des hommes, mais leur allure était celle des dieux. La jeune fille se souvint d'avoir vu leurs portraits et les reconnut. Ils n'étaient autres que le divin Homère, Dante, l'immortel Shakespeare, Milton, l'explorateur du Chaos. Goethe le cosmique et Keats, le bien-aimé des Muses. C'étaient eux, les messagers des dieux, chargés de dire aux hommes que Pan n'était pas mort. Car ce n'est que dans la poésie que les dieux parlent aux hommes.

Le Maître du Tonnerre parla :

— Enfant de ma lignée immortelle, en vérité

tu es ma fille ! Regarde sur ces trônes d'ivoire nos messagers augustes. C'est par eux que dans les paroles et les écrits des hommes subsistent les traces de la beauté divine. Longtemps nous avons rêvé dans les jardins fleuris de lotus. Le moment approche où nos voix ne seront plus silencieuses. Le temps du réveil et du changement arrive. Phaéton, une fois de plus, a conduit son char, très bas dans le ciel, ravageant les champs, asséchant les cours d'eau. En Gaule, les nymphes solitaires, aux cheveux en désordre, pleurent auprès des fontaines taries. Au bord des rivières les pins sont devenus rouges du sang des hommes. Arès et son équipage ont quitté les Hespérides à leur tour. Deimos et Phœbus se sont gavés de paradis artificiels. Tellus se ronge de chagrin, et les visages des mortels sont semblables à ceux des Erinyes. Au milieu du chaos notre plus jeune messager s'apprête à annoncer sa venue. C'est lui que nous avons choisi pour fondre en un ensemble glorieux toute la beauté que le monde a connue. Ses mots se feront l'écho de la sagesse et de la bonté du passé. C'est lui qui proclamera notre retour. Nos guides ont été ces hommes que tu vois assis à l'entrée de la grotte corycienne. Dans leurs chants tu reconnaîtras les notes sublimes qui sont notre marque. Ecoute bien leurs paroles. L'un après l'autre ils vont chanter pour toi. De nouveau tu entendras ces notes dans la poésie future qui viendra apporter en ton âme plaisir et paix. Mais il te faudra attendre de longues années encore. Comme Alphée qui enfouit ses eaux dans l'âme d'Hellas resurgit dans la lointaine Sicile sous la forme de la cristalline

Aréthuse, ainsi chaque note qui réintégrera son antre secret t'apparaîtra plus tard, après ton retour sur la terre.

Alors Homère se leva, le plus ancien des bardes. Il prit sa lyre et chanta son hymne à Aphrodite. Marcia ne connaissait pas le grec, mais elle perçut dans ce message le rythme secret qui n'a point besoin d'interprète.

Les chants de Dante et de Goethe fendirent l'azur de leurs mélodies merveilleuses.

Des accents connus résonnèrent enfin aux oreilles de la rêveuse. C'était le Cygne d'Avon, autrefois dieu parmi les hommes, aujourd'hui dieu parmi les dieux :

Ecris, écris que du cours sanglant de la guerre,
Mon seigneur bien-aimé, ton cher enfant se hâte
[de rentrer.
Bénis-le dans sa demeure,
Tandis que je sanctifierai son nom à distance.

Des accents plus familiers encore se firent entendre lorsque Milton, qui avait recouvré la vue, déclama ces vers immortels :

Laisse ta lampe apparaître vers le minuit au
[sommet d'une tour solitaire
D'où je puisse deviner la Grande Ours avec Her-
[mès trois fois grand
Ou déchiffrer le langage de Platon pour découvrir
[les mondes que l'esprit immortel recèle.
L'esprit qui délaisse son enveloppe corporelle
Laisse parfois s'échapper la splendide tragédie
[parée de ses atours,

Au nom de Thèbes, du Péloponnèse ou de Troie la
[divine.

Enfin ce fut le tour du jeune Keats :

Les mélodies que l'on entend sont douces,
Mais celles que l'on n'entend pas sont plus douces
[encore.
Aussi, doux pipeaux, jouez...
Lorsque cette génération se sera écoulée,
Tu assisteras aux malheurs d'autres que nous-
[mêmes,
Fidèle ami de l'homme, à qui tu expliqueras :
« La vérité est dans la beauté, la beauté dans la
[vérité. »
C'est tout ce que tu sais de la terre, tout ce que
tu as besoin de savoir.

Le chanteur s'arrêta. Alors la déesse aux doigts de rose se prosterna aux pieds du Maître du Tonnerre :

— Seigneur, s'écria-t-elle, il est temps que j'ouvre les portes de l'Orient.

Phœbus, tendant sa lyre à Calliope, son épouse, décida de partir pour le Palais du Soleil, semblable à un joyau, où les coursiers attelés au char doré du jour piaffaient déjà d'ardeur et d'impatience.

Zeus descendit de son trône et posa sa main sur la tête de Marcia :

— Ma fille, lui dit-il, l'aube approche à présent. Retourne sur la terre avant le réveil des mortels. Ne pleure pas, car l'ombre des croyances mensongères disparaîtra bientôt du monde. Guette sans relâche l'arrivée de notre messager. Il t'apportera la paix et le réconfort.

Quand Zeus eut prononcé ces mots, Hermès reprit tendrement la jeune fille dans ses bras et l'emporta vers les étoiles qui s'éteignaient au-dessus des mers inconnues.

Beaucoup d'années ont passé, depuis que Marcia a rêvé des dieux du Parnasse. Ce soir, elle est assise sur le divan du salon, dans la pénombre, mais elle n'est pas seule. Son inquiétude a disparu. Car près d'elle se tient celui qu'elle attendait. Il est là, le jeune poète parmi les poètes, aux pieds duquel le monde entier se prosterne. Il lit un texte que jamais personne n'a entendu, mais qui apportera aux hommes les rêves qui régnaient sur le monde avant que le grand Pan ne s'endorme en Arcadie, avant que les grands dieux ne se retirent dans les jardins fleuris de lotus des Hespérides, au-delà de l'Occident.

Dans les cadences subtiles de cette mélodie, l'esprit de Marcia vient de trouver l'apaisement. Elle vient de reconnaître les plus belles notes d'Orphée de Thrace, ces notes qui savaient émouvoir même les pierres et les arbres des rives de l'Hèbre.

Le chanteur s'est tu et, le cœur battant, attend le jugement de Marcia. Que pourrait-elle dire sinon que ces mots, cette mélodie sont dignes des dieux ?

Tandis qu'elle parle, apparaît à nouveau la vision du Parnasse, et la puissante sonorité d'une voix lointaine :

— Ces paroles guideront tes pas vers le bonheur. Et dans ces rêves de beauté, ton esprit trouvera ce à quoi il aspire.

LA RUE

D'aucuns pensent que les choses et les lieux ont des âmes et d'autres pensent qu'ils n'en ont pas. Quant à moi, je ne saurais dire, mais il faut que je vous parle de la Rue. Des hommes forts et courageux animaient cette Rue. Ils étaient du même sang que nous et arrivaient des îles Bénites, de l'autre côté de la mer. Tout au début, la Rue n'était qu'un sentier parcouru par les porteurs d'eau faisant la navette entre la source située dans les bois et les maisons près de la plage. Puis, au fur et à mesure que le hameau s'agrandit, des nouveaux venus construisaient au nord des cabanes de rondins ou de chêne dont le côté orienté vers la forêt était recouvert de maçonnerie pour résister aux flèches enflammées des Indiens. Quelques années plus tard, d'autres émigrants commencèrent à bâtir des cabanes sur le côté sud de la Rue. A cette époque, des hommes graves, aux chapeaux coniques, toujours armés de mousquetons, marchaient dans la Rue. Il y avait également leurs femmes, coiffées de bonnets, et leurs calmes enfants. Le soir, tout ce petit monde s'asseyait auprès d'immenses foyers pour lire ou parler. Les choses qu'ils disaient et qu'ils développaient étaient très simples, mais elles leur redonnaient du courage et de la vigueur. Elles les aidaient à vaincre la forêt et à labourer les champs. Les enfants entendaient raconter les actions des anciens et leurs lois, et surtout, ils écoutaient inlassablement parler de cette chère Angleterre dont ils ne pouvaient se souvenir, puisqu'ils ne l'avaient jamais connue. Il y eut une guerre, et ensuite les Indiens de la région cessèrent de troubler la Rue. Tous ces hommes laborieux connurent la prospérité et le bonheur. Leurs enfants vivaient dans le confort. D'autres familles arrivèrent de la mère Patrie pour s'installer de chaque côté de la Rue. Et les enfants des enfants des pionniers, ainsi que ceux des nouveaux arrivés, grandirent. Le hameau devenait une ville, et l'une après l'autre, les cabanes laissèrent la place aux maisons. Construites de brique et de bois, avec des marches de pierre, des perrons garnis de fer forgé, des portes surmontées de fenêtres en éventail, elles étaient faites pour abriter plusieurs générations. A l'intérieur, il y avait des cheminées sculptées, de jolis escaliers, des meubles agréables, de la porcelaine et de l'argenterie raffinées provenant de la mère Patrie. C'est ainsi que la Rue catalysait les rêves d'un peuple jeune. Plus ses habitants devenaient beaux et forts, plus la Rue s'en réjouissait. Là où auparavant on ne trouvait que la puissance et le courage, le goût et la science faisaient maintenant leur apparition. Littérature, peinture et musique pénétrèrent dans les foyers, et les jeunes gens allèrent à l'Université, construite au nord de la plaine. Au lieu du chemin poudreux, il y avait des pavés sur lesquels roulaient des carrosses dorés et où galopaient des chevaux de race. Les trottoirs étaient en brique, avec des anneaux pour y attacher les montures. Les hommes portaient l'épée et la perruque blanche.

Il y avait de nombreux arbres dans cette Rue : ormes, chênes, érables. En été, tout n'était que douce verdure et gazouillis d'oiseaux. Derrière les maisons, il y avait les jardins de roses, ceinturés de murs, séparés par des allées bordées de haies, décorés de cadrans solaires, et où, le soir, la lune et les étoiles brillaient de bien jolie façon, tandis que les bourgeons odorants luisaient d'humidité. Au milieu des guerres, des catastrophes et des transformations, la Rue continuait de prospérer. Une fois, presque tous les jeunes gens partirent en même temps : beaucoup ne revinrent jamais. Ce fut à cette époque qu'on amena le vieux drapeau et qu'on le remplaça par un nouveau, rayé et étoilé. Bien que l'on parlât alors de grands changements, la Rue n'en fut pas affectée, car ses habitants restaient pareils à eux-mêmes, et continuaient à s'intéresser aux mêmes choses familières.

Et les arbres abritaient toujours les chants d'oiseaux. Et le soir, la lune et les étoiles se penchaient toujours sur les bourgeons avides de fraîcheur, dans les jardins de roses, entourés de murs. Puis il n'y eut plus d'épées, ni de carrosses ni de perruques dans la Rue. Comme les hommes semblaient étranges, avec leurs cannes et leurs cheveux coupés couverts d'un chapeau de castor !.. Des bruits nouveaux parvenaient du fond de l'horizon. Ils ressemblaient à des halètements et venaient principalement de la rivière, située à un mille de là.

Plus tard, d'autres sons inconnus, des vrombissements s'ajoutèrent à ceux que l'on connaissait déjà. L'air n'était peut-être pas aussi pur que jadis, mais l'atmosphère du lieu, elle, restait la même. Elle ne changea pas plus lorsqu'on se mit à creuser la chaussée près des maisons pour y mettre d'étranges tuyaux et y planter de hauts mâts supportant de curieux câbles. Puis vinrent les jours sombres, où beaucoup de ceux qui avaient connu la Rue ne la reconnurent pas, et où ceux qui ne la connaissaient pas apprirent à la connaître. Les nouveaux venus avaient des voix rauques et stridentes et leurs visages étaient déplaisants. Certains anciens partirent. Mais la Rue eut encore un sursaut de fierté lorsqu'une nouvelle génération de soldats, vêtus de bleu, partit, marchant au pas. Une fois encore de nombreux jeunes gens ne revinrent pas. Au fil des ans, de nouveaux malheurs s'abattirent sur la Rue. Elle n'avait maintenant plus aucun arbre. Ses jardins de roses avaient été remplacés par des bâtiments laids et bon marché qui s'élevaient le long de rues parallèles. Malgré les ravages causés par le temps, les tempêtes, les vers, les maisons anciennes subsistaient, car elles avaient été construites pour abriter plusieurs générations. De nouveaux visages firent leur apparition dans la Rue : des visages sinistres, basanés, aux traits grossiers et aux regards furtifs. Ces hommes parlaient une langue inconnue et inscrivaient des signes connus ou inconnus sur la plupart des maisons abandonnées. Des charrettes à bras encombraient les ruisseaux, une odeur nauséabonde, indéfinissable, s'installa en ces lieux, et l'atmosphère ancienne s'endormit d'un long sommeil.

Une grande excitation se produisit un jour dans la Rue. La guerre et la révolution faisaient rage de l'autre côté de l'océan. Une dynastie s'était effondrée, et ses sujets dégénérés arrivaient en masse vers l'Ouest, sans que l'on connût leurs intentions. Beaucoup d'entre eux s'installèrent dans les maisons abandonnées qui avaient naguère connu le chant des oiseaux et le parfum des roses. Puis l'Ouest s'éveilla et se joignit à la mère Patrie dans sa lutte titanesque pour la civilisation. Au-dessus de la Cité, le vieux drapeau pavoisait depuis peu aux côtés du récent, et d'un autre plus simple, aux trois glorieuses couleurs. Mais ces drapeaux ne flottaient pas au-dessus de la Rue, car il n'y régnait plus que la peur, la haine et l'ignorance. De nouveau, des jeunes gens partirent, mais pas de la même façon que leurs prédécesseurs. Il manquait quelque chose. Ces fils des jeunes gens du bon vieux temps et qui partaient, vêtus d'uniformes de couleur olivâtre, avec la même détermination que leurs ancêtres, venaient d'endroits éloignés et ne connaissaient ni la Rue ni son rayonnement passé. Au-delà des mers il y eut une grande victoire, et la plupart des soldats revinrent triomphalement. Puis ce fut la prospérité. Mais dans la Rue régnaient toujours la peur, la haine et l'ignorance. Beaucoup d'étrangers venus de lointaines contrées logeaient à présent dans les anciennes maisons, et les jeunes hommes qui étaient revenus de la guerre ne les habitaient plus. Parmi ces étrangers sinistres et basanés, il y avait quand même quelques visages semblables à ceux qui avaient façonné la Rue et créé son atmosphère. Ils se ressemblaient, oui et non, car il y avait dans leurs yeux à tous une inquiétante lueur malsaine, chargée d'envie, d'ambition cachée, d'esprit de vengeance ou d'une énergie mal employée. L'agitation et la trahison furent utilisées par quelques-uns qui projetèrent de porter un coup fatal à l'Ouest, afin de s'emparer ensuite du pouvoir de la même façon que certains criminels avaient agi dans le pays misérable et glacé dont ils étaient issus. Et le cœur de cette conspiration était situé dans la Rue. Ses maisons branlantes regorgeaient de révolutionnaires étrangers et résonnaient des échos de stratèges et des discours de ceux qui attendaient impatiemment le jour où enfin parleraient le sang, le feu et les armes. La police s'intéressait bien à eux, mais elle n'était pas en mesure de prouver grand-chose. Ses espions rôdaient autour de la boulangerie Petrovitch, de la sordide Ecole d'Economie Moderne de Rifkine, du Club du Cercle Social et du Café de la Liberté. C'étaient là que se rassemblaient un grand nombre de ces agitateurs. Ils parlaient à voix basse, et toujours dans des langues étrangères.

Les vieilles maisons, ces maisons qui avaient jadis été construites par de solides colons et dont les jardins de roses scintillaient sous la lune, étaient encore debout. La science des Anciens défiait le temps. Parfois un poète solitaire ou un voyageur venait les voir en essayant d'imaginer leur gloire disparue. Mais poètes et voyageurs étaient peu nombreux. La rumeur publique prétendait que ces maisons abritaient les chefs d'une vaste bande de terroristes qui, un certain jour, donneraient le signal de massacres qui ruineraient l'Amérique, et détruiraient du même coup toutes les anciennes et belles traditions que la Rue avait aimées. Des tracts et des affichettes flottaient dans les caniveaux répugnants. Ces imprimés, traduits en plusieurs langues, étaient des incitations au crime et à la rébellion. Les citoyens étaient invités à fouler aux pieds les lois et les vertus que leurs pères avaient exaltées, à étouffer l'âme de la vieille Amérique, tout ce qui, pendant quinze cents ans, avait été synonyme de Liberté, de Justice et d'Equité anglo-saxonne. On disait que les hommes basanés qui avaient élu domicile dans les édifices délabrés de la Rue étaient les instigateurs d'une immonde révolution ; que sur un seul ordre, des milliers d'étranges bêtes sans cervelle sortiraient des taudis de milliers de Cités, brûlant, massacrant et saccageant tout sur leur passage, jusqu'à ce que les traces du labeur des anciens aient complètement disparu. Voilà ce qui se disait et ce qui se répétait, et nombreux étaient ceux qui redoutaient la fatidique date du 4 juillet à laquelle les affiches faisaient allusion. Malgré cela, on ne parvenait pas à trouver de coupables. Personne n'aurait su dire, au juste, quelles arrestations auraient pu décapiter ce sombre complot. A plusieurs reprises, des équipes de policiers vêtus de bleu fouillèrent en vain les maisons. A la fin, ils renoncèrent à faire respecter la loi et à maintenir l'ordre, et ils abandonnèrent la ville à son destin.

Dans son triste sommeil, la Rue semblait hantée par le songe de ces jours anciens où les hommes qui portaient des mousquetons et des chapeaux coniques faisaient la navette entre la source située dans le bois et les maisons près de la plage.

Mais rien ne pouvait plus empêcher la catastrophe de se produire. Les sinistres hommes basanés attendaient leur heure.

La Rue continua à dormir d'un sommeil incertain, jusqu'à ce que, une nuit, des hordes d'hommes aux yeux brillants de haine et d'espérance se rassemblent à la boulangerie Petrovitch, à l'Ecole d'Economie Moderne de Rifkine, au Club du Cercle Social, au Café de la Liberté, et ailleurs. D'étranges messages furent transmis par des câbles clandestins, et on parla beaucoup aussi des messages émis. Mais on ne sut vraiment ce qui s'était passé que bien après ces événements, quand l'Ouest fut sauvé du danger. Les hommes aux uniformes olivâtres ne réussirent pas à percer les secrets des sinistres et habiles hommes basanés, mais ils se souviendront toujours de cette nuit où beaucoup d'entre eux furent envoyés à l'aube dans la Rue, pour une mission bien différente de celle à laquelle ils s'attendaient. On se rappelle que ce repaire d'anarchistes était d'une extrême vétusté et que les maisons dévastées par les ans, les tempêtes et les vers, tenaient à peine debout. Mais quand même, les événements qui se déroulèrent au cours de cette nuit d'été étonnèrent par leur radicale soudaineté. Le phénomène fut des plus étranges — quoique très simple. En effet, un peu après minuit, sans le moindre avertissement, les ans, les tempêtes et les vers eurent raison de la Rue. Toutes les maisons s'effondrèrent en même temps et il ne resta rien debout, à l'exception de deux vieilles cheminées et d'un pan de mur en brique. Il n'y eut aucun survivant.

Un poète et un voyageur, mêlés à la foule qui

était venue contempler le désastre, racontèrent d'étranges histoires. Le poète disait qu'aux heures qui précèdent l'aube il avait vu se dessiner, au-dessus des ruines à peine distinctes dans la lumière des réverbères, un autre paysage où lui étaient apparus un clair de lune, de belles maisons, des ormes, des chênes et des érables. Et le voyageur, lui, déclarait qu'au lieu de l'odeur pestilentielle qui régnait d'habitude en ces lieux, flottait là comme un délicat parfum de roses épanouies.

Mais quel crédit peut-on porter aux rêves d'un poète et aux récits d'un voyageur ?

Il en est qui pensent que les choses et les lieux ont une âme et d'autres qui pensent qu'ils n'en ont pas. Quant à moi, je ne saurais dire, mais je vous ai parlé de la Rue.

HORREUR A RED HOOK

« Il y a des démons du mal comme du bien autour de nous, et je crois que nous vivons et que nous nous mouvons dans un monde inconnu, dans un lieu où il y a des cavernes, des ombres, et des habitants au début de leur évolution. Il se peut que l'homme retrouve un jour le chemin de l'ancien savoir, et je suis convaincu qu'un savoir redoutable survit encore. »

Arthur MACHEN.

I

Quelques semaines plus tôt, au coin d'une rue du village de Pascoag (Rhode Island), un piéton, grand, puissamment bâti, et de belle apparence, devint par sa conduite singulière un sujet de discussion. Il descendait, semble-t-il, la colline par la route venant de Chepachet. En arrivant dans l'artère principale de l'agglomération, où plusieurs immeubles réservés aux affaires contribuent à lui donner un air important, il avait tourné à gauche. A cet endroit, sans aucune provocation apparente, il agit d'une surprenante façon. Après avoir fixé pendant une seconde le plus grand des bâtiments, il se mit à pousser des hurlements terrifiés et hystériques, puis il détala dans une course éperdue, qui se termina par une chute au carrefour suivant. Ramassé et épousseté par des mains obligeantes, il parut conscient, indemne, et de toute évidence remis de son attaque nerveuse. Il balbutia alors quelques explications embarrassées, concernant les épreuves qu'il avait subies, puis les yeux baissés, il reprit le chemin de Chepachet sans se retourner. Il paraissait étrange qu'un incident de cette sorte survînt à un homme aussi grand, aussi robuste, à l'air aussi normal et capable. Le mystère ne fut pas élucidé par les remarques d'un témoin qui avait reconnu en lui le locataire d'un fermier des environs de Chepachet.

L'homme était un détective de New York, du nom de Thomas F. Malone, en congé de longue maladie ; une maladie survenue à la suite d'une mission exceptionnelle, concernant une affaire sordide qui tourna au tragique. Plusieurs très vieux bâtiments de brique s'étaient effondrés au cours d'une descente de police à laquelle il avait participé. Quelque chose dans la mort des prisonniers et de ses compagnons m'avait d'ailleurs particulièrement frappé. Lui-même éprouvait une intense horreur pour tout bâtiment qui pouvait suggérer, même de loin, ceux qui s'étaient écroulés, si bien que, finalement, les psychiatres lui en avaient interdit la vue pendant une période indéfinie.

Un médecin de la police, qui possédait de la famille à Chepachet, avait cité ce petit hameau de maisons coloniales de bois comme un endroit idéal de convalescence. C'est là que le détective s'était installé, après avoir promis de ne jamais s'aventurer dans les rues bordées de bâtiments de brique sans en avoir reçu l'autorisation du spécialiste de Woonsocket, à qui il avait été confié. Cette promenade jusqu'à Pascoag pour acheter des magazines avait été une erreur, et le malade avait payé cher sa désobéissance : peur, contusions et humiliation. Les bonnes langues de Chepachet et de Pascoag étaient au courant de tout cela, et les psychiatres les plus éminents s'étaient penchés sur son cas.

Malone avait d'abord tout raconté aux spécialistes, mais il s'était arrêté en constatant qu'il se heurtait à une profonde incrédulité. Après cela, il se tint coi. Il ne protesta pas quand il fut généralement admis que la chute de quelques vieux immeubles du quartier Red Hook de Brooklyn, où avaient péri plusieurs officiers de police courageux, avait détruit son équilibre nerveux. Il avait trop travaillé, disait-on, en essayant de nettoyer ces nids de désordre et de violence. Certains éléments de l'enquête étaient déjà suffisamment frappants, et en toute conscience, la tragédie inattendue fut la goutte d'eau qui fit déborder le vase. C'était une version édulcorée que tout le monde acceptait. Et parce que Malone n'était pas un être simple, il se rendit compte qu'il valait mieux s'en tenir là. Confier à des gens dépourvus d'imagination une horreur dépassant l'imagination humaine, telle que l'abomination de maisons, de quartiers, et de villes rongés par la lèpre et le cancer, d'un mal venu de mondes anciens, eût été une provocation susceptible de le faire enfermer dans une cellule matelassée. En homme sensé, malgré son mysticisme, Malone préférait à cela un séjour campagnard.

Il avait l'intuition des Celtes pour les choses étranges et cachées, mais l'œil rapide du logicien pour ce qui, extérieurement, ne lui paraissait pas convaincant. Ce mélange l'avait entraîné assez loin au cours des quarante-deux années de son existence, et conduit dans des endroits étranges pour un homme né dans une villa géorgienne près du Parc Phœnix, et qui avait fait ses études à l'Université de Dublin. A présent, lorsqu'il revoyait ses souvenirs épouvantables, Malone se félicitait de garder pour lui le secret de ce qui était capable de changer un combattant sans peur en un névrosé agité. Ce ne serait pas la première fois que ses sensations bizarres resteraient inexpliquées ; et le fait même de s'être plongé dans les abîmes polyglottes du monde souterrain de New York n'était-il pas une lubie qui dépassait toute explication rationnelle ?

Comment parler aux gens prosaïques de la sorcellerie antique et de merveilles accessibles seulement aux yeux sensibles ? Comment évoquer ce chaudron empoisonné de toutes les drogues apportées par des époques redoutables qui mélangent leur venin et perpétuent leurs terreurs obscènes ? Il avait vu la flamme verte infernale du mystère secret dans cette confusion braillarde et évasive d'envies extérieures et de blasphèmes intérieurs, et il avait souri quand tous les New-Yorkais qu'il connaissait s'étaient gaussés de son récit. Ces gens cyniques avaient fait de l'esprit, se moquant de lui dans sa poursuite fantastique des mystères indéchiffrables, et ils l'avaient assuré qu'à notre époque New York n'était plus que médiocrité et vulgarité. L'un d'entre eux avait parié une forte somme qu'il ne pourrait pas tirer un article de cette histoire pour la revue de Dublin. Ecrire une histoire vraiment intéressante sur la pègre de New York ? Maintenant, en réfléchissant, il sentait que l'ironie du sort avait justifié les paroles de cet augure, tout en réfutant secrètement leur signification. L'horreur qu'il avait perçue ne pouvait constituer une histoire, car, de même que le livre cité par le critique allemand de Poe, « es lässt sich nicht lesen », elle non plus ne se laisserait pas lire.

II

Pour Malone, le sens du mystère sous-jacent de l'existence était toujours présent. Dans sa jeunesse, il avait senti la beauté cachée et l'extase des choses, et il avait été un poète. Mais la pauvreté, le chagrin et l'exil avaient tourné son regard vers des directions plus obscures et il avait frémi aux implantations du mal dans le monde qui l'environnait. La vie quotidienne était devenue pour lui une fantasmagorie d'ombres macabres, tantôt brûlante de pourritures cachées, dans le plus pur style de Beardsley, tantôt laissant deviner la terreur derrière les formes et les objets les plus banals, comme dans les compositions les plus subtiles de Gustave Doré.

Il considérait normal que bien des gens de la plus haute intelligence se rient des mystères les plus profonds, car, pensait-il, si les esprits supérieurs étaient placés en contact direct avec les secrets préservés par les cultes anciens, les anomalies qui en résulteraient, non seulement pourraient détruire le monde, mais menaceraient l'intégrité même de l'Univers. Toutes ces réflexions étaient sans aucun doute morbides, mais une logique aiguë et le sens de l'humour rétablissaient la balance. Il était satisfait de laisser ces notions demeurer des visions à moitié oubliées, et de pouvoir jouer avec elles. Sa crise d'hystérie ne se produisit que lorsque le devoir le plongea dans l'enfer d'une révélation trop brutale et trop insidieuse pour qu'il pût y échapper. Il était affecté depuis quelque temps à la section de police de Buther Street, à Brooklyn, lorsque l'affaire de Red Hook éclata. Red Hook est un dédale de taudis près de l'ancien quai, en face de Governor's Island, avec des rues sales s'élevant du débarcadère jusqu'à l'endroit surélevé où les ruines de Clinton et de Court Street conduisent vers Borough Hall. Les maisons sont pour la plupart de brique datant du premier quart du XIXe siècle, et quelques-unes des allées et des ruelles les plus obscures ont cette antique saveur que les conventions littéraires appellent « dickensienne ». La population est extrêmement variée et mystérieuse. Des éléments syriens, espagnols, italiens et noirs s'y mélangent avec ceux de la proche banlieue scandinave et américaine. C'est une tour de Babel bruyante et malpropre, qui fait entendre d'étranges cris en réponse aux clapotis des vagues huileuses sur les pontons glissants et aux litanies monstrueuses des sifflets du port.

Ici, il y a bien longtemps, le paysage était très différent. Des marins aux yeux clairs habitaient des intérieurs arrangés avec goût et parcouraient les rues que bordent les grandes maisons de la colline. On peut trouver les restes de ce bonheur ancien dans les formes de certaines constructions, la grâce de quelques églises, et les preuves d'un art original dans certains détails épars : un escalier usé, une porte abîmée, une paire de colonnes rongées par le temps ou le fragment d'un espace jadis vert avec une rampe de fer tordue et rouillée. Les maisons sont généralement en pierre solide, et parfois une coupole aux nombreuses fenêtres s'élève pour rappeler des jours où les familles des capitaines et des armateurs observaient la mer.

De ce fouillis de putréfaction matérielle et spirituelle, les blasphèmes d'une centaine de dialectes assaillent le ciel. Des hordes de rôdeurs avancent en titubant, criant et chantant le long des rues et des allées. Des mains furtives éteignent les lumières, tirent les rideaux, et des faces basanées, marquées par le péché, disparaissent des fenêtres quand des visiteurs s'aventurent jusque-là. La police désespère d'y ramener l'ordre, et essaye plutôt d'élever des barrières pour protéger le monde extérieur de la contagion. Au bruit des patrouilles répond une sorte de silence spectral. Les sujets appréhendés ne font jamais de confidences. Quant aux délits, ils sont aussi variés que les dialectes locaux. Ils vont de l'introduction frauduleuse du rhum et des interdits de séjour, en passant par divers stades d'illégalités et de vices obscurs, jusqu'aux meurtres et aux crimes les plus horribles. Que ces offenses à la loi ne soient pas plus fréquemment sanctionnées par la police est à mettre sur le compte de la capacité de dissimulation de cet étrange quartier. Il entre à Red Hook plus de gens qu'il n'en sort — ou du moins qu'il n'en sort par le côté qui donne sur la ville —, et ceux qui sont les moins loquaces sont ceux qui partent le plus vite. Malone trouva dans cet état de choses un vague relent de mystères plus terribles que ceux dénoncés par les prêtres et les philanthropes. Il était conscient, comme quelqu'un qui réunit l'imagination à la connaissance scientifique, que les gens d'aujourd'hui, dans des conditions spéciales, ont tendance à reprendre instinctivement dans leur vie quotidienne les schémas les plus sombres d'une sauvagerie à demi simiesque. Il avait souvent observé avec un frisson d'anthropologue, les processions chantantes et blasphémantes de jeunes hommes aux yeux rougis et aux visages grêlés qui marchaient dans les petites heures du matin. On voyait continuellement de tels groupes, soit en faction au coin des rues, soit dans des portes cochères, jouant distraitement sur des instruments à bon marché. Parfois amorphes, parfois très excités, il leur arrivait d'engager d'indécents dialogues dans les cafés de Borough Hall. Quelquefois aussi, ils conversaient à voix basse autour de vieux taxis garés près des anciennes maisons branlantes, aux volets hermétiquement clos. Cela l'effrayait et le fascinait plus qu'il n'osait le dire à ses collègues, car il croyait y voir le rituel monstrueux d'une filiation ésotérique, un plan ancien, malveillant et cryptique, tout à fait au-delà et en deçà de la masse sordide des faits, des habitudes et des lieux dont la liste était soigneusement répertoriée par la police. Ils devaient être, pensait-il, les héritiers d'une tradition primitive et choquante, les détenteurs d'un culte oublié, les officiants de cérémonies plus anciennes que l'humanité. Leur cohérence et leur précision le suggéraient, comme aussi l'ordre que l'on soupçonnait derrière les apparences de leur désordre sordide. Il n'avait pas lu pour rien des traités comme celui de miss Hurray : *le Culte de la Sorcellerie en Europe occidentale.* Il savait que dernièrement encore, certaines pratiques avaient survécu parmi les paysans et les gens sournois. Il s'agissait d'un système organisé, clandestin et terrifiant, qui descendait des sombres religions antérieures au monde aryen, et connu dans les légendes populaires sous le nom de Messes Noires et de Sabbat des Sorcières. Il ne supposait pas un seul instant que les vestiges infernaux de la vieille magie et des cultes asiatiques de la fertilité avaient complètement disparu, mais il se demandait souvent à quel point certains d'entre eux n'étaient pas plus anciens et plus sombres que les plus terribles légendes.

III

Ce fut l'affaire Robert Suydam qui entraîna Malone au cœur des événements de Red Hook. Suydam était un vieil érudit descendant d'une ancienne famille hollandaise. Il vivait péniblement de ses rentes et habitait la maison spacieuse, mais mal entretenue, que son grand-père avait construite à Flatbush. Ce village n'était alors qu'un groupe de maisons coloniales entourant le clocher couvert de lierre de l'église réformée et son cimetière néerlandais clos par une rampe de fer. Dans cette demeure isolée, à l'écart de Mortensen Street, au milieu d'une cour entourée d'arbres vénérables, Suydam avait vécu en reclus volontaire pendant environ soixante ans, à l'exception d'une période de huit années qu'il avait passées dans l'ancien monde. Ses moyens ne lui permettaient pas d'avoir des domestiques, et rares étaient les visiteurs admis dans sa solitude. Il recevait ses quelques relations dans l'une des trois pièces du rez-de-chaussée qu'il gardait en état — une vaste bibliothèque très haute de plafond, dont les murs étaient couverts de livres écornés, d'un aspect pesant, archaïque et vaguement repoussant. La croissance de la ville et son absorption par le quartier de Brooklyn n'avaient eu aucune signification pour Suydam, qui avait été lui-même oublié par la ville. Les gens âgés le remarquaient encore dans les rues, mais pour la population plus jeune il n'était qu'un vieil homme étrange et corpulent dont les cheveux blancs en désordre, les joues mal rasées, les vêtements noirs élimés et la canne à pommeau d'or ne suscitaient rien de plus qu'un regard amusé.

Malone ne l'avait jamais rencontré jusqu'à ce que sa mission l'amenât sur cette affaire. Il avait cependant entendu parler de lui indirectement comme d'un expert en superstition médiévale. Un jour, il avait eu l'intention de consulter l'un de ses ouvrages sur la Cabale et la légende de Faust dont un ami lui avait parlé, mais l'édition était épuisée.

Suydam devint une « affaire » lorsque des parents éloignés s'efforcèrent d'obtenir un jugement de la cour sur son intégrité mentale. Leur attitude sembla étrange aux gens du dehors, mais l'action ne fut vraiment entreprise qu'après une observation prolongée et des discussions pénibles. Elle était fondée sur certains changements curieux survenus dans sa façon de parler et dans ses habitudes, sur ses allusions à des choses surprenantes et sa fréquentation du voisinage mal famé de Brooklyn. Avec les années, il était devenu de plus en plus négligé de sa personne. Il errait maintenant comme un véritable mendiant. Ses amis humiliés le rencontraient de temps en temps dans les stations de métro, et près des bancs proches de Borough Hall, où il conversait avec des groupes d'étrangers basanés, à la mine patibulaire. Quand il ouvrait la bouche, c'était pour dire des incohérences sur de prétendus pouvoirs illimités et pour répéter avec des clins d'œil entendus des mots ou des noms mystiques comme « Séphiroth », « Ashmodaï » et « Samaël ».

L'enquête révéla qu'il gaspillait ses revenus en achetant de curieux volumes importés de Londres et de Paris et qu'il entretenait un sordide appartement en sous-sol, dans le quartier de Red Hook, où il passait pratiquement toutes ses nuits à recevoir de curieuses délégations de truands et d'étrangers. Il se célébrait là, apparemment, un curieux cérémonial. Les détectives chargés de le suivre rapportèrent que des cris et des chants étranges, ainsi que des piétinements filtraient de ces rites nocturnes. Malgré les orgies courantes et abondantes dans ce quartier, ils frissonnaient au souvenir de la sauvagerie inhabituelle qui présidait à ces rencontres. Toutefois, lorsque l'affaire fut plaidée, Suydam réussit à conserver sa liberté. Devant les juges, ses manières se firent courtoises et raisonnables. Il admit l'étrangeté de sa conduite ainsi que l'extravagance de son langage, en mettant cela sur le compte de son excessive passion pour la recherche et l'étude. Il était, confia-t-il, engagé dans un travail sur certaines particularités de la tradition européenne qui exigeait des recherches poussées sur les chants et les danses folkloriques des groupes étrangers. L'insinuation qu'une société secrète faisait pression sur lui, comme le prétendaient ses parents, était une absurdité. Elle montrait à quel point sa famille méconnaissait ses travaux. Triomphant grâce à son calme et à ses explications, il quitta le tribunal sans être inquiété. Les détectives Corlears et Van Brunts, payés par les Suydam, furent renvoyés à d'autres tâches.

C'est à ce moment qu'un groupe d'inspecteurs fédéraux et de policiers, Malone étant du nombre, entra en scène. Les services officiels avaient suivi l'affaire Suydam avec intérêt, prêtant même assistance aux détectives privés. Ils avaient ainsi découvert que les nouveaux compagnons de Suydam comptaient parmi les criminels les plus endurcis des ruelles de Red Hook. Au moins un tiers d'entre eux étaient fichés et avaient commis des délits assez graves : vols, désordre sur la voie publique, immigration clandestine.

En réalité, on pouvait dire, sans crainte de mentir, que les fréquentations du vieux savant rassemblaient les plus importants trafiquants de drogue asiatiques du quartier. Dans les bas quartiers grouillants de Parker Place, devenus célèbres depuis, et où Suydam avait son logement en sous-sol, s'était développée une colonie très étrange d'individus aux yeux bridés. Ils utilisaient pour communiquer entre eux l'alphabet arabe, mais la plupart des Syriens d'Atlantic Avenue les évitaient soigneusement. On avait bien essayé de les renvoyer sous prétexte qu'ils n'étaient pas en règle, mais la loi est lente à se mouvoir, et les forces de l'ordre ne s'attaquaient pas à Red Hook sans y être contraintes par une campagne de presse ou toute autre forme de pression.

Ces créatures se rendaient dans une église de pierre en ruine, utilisée le mercredi comme salle de bal, et qui élevait ses contreforts gothiques près de l'endroit le plus sale du bord de mer. Elle était de confession catholique, mais les prêtres de Brooklyn ne lui reconnaissaient plus aucune authenticité depuis que les policiers avaient découvert qu'elle était, la nuit, le théâtre d'une étrange animation. Des notes basses et fêlées émanaient d'un orgue caché sous terre, alors que l'église était vide et obscure, et souvent même des hurlements et des battements de tambours semblaient accompagner quelque mystérieux office.

Suydam, interrogé, dit qu'il croyait que le rite était un résidu de christianisme nestorien, teinté de shamanisme du Tibet. La plupart de ces gens, supposait-il, étaient de race mongole, originaires du Kurdistan, ou d'un pays voisin. Malone ne put s'empêcher de se rappeler que le Kurdistan est le pays des Yezids, derniers descendants des Perses, adorateurs du diable. L'enquête révéla également que les iinmigrants clandestins entraient à Red Hook en nombre toujours croissant. Ils arrivaient, grâce à la complicité de matelots, à échapper aux inspecteurs de police chargés de la surveillance. Ils se répandaient dans Parker Place et s'installaient sur la colline où ils étaient accueillis fraternellement par d'autres curieux individus. Leurs silhouettes trapues, grotesquement affublées de vêtements américains criards, apparurent de plus en plus nombreuses parmi les natifs et les gangsters nomades de la section de Barough Hall, jusqu'à ce que enfin il fût nécesaire de les recenser, de les rassembler et de les livrer aux autorités fédérales et à la police de la ville.

IV

Les méthodes policières sont variées et ingénieuses. Malone, grâce à des promenades discrètes, à des conversations anodines, à des offres opportunes de rasades d'alcool et à des entrevues judicieuses avec des prisonniers effrayés, apprit un certain nombre de faits au sujet de ce curieux et menaçant mouvement. Les nouveaux arrivants étaient bien des Kurdes, ils parlaient un dialecte obscur qui restait une énigme pour la philologie. Ceux qui travaillaient étaient en majorité des manœuvres sur les docks, colporteurs sans licence, serveurs dans les restaurants grecs ou crieurs de journaux. Comme la plupart d'entre eux n'avaient pas de revenus déclarés, ils se trouvaient forcément impliqués dans des entreprises malhonnêtes parmi lesquelles la fraude et le vol étaient les délits les moins graves.

Ils étaient arrivés ici dans des bateaux à vapeur et des cargos de toutes sortes. Débarqués en cachette les nuits sans lune, ils montaient à bord de pinasses amarrées à un certain quai et empruntaient un canal caché qui menait à un mouillage souterrain et secret, juste sous une maison. Malone ne put localiser ni ce quai, ni ce canal, ni cette maison, car les souvenirs de ses indicateurs étaient extrêmement confus et leurs explications incompréhensibles, même pour les interprètes les plus chevronnés. Il n'eut pas plus de succès en cherchant à savoir quelles étaient les raisons de cette importation systématique. Les hommes taisaient prudemment l'endroit exact d'où ils venaient, tout comme ils cachaient la façon dont ils avaient été touchés par l'organisation qui les avait amenés jusqu'ici. La seule chose qu'il remarqua, c'est que plus il insistait pour connaître le but de leur présence, plus ces singuliers individus semblaient pris de panique.

Les gangsters d'autres races étaient également réticents. Tout ce que l'on put savoir, c'est qu'un dieu, ou un grand prêtre, leur avait promis des pouvoirs inouïs, une puissance surnaturelle, et la domination d'un étrange pays.

La présence des nouveaux venus et des vieux malfaiteurs aux réunions nocturnes de Suydam était attentivement surveillée par la police, qui apprit bientôt que le vieil original avait dû louer des appartements supplémentaires pour y loger tous les invités qui connaissaient son mot de passe. Il occupait ainsi trois maisons entières, et hébergeait en permanence bon nombre de compagnons bizarres.

Robert Suydam passait maintenant de moins en moins de temps dans sa maison de Flatbush. Il ne s'y rendait apparemment que pour y prendre des livres. Son visage et ses manières avaient atteint un stade alarmant de sauvagerie. Malone l'interrogea deux fois, mais à chaque fois il se heurta à un mur de silence. L'homme prétendait tout ignorer de ces complots ou mouvements mystérieux. Il n'avait aucune idée de la façon dont les Kurdes avaient débarqué, ni de ce qu'ils voulaient. Son travail consistait à étudier tranquillement le folklore de tous les immigrants du quartier — travail où la police n'avait légitimement rien à voir. Malone profita de sa visite pour faire part à Suydam de son admiration pour la vieille brochure qu'il avait écrite jadis sur la Cabale et autres mythes, mais le vieil homme ne se radoucit pas pour autant. Il sentait une intrusion et éconduisit fermement son visiteur. Le détective, dégoûté, abandonna la partie et se tourna vers d'autres sources d'information.

Ce que Malone aurait découvert s'il avait pu travailler en permanence sur cette affaire, personne ne le saura jamais. Quoi qu'il en soit, un stupide conflit entre les autorités fédérales et celles de la ville interrompit l'enquête pendant plusieurs mois, et l'inspecteur fut occupé à d'autres tâches. Mais même de loin, il continua de s'intéresser à cette curieuse affaire. Il ne manqua pas d'être surpris, pendant la période d'enlèvements qui bouleversa New York, en apprenant que le savant jusqu'alors si négligé de sa personne s'était complètement métamorphosé.

Un beau jour on le vit à Borough Hall avec le visage rasé, les cheveux coupés et un costume impeccable. Chaque jour qui suivit on put remarquer une amélioration : son regard se fit plus éclatant, son langage plus brillant, et il perdit peu à peu la corpulence qui l'avait déformé pendant si longtemps. Maintenant, on lui donnait fréquemment moins que son âge. Sa démarche était souple, ses gestes vifs, et il semblait avoir retrouvé une seconde jeunesse, car ses cheveux devinrent curieusement plus foncés sans rien qui suggérât la teinture.

Au fur et à mesure que les mois s'écoulaient, il

s'habillait d'une façon de moins en moins désuète, et, pour finir, il surprit ses nouveaux amis en rénovant et en redécorant sa propriété de Flatbush, qu'il utilisa pour une série de réceptions où il invita toutes ses connaissances, sans oublier ses lointains parents qui avaient récemment essayé de le faire interner. Certains vinrent par curiosité, d'autres par devoir, mais tous furent charmés par la grâce et la civilité de l'ancien ermite. Il avait, dit-il, accompli la plus grande partie du travail qui lui incombait, et comme il venait justement d'hériter d'un vieil ami d'Europe, il allait pouvoir terminer sa tâche et passer le temps qui lui restait à vivre sans soucis.

On le vit de moins en moins à Red Hook, et de plus en plus dans la société à laquelle il appartenait par sa naissance. La police nota que les gangsters organisèrent de fréquentes réunions dans la vieille église de pierre qui faisait salle de bal, mais qu'ils semblaient délaisser l'appartement en sous-sol de Parker Place, quoique ce lieu et ces annexes fussent toujours hantés par d'étranges et sordides créatures.

Puis deux incidents se produisirent, fort éloignés l'un de l'autre, il est vrai, mais tous deux présentaient aux yeux de Malone un grand intérêt pour l'affaire. L'un fut l'annonce discrète, dans le journal *Eagle,* des fiançailles de Robert Suydam et de miss Cornelia Gerritsen, de Bayside, une jeune femme d'un excellent milieu, et parente éloignée de son futur époux, et l'autre fut la descente de police effectuée dans l'église, à la suite de rumeurs selon lesquelles on avait vu le visage d'un des enfants kidnappés à une fenêtre du sous-sol.

Malone participait à cette descente. Il inspecta l'endroit avec beaucoup d'attention, mais ne trouva rien. En fait, le bâtiment était complètement désert lorsqu'il fut investi. Pourtant, le détective fut vaguement troublé par ce qu'il découvrit à l'intérieur. Il y avait surtout des panneaux grossièrement peints qui ne lui disaient rien de bon. Ces panneaux représentaient des visages sacrés avec des expressions sardoniques bizarrement terrestres.

Il n'apprécia pas non plus l'inscription grecque sur le mur, au-dessus du pupitre. C'était une ancienne incantation qu'il avait un jour découverte quand il était encore étudiant à Dublin, et qui, une fois traduite, donnait ceci :

O ami et compagnon nocturne, toi qui te réjouis des hurlements des chiens et du sang versé, toi qui erres parmi les ombres entre les tombes, toi qui te délectes du sang et sèmes la terreur chez les mortels, Gorgo, Mormo, Lune aux mille visages, accepte nos sacrifices favorablement.

Après avoir lu cela, il frissonna et pensa vaguement à l'orgue aux notes basses et fêlées qui avait été entendu sous l'église, certains soirs. Il frissonna de nouveau en voyant de la rouille sur le bord d'un bassin de métal près de l'autel, et s'interrompit nerveusement lorsque ses narines crurent déceler une odeur étrange et macabre, non loin de lui. Le souvenir de cet orgue le hantait. Avant de partir, il explora la cave avec la plus grande attention, mais n'y trouva rien. Ce lieu était particulièrement odieux.

Au moment du mariage de Suydam, la vague d'enlèvements était devenue un scandale dans la presse. La plupart des victimes étaient des enfants issus de classes sociales défavorisées, et le nombre croissant des disparitions avait déclenché un sentiment de colère violente. Les journaux réclamaient une action de la police et, une fois de plus, le poste de Buther Street envoya ses hommes à Red Hook pour y trouver des indices et des preuves susceptibles de faire arrêter ces criminels. Malone fut content d'être de nouveau sur la piste, et se félicita d'avoir à effectuer un raid dans l'une des maisons de Suydam à Parker Place. On n'y retrouva toutefois aucun des enfants volés, malgré les rumeurs de cris, et une écharpe rouge, ayant appartenu à l'un d'entre eux, qu'on trouva dans le voisinage. Pourtant, les peintures et les inscriptions grossières qui ornaient les murs en ruine de la plupart des pièces convainquirent le détective qu'il était sur la piste de quelque chose d'extraordinaire. Les peintures étaient effrayantes. Elles représentaient des monstres hideux, de toutes formes et de toutes tailles, et des parodies de silhouettes humaines, impossibles à décrire. Les inscriptions étaient en rouge, et comportaient des caractères arabes, grecs, latins et hébraïques. Malone put déchiffrer la plupart d'entre elles, mais ce qu'il réussit à lire était en une sorte de grec ancien hébraïsé, et suggérait la plus terrible des invocations au diable de l'époque de la décadence alexandrine :

HEL — HELOYM — SOTHER — EMMANVEL — SABOTH — AGLA — TETRAGRAMMATON — AGYROS — OTHEOS — ISCHYROS — ATHANATOS — IEHOVA — ADONAI — SADAY — HOMONION — MESSIAS — ESCHEREHEYE.

Des cercles et des pentacles apparaissaient et révélaient sans aucun doute les étranges croyances et les inclinations de ceux qui habitaient ces sordides endroits. Puis dans la cave, on découvrit quelque chose de très bizarre — une pile de lingots d'or recouverte négligemment d'un morceau de toile. Leur surface brillante portait des hiéroglyphes étranges, semblables à ceux qui ornaient les murs. Pendant le raid, les policiers ne rencontrèrent qu'une résistance passive des Orientaux aux yeux bridés qui jaillissaient de toutes les portes. Ne trouvant rien qui pût constituer une preuve, ils quittèrent les lieux.

Le commissaire du quartier écrivit à Suydam pour lui conseiller de faire plus attention à ses locataires et à ses protégés, car la rumeur publique grandissait.

V

Puis il y eut le mariage, en juin, immédiatement suivi de l'affaire à sensation.

Flatbush nageait ce matin-là dans l'euphorie. Des voitures décorées encombraient les rues proches de la vieille église hollandaise, ornée d'un dais allant du portail jusqu'à la chaussée. Aucun événement local ne surpassa le mariage Suydam-Gerritsen en pompe et en faste. Les noms de ceux qui accompagnèrent les époux jusqu'au quai d'embarquement, s'ils n'étaient pas parmi les plus célèbres, n'en figuraient pas moins au Bottin mondain. A 17 heures, on agita les mouchoirs, et le lourd transatlantique commença à glisser le long de l'embarcadère, tourna lentement le nez vers l'océan, se détacha de son remorqueur, et se dirigea vers les vastes espaces marins qui conduisent aux merveilles de l'ancien monde. A la nuit, le bateau était sorti du port, et les passagers attardés sur le pont contemplaient les étoiles qui se reflétaient sur l'océan sans rides. Personne ne pourra dire si c'est le cargo ou le cri qui attira en premier l'attention. Probablement les deux événements se produisirent-ils en même temps, mais il est inutile de se perdre en conjectures. Le cri s'échappa de la cabine de Suydam, et le steward qui enfonça la porte aurait pu raconter des choses horribles s'il n'était pas devenu fou. Quoi qu'il en soit, il hurla encore plus fort que les victimes, et ensuite se mit à parcourir le bateau en geignant faiblement, jusqu'à ce qu'on le maîtrisât et qu'on le mît aux fers. Le docteur du bord, qui entra dans la cabine et alluma un instant plus tard, ne perdit pas la raison, mais ne raconta à personne ce qu'il avait vu. Bien après ces événements, il les confia tout de même à Malone, lorsqu'il entra en relation avec lui à Chepachet.

Il y avait eu meurtre, strangulation, mais il est nécessaire de dire que la marque de griffes, sur la gorge de Mme Suydam, ne pouvait pas avoir été laissée par son mari ni par une main humaine. Sur le mur blanc de la cabine, un mot en lettres de feu brilla pendant quelques instants, mot qui, répété de mémoire, semblait se rapprocher des sinistres lettres chaldéennes composant le vocable : « Lilith ». Toutes ces choses cependant disparurent très vite. Quant à Suydam, on dut tout d'abord interdire l'entrée de sa cabine pour essayer de se faire une idée de ce qui s'était passé, mais le docteur affirma à Malone qu'il ne l'avait pas vu. En effet, lorsqu'il avait pénétré sur les lieux du crime, le hublot ouvert avait été caché à sa vue, avant qu'il n'eût allumé, par une certaine phosphorescence. Pendant un instant, il crut entendre, dans la nuit, au-dehors, l'écho lointain d'un ricanement diabolique étouffé, sans toutefois apercevoir aucune forme distincte. Il était certain de ce qu'il avançait et n'en voulait comme preuve qu'il était toujours parfaitement sain d'esprit.

C'est alors que le cargo attira l'attention. Une barque passa au large et une horde de brigands basanés et insolents, en uniformes d'officiers, envahit le bateau qui s'était provisoirement immobilisé. Ces hommes exigèrent Suydam ou son corps. Ils étaient au courant de son voyage, et, pour certaines raisons, ils savaient qu'il allait mourir.

Le pont du capitaine ressemblait à un vrai pandémonium. Entre le rapport du docteur sur la cabine et les exigences de l'équipage du cargo, même le marin le plus sage et le plus calme ne savait plus que penser. Tout à coup, le chef de la bande, un Arabe avec une bouche négroïde horrible, produisit un papier sale et froissé qu'il tendit au capitaine. C'était un singulier message signé de Robert Suydam :

En cas de mort soudaine ou d'accident inexpliqué, prière de me remettre, sans poser de questions, moi ou mon corps, entre les mains du porteur de cette missive. Tout pour moi, et peut-être pour vous, dépend du respect absolu de ces conditions. Les explications viendront plus tard. Ne me faites pas défaut en cette occasion. — Robert Suydam.

Le capitaine et le docteur échangèrent un regard, et ce dernier murmura quelque chose à l'oreille du premier. Finalement, ils obtempérèrent à cette demande et conduisirent leurs hôtes indésirables dans la cabine du drame.

Le docteur évita le regard du capitaine tandis qu'il déverrouilla la porte. Il laissa entrer les curieux marins, et attendit, inquiet, qu'ils ressortissent avec le fardeau. Le corps, qui avait été soigneusement préparé, était enveloppé dans des draps qui le dissimulaient aux regards des curieux. Les hommes le firent passer par-dessus bord et l'emportèrent dans leur embarcation.

Le bateau se remit en marche. Le docteur ainsi qu'un employé des services funèbres du bateau arrangèrent la cabine des Suydam et rendirent les derniers devoirs à la morte. Une fois encore, le médecin fut obligé de se montrer réticent dans ses explications et de cacher la vérité. Quand l'homme des pompes funèbres lui demanda pourquoi il avait entièrement vidé Mme Suydam de son sang, il omit de répondre qu'il n'en était rien, pas plus qu'il ne fit remarquer la place vacante, sur l'étagère, à l'endroit réservé aux médicaments, ni l'odeur dans l'évier qui révélait ce qu'on avait fait du contenu originel des flacons. Pourtant, il avait bien remarqué que les poches de ces hommes, si c'étaient des hommes, étaient bizarrement gonflées quand ils avaient quitté le navire.

Deux heures plus tard, le monde entier, par radio, savait tout ce qu'il fallait savoir sur cette horrible affaire.

VI

Ce même soir de juin, sans avoir eu vent de ce qui s'était passé en mer, Malone était en mission dans les ruelles de Red Hook. Une agitation soudaine s'était emparée de l'endroit. Les hommes avaient été convoqués là par « téléphone arabe », ou quelque chose de ce genre. Ils s'étaient rassemblés autour de l'église et des maisons de Parker Place, comme s'ils attendaient quelque chose. Trois enfants venaient de disparaître, des petits Norvégiens aux yeux bleus, des rues voisines de Gowanus, et le bruit courait que de vigoureux Vikings du quartier étaient prêts à faire justice eux-mêmes. Depuis des semaines, Malone avait exhorté ses collègues à entreprendre un nettoyage général du quartier. Impressionnés par cet élément nouveau qui parlait plus à leur bon sens que les descriptions d'un rêveur de Dublin, les policiers s'étaient mis d'accord pour frapper un grand coup. L'agitation et l'ambiance de cette soirée furent le facteur décisif qui détermina leur action. A minuit, un commando formé d'hommes de trois postes de police fit irruption dans Parker Place et ses environs. Des portes furent enfoncées, et des traînards arrêtés. Les pièces éclairées à la bougie vomirent une foule incroyable, composée d'étrangers en robes bariolées, mitres et autres accoutrements inexplicables. Dans la mêlée, on perdit beaucoup de choses, car des objets furent lancés dans des puits et des odeurs révélatrices furent étouffées par la combustion soudaine d'encens au parfum très pénétrant. Mais il y avait des éclaboussures de sang partout, et Malone frissonnait chaque fois qu'il approchait d'un brasier ou d'un autel encore fumant.

Il voulait voir plusieurs endroits immédiatement, mais il donna d'abord la préférence à l'appartement en sous-sol de Suydam. Un messager lui avait appris que l'église en ruine était complètement vide. L'appartement, pensa-t-il, lui révélerait sans doute des traces du culte dont le savant en sciences occultes était de toute évidence devenu le chef. Plein d'espoir, il fouilla les pièces moisies, notant leur odeur vaguement charnelle. Il examina les curieux livres, les instruments, les lingots d'or et les bouteilles aux bouchons de verre éparpillés sur le sol. Soudain, un chat efflanqué, noir et blanc, se glissa entre ses jambes et le fit trébucher, renversant en même temps une cornue à moitié pleine d'un liquide rouge. Le choc qu'il en éprouva fut intense, et aujourd'hui encore, Malone n'est pas certain de ce qu'il a vu. Mais dans ses rêves, il revoit encore ce chat déguerpir, avec des malformations monstrueuses. Puis il découvrit une porte fermée à clef et chercha quelque chose pour l'enfoncer. Un lourd tabouret se trouvait à proximité, c'était plus que suffisant pour les vieux panneaux de bois. Une fente se produisit et s'élargit. Enfin la porte céda. Un tourbillon hurlant de vent glacial jaillit de l'abîme, portant avec lui toutes les odeurs d'un gouffre sans fond. Une force aspirante qui ne venait ni du ciel ni de la terre enveloppa le détective paralysé et l'entraîna par l'ouverture béante dans des espaces incommensurables remplis de chuchotements, de plaintes et de ricanements moqueurs. Bien sûr, c'était un cauchemar. Tous les spécialistes le lui ont affirmé, et il n'a jamais pu prouver le contraire. Et d'ailleurs, il aurait préféré qu'il en fût ainsi, car alors le spectacle des vieux taudis de brique et des sombres visages étrangers ne lui rongerait pas l'esprit de cette manière. Mais à ce moment-là, il ne rêvait pas, et rien n'effacera jamais le souvenir des cryptes obscures, des arcades titanesques, des silhouettes difformes et infernales qui avançaient à grands pas en serrant contre elles des choses à moitié dévorées dont les fragments encore vivants imploraient pitié ou riaient sataniquement. Des odeurs d'encens et de putréfaction se joignaient dans un mélange nauséeux. Dans l'air noir se mouvaient, au sein d'une masse nébuleuse, à demi visibles, des éléments sans forme et dotés d'yeux. Quelque part, une eau sombre et poisseuse clapotait contre des quais d'onyx. A un moment, le tintement tremblant de petites cloches résonna pour saluer le ricanement fou d'une créature nue et phosphorescente. Celle-ci nagea en direction du bord, se glissa jusqu'à la rive, rampa et grimpa pour s'accroupir, avec un air sardonique, à l'arrière-plan, sur un piédestal doré et sculpté. Des avenues noires et sans fin semblaient rayonner dans toutes les directions, jusqu'à ce qu'on s'aperçût enfin que l'on se trouvait là aux sources mêmes d'une lèpre destinée à frapper et engloutir les cités et les nations.

Le mal cosmique avait pénétré ici et s'était nourri de rites impies. Il avait commencé sa sinistre marche macabre, qui devait nous réduire tous à l'état de monstres couverts de moisissures, trop hideux même pour mériter une sépulture. C'est là que Satan tenait sa cour babylonienne, et c'est dans le sang des enfants innocents que les membres lépreux de la phosphorescente Lilith étaient lavés. Des incubes et des succubes hurlaient les louanges de Hécate, tandis que des agneaux sans tête adressaient leurs bêlements à la Magna Mater. Des chèvres sautaient au son de petites flûtes aiguës, et des ægypans couraient sans trêve après des faunes déformés sur des rochers bosselés comme des crapauds enflés. Moloch et Ashtaroth n'étaient pas absents, car dans cette quintessence de toutes les damnations, les limites de la conscience étaient abolies, et l'imagination de l'homme se donnait libre cours dans tous les domaines de l'horreur et dans toutes les dimensions interdites que le mal avait le pouvoir de créer. Le monde et la nature étaient impuissants contre de tels assauts, surgis des puits descellés de la nuit, et aucun signe ni aucune prière ne pouvait faire échec à cette vague d'abomination.

Soudain, un rayon de lumière apparut au milieu de ces phantasmes, et Malone entendit un bruit de rames parmi les blasphèmes de choses qui auraient dû être mortes. Un bateau, avec une lanterne à la proue, apparut. Après qu'on l'eût amarré à un anneau de fer du quai, il vomit plusieurs hommes sombres portant un grand fardeau enveloppé de draps qu'ils portèrent jusqu'à la forme nue et phosphorescente, sur le piédestal sculpté et doré. La chose ricana et lança des coups de patte sur le drap. Puis les hommes le rabattirent et soutinrent devant le piédestal le cadavre gangrené d'un vieil homme corpulent aux joues non rasées et aux cheveux blancs en broussaille. La chose phosphorescente ricana de nouveau. Les hommes sortirent alors des bouteilles de leur poche et badigeonnèrent de rouge les pieds, après quoi ils donnèrent les bouteilles à boire à la chose. Tout à coup, venu des arcades de l'avenue illimitée, on entendit le son démoniaque d'un orgue impie qui, dans un grondement, fit résonner les rires de l'enfer de ses notes basses et fêlées. En un instant, chacune des entités mouvantes fut électrisée. Elles formèrent immédiatement une procession cérémoniale. Puis la horde cauchemardesque se mit à glisser au son de cette étrange musique — chèvres, satyres, ægypans, incubes, succubes, lémures, crapauds tordus, chiens hurlants et éléments sans forme, tous conduits par l'abominable chose phosphorescente et nue, qui avançait maintenant à grands pas, insolemment, portant dans ses bras le cadavre aux yeux creux du vieil homme. Les étranges hommes basanés dansaient à l'arrière du cortège, et toute la colonne sautait et bondissait dans une folie dionysiaque. Malone trébuchait loin derrière eux, en proie au délire, se demandant dans quel monde il se trouvait. Enfin, il s'effondra sur la pierre froide et humide, haletant et frissonnant, tandis que l'orgue démoniaque diminuait d'intensité et que les épouvantables hurlements de la procession insensée disparaissaient peu à peu. Il était encore vaguement conscient de chants horribles et de croassements ignobles dans le lointain. De temps en temps, un gémissement ou un hurlement de dévotion cérémoniale parvenait jusqu'à lui, lorsque s'éleva d'un seul coup l'épouvantable incantation grecque dont il avait lu le texte au-dessus du pupitre de l'église en ruine.

O ami et compagnon nocturne, toi qui te réjouis des hurlements des chiens (là, un hurlement horrible se fit entendre) *et du sang versé* (là, des sons innommables se joignirent à des cris morbides), *toi qui erres parmi les ombres entre les tombes* (là, un soupir se fit entendre), *qui te délectes du sang et sèmes la terreur chez les mortels* (succession de cris aigus d'une myriade de gorges), *Gorgo* (repris par les assistants), *Mormo* (répété avec extase), *Lune aux mille visages* (soupirs et notes de flûtes), *accepte nos sacrifices favorablement.*

Tandis que s'achevait l'incantation, un cri général s'éleva et des sifflements couvrirent presque les sons de l'orgue fêlé. Puis un soupir s'échappa des gorges sans nombre, et ces quelques mots furent aboyés et bêlés :

Lilith, grande Lilith, regarde le Marié.

Les cris s'intensifièrent. On entendit le bruit d'une lutte, et les pas rapides d'une silhouette qui courait. Le son se rapprocha, et Malone se dressa sur son coude pour voir. La luminosité de la crypte, après avoir diminué, augmentait à présent. C'est alors qu'apparut dans un halo démoniaque la forme fuyante de ce qui n'aurait dû ni courir, ni sentir, ni respirer : le cadavre gangrené du vieil homme corpulent aux yeux vitreux. Derrière lui courait la chose nue, phosphorescente et ricanante, et encore plus loin derrière, on pouvait voir s'essouffler des hommes à la peau sombre, ainsi que la redoutable foule des profondeurs malodorantes. Le cadavre prenait de l'avance sur ses poursuivants, et semblait se concentrer sur un but précis, le piédestal doré et sculpté dont l'importance nécromantique était apparemment très grande. Encore un moment, et il allait réussir. Dans un dernier sursaut d'énergie, Robert Suydam, le cadavre aux yeux fixes, atteignit son but et triompha. L'effort avait été énorme, mais il avait tenu bon. Maintenant, sa carcasse, après s'être écroulée sur le sol, se transformait en tas gélatineux de pourriture. Le piédestal qu'il avait poussé dans sa chute vacilla et plongea dans les eaux épaisses, toutes proches, en faisant jaillir une dernière lueur d'or sculpté, tandis qu'il s'enfonçait lourdement dans les golfes insondables du Tartare profond. A cet instant également, toute cette scène d'horreur disparut aux yeux de Malone. Il perdit connaissance au milieu d'un grondement de tonnerre qui sembla ensevelir tout l'univers du Mal.

VII

Le rêve de Malone eut lieu avant qu'il eût appris la mort de Suydam, et ce rêve, curieusement, se trouva complété par plusieurs faits aussi réels qu'étranges.

Les trois vieilles maisons de Parker Place, pourries depuis longtemps, s'effondrèrent sans raison apparente alors que la moitié des policiers et la plupart des prisonniers étaient à l'intérieur. Un grand nombre d'entre eux furent tués sur le coup. Il y eut quelques rescapés dans le sous-sol et les caves, Malone était du nombre. Il se trouvait juste au-dessous de la maison de Robert Suydam. Cela, personne n'est disposé à le nier, car on le retrouva inconscient, au bord d'une mare noire, à côté d'un enchevêtrement de chairs pourries et d'ossements, que l'on identifia, grâce à une prothèse dentaire, comme étant le corps de Suydam. L'affaire était simple. C'était là, en effet, que le canal souterrain des contrebandiers aboutissait. On pensa donc que les hommes n'avaient pris Suydam sur le bateau que pour le ramener chez lui. Les policiers en conclurent que Suydam était de toute évidence le chef d'une organisation d'immigrants clandestins. Quant au docteur, les explications de la police ne le satisfirent pas, mais il n'insista pas. Les détectives remarquèrent encore qu'un tunnel clandestin reliait la fatale maison à une crypte située sous l'église. Cette crypte n'était accessible que par un étroit passage secret creusé dans le mur nord de l'église. Une fois dans la pièce, ils firent des trouvailles effrayantes. L'orgue fêlé était là, ainsi qu'une vaste chapelle voûtée avec des bancs de bois, et un autel de forme curieuse. Les murs contenaient de petites cellules, et, dans dix-sept d'entre elles, on trouva — c'est horrible à dire — des prisonniers solitaires, enchaînés, dans un état d'idiotie totale, parmi lesquels quatre mères avec leurs enfants. Les enfants moururent peu après avoir été exposés à la lumière, et les docteurs affirmèrent que c'était ce qui pouvait leur arriver de mieux.

Avant de boucher les canaux, on les draina avec soin, et on y trouva une quantité prodigieuse d'ossements brisés de toutes tailles. Il était clair que l'épidémie d'enlèvements avait eu son épicentre sous cette maison. Mais seuls deux des prisonniers survivants purent être impliqués légalement dans cette affaire. Quant au piédestal sculpté et doré, si souvent mentionné par Malone comme étant de la plus haute importance occulte, il ne fut jamais retrouvé. On nota seulement qu'il y avait un endroit sous la maison de Suydam où le canal s'enfonçait soudain dans un puits très profond, impossible à draguer. On le barra à une extrémité et on le cimenta à l'autre lorsque les caves des nouvelles maisons furent construites.

La police, satisfaite d'avoir détruit un dangereux gang de fous et de contrebandiers, remit également tous les Kurdes suspects non condamnés entre les mains de la police fédérale. Avant de les déporter, on découvrit sans erreur possible qu'ils appartenaient au clan Yezidi des adorateurs du diable.

Le cargo et son équipage demeurèrent un mystère, mais des détectives désabusés sont prêts à le traquer où qu'il se trouve pour l'empêcher de continuer sa tâche nuisible. Malone pense que ces policiers cyniques font preuve d'un manque évident d'imagination et qu'ils ne trouveront pas plus le bateau fantôme que des explications concrètes à cette affaire. Il est tout aussi amer à l'égard de la presse, qui n'a vu là que matière à sensations morbides. Les journalistes se sont contentés d'évoquer un culte sadique mineur, qu'ils auraient pu nommer « l'horreur du cœur même de l'Univers ».

Malone est content de pouvoir se reposer maintenant à Chepachet. Il attend dans le calme que ses nerfs se soient détendus et que le temps transforme graduellement sa terrible expérience du royaume de la réalité en celle d'un lointain pittoresque et semi-mythique.

Robert Suydam repose près de son épouse dans le cimetière de Greenwood. Aucune cérémonie funèbre ne fut célébrée sur ces étranges dépouilles. Les parents sont reconnaissants de l'oubli rapide dans lequel toute l'affaire sombra. Il n'a jamais d'ailleurs été légalement prouvé qu'il y ait eu une relation entre le savant et les atrocités commises à Red Hook. La mort du vieil homme éteignit l'action judiciaire et sa propre fin est rarement évoquée. Les Suydam espèrent que la postérité ne se souviendra de lui que comme d'un original solitaire, occupé de magie inoffensive et de folklore.

A Red Hook, c'est toujours pareil. Suydam est venu et parti. La peur qui s'était installée dans le quartier est revenue après avoir disparu. L'esprit du mal et du sordide continue de planer sur les vieilles maisons de brique, et des bandes de rôdeurs paradent encore devant des fenêtres où des lueurs et des visages tordus apparaissent et disparaissent.

L'horreur, vieille comme le monde, est comme une hydre aux mille têtes, et les cultes de la nuit sont enracinés profondément. L'âme de la bête est omniprésente. Les habitants de Red Hook, aux yeux rougis, aux visages grêlés, chantent, jurent et hurlent encore tandis qu'ils se faufilent de gouffre en gouffre. Personne ne sait ni d'où ils viennent ni où ils vont. Comme auparavant, il entre plus de gens à Red Hook qu'il n'en sort. On murmure que de nouveaux canaux conduisent sous terre à certains centres de trafic d'alcool, et d'autres choses moins faciles à mentionner.

L'église est maintenant une salle de bal. D'étranges visages apparaissent la nuit aux fenêtres. Dernièrement, un policier a laissé entendre que la crypte murée avait été creusée de nouveau pour un but indéterminé. Qui sommes-nous, pour combattre ces poisons plus anciens que l'histoire et l'humanité ?

Malone ne frissonne pas sans raison — car pas plus tard que l'autre jour, un officier a surpris une vieille sorcière aux yeux bridés qui enseignait à un petit enfant quelques chuchotements en patois :

O ami et compagnon nocturne, toi qui te réjouis des hurlements des chiens et du sang versé, toi qui erres parmi les ombres entre les tombes, toi qui te délectes du sang et sèmes la terreur chez les mortels, Gorgo, Mormo, Lune aux mille visages, accepte nos sacrifices favorablement.

LA TRANSITION DE JUAN ROMERO

Sur les événements qui se déroulèrent les 18 et 19 octobre 1894 à la mine de Norton, je préférerais garder le silence.

Pourtant, aujourd'hui, en ces dernières années de ma vie, je sens qu'il me faut, par devoir envers la Science, faire renaître en ma mémoire ces souvenirs chargés d'une indicible terreur.

Avant de mourir, je dirai ce que je sais de la « transition » — si j'ose dire — de Juan Romero. Il n'est pas nécessaire que mon nom ou mes origines soient livrés à la postérité. Je crois même qu'il est préférable de les taire. Car un homme qui émigre — pour les Etats-Unis ou les colonies — laisse volontairement son passé derrière lui. Ce que je fus jadis n'a du reste aucun rapport avec cette histoire, si ce n'est que, durant mon service dans l'armée des Indes, je goûtais la compagnie des professeurs indigènes à barbe blanche plus que celle de mes compagnons d'armes. Les mystères de l'Orient suscitaient en moi une véritable passion. Mais les déboires de l'existence m'emmenèrent loin de cette terre. J'ai refait ma vie dans les grands espaces du Far West américain, empruntant dès mon arrivée un nom de famille courant ici, sans signification particulière.

Au cours de l'été et de l'automne 1894, j'habitais dans la région des mornes Cactus Mountains. Je travaillais là, comme simple ouvrier, à la fameuse mine de Norton, dont la découverte, quelques années plus tôt, avait entièrement transformé cette région désertique en un chaudron bouillonnant d'existences sordides.

Un gisement d'or, profondément enfoui sous un lac de montagne, avait enrichi au-delà de toute espérance le vieux prospecteur qui l'avait découvert. A présent, le travail y était intensif, car la société qui avait racheté la mine faisait forer des galeries à tour de bras. Le rendement était si élevé que les mineurs employés sur le terrain constituaient une véritable armée, nombreuse et hétéroclite, qui creusait nuit et jour les souterrains rocheux. Le chef des travaux, un certain M. Arthur, évoquait souvent la singulière géologie du lieu. Il prévoyait une extension des galeries, et faisait des supputations sur l'avenir de gigantesques sociétés minières. Les qualités aurifères du terrain, selon lui, étaient le fruit du travail de l'eau. Il escomptait, du reste, mettre prochainement à jour une nouvelle mine.

Ce fut peu de temps après mon arrivée que Juan Romero débarqua parmi nous. Il faisait partie de ces nombreuses bandes de Mexicains qui passaient la frontière. Il avait un visage frappant. Quoique ses traits fussent de type peau-rouge, ils étaient d'une extraordinaire pureté, et sa peau était remarquablement claire. Il ne ressemblait pas davantage aux indigènes de l'endroit. Péon silencieux qui se levait au point du jour pour fixer extatiquement le soleil, il n'évoquait en rien l'image du conquistador castillan, ni du pionnier américain. Non, c'était l'Aztèque aristrocratique des temps anciens qui tendait ses bras vers l'astre du jour, accomplissant un rite millénaire dont il ignorait lui-même la signification.

A dire vrai, seul son visage exprimait une certaine aristocratie. Sale, inculte, Romero se sentait à l'aise avec ses compatriotes au teint basané. Il était issu, je l'appris par la suite, de la classe la plus humble de l'échelle sociale de son pays. Enfant, il avait été trouvé dans une cabane de montagne, seul survivant d'une épidémie qui avait anéanti les habitants de la région. Près de cette hutte, à côté d'une étrange fissure rocheuse, gisaient deux squelettes rongés par les vautours. Probablement tout ce qu'il restait de ses parents. Personne ne connaissait leur nom. Aussi furent-ils vite oubliés. La hutte, du reste, s'effondra bientôt, et une avalanche s'abattit sur la crevasse.

Elevé par un voleur de bétail mexicain, qui lui avait donné son nom, Juan différait peu de ses compagnons.

Romero me manifestait une certaine sympathie, qui était due sans aucun doute à la bague hindoue que je portais pendant nos heures de repos. Comment était-elle venue en ma possession ? Je n'en saurais rien dire. Elle était en tout cas le dernier bien qui me rattachât à un chapitre désormais clos de ma vie. Pour moi, ce bijou n'avait donc pas de prix. L'étrange Mexicain lui témoignait un immense intérêt, qui ne ressemblait en rien à la convoitise. Ses vénérables hiéroglyphes semblaient remuer, au fond de son esprit rustre, quelques vagues réminiscences d'un lointain passé. Il était pourtant impossible qu'il eût vu quelque chose de semblable auparavant.

Quelques semaines après mon arrivée, Juan Romero était en quelque sorte devenu mon serviteur, en dépit de la similitude de notre situation professionnelle. Notre conversation était limitée, car il ne connaissait que quelques mots d'anglais, et quant à moi, j'eus l'occasion de constater que l'espagnol appris à Oxford n'avait rien de commun avec le dialecte de la Nouvelle Espagne.

L'événement dont je me fais le narrateur ne fut précédé d'aucun signe annonciateur.

Malgré l'intérêt que je portais à Romero, je ne m'attendais en aucune manière à l'explosion qui se produisit.

Les études géologiques avaient abouti à la décision d'étendre la mine en profondeur. Mais le chef des travaux s'attendait à trouver au fond un roc si solide qu'il fit placer une forte charge de dynamite. Romero et moi-même n'avions aucun rôle à tenir dans cette opération. C'est pourquoi nous n'apprîmes ce qui se passa que par le récit que les autres nous en firent. La charge, sans doute plus puissante que nous ne le pensions, sembla ébranler la montagne entière. Sur les pentes, les fenêtres de nos baraquements volèrent en éclats sous le choc, tandis que dans les galeries des mineurs furent projetés à terre par le souffle de l'explosion. Le lac Jewel se souleva comme sous l'effet d'une tempête.

On découvrit bientôt qu'un nouvel abîme s'ouvrait, infini, au lieu précis de la déflagration. Un abîme incommensurable, aux proportions si monstrueuses qu'aucune lampe ne pouvait l'éclairer convenablement. Stupéfaits, les foreurs s'entretinrent avec le chef des travaux, qui ordonna qu'on apporte jusqu'au gouffre des rouleaux de corde, et qu'on les y dévide jusqu'à en atteindre le fond.

Peu de temps après, les ouvriers se présentèrent à notre chef, pour lui rendre compte de l'échec de leur tentative. Quoique avec respect, ils affirmèrent leur refus d'y retourner, voire de continuer à travailler dans la mine, tant que le gouffre ne serait pas remblayé. Manifestement, ce qui arrivait dépassait la compétence de chacun de nous, car il était apparu que ce gouffre n'avait pas de fond. Le maître des travaux ne leur fit aucun reproche. Il réfléchit longuement, ce jour-là, avant d'établir ses plans pour le lendemain. L'équipe de nuit ne fonctionna pas. Sur le coup de 2 heures du matin, un coyote solitaire poussa un hurlement lugubre sur la montagne. Du chantier, un chien lui répondit. Un orage se préparait au-dessus de la chaîne de montagnes, et des nuages aux contours étranges se bousculaient dans un ciel brouillé. La lune gibbeuse s'efforçait en vain de briller à travers les couches de nuages.

La voix de Romero, couché sur le lit au-dessus du mien, me réveilla. Une voix excitée, tendue, anxieuse :

— *Madre de dios,* s'écria-t-il. *El sonido ! Ese Sonido ! Oiga Ud ! Lo oye Ud ?* Ce bruit ?

Je prêtai l'oreille, me demandant de quel bruit

il voulait parler : le coyote, le chien, l'orage ? Ce dernier augmentait en violence à mesure que s'amplifiaient les sifflements du vent. On pouvait voir les éclairs à travers la fenêtre.

J'interrogeai le Mexicain, pour savoir ce qui le terrorisait ainsi.

— *El perro ? El vento ? El coyote ?*

Romero ne répondit pas. Mais il commença à murmurer avec terreur :

— *El ritmo, Señor, el ritmo de la tierra !* Ce battement dans les entrailles de la terre !

Alors j'entendis aussi ce bruit. Je l'entendis, oui, et me mis aussitôt à frissonner, sans savoir pourquoi.

Loin, très loin au-dessous de moi, il y avait effectivement un rythme, très faible, et qui pourtant nous parvenait malgré les aboiements du chien, le coyote et la tempête. Il était indescriptible. Peut-être ressemblait-il un peu au ronflement des moteurs d'un grand bateau — mais il n'était pas aussi mécanique.

A l'écouter, il me sembla qu'il avait quelque chose de vivant, de conscient. Ce qui m'impressionna le plus fut son éloignement.

Tout à coup Romero bondit de son lit et se posta devant moi pour fixer ma bague, qui, à chaque éclair d'orage, brillait d'étranges lueurs. Puis son regard se tourna vers le puits de la mine. Je me levai à mon tour, et nous restâmes tous deux immobiles un long moment, tous les sens en éveil, tandis que le rythme inquiétant semblait perdre de sa vigueur.

Alors, comme par une attirance indépendante

de notre volonté, nous fîmes quelques pas vers la porte, dont les claquements, dans cette tourmente, nous rassuraient, car ils ne suggéraient que de terrestres réalités.

Le chant, dans les profondeurs — c'est à un chant que le rythme ressemblait à présent —, se fit plus puissant, et nous nous sentîmes irrésistiblement poussés par la tempête vers l'ouverture béante du puits.

Nous ne rencontrâmes aucune créature vivante, car les équipes de nuit étaient au repos. Les hommes devaient être au campement de Dry Gulch, ils murmuraient sans aucun doute d'inquiétantes rumeurs à l'oreille des garçons de comptoir.

Un carré de lumière jaune apparut à la cabine du surveillant. Je me demandais comment celui-ci avait supporté le bruit. C'est alors que je vis Romero avancer. Je le suivis aussitôt. Comme nous descendions vers le puits, le son sembla se compliquer. Il me sembla reconnaître une sorte de cérémonie orientale, pleine de battements de tambourins et de voix qui chantaient.

Ainsi que vous le savez, j'ai vécu longtemps en Inde.

Romero et moi avancions parmi les madriers et les échelles qui jonchaient le sol. Nous allions vers la chose qui nous attirait, sans pouvoir maîtriser notre peur. A un moment, je pensai avoir perdu la raison. Je me demandais comment nous trouverions notre chemin sans le secours d'aucune torche, et je m'aperçus que l'anneau à mon doigt brillait d'éclairs surnaturels, diffusant dans l'air un halo pâle, humide et lourd. C'est alors que Romero, sans me prévenir, après avoir descendu l'une des nombreuses échelles, se mit à courir, me laissant seul.

Des notes nouvelles, étranges, avaient produit sur lui un effet extraordinaire. Dans un cri sauvage, il s'élança éperdument dans la caverne. Comme un fou, il trébucha le long des plates-formes, et dégringola les échelles. Aussi épouvanté que je fusse, il me restait encore suffisamment de clairvoyance pour remarquer que ses paroles m'étaient devenues absolument incompréhensibles. Des polysyllabes avaient remplacé son mélange coutumier de mauvais espagnol et de bas anglais. Je ne reconnus parmi ces mots que celui de *Huitzilopotchli.*

Plus tard, je retrouvai ce mot dans les œuvres d'un grand historien (1) et ce rapprochement me fit frissonner.

Le moment culminant de cette horrible nuit fut complexe, mais assez bref. Il eut lieu juste au moment où j'atteignais la dernière galerie. De l'obscurité qui s'étendait devant moi monta un dernier cri du Mexicain, suivi d'un ensemble de sonorités si terrifiantes que je crus ne point survivre à cette expérience.

A ce moment précis, il me sembla que toutes les horreurs, toutes les monstruosités cachées de la terre s'étaient réunies dans un suprême effort pour anéantir la race humaine.

Soudain la lueur de ma bague disparut et je perçus une nouvelle lumière, quelques mètres devant

(1) Prescott, *La Conquête du Mexique.*

moi, en contrebas, car j'étais arrivé au gouffre qui rougeoyait et qui de toute évidence avait englouti l'infortuné Romero.

Je m'avançai et scrutai l'abîme, devenu à présent un pandémonium de flammes et de tumulte. Je ne vis d'abord qu'une aveuglante lumière. Puis des formes m'apparurent et je vis... était-ce Juan Romero ? O mon Dieu, je n'ose dire ce que je vis !...

Quelque pouvoir divin ôta de ma vue ce spectacle affreux, fit s'évanouir le tintamarre. Dans un bruit que pourraient produire deux univers entrant en collision dans l'espace, le chaos se produisit et je tombai sans connaissance.

Je ne sais comment poursuivre mon récit. Mais je m'efforcerai pourtant d'achever ce que j'ai commencé. Quand je me réveillai, je me retrouvai sain et sauf sur ma couche. Par les vitres de ma fenêtre je pouvais apercevoir la lueur rouge de l'aurore. Sur une table gisait un corps sans vie. Mon compagnon était entouré d'un groupe d'ouvriers et du médecin du camp. Les hommes discutaient de cette étrange mort qui avait frappé le Mexicain pendant son sommeil, et qui était apparemment en rapport direct avec l'orage qui avait ébranlé la montagne. Son décès semblait naturel, et l'autopsie pratiquée sur le défunt ne nous apprit rien de particulier. Il apparut que ni Romero ni moimême n'avions quitté le baraquement durant la nuit, et que nous n'avions pas même été réveillés par les coups de tonnerre fracassants qui avaient retenti au-dessus des chantiers. Selon quelques ouvriers qui étaient descendus dans la mine, l'orage avait provoqué l'effondrement de nombreuses galeries, et muré le gouffre béant qui la veille avait inspiré tant de craintes. Lorsque je demandai au surveillant quels bruits il avait entendus avant la foudre, il me cita le coyote, le chien et le hurlement du vent dans la montagne. Sa parole est digne de confiance. A la reprise du travail, notre chef, Arthur, réunit autour de lui des hommes particulièrement sûrs, et leur demanda d'effectuer quelques recherches à l'emplacement du gouffre comblé. Ils obéirent sans ardeur, et procédèrent à un forage profond. Les résultats furent curieux. La veille, ce qui avait constitué la voûte du gouffre était de faible épaisseur. A présent, les perforeuses se heurtaient à ce qui semblait être une roche solide et sans limites. Comme on ne trouvait rien d'intéressant, et surtout pas d'or, le chef des travaux mit fin aux recherches. Mais lorsqu'il se rassit à son bureau, je pus lire, sur son visage, une expression de grande perplexité.

Il reste encore dans cette affaire un élément très mystérieux, que je dois également relater. Peu après mon réveil, le matin qui suivit l'orage, je m'avisai, avec surprise, que l'anneau hindou avait disparu de mon doigt. Malgré l'attachement que je lui vouais, j'en ressentis un certain soulagement. Si l'un de mes compagnons l'a dérobé, il a réussi à lui trouver une extraordinaire cachette. En effet, en dépit des annonces et d'une enquête de police, la bague ne fut jamais retrouvée.

Je doute cependant que ce vol ait été commis par de mortelles mains. Car, lors de mon séjour en Inde, j'ai appris beaucoup de choses étranges. Mon opinion sur cette histoire varie selon les moments. Dans la journée, mon humeur me pousse à penser que tout cela n'était qu'un rêve. Mais parfois, les jours d'automne, vers 2 heures du matin, lorsque le hurlement du vent et des bêtes prend d'inquiétantes résonances, il monte en moi, des profondeurs insondables de mon être, le souvenir d'un rythme que je connais.

Je songe alors que la transition de Juan Romero fut terrible, en vérité.

AZATHOTH

Quand la vieillesse s'abattit sur le monde et que l'étonnement disparut de l'esprit des hommes, quand les cités grises érigèrent dans les cieux enfumés de hautes tours sinistres et laides, à l'ombre desquelles il n'était plus possible de rêver au soleil ou aux prairies fleuries du printemps, quand la science dépouilla la terre de son manteau de merveilles et que les poètes cessèrent de chanter autre chose que des fantômes déformés par leurs regards brouillés et tournés seulement vers l'intérieur, quand, donc, toutes ces choses furent arrivées, et que les désirs enfantins s'effacèrent à tout jamais des mémoires, il se trouva un homme pour effectuer un voyage hors de cette existence et partir dans l'espace, à la recherche de nos anciens rêves. On sait peu de chose du nom et de l'endroit où vécut cet homme. On sait cependant qu'il était de naissance obscure. Il habitait une cité aux murs élevés, où régnait en permanence un stérile crépuscule, et dans laquelle il travaillait chaque jour dans l'ombre et le vacarme. A la fin de sa journée de labeur, il rentrait le soir dans une pièce dont la fenêtre unique donnait non sur des prés et des bois, mais sur une sombre courette, où s'ouvraient également, dans le désespoir et l'ennui, d'autres fenêtres. De sa chambre, le panorama n'offrait aux regards que des murs et d'autres fenêtres. Et il fallait se pencher pour apercevoir, dans le ciel, les petites étoiles. Et parce que ne voir constamment que des murs et des fenêtres peut rendre fou un être intelligent et rêveur, l'habitant de cette pièce avait pris l'habitude, nuit après nuit, de scruter le ciel au-dessus de lui, dans l'espoir d'y trouver autre chose que ce qui existait dans le monde éveillé et dans la grisaille des hautes villes. Au bout de quelques années, il appelait les étoiles par leur nom et les suivait en imagination lorsqu'elles disparaissaient, comme à regret, de sa vue. Puis il parvint à découvrir des choses mystérieuses en fixant le ciel. Enfin, une nuit, un pont fut jeté au-dessus du gouffre profond qui séparait ces deux univers : les cieux chargés de rêves vinrent se mêler à l'air confiné de la pièce et enveloppèrent l'homme dans leur fabuleuse fantasmagorie.

Les violentes lueurs violettes de minuit, toutes scintillantes de leur poussière d'or, entrèrent alors dans la chambre. Puis il y eut des tornades de sable et de feu, sorties d'espaces infinis, lourdes de parfums venus de l'au-delà. Des océans opiacés s'y déversèrent, éclairés par des soleils qu'aucun regard n'avait jamais contemplés, et portant dans leurs vagues des nymphes aquatiques et d'étranges dauphins venus des profondeurs insondables. L'Infini tourbillonna silencieusement autour du rêveur et l'emporta sans même effleurer son corps penché à la fenêtre. Et pendant des jours ignorés du calendrier des hommes, les vagues et les courants des sphères lointaines le portèrent doucement au royaume des rêves vers lesquels tout son être aspirait. Les rêves que les hommes avaient perdus. Enfin, après qu'il se fut écoulé de nombreux cycles, ils l'abandonnèrent avec tendresse, endormi, sur le vert rivage d'un lever de soleil. Un vert rivage aux parfums de lotus et parsemé de camélias rouges.

LE DESCENDANT

J'écris couché sur ce que le docteur dit être mon lit de mort, et ma plus grande déception serait qu'il se soit trompé. Mon enterrement devrait avoir lieu la semaine prochaine...

Il y a dans Londres un homme qui se met à hurler chaque fois que les cloches sonnent dans les églises. Cet homme vit seul, avec son chat au pelage rayé, à la pension Gray's Inn. Les gens l'appellent le fou pacifique. Sa chambre est pleine de livres enfantins, inoffensifs, qu'il feuillette des heures durant. Tout ce qu'il souhaite dans la vie, c'est de ne pas avoir à penser. Pour quelque motif singulier, la pensée lui est une chose insupportable, et il fuit comme la peste toute forme d'imagination. Maigre, gris et ridé, certains affirment cependant qu'il n'est pas aussi vieux qu'il en a l'air. En proie à une perpétuelle terreur, il tressaille au moindre bruit. Les yeux s'agrandissent alors démesurément et son front se couvre de sueur. Il n'a plus ni amis ni compagnons, ce qui lui évite de répondre aux questions. Des gens qui ont connu naguère cet homme érudit, cet esthète, disent que c'est une vraie pitié de le voir maintenant. Il les a peu à peu perdus de vue au cours des années, et aujourd'hui, personne ne pourrait dire s'il a quitté le pays ou s'il se cache de ses relations dans une retraite isolée. Installé depuis dix ans à Gray's Inn, il n'avait jamais évoqué son passé, jusqu'au soir où le jeune Williams acheta le *Necronomicon*.

Williams était un rêveur de vingt-trois ans à peine. Quand il s'installa dans la vieille demeure, il perçut immédiatement l'étrange souffle cosmique qui émanait de ce vieillard grisonnant dont la chambre jouxtait la sienne. Et il réussit à imposer sa présence là où de vieux amis avaient échoué. Les crises d'effroi qui s'emparaient parfois de cet observateur attentif, décharné et hagard le fascinaient. De fait, l'homme passait son temps à regarder et à écouter, plus avec son esprit qu'avec ses yeux ou ses oreilles. Et il semblait aussi tenter de fuir quelque chose en s'absorbant dans des romans gais et insipides. Mais lorsque les cloches des églises se mettaient à sonner, il abandonnait tout, se bouchait les oreilles, et ses hurlements, auxquels s'associaient ceux du chat gris, ne cessaient qu'avec le dernier battement de cloche. Williams avait beau essayer de découvrir le secret de son compagnon, il n'y arrivait pas. L'étrange vieillard avait une attitude assez peu en rapport avec son aspect physique. Il affichait un éternel sourire, et il s'exprimait en babillant fiévreusement, s'excitant d'une façon puérile pour des vétilles. Sa voix, parfois, atteignait un ton de fausset qui la rendait incohérente. Williams, cependant, ne fut pas étonné de l'entendre parler de Harrow et d'Oxford, car ses remarques (même les plus anodines) portaient l'empreinte d'une vaste érudition. L'inconnu se révéla être lord Northam, dont le château, situé dans le Yorkshire, était l'objet d'étranges récits. Lorsque Williams essaya de parler des origines romaines de cette demeure, lord Northam refusa d'admettre qu'il y eût quoi que ce fût d'anormal en ces lieux, balayant d'un rire étouffé les allusions aux cryptes souterraines creusées dans le solide rocher au-dessus de la mer du Nord. Les choses en restèrent là jusqu'au soir où Williams apporta le *Necronomicon,* écrit par l'Arabe fou Abdul Alhazred. Il connaissait l'existence de ce livre maudit depuis l'âge de seize ans, depuis qu'il s'intéressait au fantastique, et qu'un vieux libraire de Chandos Street lui avait parlé de ce curieux document qui faisait pâlir d'effroi tous ceux qui l'avaient eu entre les mains. Le libraire lui apprit que cinq exemplaires seulement avaient survécu aux autodafés et aux interdits. Tous étaient craintivement cachés par ceux qui les détenaient. Par chance, Williams en avait découvert une copie dans la boutique d'un juif, dans le sordide quartier de Claremarket, là où il achetait souvent des choses étranges, et il avait pu l'acquérir pour un prix très modique. Lorsqu'il fut en possession de l'ouvrage, le vieux Lévite le regarda partir avec un singulier sourire caché dans sa barbe bouclée et en gloussant d'une manière inquiétante. La volumineuse couverture de peau, avec son fermoir en cuir, était si belle, le prix si ridiculement bas, que Williams, relisant le titre du livre introuvable, ressentit une joie extrême. Quelques-uns des diagrammes figurant dans le texte latin déclenchèrent chez lui un flot de souvenirs si inquiétants et si mystérieux, qu'il se mit aussitôt à les déchiffrer. Mais lorsqu'il s'aperçut que les mélanges de caractères gothiques et de bas latin dépassaient ses compétences de linguiste, force lui fut d'appeler à l'aide son étrange ami. Lord Northam, qui débitait des inanités à son chat, sursauta violemment lorsque le jeune homme entra. A la vue du titre du volume qu'il lui apportait, le vieil homme s'évanouit. Après avoir repris ses sens, il raconta son histoire, l'histoire fantastique d'une folie, dans un murmure rapide et plaintif, qu'il voulait convaincant, pour obliger son compagnon à brûler cette édition maudite et à en éparpiller les cendres. Le livre apportait, dit lord Northam, le malheur dès les premières pages, et lui-même n'en serait pas arrivé à de telles extrémités s'il n'avait pas poussé ses recherches aussi loin.

Lord Northam était le dix-neuvième baron d'une lignée dont les origines se perdaient très loin dans le passé. On disait, dans sa famille, qu'elle remontait à l'époque d'avant les Saxons, jusqu'à un certain Luneus Gabinius Capito, tribun militaire dans la troisième légion d'Auguste, stationnée à Lindum, en Grande-Bretagne romaine, qui avait été sommairement cassé de son commandement pour avoir participé à certains rites n'appartenant à aucune religion connue.

Gabinius, disait-on, avait découvert une caverne creusée aux flancs de la falaise, où se réunissaient dans l'obscurité d'étranges personnages venus y faire le Signe Ancien. Ces créatures, dont les Bretons eux-mêmes avaient peur, étaient les derniers survivants d'une contrée de l'Ouest disparue sous les eaux, et dont il ne subsistait que des îles couvertes de cercles de pierre et de menhirs. La légende disait que Gabinius avait fait construire au-dessus de cette grotte interdite une citadelle inexpugnable dont les Pictes et les Saxons, les Danois et les Normands n'avaient jamais réussi à s'emparer. On n'était pas certain que l'audacieux lieutenant du Prince Noir — qu'Edouard III avait fait baron de Northam — fût issu de cette lignée, mais on en parlait souvent et cela ne paraissait pas invraisemblable. En vérité, la construction du donjon de pierre de la citadelle ressemblait de façon étonnante à l'architecture du mur de Hadrien.

Enfant, lord Northam était assailli de rêves étranges quand il dormait dans la partie la plus ancienne du château. Il avait pris l'habitude, au réveil, de rechercher dans sa mémoire les scènes étranges, les situations confuses et les impressions vagues qu'il avait ressenties ou dans lesquelles il s'était trouvé pendant son sommeil, et qui étaient fort différentes de son expérience vécue. Il devint rêveur par réaction contre sa vie monotone où il ne puisait aucune satisfaction. Ses exaltations le conduisirent vers des royaumes imaginaires et chimériques, jadis familiers, aujourd'hui invisibles sur cette terre. Il était convaincu que notre monde terrestre n'était qu'un simple atome perdu au milieu d'un univers immense et inquiétant. Persuadé, également, que ces terres de l'inconnu faisaient pression sur la sphère du connu, prêtes à la pénétrer de toutes parts, Northam avait acquis dans sa jeunesse et dans les premiers temps de sa maturité toutes les connaissances possibles sur la religion et les mystères de l'occultisme. Mais avec l'âge, les limites et la banalité de son existence lui devinrent de plus en plus intolérables. Il se prit alors de passion pour le satanisme, passant le plus clair de son temps à dévorer avidement toutes les doctrines et les théories qui paraissaient lui promettre d'autres ouvertures que les lois invariables et étroites de la nature. Des livres comme le récit chimérique d'Ignatius d'Onnely sur l'Atlantide, ou comme ceux qu'avaient écrits une douzaine de précurseurs de Charles Fort, l'enthousiasmaient par leurs divagations. Il n'hésitait pas à parcourir des lieues et des lieues pour se rendre compte sur place d'un détail étrange sur l'histoire d'un village. Une fois, il partit pour le désert d'Arabie à la recherche d'une cité sans nom dont il avait vaguement entendu parler et que personne n'avait jamais vue. Une foi insatiable et fanatique l'amenait à croire qu'il existait quelque part une porte permettant à celui qui la trouverait de pénétrer dans les profondeurs des mystères dont les échos obsédaient sa mémoire. Peut-être ces échos lointains se trouvaient-ils dans le monde visible, peut-être n'étaient-ils qu'une extrapolation de son esprit divagant ? Mais peut-être aussi, dans une partie inexplorée de son cerveau, détenait-il la clef mystérieuse, la clef qui lui ouvrirait enfin les portes des civilisations oubliées et futures et l'accès à des dimensions perdues qui le conduirait aux étoiles, à l'infini, à l'éternité...

LE LIVRE

Mes souvenirs sont très confus. Je n'arrive absolument pas à préciser où ils commencent, car parfois il me semble que j'ai déjà un nombre d'années incommensurable derrière moi, tandis qu'à d'autres moments je pense que mon présent n'est qu'un point isolé dans un infini gris et sans forme. Je ne sais même pas comment je pourrai communiquer ce message. Tout en étant conscient que je suis en train d'écrire, j'ai la vague impression qu'une médiation étrange, et sans doute terrible, sera nécessaire pour permettre à ce message d'être entendu là où je le désire. Mon identité, elle aussi, est étonnamment incertaine. J'ai le sentiment d'avoir subi un grand choc dû à la multiplicité monstrueuse de mes cycles d'expériences uniques et incroyables. Ces expériences ont eu leur origine dans ce livre tout rongé par les vers. Il me souvient de l'avoir trouvé dans un endroit à peine éclairé, tout proche de la rivière noire et huileuse où stagnent toujours d'épaisses nappes de brouillard. C'était un lieu très ancien dont tous les murs, jusqu'au plafond, étaient couverts d'étagères chargées de volumes à demi pourris. Il y avait des livres dans toutes les pièces et dans tous les coins. Certains étaient serrés dans des boîtes grossières, d'autres en tas, à même le sol. C'est dans l'un d'eux que je découvris la combinaison. Je ne connus jamais le titre de cet ouvrage, car les premières pages manquaient. Lorsque je le ramassai, il s'ouvrit comme de lui-même vers la fin, et ce que j'y aperçus m'excita grandement. C'était une liste de choses à faire et à dire, où je reconnus une formule interdite et noire, comme celles que j'avais lues dans les écrits ésotériques d'anciens cabalistes à la recherche des secrets de l'Univers. Ce que j'avais entre les mains, c'était le guide, la clef, dont les mystiques rêvent depuis les premiers âges de l'humanité, pour entrer dans l'au-delà, dans le domaine de l'insondable. Pendant des siècles, les hommes avaient essayé, en vain, de retrouver cette formule, qui était là, dans ce livre très ancien. Ce n'était pas une presse à imprimer qui avait tracé en grandes lettres redoutables ces phrases latines, mais la main d'un moine à demi fou. Lorsque j'avais emporté ce document, le vieil homme ricaneur avait fait un étrange geste de la main, et je sentais encore son regard narquois peser sur mes épaules. Il n'avait pas voulu accepter d'argent, mais ce ne fut que bien plus tard que je compris pourquoi.

Tandis que je me hâtais au travers des ruelles tortueuses et embrumées qui longent le quai, j'eus l'impression inquiétante d'être suivi furtivement par un bruit de pas étouffés. De part et d'autre de la rue, les maisons branlantes et séculaires semblaient revenir à la vie. Elles m'apparaissaient méchantes et maléfiques, comme si un courant d'intentions malignes avait brusquement surgi du sol. Il me semblait que les murs, les pignons de brique moisie, de plâtre et de poutres couverts de champignons, et les fenêtres semblables aux facettes de diamants avaient les yeux fixés sur moi, et s'avançaient à ma rencontre pour mieux m'écraser. Je n'avais lu que le dernier fragment de l'incantation blasphématoire avant de refermer le livre pour l'emporter dans ma demeure. J'habitais une grande maison silencieuse, et je crois bien que j'avais une famille. Je sais qu'il y avait de nombreux domestiques, mais je ne me rappelle plus en quelle année tout cela s'est passé, car j'ai vécu depuis bien des siècles d'aventures, et j'ai complètement perdu la notion du temps. Vers minuit, j'allai donc m'enfermer, tout pâle d'émotion, dans le grenier que je m'étais spécialement installé pour mes travaux secrets. A la lueur d'une bougie dont la cire tombait goutte à goutte, troublé seulement par les carillons des clochers voisins, je me mis à lire ce manuscrit avec avidité. J'écoutais le tintement de ces carillons avec une particulière intensité comme si j'avais peur de déceler, parmi les notes habituelles, un son venu d'outre-tombe. Mais la première bizarrerie se produisit sous la forme d'un grattement venu de la fenêtre la plus haute, de celle qui dominait tous les toits de la ville. A ce moment-là, je lisais à haute voix le neuvième paragraphe de la première partie du document, et je compris tout de suite ce que cela signifiait. Ce grattement m'apprenait que je venais de franchir le seuil du domaine des ombres, et que je ne serais plus jamais seul. En fait, j'entrais dans un tourbillon où le temps et les images étaient complètement déformés. A l'aube, je m'aperçus que la décoration des murs et des étagères s'était transformée, que la pièce n'était plus la même. Par la suite, je ne reconnus plus jamais rien du monde dans lequel j'étais né. Présent, passé, avenir, tout se mélangeait. Des objets naguère familiers me semblaient tout à coup étrangers, tant ma vision des choses s'était élargie. A partir de cette période, je fus transporté dans un rêve fantastique où les formes m'étaient, au mieux, à moitié connues, mais le plus souvent totalement inconnues. Chaque huis que je franchissais m'entraînait plus loin et plus profondément dans la fantasmagorie. Il me devenait de plus en plus difficile de reconnaître les objets usuels de la sphère étroite qui avait été la mienne, si longtemps. Ce que je voyais autour de moi, personne d'autre ne le voyait. Et de peur que l'on ne me prît pour un fou, je restais seul, à l'écart de l'agitation des humains. Les chiens me redoutaient, car ils sentaient l'ombre qui toujours marchait à mes côtés. Je passais mon temps à lire des livres oubliés et secrets, et des manuscrits de sorcellerie qui m'entraînaient, tandis que je franchissais sans cesse de nouveaux seuils, vers le cœur des cosmos inconnus.

Je me souviens d'une nuit où je fis cinq cercles de feu concentriques sur le sol, et où, debout dans celui du milieu, je récitai l'une des monstrueuses litanies apportées par le messager de Tartarie. D'un seul coup les murs fondirent, et un souffle noir m'emporta au travers d'espaces gris, insondables, à des kilomètres au-dessus des sommets acérés de mystérieuses montagnes. Après une obscurité complète, la lumière de myriades d'étoiles forma de monstrueuses constellations. Je survolais une plaine verdâtre où je discernais maintenant les tours tortueuses d'une monstrueuse cité. Je n'avais jamais rien vu ou lu ou rêvé de semblable. Tandis que je descendais vers le centre de la ville, je vis un immense bâtiment de pierre. Une peur horrible m'étreignit. Je hurlai, me débattant pour ne pas m'écraser sur lui. Après un moment d'inconscience, je me retrouvai dans le grenier, étendu de tout mon long sur les cinq cercles phosphorescents. Ce voyage ne fut ni plus ni moins étrange que ceux que j'avais faits précédemment. Mais ma terreur avait été plus violente. J'avais été trop près de ces abîmes terrifiants de l'au-delà. Par la suite, je fus plus prudent dans mes incantations, car je n'avais pas le moindre désir d'être définitivement coupé du monde et plongé dans des gouffres inconnus d'où je ne pourrais jamais revenir...

LA CHOSE DANS LA CLARTE LUNAIRE

Morgan n'est pas un homme de lettres. En fait, il n'est même pas capable de parler anglais d'une façon correcte. C'est la raison qui m'a poussé à m'interroger sur ce qu'il a écrit, alors que les autres en ont ri. Le soir où c'est arrivé, il était seul. Brusquement, un impérieux besoin d'écrire l'envahit ; saisissant un stylo, il se mit à tracer les lignes suivantes :

« Je m'appelle Howard Phillips. J'habite 66, College Street, à Providence (Rhode Island). Le 24 novembre 1927, je ne sais évidemment pas en quelle année nous sommes en ce moment, je suis tombé dans un sommeil peuplé de rêves et je ne me suis plus jamais réveillé. Ces rêves ont commencé dans un marais sombre et couvert de brume, sous un ciel gris d'automne, et au nord d'une falaise escarpée couverte de lichens. Poussé par je ne sais quelle force obscure, j'escaladais la paroi d'un précipice vertigineux, lorsque mon attention fut attirée par les noires ouvertures béantes d'innombrables terriers qui s'enfonçaient profondément dans les entrailles du plateau rocheux. Pendant mon escalade, il m'apparut que certains endroits du passage que je prenais étaient si sombres qu'ils m'empêchaient de voir les terriers, à supposer qu'il y en eût. En un lieu particulièrement obscur, je sentis la peur me gagner. C'était comme si une subtile et impalpable émanation était sortie du gouffre pour s'emparer de mon esprit. Dans la totale obscurité, je n'eus pas l'occasion de vérifier si mes appréhensions étaient fondées. Poursuivant mon effort, j'émergeai enfin sur une plate-forme pierreuse couverte de mousse, éclairée par un pâle rayon de la lune, qui avait remplacé l'astre du jour déclinant. Il n'y avait autour de moi aucun signe de vie, mais je fus tout de suite sensible à un bruit singulier qui montait des bruissements du fétide marais d'où j'arrivais. Après avoir marché quelque temps, je découvris des rails rouillés et des poteaux rongés de vers qui supportaient encore des fils distendus de trolleybus. En suivant la voie, j'arrivais bientôt devant un tramway jaune. Il portait le numéro 1852. C'était un véhicule de type commun, à deux étages, et qui avait été utilisé régulièrement entre les années 1900 et 1910. Il était vide, en état de marche, prêt à partir. L'absence du chauffeur devait être sans doute de courte durée, car le moteur tournait doucement, faisant tressauter le frein serré. Intrigué, je montai dans la cabine pour donner de la lumière. Il n'y avait aucune manette de contrôle. Abasourdi, j'allais m'asseoir dans une voiture, lorsque j'entendis l'herbe clairsemée bruisser sur ma gauche. Deux silhouettes sombres apparurent dans le clair de lune. Ces deux créatures portaient les casquettes réglementaires de la compagnie des tramways, et il était évident qu'il s'agissait du contrôleur et du chauffeur de ce véhicule. Brusquement, l'un d'eux renifla avec une acuité bizarre, leva son visage vers le ciel, et se mit à hurler à la lune. L'autre se laissa immédiatement tomber à quatre pattes et courut en direction de la voiture. Je bondis dehors comme un fou, et filai à perdre haleine sur le plateau, jusqu'à ce que je m'écroule, épuisé, sur le sol. Ce n'était pas la vue du contrôleur courant à quatre pattes qui m'avait tant effrayé, c'était celle du chauffeur, car son visage n'était qu'un cône blanc terminé par un tentacule rouge sang.

J'avais beau savoir que ce n'était qu'un rêve, cela me fut infiniment désagréable. Depuis cette nuit d'épouvante, je n'ai cessé de prier pour me réveiller. En vain !

Je devins donc l'un des habitants de cet univers cauchemardesque. Ma première nuit se dissipa avec l'aube. J'errai sans but à travers des terres marécageuses et solitaires. Quand la nuit revint, j'errais encore, espérant me réveiller. Mais soudain écartant les roseaux, je vis l'ancien trolleybus, et, à côté de lui, une chose au visage en cône, qui levait la tête vers le ciel et hurlait à la lune. Et chaque jour il en est de même. Et chaque nuit je me retrouve en ce lieu d'horreur. J'essaye de rester immobile lorsque la nuit vient, mais je dois marcher dans mon sommeil, car chaque fois que j'ouvre les yeux, j'ai devant moi cette chose atroce, hurlant à la lune pâle. Et chaque fois je m'enfuis, courant comme un dément.

Dieu ! quand vais-je me réveiller ? »

Voilà ce que Morgan a écrit. Je vais me rendre 66, College Street, à Providence, mais j'ai peur de ce que je pourrais y découvrir.

HYPNOS

« A propos du sommeil, aventure sinistre de tous les soirs, on peut dire que les hommes s'endorment journellement avec une audace qui serait inintelligible si nous ne savions qu'elle est le résultat de l'ignorance du danger. »

BAUDELAIRE.

Si l'Univers porte en son sein des dieux pleins de pitié, que ceux-ci veillent sur moi au long de ces heures où ni ma volonté ni les drogues n'ont la force de me retenir sur le bord de l'abîme du sommeil.

Sans appel, la mort est compatissante. Mais celui qui renaît des profondeurs infernales de la nuit sait, dans son hébétude, que la paix vient de l'abandonner pour toujours.

Fou que je fus, lorsque je décidai — avec frénésie — de plonger dans les mystères dont l'homme n'avait encore jamais percé la signification. Fou aussi mon ami — fou, ou dieu ? — mon seul ami, qui m'entraîna dans cette quête, et m'y dépassa, pour finir dans des terreurs qui peuvent encore, un jour ou l'autre, devenir miennes.

Nous avons fait connaissance, je m'en souviens, dans une gare de chemin de fer, où il était le point de mire d'une troupe de curieux. Il se trouvait dans un état d'inconscience totale, après être tombé, victime d'une sorte de convulsion qui avait laissé son frêle corps vêtu de noir dans une étrange rigidité. Je pense qu'il approchait alors de la quarantaine, car son visage aux joues creuses était marqué de rides profondes, tout en étant d'un ovale pur et d'une indéniable beauté. De plus, quelques touches de gris éclaircissaient son épaisse chevelure ondulée et sa courte barbe drue, qui avaient dû, en d'autre temps, être du plus sombre des noirs corbeau. Il avait le front blanc comme les marbres de Pentélie, si vaste qu'on eût dit celui d'un dieu.

Je pensai aussitôt, dans mon émoi de sculpteur, que cet homme était un faune de la Grèce antique, surgi des fouilles d'un temple en ruine et projeté je ne sais comment dans notre triste monde pour y subir l'épreuve du froid et l'usure dévastatrice du temps. Lorsqu'il ouvrit ses immenses yeux noirs, je sus à la lumière de son regard profond qu'il serait désormais mon unique ami — je n'en avais jamais eu jusqu'alors —, car je compris que ces yeux avaient pleinement contemplé la grandeur et la terreur des royaumes qui se trouvent au-delà de la conscience commune et de la réalité. De ces royaumes que j'avais chéris en imagination, mais cherchés en vain. Aussi, alors que d'un geste j'écartais la foule, je lui déclarai qu'il lui fallait venir chez moi, car il devait se faire le professeur et le guide de mes recherches en mystères insondables. Il acquiesça d'un simple mouvement de la tête. Plus tard, je découvris dans sa voix la musique des violes profondes et des sphères de cristal. Nous devisions ensemble jour et nuit, tandis que je sculptais des bustes de lui, ou que je gravais dans l'ivoire des miniatures de son visage, pour en immortaliser les expressions.

De nos études, il n'est pas possible de parler, car elles n'avaient de point commun avec nulle autre chose de ce monde tel qu'il est conçu par l'esprit humain.

Elles participaient de cet univers sans conscience, obscure entité, plus vaste et plus terrifiant que toute chose concevable, qui se trouve au-delà de la matière, du temps, de l'espace, et dont on ne peut appréhender l'existence que dans certaines formes du sommeil — ces rêves au-delà du rêve que ne fait jamais le commun des mortels, et qui n'arrivent qu'une ou deux fois au cours de la vie des imaginatifs. A notre réveil, ce qu'il nous restait de ce cosmos se perdait en nous comme se perd dans l'air ambiant la bulle de savon soufflée par un bouffon : une fois émise dans l'atmosphère, elle perd contact avec son origine.

Les hommes de science s'en doutent peu, ils ignorent même, pour la plupart, qu'il en est ainsi. Quelques savants ont tenté d'interpréter ces rêves. Les dieux ont ri. Un homme aux yeux d'Oriental a déclaré que le temps et l'espace sont relatifs. Les hommes ont ri à leur tour. Mais même celui-là n'avait fait qu'émettre des suppositions. J'ai voulu aller plus loin. J'ai essayé. Mon ami, lui aussi, a essayé. Il a réussi en partie. Puis nous avons fondu nos tentatives et, à l'aide de drogues exotiques, nous avons poursuivi des rêves terribles et interdits, à l'intérieur de notre studio au sommet de la tour d'un manoir du comté de Kent.

Parmi les douleurs que j'endure à présent, la plus intolérable est mon incapacité à m'exprimer. Ce que j'ai appris et vu au cours de ces heures d'explorations impies ne peut se raconter, car aucun langage ne comporte les symboles qui rendraient compte de ces expériences. En effet, du début à la fin, nos découvertes furent exclusivement de l'ordre des sensations. Des sensations sans aucun rapport tangible avec les impressions que le système nerveux humain peut enregistrer. C'était bel et bien des sensations, mais elles comportaient des éléments temporels et spatiaux stupéfiants — des choses qui, au cœur d'elles-mêmes, ne possédaient aucune existence distincte ni définie.

Dans le meilleur des cas, le langage humain ne peut transcrire que le caractère général de nos expériences, et ce, en les appelant plongeons ou vols planés. Car à chacune de nos périodes de révélation, une partie de notre esprit s'évadait soudain du réel et du présent, pour voler précipitamment vers les abîmes brutaux, obscurs et terrifiants, déchirant parfois quelques obstacles, toujours les mêmes — nuages informes, vapeurs visqueuses.

Durant ces vols ténébreux et immatériels, nous étions parfois solitaires et parfois réunis. Lorsque nous partions ensemble, mon ami me précédait toujours de très loin. Je pouvais appréhender sa présence en dépit de l'amorphisme où nous baignions, car une image de lui me hantait constamment au cours de ces voyages : flottant dans une lueur dorée, son visage aux joues étrangement pleines et juvéniles, au regard brûlant, au front olympien, aux cheveux sombres et à la barbe naissante.

Nous ne prenions aucune note au long de nos expériences, car le temps lui-même nous était devenu la plus pure des illusions. Je sais seulement que quelque chose de bien singulier dut se passer, car nous en arrivâmes à constater, émerveillés, que les marques des ans n'apparaissaient plus sur nos visages.

Nos propos devinrent impies, voire monstrueusement ambitieux. Aucun dieu, aucun démon n'a jamais encore aspiré à remporter les victoires que nous évoquions à voix basse. Je tremble lorsque j'en parle, et je n'ose être explicite. Je dois pourtant à la vérité de dire que mon ami coucha une fois sur le papier le souhait qu'il craignit de formuler de vive voix, ce qui me fit brûler précipitamment la feuille blasphématoire, et regarder avec terreur à travers la fenêtre grand ouverte sur le ciel étoilé. Je suppose — c'est seulement une supposition — qu'il avait projeté de soumettre à sa domination le cours de l'univers visible, et plus que cela encore : il voulait que la terre et les étoiles se déplacent selon ses ordres et que la destinée de toute chose vivante lui appartienne. J'affirme — j'en fais le serment — que je ne partageais pas ses aspirations. Quoi que mon ami ait pu dire ou écrire pour signifier le contraire, cela doit être considéré comme faux, car je ne suis pas homme à risquer l'enjeu de ces sphères innommables qui seules peuvent garantir le succès accompli de son entreprise.

Vint une nuit où des vents accourus d'espaces

inconnus nous firent tournoyer dans le vide sans limites au-delà de la pensée et du concept. D'affolantes perceptions nous assaillirent. Perceptions de l'Infini qui provoquèrent en nous d'étranges spasmes de joie, bien que, aujourd'hui, je sois incapable à la fois de me souvenir pleinement de ces sensations et de décrire le peu dont je me souviens. Lorsque nous eûmes traversé sans encombres une série d'obstacles gluants, je sentis que nous avions été emportés dans des royaumes infiniment plus lointains que ceux que nous avions connus auparavant.

Mon ami avait une large avance sur moi dans cet océan d'azur vierge, et je pus lire une excitation funeste sur l'image — souvenir de son visage flottant, lumineux, à l'expression trop jeune. Soudain cette figure devint sombre, elle disparut rapidement, et je me sentis projeté contre un obstacle que je ne parvins pas à franchir. Semblable aux autres, il était cependant incalculablement plus dense. C'était une masse dure et pour ainsi dire collante — si tant est que de tels termes puissent être appliqués à des qualités analogues dans un monde immatériel.

J'étais allé buter contre une barrière que mon ami, lui, avait dépassée sans difficulté. Je me débattais pour aller le rejoindre lorsque l'effet de la drogue que j'avais absorbée parvint à son terme. J'ouvris alors les yeux, et dans le coin du studio qui me faisait face, je vis mon compagnon, pâle, encore inconscient, l'air hagard, et dont les traits marmoréens étaient empreints d'une sauvage beauté sous la lumière vert et or de la lune.

Après un bref laps de temps, il bougea. Puisse

le ciel m'éviter désormais le spectacle auquel j'assistai alors. Je ne puis vous raconter comment il se mit à hurler, ni quelles visions de l'enfer inconnu étincelèrent un instant dans ses yeux noirs écarquillés de terreur. Je peux seulement dire que je perdis connaissance. Je restai évanoui jusqu'à ce qu'il s'éveille lui-même et me secoue, dans son besoin immédiat de trouver quelqu'un pour écarter de son âme ses tourments d'horreur et de désolation.

Ce fut la fin de nos recherches volontaires dans les cavernes du rêve. Terrorisé, écrasé, tremblant et grave, mon ami, qui avait franchi la barrière, me dit qu'il ne nous faudrait plus désormais nous aventurer dans ces royaumes. Il n'avait pas le courage de me décrire ce qu'il avait vu. Mais il déclara, en toute connaissance de cause, que nous devions dormir le moins possible, même si nous devions user de médicaments pour nous tenir éveillés. Il avait parfaitement raison, et je connus bientôt l'indicible peur, qui se mit à m'envahir chaque fois que je glissais dans l'inconscience.

Au sortir de ces assoupissements inévitables et de courte durée, je paraissais toujours plus vieux, tandis que mon ami, lui aussi, vieillissait de façon inquiétante.

Il est horrible pour un homme de suivre les rides qui se forment sur son propre visage, et de constater que ses cheveux blanchissent à vue d'œil. Nous changeâmes notre mode de vie. Jusqu'alors, mon ami, qui ne me confia jamais ni son nom ni ses origines, avait vécu en reclus. Il se mit soudain à abhorrer notre solitude. La nuit, il refusait de rester seul, et la compagnie de quelques personnes ne suffisait pas à le calmer. Seule une foule nombreuse et joyeuse pouvait l'apaiser. Aussi en arrivâmes-nous à hanter les groupes de jeunes. Là, si notre apparence et notre âge nous attiraient des quolibets, ils étaient pour mon ami moindre souffrance que la solitude. Il avait tout particulièrement peur de se trouver dehors quand les étoiles se mettaient à briller, et il se mettait alors à lancer d'inquiets regards vers le ciel, comme s'il y cherchait la trace d'une chose monstrueuse. Il ne fixait pas toujours le même endroit du firmament : la direction de son regard changeait avec les heures et les saisons. Au printemps, son regard se tournait vers le nord-est ; en été presque au-dessus de nos têtes ; en automne, vers le nord-ouest, et en hiver, vers l'est — seulement au petit matin.

Les soirs de plein été le plongeaient dans une terreur sans nom.

Au bout de deux ans, je finis par comprendre que ses peurs devaient se rapporter à quelque chose de précis. J'en déduisis qu'il fixait sur la voûte céleste une tache qui changeait de place selon les saisons, et je découvris que cette région du ciel était celle de la constellation Corona Borealis.

Nous avions loué un studio à Londres. Nous ne nous séparions pas un seul instant, mais nous ne parlions jamais de ce temps où, ensemble, nous avions tenté de connaître les mystères de l'au-delà. Nous étions plus vieux, usés par les stupéfiants, par notre constante tension nerveuse, et par notre vie d'anciennes débauches.

La calvitie n'avait point épargné mon ami. Sa

barbe et le peu de cheveux qui lui restaient étaient devenus blancs comme neige. Nous avions remporté une étonnante victoire sur le sommeil, puisque nous dormions à peine une heure ou deux par nuit.

Puis vint un mois de janvier plein de brouillard et de pluie. Nous n'avions plus d'argent pour acheter de la drogue. J'avais vendu toutes mes statues et mes miniatures, et je n'avais plus la force de travailler le marbre et l'ivoire. En eussé-je eu l'énergie qu'elle fût du reste restée sans écho, car le goût de donner forme à la matière m'avait abandonné.

Nous avons terriblement souffert. Une nuit, mon ami sombra dans un étrange sommeil. Il émettait une sorte de râle profond, et il me fut impossible, des heures durant, de le réveiller. La scène est restée gravée en mon souvenir dans tous ses détails : notre mansarde obscure sous les toits battus par la pluie ; le tic-tac de notre pendule et celui, plus faible, de nos montres-bracelets, sur la table de nuit ; le claquement d'un volet de l'immeuble ; au loin, les rumeurs de la ville assourdies par la pluie et le brouillard ; et, le pire, cette respiration lourde, profonde, sinistre, qui semblait mesurer les moments d'une terreur surnaturelle, l'agonie d'un esprit en perdition dans les sphères interdites, inimaginables, infiniment lointaines.

A mesure que je veillais mon ami, la tension monta en moi, et je fus assailli d'une foule d'images mentales. J'entendis une horloge sonner quelque part — ce n'était pas la nôtre, car elle n'avait pas de carillon —, et ma rêverie morbide s'y alimenta. Horloge : temps : espace : infini. Puis mon esprit réintégra notre demeure. Au-dessus du toit, du brouillard, de la pluie et de l'atmosphère elle-même, Corona Borealis s'éleva au nord-est. La constellation que mon ami avait semblé redouter et dont le demi-cercle d'étoiles devait déjà, invisible à nos yeux, inonder de sa lumière rougeoyante les abîmes infinis de l'azur. Soudain mes oreilles sensibilisées perçurent un bruit nouveau, bourdonnement lent et insistant venu des lointains. Clameur monotone et moqueuse, l'appel venait du nord-est.

Mais ce n'est pas cette plainte lointaine qui m'ôta toute initiative, et laissa dans mon âme de telles marques d'effroi que je ne les oublierai jamais. Non, ce n'est pas elle qui me fit trembler de tous mes membres en poussant de tels hurlements que les voisins et la police accoururent pour briser la porte. Ce n'est pas ce que j'entendis, mais bien plutôt ce que je vis. Car dans cette chambre fermée, sombre, aux fenêtres protégées de rideaux, venait de poindre, depuis l'obscure région du nord-est, une horrible lumière d'or rouge. Le faisceau lumineux traversa les fenêtres, se dirigea droit sur la tête du dormeur, comme pour y déposer ses rayons maléfiques. L'image — le souvenir de son visage — m'apparut une fois de plus, telle qu'elle s'était présentée à moi au cours de nos voyages dans les abîmes de l'espace et du temps, lorsque mon ami laissait loin derrière lui la frontière de toutes les choses secrètes pour pénétrer dans les cavernes profondes et interdites du cauchemar.

Comme je le regardais, je vis sa tête se dresser, ses yeux noirs se révulser d'effroi, et ses lèvres amincies s'entrouvrir sur un cri trop effrayant pour retentir. C'est alors que, sur cette figure macabre, brillante et surnaturelle, se grava une expression de terreur telle que ni le ciel ni la terre ne pourront plus jamais m'en dévoiler.

Tandis que le bruit s'amplifiait sans cesse en s'approchant de notre antre, je ne prononçai pas un mot, et tentai de remonter à la source maudite de cette clameur, qui était aussi celle du funeste rayon de lumière où baignait l'image folle de mon ami. Ce que je vis dans un éclair me fit sombrer dans une crise d'épilepsie qui ameuta voisins et policiers. Jamais, au grand jamais, je ne pourrai conter ce que je vis, et même si j'essayais de toutes mes forces, je ne suis pas sûr que le souvenir qui m'en reste représente bien cette vision dont je sais seulement qu'elle fut atroce. Cette tête immobile non plus, car si elle en a connu plus que moi, elle ne parlera plus jamais. Mais désormais je garderai toujours un œil rivé sur l'insatiable et ironique Hypnos, seigneur du sommeil, afin de me protéger des puissances délirantes du Savoir et de la Philosophie.

J'ignore en fait ce qui s'est passé exactement. Car non seulement mon esprit fut déséquilibré par cette chose étrange et hideuse mais celui des autres fut tout de suite saisi par l'oubli, qui était pour eux le seul rempart contre la folie.

Ils ont déclaré, je ne sais pourquoi, que je n'avais jamais eu d'ami. Que seuls l'art, la philosophie, le vice avaient rempli ma vie tragique. Cette nuit-là, les voisins et les policiers s'occupèrent de moi, et le médecin m'administra un calmant. Personne ne comprit quel genre de cauchemar venait d'avoir lieu. Mon ami terrassé ne leur inspira non plus aucune pitié, mais ce qu'ils trouvèrent sur le lit de notre studio les émerveilla au point qu'ils se mirent à chanter mes louanges. Maintenant, j'ai une réputation que je ne mérite pas, que je méprise même, tandis que je reste assis des heures durant, désespéré. Je suis chauve aujourd'hui, ratatiné, ma barbe est devenue grise. Je me sens paralysé, les drogues ont fini par me désaxer, me briser. Le temps qu'il me reste à vivre, je le consacre à l'adoration et à la contemplation de l'objet découvert.

Ils se refusent à croire que j'ai vendu la dernière de mes œuvres et regardent avec extase cette chose muette que m'a léguée le rayon de lumière.

C'est tout ce qu'il me reste de cet ami qui a fait de moi une épave : une tête de marbre magnifique, digne des plus grands sculpteurs hellènes, d'une jeunesse intemporelle. Le beau visage porte une barbe fournie et ondulée, des lèvres souriantes, des cheveux longs et bouclés, un front olympien, couronné de pavots. Ils disent que ce visage obsédant, c'est moi qui l'ai sculpté, et qu'il me représente à vingt-cinq ans. Mais sur son socle de marbre est gravé un seul nom en lettres grecques : Hypnos.

LE FESTIVAL

J'étais loin de chez moi, et le charme de la mer orientale m'envoûtait. Dans le crépuscule, je l'entendais battre les rochers, et je savais qu'elle s'étendait de l'autre côté de la colline, où les saules noueux se tordaient contre le ciel et les premières étoiles du soir. Parce que mes pères m'avaient appelé dans l'ancienne ville, je continuais ma route à travers la neige fraîche et profonde, route qui s'élevait solitaire vers l'endroit où Aldébaran clignotait parmi les arbres. Je poursuivais mon chemin vers la ville très ancienne, que je n'avais jamais vue mais dont j'avais souvent rêvé.

C'était l'époque de l'Yuletide, que les hommes appellent Noël, en sachant au fond de leur cœur que cette fête est plus ancienne que Bethléem et Babylone, plus ancienne que Memphis et que l'humanité. C'était l'Yuletide, et j'étais enfin arrivé devant l'ancienne ville du bord de mer, que mes ancêtres avaient habitée et où ils avaient célébré le festival à l'époque où c'était interdit. Où ils avaient recommandé à leurs fils de célébrer le festival une fois par siècle, pour que le souvenir des secrets antiques ne se perdît pas. Les miens venaient d'un vieux peuple, vieux déjà quand ce pays fut colonisé, il y a trois cents ans. Et ils étaient étranges, car ils étaient venus, peuple sombre et furtif, de jardins opiacés pleins d'orchidées. Ils parlaient une autre langue avant d'apprendre celle des pêcheurs aux yeux bleus. Maintenant, ils étaient éparpillés et célébraient des rites mystérieux que personne d'autre ne comprenait.

J'étais le seul cette nuit-là à revenir dans la vieille ville de pêcheurs, ainsi que l'ordonnait la coutume. Car seuls les pauvres et les solitaires se souviennent.

De l'autre côté de la colline, je vis Kingsport qui s'étendait dans les frimas, Kingsport sous la neige, avec ses anciennes girouettes, ses clochers, ses poutres de faîte et ses cheminées, ses quais et ses petits ponts, ses saules et ses cimetières. Ses labyrinthes interminables de rues escarpées, étroites, sinueuses, son pic vertigineux dominé par l'église, que le temps n'ose altérer, et ses dédales sans fin de maisons coloniales, entassées et éparpillées à tous les niveaux comme un jeu de cubes.

Le temps planait de ses ailes grises sur les pignons blancs de neige, les toits, les vasistas et les fenêtres à petits carreaux qui étaient comme des lueurs au fond du crépuscule glacé.

Et la mer se jetait sur les quais pourris, la mer secrète, immémoriale, d'où le peuple était venu jadis.

A côté de la route, au sommet de la colline, un autre sommet s'élevait, balayé par le vent, et je vis que c'était un cimetière où les pierres tombales se dressaient dans la neige comme les ongles décomposés d'un cadavre gigantesque. La route, sans empreintes, était très solitaire, et parfois il me semblait entendre dans le lointain un grincement horrible, tel celui d'un gibet dans le vent. On avait pendu quatre membres de ma famille en 1612, mais je ne savais pas exactement à quel endroit ; ils s'étaient rendus coupables de sorcellerie. La route serpentait en descendant la pente qui menait à la mer. Je tendis l'oreille pour entendre les bruits joyeux d'un village dans le soir, mais aucun son ne me parvint. Je me dis que ce vieux peuple puritain pouvait avoir des coutumes de Noël particulières, et qu'il priait peut-être silencieusement au coin du feu. C'est pourquoi je ne cherchai plus à entendre des échos de réjouissances. Je continuai mon chemin, dépassant les fermes aux lumières voilées, les murs de pierre, jusqu'à l'endroit où les enseignes des vieilles boutiques et des tavernes grinçaient dans la brise salée, et où les marteaux des entrées à colonnes luisaient le long des ruelles désertes. J'avais vu des plans de la ville, et je savais où trouver la demeure de ma famille. On m'avait dit que l'on me reconnaîtrait et que l'on me souhaiterait la bienvenue, car la légende a la mémoire longue. C'est pourquoi je me hâtais, dans Bock Street et jusqu'à Circle Court, sur la neige fraîche du dallage de pierre de la ville, là où Green Lane rejoint Mark House. Les vieilles cartes étaient encore bonnes, et je n'eus aucune difficulté, quoique à Arkham ils aient dû mentir en disant que les trolleybus allaient jusque-là. Car je ne vis aucun câble au-dessus de ma tête.

Je fus heureux d'avoir choisi de marcher, car, vu de la colline, le village blanc m'avait paru magnifique, et maintenant j'étais impatient de frapper à la porte de ceux de mon peuple, la septième maison à gauche dans Green Lane, avec son vieux toit pointu et ses deux étages construits avant 1650.

En arrivant, je vis qu'il y avait de la lumière à l'intérieur. A voir ses vitres en losanges, je jugeai que la maison n'avait pas beaucoup changé depuis sa construction. La partie supérieure surplombait la rue étroite, envahie par l'herbe, et touchait presque le haut de la maison d'en face, si bien que je me trouvais dans une sorte de tunnel. Il n'y avait pas de trottoir, mais beaucoup de maisons avaient des portes surélevées que l'on atteignait par un double escalier à rampe de fer. Le paysage était curieux. Il me plaisait, mais j'aurais préféré voir des empreintes dans la neige, des gens dans les rues et des fenêtres aux rideaux non tirés.

Tandis que je frappais à la porte avec l'archaïque marteau de fer, j'avais un peu peur. Une crainte s'était glissée en moi, peut-être due à l'étrangeté de mon passé, à la tristesse du soir et au silence bizarre de cette vieille ville aux coutumes insolites. Lorsqu'on répondit à mes coups, la crainte s'empara de moi, car je n'avais entendu aucun pas avant que la porte ne s'ouvrît en grinçant.

Le vieil homme en chemise de nuit et en pantoufles qui se tenait dans l'entrée avait un visage inexpressif qui me rassura. Il me fit comprendre par signes qu'il était muet. Il écrivit un message de bienvenue ancien, avec un stylet, sur la tablette de cire qu'il portait.

Il me fit signe d'entrer dans une pièce basse

éclairée aux bougies, aux chevrons apparents, massifs et noirs, et au mobilier XVIIe très réduit. Le passé était ici vivace. Il y avait un âtre monumental et un rouet sur lequel une vieille femme en châle et bonnet était penchée, filant silencieusement. Une vague humidité planait sur cet endroit, et je m'étonnai de l'absence de feu. Le banc à haut dossier faisait face à la rangée de fenêtres aux rideaux tirés, et semblait être occupé, bien que je n'en fusse pas sûr. Je n'aimais guère ce que je voyais, et de nouveau j'eus peur. Cette peur était accrue par l'expression des visages de mes hôtes. Leurs yeux ne bougeaient pas, et leur peau ressemblait trop à la cire. Je fus bientôt sûr que ce n'était pas un visage, mais un masque habile. Cependant les mains flasques et gantées de l'homme écrivirent quelques mots sur la tablette : il me fallait attendre un instant avant qu'on me conduise au lieu du festival. Désignant une chaise, une table et une pile de livres, le vieil homme quitta la pièce, et quand je m'assis pour lire, je vis que ces livres, vieux et moisis, comprenaient le terrible *Merveilles de la science,* du vieux Morryster, le redoutable *Saducismus Triumphatus,* de Joseph Glanvill, publié en 1681, le terrifiant *Dæmonolatreia,* de Remigius, imprimé en 1595 à Lyon, et, pis encore, l'innommable *Necronomicon,* livre que je n'avais jamais lu, mais dont j'avais entendu dire des choses monstrueuses. Personne ne me parlait, mais j'entendais le grincement des enseignes dans le vent, au-dehors, et le chuintement du rouet pendant que la vieille femme en bonnet continuait en silence à filer, à filer...

Je trouvai la pièce, les livres et les gens sinistres et inquiétants, mais comme la vieille tradition de mes ancêtres m'avait convié à d'étranges célébrations, je décidai de m'attendre à des choses bizarres. J'essayai donc de lire et je fus bientôt absorbé par quelque chose que je découvris dans ce maudit *Necronomicon.* Une pensée et une légende trop horribles pour une conscience et un esprit sains, quand, soudain, je crus entendre l'une des fenêtres de la pièce se refermer, comme si elle avait été furtivement ouverte. Cela sembla se produire après un frottement qui ne venait pas du rouet de la vieille femme. L'antique pendule avait sonné à ce moment-là. Après quoi, je perdis la sensation qu'il y avait quelqu'un sur le banc, et je lisais avec intensité et frayeur, lorsque le vieil homme revint, botté et vêtu d'un ample costume ancien. Il s'assit sur le banc, si bien que je ne pouvais le voir. L'attente fut très éprouvante pour mes nerfs, et le livre blasphématoire que j'avais entre les mains l'aggravait. Lorsque 11 heures sonnèrent, cependant, le vieil homme se leva, se glissa jusqu'à une énorme commode sculptée et en sortit deux capes à capuchon. Il s'enveloppa dans l'une et drapa l'autre autour de la vieille, qui avait cessé son travail monotone. Puis ils se dirigèrent ensemble vers la porte. La femme boitait, et le vieil homme, après avoir ramassé le *Necronomicon,* m'enjoignit de les suivre, en rabattant son capuchon sur son visage — ou son masque impassible.

Nous sortîmes dans le réseau tortueux, sans lune, de cette ville incroyablement vieille ; les lumières derrière les fenêtres aux rideaux tirés disparaissaient l'une après l'autre, et l'étoile du Chien lorgnait d'une façon menaçante cette multitude de silhouettes drapées et encapuchonnées qui sortaient des maisons pour former une procession monstrueuse. Elle suivait les ruelles dangereuses où les maisons délabrées tombaient en ruine, l'une sur l'autre. Elle glissa dans des cours et des cimetières où les lanternes agitées formaient des constellations ivres.

Parmi cette foule silencieuse, je suivais mes guides muets, bousculé par des coudes qui semblaient surnaturellement mous, et pressé par des poitrines et des corps qui semblaient anormalement flasques. Mais je ne vis aucun visage et n'entendis aucun mot.

Je remarquai que tous les pèlerins convergeaient en un point où se rejoignaient toutes les allées, au sommet d'une hauteur, au centre de la ville, surplombée par une grande église blanche. Je l'avais vue de la route, au crépuscule, et elle m'avait fait frissonner, car Aldébaran m'avait semblé se balancer au-dessus du clocher fantomatique. L'église était entourée d'un espace découvert. D'un côté, des tombes spectrales. De l'autre, un square pavé, d'où le vent avait balayé la neige, et où s'alignaient des maisons archaïques à l'aspect inquiétant.

Des feux follets dansaient sur les tombes, révélant des paysages affreux ; mais, curieusement, ils ne produisaient pas d'ombres. Après le cimetière, il n'y avait plus de maisons, et je pouvais apercevoir le sommet de la colline et le scintillement des étoiles sur le port, bien que la ville fût invisible dans la nuit. Une fois seulement, une lanterne s'agita horriblement dans les ruelles tortueuses en rattrapant la foule qui s'engouffrait maintenant silencieusement dans l'église. J'attendis que le groupe eût disparu dans l'entrée noire, et que les traînards fussent passés. Le vieil homme me tirait par la manche, mais je résolus d'être le dernier à entrer. Franchissant le seuil et pénétrant dans le temple plein et ténébreux, je me retournai pour regarder encore une fois le monde extérieur, tandis que la phosphorescence du cimetière donnait un reflet nauséeux au dallage du sommet de la colline.

Je frissonnai, car si le vent n'avait pas laissé beaucoup de neige, il en restait quelques plaques sur le chemin qui menait à la porte, et mon rapide coup d'œil révéla à mes yeux troublés qu'elles ne portaient aucune empreinte de pied, pas même les miennes.

L'église était à peine éclairée par les lanternes, car la plus grande partie de la foule avait déjà disparu. Elle s'était écoulée le long de l'aile, entre les bancs, jusqu'à la trappe menant aux caveaux, qui béait d'une façon épouvantable juste devant la chaire. Elle s'y engouffrait sans bruit. Je descendis docilement les marches usées, et me retrouvai dans la crypte sombre et suffocante. L'extrémité de cette procession sinueuse de promeneurs nocturnes paraissait vraiment horrible, et en les voyant se glisser dans une vénérable tombe, je leur trouvai l'air plus horrible encore. Puis je remarquai que le fond de la tombe comportait une ouverture par laquelle la foule se glissait. L'instant d'après, nous étions tous en train de descendre un escalier de pierre, mal taillé, un escalier en spirale, étroit, humide, à l'odeur particulièrement forte, et qui s'enfonçait en tournant sans fin dans les entrailles de la colline, passant devant des murs monotones de pierre suintante. Ce fut une descente effrayante. Je remarquai au bout d'un moment que les murs et les marches changeaient de nature, comme s'ils étaient taillés dans le roc. Ce qui me troublait le plus, c'était que cette myriade de pas ne faisait aucun bruit et ne suscitait aucun écho. Après l'éternité de cette descente, je vis des passages ou des terriers latéraux qui, venus des profondeurs de ténèbres inconnues, aboutissaient à ce puits de mystère nocturne. Ils devinrent bientôt très nombreux, comme des catacombes sacrilèges chargées d'une menace sans nom, et leur forte odeur de décomposition devint vite insoutenable. Je savais que nous devions avoir traversé la montagne et nous trouver sous le sol même de Kingsport, et je frissonnai à l'idée d'une ville aussi âgée et aussi rongée par cette vermine souterraine.

Puis je vis la lueur tremblotante d'une lumière pâle, et j'entendis le clapotis insidieux d'eaux ténébreuses. Je frissonnai de nouveau, car les événements de cette nuit ne me plaisaient guère.

J'eusse souhaité n'avoir jamais été invité par mes ancêtres à participer à ce rite primitif. Comme les marches et le passage s'élargissaient, j'entendis un autre son, comme d'une flûte faible et plaintive, et soudain s'étendit devant moi le spectacle sans bornes d'un monde souterrain — un rivage vaste et fangeux, couvert de champignons, éclairé par une colonne qui vomissait des flammes verdâtres et malsaines, baigné par un large fleuve huileux issu des abysses terrifiants et insoupçonnés pour se joindre aux golfes les plus noirs de l'océan immémorial. Oppressé et haletant, je contemplai cette surface maudite de champignons titanesques, de lèpre enflammée et d'eau fangeuse, et vis que les formes enveloppées de capes formaient un demi-cercle autour de la colonne flamboyante. C'était le rite de Yuletide, plus ancien que l'homme et destiné à lui survivre, le rite primitif du solstice et de la promesse de la venue du printemps après les neiges, le rite du feu et des arbres toujours verts, de la lumière et de la musique. Et dans la caverne stygienne, je les vis accomplir le rite, adorer la colonne ardente, et jeter dans l'eau des poignées de végétation visqueuse qui émettaient des reflets verdâtres dans l'éclat chlorique. Je vis cela, et je vis quelque chose d'amorphe, accroupi à l'écart de la lumière, qui soufflait avec bruit dans une flûte, et tandis que la chose soufflait ainsi, il me sembla entendre des battements d'ailes étouffés dans l'obscurité fétide où je ne pouvais rien distinguer. Mais ce qui m'effraya le plus, ce fut cette colonne ardente, jaillie volcaniquement des profondeurs insondables, ne formant aucune ombre, au contraire des flammes ordinaires, et recouvrant la pierre vitreuse d'un vert-de-gris empoisonné. De cette combustion n'émanait aucune chaleur, mais bien la viscosité de la mort ou de la décomposition. L'homme qui m'avait amené se tortillait maintenant à côté de la flamme surnaturelle. Il fit des gestes cérémonieux à l'adresse du demi-cercle qui lui faisait face. A un certain moment, il se prosterna en adoration, tenant au-dessus de sa tête cet abominable *Necronomicon* qu'il avait apporté avec lui. Et je me prosternai également, car les écrits de mes ancêtres m'avaient ordonné de me rendre à ce cérémonial. Puis le vieil homme fit un signe au joueur de flûte à demi-visible dans l'ombre, qui changea sa faible musique en une mélodie à peine plus forte, dans un autre ton, provoquant, ce faisant, une horreur aussi inimaginable qu'inattendue. A cette vue, je m'écroulai presque sur le sol couvert de lichen, transpercé d'une épouvante qui n'était pas de ce monde, et qui ne pouvait venir que des espaces insensés entre les étoiles. Venue des ténèbres inimaginables, d'au-delà la lueur gangreneuse de la flamme, venue du fin fond du Tartare, que ce fleuve huileux traversait, arriva une horde de choses ailées, apprivoisées et hybrides, qu'un œil et un cerveau sains auraient peine à imaginer. Ce n'étaient ni complètement des corneilles, ni des taupes, ni des vautours, ni des fourmis, ni des vampires, ni des êtres humains en décomposition. Mais quelque chose dont je ne peux ni ne dois me souvenir. « Ils » s'avançaient en boitant, moitié avec leurs pieds palmés, moitié avec leurs ailes membraneuses. Quand ils atteignirent la foule des officiants, les silhouettes encapuchonnées les enfourchèrent et s'éloignèrent une par une, le long de ce fleuve non éclairé, dans des gouffres et des galeries de panique où des sources de poison alimentent d'épouvantables cataractes.

La vieille femme était partie avec la foule, et le vieil homme n'était resté que parce que j'avais refusé de saisir un animal et de l'enfourcher, comme les autres, quand il me l'avait ordonné. Quand je me remis debout, je vis que le joueur de flûte amorphe avait disparu, mais que deux des monstres attendaient patiemment. Comme je refusais d'avancer, le vieil homme sortit son stylet et sa tablette, et écrivit qu'il était le véritable envoyé de mes ancêtres. Il avait fondé le culte de Yule en cet endroit ancien. Il avait été décrété que je reviendrais, et que les mystères les plus secrets devraient s'accomplir. Il écrivit tout cela en lettres anciennes, et comme j'hésitais encore, il tira de dessous son vêtement un sceau et une montre, tous deux aux armes de ma famille, pour prouver qui il était. Or, cette preuve était horrible, car je savais d'après de vieux documents que cette montre avait été enterrée avec l'un de mes aïeux, en 1698. Le vieil homme retira alors son capuchon et me fit remarquer sa ressemblance avec ma famille, mais je ne pus que frissonner, car j'étais sûr que ce visage n'était qu'un masque de cire diabolique. Les animaux étaient en train de gratter les lichens, et je vis que le vieil homme était presque aussi nerveux qu'eux. Quand l'une des choses se mit à se dandiner pour s'éloigner, il se tourna vivement pour l'arrêter, si vivement que ce mouvement déplaça le masque de cire de ce qui avait dû être sa tête. Et alors, comme cette chose de cauchemar me barrait le chemin de l'escalier de pierre par lequel j'étais descendu, je me jetai dans le fleuve huileux qui coulait en bouillonnant vers la mer, je me jetai dans ce jus putride de la terre, avant que mes hurlements de délire n'eussent attiré sur moi les légions des charniers de ces profondeurs pestilentielles.

A l'hôpital, on me dit qu'on m'avait trouvé à moitié gelé à l'aube dans le port de Kingsport, cramponné à un bout de mât que le hasard avait heureusement placé sur mon chemin. On me dit que j'avais pris la mauvaise direction sur la route de la colline la nuit précédente, et que j'étais tombé de la falaise à Orange Point.

Je ne pouvais rien dire, puisque tout était faux. Tout était faux : les larges fenêtres s'ouvrant sur une mer de toits, dont seulement un sur cinq était ancien, et le bruit des trolleys et des voitures dans les rues. Ils me répétèrent avec insistance que c'était là Kingsport et je ne pouvais le nier. Je délirai en entendant que l'hôpital était situé près du vieux cimetière. Ils m'envoyèrent à l'hôpital Sainte-Marie à Arkham, où l'on pouvait me soigner mieux. Je m'y trouvai bien, car les docteurs étaient larges d'esprit. Ils usèrent de leur influence pour m'obtenir un exemplaire du rare *Necronomicon*, à la bibliothèque de l'Université Miskatonic. Ils parlèrent d'une « psychose », et je convins qu'il valait mieux me débarrasser l'esprit de mes obsessions.

Je lus ce chapitre épouvantable, et je frissonnai doublement, car en vérité, il n'était pas nouveau pour moi. Je l'avais déjà lu, quoi qu'en disent les empreintes, et il valait mieux que j'oubliasse où je l'avais vu. Mes rêves sont remplis de terreur à cause de phrases que je n'ose pas citer. Je ne citerai qu'un seul passage, traduit de mon mieux en anglais à partir du bas latin :

« Les cavernes les plus profondes, écrivait l'Arabe insensé, l'auteur du *Necronomicon*, ne peuvent pas être aperçues par les yeux qui voient, car elles recèlent d'étranges et terrifiantes merveilles. Maudite soit la terre où les pensées mortes revivent sous des formes étranges, et damné soit l'esprit que ne contient aucun cerveau. Ibn Schacabao a dit, très justement, que heureuse est la tombe où n'a reposé aucun sorcier, que heureuse est la ville dont les sorciers ont été réduits en cendres. Car il est notoire que l'âme de celui qui a été acheté par le diable sort de son charnier d'argile et nourrit et instruit le ver qui ronge, jusqu'à ce que de la décomposition jaillisse la vic, et que les nécrophages de la terre croissent et deviennent assez puissants pour la tourmenter, et s'enflent monstrueusement pour la dévaster. De grands trous sont creusés en secret là où les pores de la terre devraient suffire, et les choses qui devraient ramper ont appris à marcher. »

PRISONNIER DES PHARAONS

Le mystère appelle le mystère. Depuis que mon nom a été associé à des situations inexplicables, je me suis trouvé aux prises avec des récits et des circonstances liés dans l'esprit des gens à ma réputation et à mes activités. La plupart de ces événements ne présentaient aucun intérêt, mais certains d'entre eux ont été pourtant dramatiques. Si quelques-uns m'ont aussi procuré des sensations agréables et dangereuses, d'autres enfin m'ont entraîné à faire des recherches scientifiques et historiques très poussées. J'ai toujours parlé de ces événements en toute liberté et je continuerai à le faire, mais il en est un dont j'hésitais à parler jusqu'à présent, et que je relate ici uniquement à cause de l'investigation des éditeurs de ce magazine, qui ont eu vent de cette histoire par la rumeur familiale. Ce sujet, jusque-là inabordé, a trait à la visite privée que j'ai effectuée en Egypte, il y a quatorze ans, et dont j'ai ensuite évité de parler pour plusieurs raisons. D'une part je ne veux pas tirer profit de certains faits véridiques, de circonstances apparemment inconnues des milliers de touristes qui se pressent autour des pyramides, ni d'un secret si bien gardé par les autorités du Caire. De l'autre, j'hésite à relater un incident où mon imagination délirante a dû jouer un grand rôle. Ce que j'ai vu, ou ce que j'ai cru voir, ne s'est sans doute pas produit. Il est probable que j'ai été la victime et le jouet de l'atmosphère étrange qui m'entourait. Mes visions, amplifiées par l'état d'excitation dans lequel je me trouvais à la suite de circonstances déjà exceptionnelles, suffirent évidemment à m'entraîner, en cette nuit fatale et si lointaine, dans cette aventure.

C'était en janvier 1910. Je venais de terminer un contrat en Angleterre, et d'en signer un autre pour une tournée dans des théâtres australiens. Comme on m'avait accordé suffisamment de temps pour le trajet, je résolus d'en tirer le maximum de profit. C'est ainsi qu'accompagné par ma femme, je voyageai agréablement sur le continent et m'embarquai sur le vapeur *Malwa* qui allait à Port-Saïd. De là, je me proposais de visiter les principaux lieux historiques de la Basse-Egypte avant de partir pour l'Australie. Le voyage fut agréable et agrémenté par les nombreux numéros d'un magicien qui se trouvait à bord. J'avais bien l'intention, afin de sauvegarder ma tranquillité, de conserver l'incognito, mais je fus amené à me trahir, à cause de ce confrère magicien qui cherchait à éblouir les passagers avec des tours très ordinaires, ce qui amena chez moi le désir de le surpasser, m'obligeant ainsi à révéler mon nom. Je mentionne cet épisode à cause des conséquences que cela devait entraîner par la suite, conséquences que j'aurais dû prévoir avant de dévoiler ma profession à une cargaison de touristes en route pour la vallée du Nil. Le résultat fut que mon identité fut connue partout où je me rendis, ce qui nous priva, ma femme et moi, du calme que nous recherchions. Alors que j'avais entrepris cette croisière pour aller à la découverte de curiosités, c'était moi, maintenant, qui étais l'objet de la curiosité des autres.

Venus en Egypte à la recherche du pittoresque et du mystique, nous fûmes assez déçus quand le bateau jeta l'ancre à Port-Saïd.

Des dunes de sable, des bouées flottant sur des eaux basses et une petite ville européenne morne, sans aucun intérêt, exception faite pour la statue de Lesseps, nous rendirent impatients d'arriver enfin aux hauts lieux touristiques. Nous décidâmes donc de nous rendre au Caire, puis aux Pyramides, et d'aller ensuite prendre le bateau pour l'Australie à Alexandrie, ce qui nous permettrait de visiter les sites gréco-romains de cette vieille métropole. Le trajet en chemin de fer, long de quatre heures et demie, fut supportable. Nous vîmes une grande partie du canal de Suez, que nous suivîmes jusqu'à Ismaïlia, et nous eûmes un avant-goût de l'Egypte ancienne en apercevant le canal restauré du Moyen-Empire. Nous découvrîmes le Caire dans le soir qui tombait. Constellation scintillante, qui nous éblouit quand nous arrivâmes à la grande gare centrale. Mais une fois de plus, nous fûmes déçus, car tout ce que nous vîmes était européen, mis à part les costumes et la foule bigarrée. Un métro prosaïque conduisait à une place encombrée de voitures, de taxis et de tramways. Elle ruisselait de lumières sur tous les buildings, et principalement sur le théâtre où l'on m'avait vainement demandé de me produire et dans lequel je me rendis par la suite en spectateur, et qui avait été récemment rebaptisé le *Cosmographe américain.* Nous prîmes un taxi qui suivit des rues larges et élégantes, et nous descendîmes à l'hôtel Shepheard. Au milieu du service impeccable du restaurant, des ascenseurs et du luxe anglo-américain de l'ensemble, l'Orient mystérieux et le passé immémorial paraissaient très lointains. Le jour suivant, toutefois, nous projeta en plein cœur d'une atmosphère digne des Mille et Une Nuits. Et dans les rues sinueuses, et dans les perspectives exotiques du Caire, le Bagdad de Haroun al-Rachid semblait renaître. Guidé par notre Baedeker, nous avions longé les jardins Ezbekiyeh, à la recherche du quartier indigène, quand nous acceptâmes les services d'un cicerone bruyant, qui, malgré la suite des événements, se révéla un maître dans son genre. Ce n'est que plus tard que je me rendis compte que j'aurais dû demander un guide diplômé. L'homme était un individu glabre, à la voix curieusement basse, relativement propre. Il ressemblait à un pharaon, se faisait appeler Abdul Reis el-Drogman et paraissait avoir beaucoup d'autorité sur les gens de sa sorte. Par la suite, la police déclara ne pas le connaître, et ajouta que Reis était un nom utilisé par toute personne jouissant d'un peu d'influence, tandis que Drogman n'était apparemment rien d'autre que la grossière déformation du mot utilisé pour désigner le responsable des groupes de touristes, « dragoman ».

Abdul nous conduisit vers les merveilles dont nous avions seulement entendu parler et que nous rêvions de découvrir. Le vieux Caire est par lui-même un livre d'histoire et un songe. C'est un labyrinthe de ruelles étroites, parfumées de secrets épicés, dont les balcons mauresques et les fenêtres en saillie se rejoignent presque au-dessus des rues. Il y a des embouteillages avec des cris étranges, des claquements de fouet, des chariots qui grincent, des pièces d'argent qui tintent et des ânes qui braient. C'est un kaléidoscope de vêtements de toutes couleurs, de voiles, de turbans et de tarbouches. Des porteurs d'eau et des derviches, des chiens et des chats, des diseurs de bonne aventure et des barbiers s'y croisent. Et par-dessus tout cela, le gémissement des mendiants aveugles accroupis sous les porches et les appels sonores des muezzins dans les délicats minarets, qui se détachent sur un ciel d'un bleu profond et immuable.

Nous visitâmes les bazars couverts et plus calmes, qui ne nous parurent pas moins attirants. Aromates, parfums, encens, tapis, soieries, cuivres s'y étalaient en profusion. Plus loin, une colonne corinthienne venue peut-être de Héliopolis, où Auguste avait placé l'une de ses trois légions égyptiennes, attira nos regards. L'Antiquité commençait à se mêler à l'exotisme. Puis nous vîmes toutes les mosquées et le musée, et nous nous efforçâmes de ne pas laisser les délices que nous dispensait l'Arabie s'effacer devant les charmes plus mystérieux de l'Egypte pharaonique qui émanaient des trésors inestimables du musée. Ce devait être le couronnement de notre visite, et pour l'instant nous accordions toute notre attention aux gloires médiévales des califes, dont les magnifiques tombeaux-mosquées forment une nécropole féerique à la lisière du désert d'Arabie. Abdul nous dirigea, le long du Sharia Méhémet-Ali, jusqu'à Babel-Azab, l'ancienne mosquée du sultan Hassan, flanquée de tours derrière lesquelles s'élève une route escarpée et bordée de murailles, qui conduit à la puissante citadelle construite par Saladin avec les pierres des pyramides oubliées. Le soleil se couchait quand nous entreprîmes l'ascension. Nous fîmes le tour de la mosquée moderne de Méhémet-Ali et contemplâmes du haut du parapet le Caire mystique, le Caire scintillant, tout doré avec ses dômes sculptés, ses minarets élancés et ses jardins flamboyants.

Le grand dôme romain du nouveau musée dominait la ville, et au-delà, de l'autre côté du cours jaune et mystérieux du Nil, se cachaient les sables menaçants du désert de Libye.

Le soleil rougeoyant s'abaissa sur l'horizon, amenant avec lui la fraîcheur du crépuscule égyptien. Et tandis qu'il restait en équilibre sur le bord du monde, comme cet ancien dieu de Héliopolis, Rê-Harakhte, nous vîmes se détacher, en contre-jour sur son holocauste vermeil, les noirs contours des pyramides de Gizeh, déjà vieilles d'un millénaire quand Toutankhamon monta sur son trône d'or, dans la lointaine Thèbes. Alors nous sûmes que nous en avions fini avec le Caire sarrasin et qu'il nous fallait maintenant goûter les mystères plus profonds de l'Egypte ancienne — le noir Kem de Rê et d'Amon, d'Isis et Osiris.

Le matin suivant, nous visitâmes les pyramides.

Nous prîmes une victoria pour nous rendre dans l'île de Chizereh, reliée à la côte ouest par un petit pont anglais. Nous nous dirigeâmes le long de la route côtière, entre de grandes rangées de lebbakhs, et nous dépassâmes le grand jardin zoologique des faubourgs de Gizeh. Puis, nous enfonçant dans l'intérieur vers Sharia-El-Haram, nous traversâmes une région de canaux boueux et de villages indigènes misérables, jusqu'à ce que l'objet de notre déplacement nous apparût, émergeant des brouillards de l'aube, et se réflétant dans les mares qui bordaient la route. Quarante siècles, comme l'avait dit ici même Napoléon à ses soldats, nous contemplaient.

La route s'éleva brusquement, et nous atteignîmes la plate-forme de transfert entre la station de trolley et l'hôtel Mena House. Abdul Reis, qui avait acheté nos tickets pour les pyramides, semblait s'être entendu avec les Bédouins criards et agressifs qui habitaient un village de torchis non loin de là. Il réussit non seulement à les tenir à distance, alors qu'ils importunaient tous les voyageurs, mais il obtint une excellente paire de chameaux, prenant pour lui-même un âne, et confia la conduite de nos bêtes à un groupe d'hommes et de garçons plus dispendieux qu'utiles. La distance à parcourir était si courte que les chameaux étaient à peine nécessaires, mais nous ne regrettâmes pas d'ajouter à notre expérience cette forme peu rassurante de transport dans le désert. Les pyramides, qui s'élevaient sur un haut plateau rocheux, faisaient partie d'une série de cimetières royaux et aristocratiques, construits dans le voisinage de la capitale morte, Memphis, sur cette rive du Nil, un peu au sud de Gizeh. Memphis avait connu son apogée entre 3 400 et 2 000 ans av. J.-C. La plus grande des pyramides, qui est la plus proche de la route moderne, a été construite par le roi Khéops ou Khufu vers 2 800 ans av. J.-C. Elle s'élève à plus de cent mètres de hauteur. Au sud-ouest, on trouve successivement la seconde pyramide, construite une génération plus tard par le roi Khéphren, qui est plus petite que la précédente, mais qui semble pourtant plus grande, parce qu'elle est construite sur un terrain élevé ; et la troisième pyramide est celle du roi Mykérinos, nettement plus modeste, qui fut édifiée vers 2 700 ans av. J.-C. Au bord du bateau, et à l'est de la deuxième pyramide, image que Khéphren a sans doute voulu laisser de lui au monde, se dresse le Sphinx monstrueux — muet, sardonique, et sage pour l'éternité.

En plusieurs endroits, on trouve des pyramides plus petites et des ruines de pyramides mineures. Et tout le plateau est constellé de tombes de dignitaires d'un rang inférieur au rang royal. Les dernières étaient à l'origine caractérisées par des *mastabas*, ou constructions de pierre qui ressemblaient à des bancs, tels qu'on en a trouvé dans d'autres cimetières de Memphis, et dont le plus beau spécimen est celui de la tombe de Perneb, au Metropolitan Museum de New York. Mais à Gizeh, tous ces vestiges ont disparu, victimes du temps et des pillards. Et seules des cavités creusées dans le roc, remplies de sable ou dégagées par les archéologues, subsistent pour attester de leur existence antérieure.

Chaque tombe avait une chapelle, où les prêtres et les parents offraient de la nourriture et des prières au défunt. Les chapelles des petites tombes sont enfermées dans leurs *mastabas* de pierre, mais les chapelles mortuaires des pyramides, où les pharaons sont enterrés, étaient des temples distincts, construits à l'est de la pyramide, et reliés par un passage à un vestibule principal, ou propylée, au bord du plateau rocheux. La chapelle centrale qui conduit à la seconde pyramide, à moitié enfouie sous les sables, a une ouverture souterraine au sud-est du Sphinx. Une solide tradition lui a donné le nom de « Temple du Sphinx », ce qui se justifie si le Sphinx représente vraiment Khéphren, le bâtisseur de la seconde pyramide. Il existe des récits qui font mention d'un Sphinx antérieur à Khéphren, mais personne ne connaîtra jamais les traits de son visage, puisque le monarque les a remplacés par les siens, afin que les hommes puissent regarder le colosse sans effroi. C'est dans ce temple central que la statue grandeur nature de Khéphren, en diorite, à présent au musée du Caire, fut trouvée. Cette statue m'impressionna beaucoup, et quand je la vis, en 1910, l'édifice était presque entièrement enfoui dans le sol, et son entrée était condamnée la nuit. C'était des Allemands qui étaient responsables des travaux, et la guerre ou d'autres événements ont pu les interrompre. Je donnerais cher pour savoir ce qu'il est advenu d'un certain puits, dans une galerie transversale, où des statues du Pharaon ont été trouvées juxtaposées à celles de babouins. C'était des rumeurs qui circulaient parmi les Bédouins mais Le Caire resta muet à ce propos.

La route que nous suivions sur nos chameaux ce matin-là s'incurvait brusquement devant le siège de la police, la poste, la pharmacie et les boutiques sur la gauche. Elle plongeait ensuite vers le sud-est, en formant une boucle qui cernait le plateau rocheux, et qui s'arrêtait face au désert, juste au pied de la grande pyramide. Nous dépassâmes cette construction cyclopéenne, longeant la face est, qui surplombe une vallée de pyramides plus petites, au-delà desquelles le Nil éternel scintille à l'est et le désert éternel brille à l'ouest. Les trois grandes pyramides semblaient toutes proches. La plus grande dépourvue de son enveloppe extérieure, laissant voir ses énormes pierres, tandis que les autres étaient encore couvertes, çà et là, du revêtement qui leur donnait autrefois un aspect lisse et fini. Maintenant, nous descendions vers le Sphinx, et nous demeurâmes silencieux sous le charme de ses terribles yeux sans regard. Sur le large portail de pierre, nous discernâmes vaguement l'emblème de Rê-Karakhte, avec lequel on confondit le Sphinx dans une dynastie ultérieure. Bien que le sable recouvrît la plaque qui se trouvait entre les gigantesques pattes, nous nous remémorâmes ce que Thoutmôsis IV y avait inscrit, et le songe qu'il avait eu quand il n'était encore que prince. Ce fut alors que le sourire du Sphinx nous mit vaguement mal à l'aise. Nous commençâmes à nous interroger sur la légende des passages souterrains situés sous la créature monstrueuse, passages qui conduisent à des profondeurs auxquelles personne n'ose faire allusion. Ces abîmes sont reliés à des mystères plus anciens que les dynasties que nous mettons au jour et qui ont un rapport sinistre avec la présence persistante de dieux anormaux, à têtes d'animaux, dans les anciens panthéons de la région du Nil. C'est alors que je me posai une question dont la signification tragique ne m'apparut pas avant bien longtemps. D'autres touristes commençaient à nous dépasser, et nous nous rendîmes cinquante mètres plus loin, au sud-est, à l'entrée du temple du Sphinx que j'ai déjà signalée comme étant la grande entrée du passage menant à la chapelle mortuaire de la seconde pyramide. Une importante partie de ces vestiges était encore enfouie dans les sables. Tout en descendant de ma monture et en empruntant un passage moderne pour atteindre le couloir d'albâtre et la grande salle à piliers, j'eus l'impression que Abdul et l'employé allemand ne nous montraient pas tout ce qu'il y avait à voir...

Après cela nous fîmes le circuit conventionnel des pyramides, visitant la deuxième pyramide et les ruines de sa chapelle mortuaire à l'est, la troisième et ses pyramides miniatures au sud, ainsi que la chapelle en ruine à l'est, les tombes rocheuses des IVe et V^{e} dynasties et la fameuse tombe de Campbell, dont l'orifice obscur s'enfonce à cinquante-trois mètres sous terre, jusqu'à un sarcophage sinistre que l'un de nos chameliers débarrassa du sable qui le recouvrait après une descente vertigineuse au bout d'une corde. Des cris nous parvinrent de la Grande Pyramide, où des Bédouins entouraient un groupe de touristes pour leur proposer d'assister à l'ascension rapide du monument. Le record de vitesse de la montée et de la descente est de sept minutes. Mais de nombreux indigènes avides d'argent nous assurèrent qu'ils pouvaient le faire en cinq minutes, si on leur donnait un large *bakchich*. Il n'y eut aucun amateur. Abdul nous emmena lui-même au sommet de l'édifice, ce qui nous permit d'avoir une vue d'une splendeur inégalée. Il y avait là, non seulement le Caire lointain et lumineux entouré de collines violettes et or, mais aussi toutes les pyramides de la région de Memphis, d'Abu Roash au nord jusqu'à Dashur au sud.

La pyramide à degrés de Sakkara, qui marque le passage de la *mastaba* à la pyramide véritable, apparaissait distinctement, et de manière attirante, au loin, dans le sable. C'est près de ce monument de transition que la tombe célèbre de Perneb fut découverte, à près de quatre cents miles au nord de la vallée rocheuse de Thèbes où dort Toutankhamon. De nouveau, le respect me coupa le souffle. La perspective d'intemporalité et les secrets que chacun de ces vieux monuments semblaient contenir me remplissaient de respect et d'un sens de l'immensité que je n'avais jamais éprouvé auparavant. Fatigués par nos ascensions, et agacés par des Bédouins importuns, dont les actions semblaient un défi à toutes les règles du bon goût, nous négligeâmes de pénétrer dans les passages étroits des pyramides. Nous vîmes cependant quelques touristes audacieux se préparer à entrer dans le boyau suffocant du puissant mémorial de Khéops. Après avoir renvoyé notre garde du corps local, et l'avoir surpayé, nous rentrâmes au Caire avec Abdul Reis. Mais l'après-midi, nous nous prîmes à regretter de ne pas avoir été plus courageux. On racontait tant de choses fascinantes sur ces souterrains ! Des choses qui ne figuraient évidemment pas dans les guides. Ne disait-on pas qu'il y avait un grand nombre de souterrains dont les entrées avaient été hâtivement murées et dissimulées par certains archéologues discrets, qui avaient commencé à les explorer ? Bien entendu, ces rumeurs ne reposaient sur rien de précis, mais il était tout de même curieux que l'on empêchât d'une façon permanente les visiteurs de pénétrer de nuit dans les pyramides, et qu'on leur interdît le jour l'accès des salles inférieures de la crypte de la Grande Pyramide.

Peut-être, dans ce dernier cas, craignait-on l'effet psychologique, le sentiment qu'aurait le visiteur de se sentir enfoui sous ce bloc gigantesque de maçonnerie, cela joint au fait qu'il lui aurait fallu ramper dans un étroit boyau, que le moindre traquenard ou le plus petit accident pourrait obstruer. Toute cette histoire semblait à la fois si étrange et si attirante que nous décidâmes dès que possible de retourner sur le plateau des pyramides. Cette occasion s'offrit à moi bien plus tôt que je ne l'attendais. Ce soir-là, les touristes de notre groupe, encore épuisés par l'exténuant programme de la journée, décidèrent de se reposer. Je sortis donc avec Abdul Reis pour refaire une promenade dans le pittoresque quartier arabe. Je l'avais déjà vu dans la journée, mais je désirais examiner les ruelles et le bazar à la nuit tombée, quand les ombres profondes et les douces lueurs de la lumière ajoutaient à la splendeur du cadre. La foule se faisait plus rare, mais l'endroit était encore animé et bruyant, lorsque nous tombâmes sur un groupe de Bédouins en train de festoyer dans le souk Nakhasin, le bazar des ouvriers du cuivre. Celui qui semblait être leur chef, un jeune homme arrogant aux traits lourds et au tarbouche insolemment penché, nous remarqua et reconnut manifestement avec déplaisir mon guide, homme compétent, mais hautain et méprisant. Peut-être, pensai-je, en voulait-il à son sourire, à cette étrange reproduction du rictus du Sphinx que j'avais souvent remarquée avec une irritation amusée, ou peut-être n'aimait-il pas la voix basse et sépulcrale d'Abdul. En tout cas, l'échange d'injures ancestrales devint rapidement très vif. Et bientôt Ali Ziz, comme on l'appelait quand on ne lui donnait pas de nom plus méprisant, commença à tirer violemment le vêtement d'Abdul, ce qui engendra immédiatement une réponse brutale qui dégénéra en une vigoureuse empoignade, au cours de laquelle les antagonistes perdirent leur sacro-saint couvre-chef. Cette rixe serait probablement devenue plus grave si je n'étais pas intervenu pour les séparer de force. Ma médiation, qui sembla tout d'abord mal acceptée des deux côtés, réussit finalement à imposer une trêve. Les belligérants rengainèrent leur colère d'un air morose et remirent de l'ordre dans leurs vêtements. Avec une dignité aussi profonde qu'elle fut soudaine, tous deux conclurent un curieux pacte d'honneur, qui, je l'appris bientôt, est une coutume cairote remontant à la plus haute Antiquité. Ils allaient régler leur différend par un combat de boxe nocturne au sommet de la Grande Pyramide, après le départ du dernier amateur de clair de lune. Chacun des combattants devait réunir une équipe de témoins, et la rencontre, une succession de rounds se déroulant de la manière la plus civilisée possible, devait avoir lieu à minuit. Tout ce programme m'excitait beaucoup. Le combat lui-même promettait d'être spectaculaire, et la pensée de cette scène au sommet de l'antique construction dominant le plateau antédiluvien, sous la lune blême des premières heures pâles du matin, mettait en branle toutes les fibres de mon imagination. A ma demande, Abdul fut tout à fait d'accord pour m'intégrer dans son groupe de témoins. Je l'accompagnai donc, pendant le restant de la soirée, dans différents repaires du quartier le plus « chaud » de la ville, principalement au nord-est de Ezbekiyeh, où il rassembla une formidable bande de coupe-jarrets. Peu après 9 heures, notre groupe, monté sur des ânes qui portaient des noms aussi royaux ou aussi propres à rappeler des souvenirs aux touristes que Ramsès, Mark Twain, J. P. Morgan et Minnehaha, sillonnait le dédale des rues à la fois orientales et occidentales. Nous passâmes le Nil, boueux et couvert de mât, sur le pont aux lions de bronze, et gagnâmes au petit galop la route de Gizeh. Le voyage nous prit un peu plus de deux heures. En arrivant à destination, nous croisâmes les derniers touristes qui revenaient, saluâmes l'ultime trolley de la journée, et nous fûmes enfin seuls avec la nuit, le passé et la lune spectrale. Puis nous aperçûmes les vastes pyramides à l'extrémité de l'avenue. Elles paraissaient macabres et chargées d'une étrange et atavique menace que je n'avais pas remarquée en plein jour. Même la plus petite d'entre elles avait quelque chose d'effrayant. N'était-ce pas celle où l'on avait enterrée vivante la reine Nitocris, de la VIe dynastie ! La subtile reine Nitocris, qui avait invité un jour tous ses ennemis à un grand festin dans un temple situé en contrebas du Nil, et qui les avait noyés en faisant ouvrir les vannes. Je me souvins que les Arabes murmuraient d'étranges choses au sujet de Nitocris et évitaient la troisième pyramide à certains quartiers de la lune. Et c'est probablement en songeant à elle que Thomas Moore écrivit ces quelques lignes reprises par les bateliers de Memphis :

La nymphe souterraine qui réside parmi les gemmes sans soleil et les joyaux cachés — la Dame de la Pyramide.

Malgré notre célérité, Ali Ziz et son groupe nous avaient précédés, car nous vîmes les silhouettes de leurs ânes se détacher sur le plateau désertique de Kafrel-Haram. Nous nous étions dirigés vers un sordide campement arabe, près du Sphinx, évitant la route régulière qui mène à Mena House, où des policiers ensommeillés et inefficaces auraient pu nous voir et nous interpeller. Là, les Bédouins laissèrent, près des tombes de pierre des courtisans de Khéphren, les chameaux et les ânes, et nous conduisirent parmi les rochers ensablés jusqu'à la Grande Pyramide. Les Arabes grimpèrent allègrement sur les flancs de l'édifice rongés par le temps. Abdul Reis m'offrit une aide dont je n'eus pas besoin. Ainsi que la plupart des voyageurs le savent, le véritable sommet de cette construction a été depuis longtemps érodé par les vents et il forme une plate-forme d'environ douze mètres carrés. C'est sur ce plateau fantastique et sous l'œil sardonique de la lune que se déroula le combat. Mis à part les cris poussés par les spectateurs, il ressemblait à tous ceux auxquels j'avais assisté précédemment dans les clubs sportifs. Coups, feintes, parades, le combat fut bref, et malgré mes doutes quant aux méthodes utilisées, je ressentis une sorte de fierté de propriétaire quand Abdul Reis fut déclaré vainqueur. La réconciliation fut incroyablement rapide, et au milieu des chansons, des déclarations d'amitié et des toasts qui suivirent, j'avais du mal à réaliser que deux hommes venaient de se battre. Au bout d'un moment, j'eus l'impression d'être le centre des conversations. D'après mes rudiments d'arabe, je compris que mes compagnons discutaient de mes performances professionnelles et de mes capacités à m'échapper de tous les endroits où l'on pouvait m'enfermer. Je fus surpris d'apprendre qu'ils me connaissaient aussi bien, mais je décelai chez eux une certaine hostilité et beaucoup de scepticisme à l'égard de mes exploits. Peu à peu, j'eus la révélation que l'ancienne magie de l'Egypte n'avait pas disparu sans laisser de traces. Les fragments d'une étrange science secrète et de pratiques religieuses survivaient encore subrepticement parmi les fellahs, au point que les exploits d'un étrange sorcier ou magicien sont encore contestés et ressentis comme un affront. Je pensai que mon guide à la voix basse, Abdul Reis, ressemblait fort à un vieux prêtre égyptien ou à un pharaon, ou à un sphinx souriant, et cela me rendit mal à l'aise. Soudainement, quelque chose se produisit, qui en un éclair prouva la justesse de mes réflexions et me fit maudire la stupidité avec laquelle j'avais accepté les événements de la nuit, sans me rendre compte qu'ils n'avaient été que des prétextes. Brusquement, en réponse à un signe discret d'Abdul, toute la bande de Bédouins se jeta sur moi. Et à l'aide de grosses cordes, ils m'eurent bientôt attaché, plus solidement que je l'ai jamais été, sur scène ou ailleurs, au cours de ma vie. Je commençai à me débattre, mais je me rendis bientôt compte qu'un homme seul ne pouvait tenir tête à une vingtaine de barbares vigoureux. Mes mains furent liées derrière mon dos, mes genoux pliés au maximum, et mes poignets et mes chevilles furent solidement attachés avec des cordes serrées. Un bâillon étouffant fut enfoncé dans ma bouche et on me plaça un bandeau sur les yeux. Puis tandis que les Arabes me portaient sur leurs épaules et descendaient le long de la pyramide, j'entendis les sarcasmes de mon guide, qui prenait un malin plaisir à se moquer de moi. Il m'assura que mes pouvoirs magiques allaient bientôt être mis à l'épreuve et qu'ils effaceraient sûrement toute trace de l'assurance que j'avais acquise précédemment au cours des épreuves que j'avais affrontées en Amérique et en Europe. L'Egypte, me rappela-t-il, est très ancienne. Elle est remplie de mystères et d'antiques pouvoirs que les experts d'aujourd'hui ne peuvent pas même concevoir.

A quelle distance et dans quelle direction m'emmena-t-on ? Je ne saurais le dire. J'étais hors d'état de faire une estimation précise. Je sais cependant que ce ne fut pas bien loin, puisque mes geôliers n'accélérèrent jamais le pas, et qu'ils me portèrent sur leurs épaules un temps étonnamment court.

Je frissonne encore toutes les fois que je pense à Gizeh et à son plateau. Mais j'avais à ce moment-là d'autres raisons de me sentir oppressé, car mes ravisseurs, me posant sur une surface que je reconnus pour être de sable plutôt que de roc, me passèrent une corde autour de la poitrine et me traînèrent sur quelques mètres, jusqu'à une espèce de puits dans lequel ils me poussèrent assez brutalement. Pendant ce qui me sembla être des siècles, je me cognai contre les parois de pierre irrégulières d'un petit boyau, que je pris pour l'une des nombreuses sépultures du plateau. J'avais l'impression de descendre jusqu'à une profondeur prodigieuse et presque incroyable. L'horreur de ma situation s'aggravait à chaque seconde. Qu'une descente à travers les rochers puisse être aussi longue sans atteindre le cœur même de la planète ou qu'une corde puisse être assez longue pour me balancer dans ces profondeurs maudites, et apparemment sans fond, des entrailles de la terre, cela me paraissait inconcevable. Je sais à quel point la notion du temps peut devenir trompeuse lorsque l'on est hors de son contexte normal, mais j'étais tout à fait sûr d'avoir conservé tous mes esprits et de ne pas exagérer la cruelle réalité dans laquelle je me trouvais. Ma terreur augmentait proportionnellement à la vitesse de ma chute. A présent, les Arabes dévidaient la longue corde très rapidement, et je m'égratignai cruellement contre les parois rudes et resserrées du puits. Mes vêtements étaient en lambeaux, et je saignais abondamment. Une menace à peine définie assaillit tout à coup mes narines. C'était une odeur pénétrante d'humidité et de pourriture, qui ne ressemblait à rien de ce que j'avais senti auparavant. Puis le cataclysme mental se produisit. Ce fut horrible, hideux au-delà de toute description, parce que tout se passa dans l'âme, et il est impossible d'en donner les détails. C'était l'extase d'un cauchemar, et le point culminant du démoniaque. Sa soudaineté fut apocalyptique et satanique — à un moment, je plongeais douloureusement dans ce puits étroit qui me torturait de ses millions de dents, et à un autre j'étais en train de flotter sur des ailes de chauve-souris dans les gouffres de l'enfer. Je m'élevais vertigineusement vers les pinacles sans limite de l'éther froid, puis plongeais à perdre haleine vers des nadirs nauséabonds. Je rends grâces à Dieu d'avoir fait sombrer dans le néant les furies de ma conscience qui déchiraient mon esprit comme des harpies. Ce répit, si bref fût-il, me donna la force physique et morale d'endurer les épreuves encore plus grandes de panique cosmique qui m'attendaient.

Peu à peu, je repris mes sens après cette interminable chute dans l'espace stygien. Ce processus fut infiniment douloureux et coloré de rêves fantastiques dans lesquels ma condition, pieds et poings liés, revenait souvent. La nature exacte de ces cauchemars était très nette, tandis que je les vivais, mais s'estompa dans ma mémoire presque immédiatement. J'en fus bientôt réduit à faire appel à des réminiscences pour expliquer les événements terribles, réels ou imaginaires, qui suivirent. Je rêvai que j'étais sous l'emprise d'une énorme patte, une patte jaune, poilue, à cinq griffes, surgie de la terre pour me saisir et m'écraser. Et quand je m'arrêtai à réfléchir sur cette patte, il me sembla que c'était l'Egypte. Dans le rêve, je revis les événements des semaines précédentes et je me sentis entraîné, subtilement et insidieusement, dans les mailles infernales de la sorcellerie ancienne du Nil, par un esprit qui était en Egypte avant l'Homme, et qui sera toujours là quand l'Homme aura disparu.

Je vis l'horreur de ce que l'Antiquité égyptienne avait de plus affreux, et je découvris la monstrueuse alliance qu'elle avait depuis toujours établie avec les tombeaux et les temples des morts. Je vis des processions fantômes de prêtres aux têtes de taureaux, de faucons, de chats et d'ibis, qui défilaient interminablement dans des labyrinthes souterrains et des propylées titanesques, auprès desquelles l'homme n'est qu'un insecte, offrant des sacrifices innommables à des dieux indescriptibles. Des colosses de pierre marchaient dans la nuit sans fin et conduisaient des hordes d'androsphinx ricanants jusqu'aux berges de fleuves d'obscurité aux eaux stagnantes. Et derrière tout cela, je vis la malveillance indicible de la nécromancie primaire, noire et amorphe, me cherchant goulûment à tâtons dans l'obscurité pour étouffer en moi l'esprit qui avait osé l'imiter. Dans mon cerveau endormi, un mélodrame de haine et de sinistre poursuite prit forme. Je perçus l'âme noire de l'Egypte qui me désignait et m'appelait en d'inaudibles chuchotements. Elle m'attirait et m'entraînait irrésistiblement jusqu'aux catacombes pharaoniques sans âge. Puis les visages du songe commencèrent à prendre des apparences humaines, et je vis mon guide Abdul Reis en tunique royale, avec le sourire méprisant du Sphinx. Et je sus que ses traits étaient ceux de Khéphren le Grand, ceux de la face du Sphinx. Et je regardai la longue main, maigre et rigide, de Khéphren, cette main que j'avais vue sur la statue de diorite au musée du Caire. Je m'étonnai de ne pas hurler quand je vis qu'elle était celle d'Abdul Reis... Cette main ! C'était le froid et l'étau du sarcophage... La glace et l'étreinte mortelle de l'Egypte ancienne. L'Egypte des nécropoles et de la nuit... Cette patte jaune... Les choses étranges que l'on chuchote au sujet de Khéphren...

Mais à ce moment précis, je commençai à m'éveiller, ou du moins à sortir de l'état comateux dans lequel je me trouvais. Je me souvins du combat au sommet de la pyramide, de la traîtrise des Bédouins et de leur attaque, de ma descente effrayante au bout d'une corde dans des profondeurs rocheuses insondables, de mon plongeon vertigineux et insensé dans un vide glacé aux relents de putréfaction. J'eus la sensation d'être à présent étendu sur un sol de pierre humide, mes liens pénétrant cruellement dans ma chair. Il faisait très froid, et il me sembla qu'un léger courant d'air passait au-dessus de moi. Les contusions et les coupures provoquées par les parois hérissées du puits rocheux me faisaient énormément souffrir, et la douleur était encore avivée par ce souffle d'air. Le simple fait de rouler sur moi-même suffisait à me faire passer par les affres de la souffrance la plus intolérable. En me tournant, je me sentis retenu d'en haut par la corde qui m'avait descendu. Je n'avais aucune idée de la profondeur à laquelle je me trouvais. Je savais que l'obscurité autour de moi était totale ou presque, puisque aucune lueur ne traversait le bandeau que j'avais sur les yeux. Il me semblait que je me trouvais dans un espace très vaste, peut-être me trouvais-je dans la chapelle d'entrée souterraine de Khéphren le Vieux, dans le temple du Sphinx ? Peut-être était-ce un couloir intérieur que les guides ne m'avaient pas montré pendant ma visite du matin, et d'où je pourrais facilement m'échapper si je retrouvais le chemin de l'entrée condamnée. Ce serait un parcours difficile, mais pas pire que celui que j'avais déjà effectué. La première étape consistait à me débarrasser de mes liens, de mon bâillon et de mon bandeau. Cela, je le savais, ne serait pas une tâche bien difficile, puisque des experts plus habiles que ces Arabes avaient essayé sur moi toutes les espèces connues de liens, sans réussir jamais à me prendre en défaut. Puis il me vint à l'idée que les Arabes pourraient bien aller m'attendre à l'entrée pour m'attaquer, dès qu'ils s'apercevraient que je m'étais libéré de leur corde. Cela, bien entendu, en admettant que le lieu de mon emprisonnement fût bien le temple du Sphinx de Khéphren. L'ouverture dans le toit, où qu'elle donnât, ne devait pas se trouver très loin de l'entrée normale. Je n'avais remarqué aucune ouverture de ce genre pendant ma visite de la journée, mais je savais que l'on peut très facilement passer à côté de ces cavités enfouies dans le sable sans les voir. En réfléchissant à toutes ces choses, tandis que j'étais prostré sur le sol de pierre et ligoté, j'oubliais presque les horreurs de ma descente abyssale et des chocs qui m'avaient mis dans le coma si peu de temps auparavant. Ma seule pensée était de réussir à me jouer des Arabes. Je décidai donc de me libérer de mes liens aussi vite que possible, en évitant de tirer sur la corde, ce qui eût trahi immédiatement mes efforts. Mais cette décision fut plus vite prise que réalisée. Quelques essais préliminaires me prouvèrent qu'il était impossible de tenter quoi que ce fût sans effectuer des mouvements violents. Cela attira l'attention des Bédouins, car je sentis les rouleaux de corde tomber sur moi. Apparemment, ils avaient compris que j'essayais de me libérer et ils avaient laissé tomber l'extrémité de la corde, se hâtant probablement vers l'entrée véritable du temple pour guetter traîtreusement ma sortie. Cette idée fut bientôt balayée, et toutes mes appréhensions premières d'horreur surnaturelle et de mystère démoniaque s'accrurent par une circonstance qui prit une signification de plus en plus effrayante au fur et à mesure que j'élaborais mon plan philosophique. J'ai dit que la corde s'empilait sur moi. A présent, je me rendais compte qu'elle continuait à s'amonceler, d'une manière tout à fait inconcevable pour une corde de longueur normale. Elle prit de la puissance, et devint une avalanche de chanvre s'amoncelant sur le sol et m'ensevelissant à moitié sous ses rouleaux qui se multipliaient rapidement. Bientôt, je fus complètement submergé, et je suffoquai tandis que les circonvolutions sans cesse croissantes m'enterraient et m'étouffaient. Mes sens vacillèrent de nouveau, et j'essayai en vain de lutter contre cette menace inéluctable. Ce qui me troublait le plus, ce n'était pas tant le fait que j'étais torturé au-delà de l'endurance humaine, ni que la vie et la respiration me quittaient lentement, mais c'était de saisir ce que la longueur surnaturelle de cette corde impliquait. J'étais bien à une profondeur inconnue et incalculable. Ma descente sans fin et ma chute vertigineuse à travers l'espace avaient donc réellement eu lieu. Je me trouvais sans doute étendu, désarmé, dans quelque caverne sans nom, au cœur de la planète. Cette soudaine prise de conscience de l'épouvante ultime fut insupportable. Et pour la deuxième fois, je sombrai dans un oubli miséricordieux. Quand je dis oubli, cela ne signifie pas que je n'avais pas de rêves. Au contraire, mon absence de l'univers conscient était marquée par des visions de l'horreur la plus indicible. Dieu ! Si seulement je n'avais pas lu autant de choses sur l'égyptologie avant de venir dans ce pays qui est la source de toute obscurité et de toute terreur ! Ce deuxième accès d'inconscience emplit de nouveau mon esprit endormi des secrets terrifiants et archaïques du pays. Par un détestable hasard, mes rêves tournaient autour des anciennes notions des morts et de leurs séjours dans l'âme et dans le corps, par-delà ces tombes mystérieuses qui étaient plus des maisons que des sépultures. Je me remémorai, dans des rêves dont il est heureux que je ne me souvienne pas, la construction particulière et compliquée des sépulcres égyptiens, et les doctrines extrêmement bizarres et étranges qui avaient présidé à leur construction. La mort et les morts étaient l'unique pensée de ce temple. Ils croyaient en la résurrection du corps, et l'embaumaient avec un soin particulier, en préservant les organes vitaux dans des jarres hermétiquement fermées à côté du corps. Ils croyaient également en deux autres éléments, l'âme, qui après avoir été jugée par Osiris, résidait au pays des Elus, et l'obscur et sinistre Ka, ou principe de vie, qui errait dans les mondes supérieurs et inférieurs d'une manière horrible, exigeant de temps en temps l'accès aux corps préservés, consommant les nourritures apportées par les prêtres et les parents à la chapelle mortuaire, et parfois — comme on le murmurait — emportant le corps, ou son double de bois qui était toujours enterré à ses côtés, et se livrant à des pratiques malsaines et particulièrement répugnantes. Pendant des milliers d'années, ces corps demeuraient magnifiquement enfermés, leurs yeux vitreux fixant le plafond quand ils n'étaient pas visités par le Ka, attendant le jour où Osiris ferait revivre à la fois le Ka et l'âme, et conduirait les légions raides des morts hors des demeures souterraines du sommeil. Ce serait une résurrection glorieuse, mais toutes les âmes n'étaient pas choisies, et toutes les tombes n'étaient pas inviolées, de telle sorte qu'il fallait s'attendre à des erreurs grotesques et à des anomalies épouvantables. Même aujourd'hui, les Arabes parlent à voix basse de réunions non sanctifiées et de cultes inavouables dans les abysses oubliés, que seuls des Ka invisibles et ailés et des momies sans âme peuvent visiter. Les légendes les plus glaçantes sont celles qui ont trait à certains produits pervers de la prêtrise décadente : des momies faites de l'assemblage artificiel de troncs et de membres humains avec des têtes d'animaux à l'imitation des dieux anciens. A toutes les époques de l'Histoire, les animaux sacrés étaient embaumés de façon que les taureaux, les chats, les ibis, les crocodiles sorciers puissent un jour revenir en pleine gloire. Mais ce n'est que dans la période décadente que des Egyptiens réunirent l'humain et la bête en une même momie, à une époque où ils ne comprenaient plus les droits et prérogatives du Ka et de l'âme. On ne parle pas, du moins publiquement, de ce qui est arrivé à ces momies composées, et il est certain qu'aucun égyptologue n'en a jamais trouvé. Les bruits que les Arabes font courir sont très fantaisistes, et ne peuvent pas être pris sérieusement en considération. Ils disent même que le vieux Khéphren — celui du Sphinx, de la seconde pyramide et du temple béant — vit dans les profondeurs de la terre, ayant épousé la reine vampire Nitocris, et qu'il règne sur les momies qui ne sont ni hommes ni bêtes. C'était donc de Khéphren, de son épouse et de ses étranges armées de morts hybrides que je rêvais, et c'est pourquoi je suis content que les formes exactes de mes rêves aient disparu de ma mémoire. Ma vision la plus horrible était en rapport avec une question que je m'étais posée le jour précédent, en regardant l'énigmatique sculpture du désert, quand je m'étais demandé à quelle profondeur inconnue le temple qui s'élevait à ses côtés devait être secrètement relié à elle. Cette question, alors si innocente et incongrue, prenait dans mon rêve une importance qui lui donnait un caractère d'obsession frénétique et hystérique... Quelle anomalie énorme et repoussante représentait le Sphinx à l'origine ? Mon deuxième réveil, si réveil il y eut, fut marqué par le souvenir d'une horreur profonde. Et pourtant, ma vie avait été plus remplie d'aventures que celle du commun des mortels. Souvenez-vous que j'avais perdu conscience sous une cascade de corde dont la longueur révélait la profondeur cataclysmique de ma position. Maintenant, ayant recouvré l'usage de mes sens, je ne sentais plus le poids qui pesait sur moi, et en roulant sur moi-même, je me rendis compte que tout en étant encore bâillonné et aveuglé, quelque chose ou quelqu'un avait complètement emporté les rouleaux de chanvre qui m'étouffaient. La signification de cet événement ne me vint que peu à peu, et je pense que j'aurais de nouveau perdu conscience si je n'avais pas déjà à ce moment-là atteint un tel état d'épuisement émotionnel qu'une horreur de plus ou de moins ne faisait plus aucune différence. J'étais seul... mais avec quoi ? Avant que je pusse me torturer avec de nouvelles questions ou faire un nouvel effort pour me libérer de mes liens, un autre élément devint manifeste. Des douleurs que je n'avais pas ressenties jusque-là me déchiraient les bras et les jambes, et j'avais l'impression d'être couvert d'une quantité de sang séché bien supérieure à celle que j'avais perdue. Ma poitrine semblait percée de centaines de blessures, comme si un ibis cruel et titanesque m'avait frappé à coups de bec. Sans aucun doute, la puissance qui avait retiré la corde m'était hostile et avait commencé à m'infliger de terribles blessures, mais elle avait été obligée de s'arrêter. Et pourtant mes sensations étaient exactement le contraire de celles auxquelles on aurait pu s'attendre. Au lieu de m'enfoncer dans un désespoir sans nom, je me sentis prêt à l'action. A présent j'étais sûr que les forces du mal étaient des éléments physiques qu'un homme sans peur peut affronter d'égal à égal. Encouragé par cette pensée, je tirai sur mes liens et j'utilisai l'habileté d'une vie entière pour me libérer comme je l'avais si souvent fait sous les projecteurs et les applaudissements des foules. Les détails familiers du processus d'évasion commencèrent à me revenir, et maintenant que la longue corde avait disparu, je commençai à croire que ces horreurs suprêmes avaient été des hallucinations et qu'il n'y avait jamais eu d'ouverture terrifiante, d'abîme sans fond ou de corde interminable. Après tout, étais-je bien dans le temple d'entrée de Khéphren, près du Sphinx, et les Arabes ne s'étaient-ils pas introduits furtivement pour me torturer tandis que j'étais étendu sans défense ? En tout cas, je devais me libérer. Que j'arrive seulement à me lever, délivré de mes liens et de mon bâillon, avec les yeux ouverts pour percevoir la moindre lueur, je prendrais un vrai plaisir à me battre contre des ennemis perfides. Combien de temps je mis à me délivrer de mes entraves, je ne pourrais le dire, cela prit probablement plus longtemps que lors de mes exhibitions, car j'étais blessé, épuisé, et affaibli par les épreuves que j'avais subies. Quand, finalement, je fus libre, et que je pus respirer un air glacé, humide et putride, d'autant plus horrible que je n'avais plus l'écran du bâillon ou du bandeau pour me protéger, je découvris que j'étais trop épuisé et torturé de crampes pour me mouvoir immédiatement. Je restai donc étendu, essayant d'étirer mon corps recroquevillé et engourdi, pendant un temps indéfini, forçant ma vue à essayer de percer les ténèbres pour m'orienter. Petit à petit, mes forces et ma souplesse me revinrent, mais mes yeux n'apercevaient pas la moindre lueur. En vacillant sur mes jambes, je scrutai vainement autour de moi pour ne rencontrer que l'obscurité, aussi profonde que celle qui m'avait entouré quand j'avais mon bandeau. Je remuai mes jambes, couvertes de sang séché sous mon pantalon en lambeaux, et je découvris que je pouvais marcher. J'hésitai sur la direction à prendre. Il était évident que je ne pouvais pas partir au hasard, et courir le risque de m'éloigner de l'ouverture que je cherchais. C'est pourquoi je m'arrêtai, pour essayer de déterminer la direction du courant d'air frais, fétide, que je n'avais cessé de sentir. Supposant que l'endroit d'où il provenait était l'entrée probable de cet abîme, je m'efforçai de garder ce repère et de marcher dans cette direction. J'avais emporté ce soir-là une boîte d'allumettes et même une petite lampe électrique, mais bien sûr les poches de mes vêtements déchirés et en lambeaux étaient vides à présent. Tandis que je marchais prudemment dans l'obscurité, le courant d'air se fit plus fort et plus marqué, jusqu'à ce que, enfin, je le perçoive comme la tangible émanation d'une vapeur détestable, provenant de quelque orifice, comme la fumée du génie s'échappant de la jarre du pêcheur dans le conte oriental. L'Orient... L'Egypte... Vraiment, ce noir berceau de la civilisation avait toujours été la source d'horreurs et de merveilles indicibles.

Plus je réfléchissais à la nature de ce vent caverneux, plus grandissait mon inquiétude, car j'avais cherché son origine et je m'apercevais maintenant que de toute évidence, cette émanation putride n'avait aucun rapport avec l'air pur du désert de Libye. Ainsi donc, j'avais marché dans la mauvaise direction !

Après un moment d'hésitation, je décidai de ne pas retourner sur mes pas. Si je m'éloignais du courant d'air, je n'aurais plus de repère, car le sol de pierre inégal ne présentait pas de configurations distinctes. Si toutefois je suivais la trace de ce courant bizarre, j'arriverais sans aucun doute à un orifice quelconque d'où je pourrais peut-être contourner les murs pour atteindre le côté opposé de cette caverne cyclopéenne où il était impossible de se diriger. Je savais parfaitement que je pouvais échouer. J'avais lieu de croire que c'était une partie du temple de Khéphren inconnue des touristes, et il me vint à l'idée que cette caverne était peut-être bien inconnue des archéologues eux-mêmes, et que seuls les perfides Arabes qui m'avaient emprisonné en connaissaient l'existence. Si c'était le cas, existait-il une issue vers les parties connues ou vers l'air libre ? Quelle preuve avais-je, d'ailleurs, que je me trouvais dans le temple d'entrée. Pendant quelques secondes, mes idées les plus folles me revinrent, et je pensai à ce mélange vivace d'impressions, la descente, la suspension dans l'espace, la corde, mes blessures et les rêves. Etait-ce la fin de mon existence, cet instant que je vivais était-il le dernier ? Je ne pouvais répondre à aucune de ces questions, mais je continuai à me les poser jusqu'à ce que le destin, pour la troisième fois, me fît sombrer dans l'oubli. Cette fois, il n'y eut pas rêve, car la soudaineté du choc ne me laissa pas le temps de penser. Trébuchant sur une marche inattendue à l'endroit où le courant d'air nauséabond devenait particulièrement fort, je fus précipité la tête la première au pied d'un escalier de pierre monumental, dans un gouffre d'horreur. Je dois ma survie à la vitalité et à la résistance merveilleuse de l'organisme humain. Souvent, lorsque je me remémore cette nuit, je sens ce que ces trois évanouissements ont de comique ; leur répétition rappelait les mélodrames de cinéma de l'époque. Bien entendu, il est possible que ces trois événements ne se soient pas produits, et que toutes les péripéties de ce cauchemar souterrain n'aient été qu'une suite de songes qui commença avec le choc de ma chute dans l'abîme et se termina dans la fraîcheur apaisante de l'air libre, lorsque je me retrouvai étendu sur les sables de Gizeh, au pied du grand Sphinx. Je préfère croire en cette dernière explication, et je fus content d'apprendre de la police que la barrière fermant le temple d'entrée de Khéphren avait été trouvée entrebâillée, et qu'il existait une grande ouverture sur la surface du plateau. Je fus content également que les docteurs déclarent que mes blessures étaient dues uniquement à mon enlèvement, à ma lutte pour me libérer et aux épreuves que j'avais endurées... Diagnostic très apaisant. Et pourtant, je sais qu'il y a quelque chose qui va au-delà des apparences. Cette chute extraordinaire m'a laissé un souvenir beaucoup trop vivace pour être négligé, et il est étrange que personne n'ait jamais été capable de trouver un homme répondant à la description de mon guide Abdul Reis el-

Drogman, le guide à la voix d'outre-tombe, dont le sourire ressemblait à celui du roi Khéphren. Je me suis éloigné de mon récit dans le vain espoir sans doute d'éviter de raconter l'incident final, cet incident qui, très certainement, a dû être une hallucination. Mais j'ai promis de le relater, je ne manquerai pas à cette promesse. Quand je repris mes sens, ou que j'eus l'impression de reprendre mes sens après cette chute en bas de l'escalier de pierre, j'étais tout aussi seul et dans l'obscurité qu'auparavant. Le souffle nauséabond était à présent putride, mais j'avais suffisamment réussi à m'y accoutumer pour pouvoir le supporter stoïquement. A l'aveuglette, je commençai à m'éloigner en rampant de l'endroit d'où provenait la puanteur, et de mes mains en sang, je palpai les dalles colossales d'un pavage gigantesque. Ma tête heurta un objet dur, et quand je le touchai, je me rendis compte que c'était le pied d'une colonne, une colonne d'une grandeur incroyable dont la surface était couverte d'hiéroglyphes géants, que mes doigts reconnurent aisément. Continuant à ramper, je rencontrai d'autres colonnes titanesques, éloignées de façon incompréhensible. Soudainement, mon attention fut attirée par quelque chose qui avait frappé mon ouïe, avant que j'eusse repris vraiment conscience : d'un lieu situé encore plus bas, dans les entrailles de la terre, parvenaient certains sons cadencés et précis qui ne ressemblaient à rien de ce que j'avais entendu jusque-là. Je sentis intuitivement qu'ils étaient très anciens. Ils étaient produits par un groupe d'instruments que mes connaissances de l'égyptologie me permit d'identifier : flûte, sambuque, sistre et tympan. Le rythme de cette musique me communiqua un sentiment d'épouvante bien plus puissant que toutes les terreurs du monde, une terreur bizarrement détachée de ma personne et ressemblant à une espèce de pitié pour notre planète qui renferme dans ses profondeurs tant d'horreurs. Les sons augmentèrent de volume et je les sentis s'approcher. Que tous les dieux de l'Univers s'unissent pour m'éviter d'avoir à entendre quelque chose de semblable à nouveau ! Je commençai à percevoir le piétinement morbide et multiplié de créatures en mouvement. Ce qui était horrible, c'était que des démarches aussi dissemblables pussent avancer avec un ensemble aussi parfait, les monstruosités venues du plus profond de la terre devaient s'être entraînées pendant des milliers d'années pour défiler de cette manière. Marchant, boitant, cliquetant, rampant, sautillant, tout se faisait au son horriblement discordant de ces instruments infernaux. C'est alors que je me mis à trembler. Je suppliai Dieu de m'ôter de la mémoire le souvenir de ces légendes arabes : les momies sans âme... le rendez-vous des Ka errants... les cadavres hybrides conduits dans les caves d'onyx par le roi Khéphren et son épouse vampire Nitocris... Le piétinement s'approchait — que le ciel m'épargne le son de ces pieds, de ces pattes, de ces sabots et de ces talons —, qui commençait à devenir distinct sur les dalles immenses et hors d'atteinte du soleil ; une étincelle jaillit dans le souffle empuanti, et je me dissimulai derrière la masse énorme d'une colonne cyclopéenne pour échapper un moment au spectacle des millions de pieds qui s'avançaient vers moi, portant des monstruosités immondes, inhumaines et sans âge. Les étincelles se multiplièrent, le piétinement et le rythme discordant devinrent assourdissants. Dans la tremblante lumière orange, se déroulait une scène qui inspirait un tel respect que, de surprise, j'en oubliai ma peur et ma répulsion. La base des colonnes, tellement grandes que la tour Eiffel en comparaison eût semblé minuscule, était recouverte d'hiéroglyphes gravés par des mains monstrueuses, dans ces cavernes où la lumière du jour ne pouvait plus être qu'un lointain et inimaginable souvenir. Je ne regarderai pas ces choses en marche. Je pris cette décision désespérée en entendant craquer leurs jointures, et en respirant leur souffle nitrique. Encore heureux qu'ils ne parlassent pas. Mais, mon Dieu ! leurs torches projetaient des ombres incroyables sur la surface des gigantesques colonnes.

Des hippopotames ne devraient pas avoir des mains humaines ni porter des torches... Des hommes ne devraient pas avoir des têtes de crocodile ! J'essayai de détourner la tête, mais les ombres, les bruits, la puanteur étaient partout. Puis je me rappelai quelque chose que j'avais l'habitude de faire lorsque, petit garçon, j'avais des cauchemars, et je me mis à me répéter : « C'est un rêve, c'est un rêve. » Mais cela ne me fut d'aucune utilité. Il ne me restait plus qu'à fermer les yeux et à prier. Je me demandai si je reverrais jamais le monde, et de temps en temps j'ouvrais furtivement les yeux pour essayer de discerner autre chose que ces colonnes sans fin et ces ombres d'une grandeur anormale et horrible. La lueur des torches, qui se multipliaient, brillait maintenant, et à moins que cet endroit infernal ne fût dépourvu de murs, je ne tarderais pas à découvrir un point de repère. Mais je dus refermer mes yeux quand je me rendis compte du nombre des objets qui étaient rassemblés ici et lorsque j'aperçus un être sans jambes s'avancer solennellement et régulièrement dans le vestibule. Un gargouillement de cadavres, un murmure de morts emplirent l'atmosphère, empoisonnée par les vapeurs de naphte et de bitume. Mes yeux ouverts malgré moi entrevirent l'espace d'un instant une scène qu'aucun être humain ne pourrait même imaginer sans être pris de panique et mourir de peur. Les créatures avaient marché cérémonieusement dans la direction du souffle, et la lumière de leurs torches révéla les têtes courbées de ceux qui avaient des têtes. Ils étaient en train d'adorer une grande ouverture béante et obscure qui descendait presque à perte de vue, et qui était flanquée à angles droits de deux escaliers géants dont les extrémités disparaissaient dans l'ombre. L'un de ceux-ci était sans aucun doute celui dans lequel j'étais tombé. Les dimensions de l'ouverture étaient proportionnées à celles des colonnes : une maison ordinaire s'y serait perdue, et un bâtiment public aurait pu y tenir. Sa surface était tellement grande que l'on ne pouvait en faire le tour qu'en déplaçant son regard. Les créatures lançaient des objets devant cette immense porte béante, et de toute évidence, d'après leurs gestes, il s'agissait de sacrifices ou d'offrandes. Khéphren était leur chef, le roi Khéphren au sourire sardonique, ou bien était-ce le guide Abdul Reis, couronné d'or, psalmodiant des formules sans fin, de la voix creuse des morts. A côté de lui était agenouillée la belle reine Nitocris ; je la vis de profil pendant quelques instants et je remarquai que la partie droite de son visage avait été dévorée par des rats ou des vampires. Je fermai à nouveau les yeux quand je vis quels étaient les objets qui étaient jetés en offrande à l'ouvertude fétide. Il me vint à l'idée, à en juger par l'ampleur de ce culte, que la divinité qui se dissimulait là devait être importante. Etait-ce Osiris ou Isis, Horus ou Anubis, ou quelque dieu inconnu ? Il existe une légende selon laquelle des autels et des monuments gigantesques furent élevés à l'Inconnu avant même que les dieux connus fussent adorés. Et maintenant, tandis que j'observais ces choses sans nom occupées à célébrer leur culte sépulcral, l'idée de l'évasion s'empara de moi. L'endroit était sombre, et les colonnes projetaient de l'ombre. Tandis que toute cette foule cauchemardesque était en extase, il me serait peut-être possible de me faufiler jusqu'à l'extrémité de l'un des escaliers. M'en remettant au destin et à mon habileté, j'essayai de m'échapper. Je n'avais aucune idée de l'endroit où je pouvais me trouver, et pendant un moment je trouvai comique de songer à m'évader de ce que je savais être un rêve. Etais-je dans l'un des royaumes cachés et insoupçonnés du temple de Khéphren, ce temple qui depuis des générations s'appelle le Temple du Sphinx ? J'en étais réduit à des conjectures, mais j'étais décidé à remonter vers l'air libre, si mon esprit et mon corps me le permettaient. En rampant, je commençai à m'approcher de l'escalier de gauche, qui me semblait plus accessible. Je ne pourrais décrire les sensations de cette reptation, mais on peut facilement les imaginer si l'on pense que je devais constamment faire attention à la lueur des torches agitées par le vent. Je ne devais pas être surpris. Le bas de l'escalier était comme je l'ai dit, dans l'ombre et s'élevait de façon vertigineuse au-dessus de l'ouverture titanesque. J'étais maintenant assez éloigné de la horde bruyante, dont le spectacle me glaçait malgré la distance. Je réussis enfin à atteindre les marches et commençai mon ascension. Je me tenais le plus près possible du mur, sur lequel je remarquai les plus horribles décorations. Les monstres étaient bien trop occupés par leur liturgie pour faire attention à moi. L'escalier était gigantesque et raide, taillé dans de grands blocs de porphyre, comme pour les pieds d'un géant. La crainte d'être découvert et la douleur que cet exercice raviva dans mes blessures s'allièrent pour faire de cette ascension une torture inoubliable. J'avais l'intention, en atteignant le sommet, de continuer à grimper tout l'escalier que je trouverais à cet endroit, je ne voulais pas m'arrêter pour jeter même un dernier regard à ces abominations putrides qui s'agenouillaient à vingt ou trente mètres au-dessous de moi, mais une brusque reprise de ce gargouillis de cadavres et de ce chœur assourdissant de morts se produisit alors que j'avais presque atteint le sommet de l'escalier, m'obligeant à observer prudemment ce qui se passait au-dessous de moi. Les monstres saluaient quelque chose qui émergeait de l'ouverture nauséabonde pour saisir les offrandes infernales qui lui avaient été servies. C'était une masse assez lourde, jaunâtre et velue agitée d'une espèce de tremblement nerveux. Elle était presque aussi grande qu'un hippopotame, et d'une curieuse forme. Elle n'avait pas de cou, mais cinq têtes séparées émergeant d'un tronc grossièrement cylindrique ; la première et la cinquième étaient très petites, la seconde moyenne, la troisième et la quatrième étaient les plus grosses. De ces têtes émanaient de curieux tentacules rigides qui saisirent avidement les grandes quantités de nourriture innommable placées devant l'ouverture. De temps en temps, la chose effectuait un bond et retournait dans son antre d'une bizarre façon. Son mode de locomotion était si inexplicable que je la fixai avec fascination, souhaitant la voir émerger davantage de cette caverne située sous moi. C'est alors qu'elle sortit, et, à sa vue, je me détournai et grimpai à toute vitesse, dans l'obscurité, l'escalier qui se trouvait derrière moi. J'escaladai presque sans les voir des marches incroyables, des échelles et des plans inclinés vers lesquels ne me guidait aucune logique ou aucun sens humain, et que je dois reléguer à jamais dans le monde des rêves, par manque de preuves. Ce doit avoir été un rêve, car sinon l'aube ne m'aurait jamais trouvé en train de respirer sur le sable de Gizeh, au pied de la figure au sourire sardonique, éclairé par l'aurore, du Grand Sphinx. Le Grand Sphinx ! Dieu ! Cette question qui m'était venue le matin précédent... Quelle énorme et horrible anomalie devait représenter le Sphinx à l'origine ? Maudite soit la vue, que ce soit en rêve ou non, qui m'a révélé la suprême horreur : le dieu inconnu des morts qui se délecte, dans un abîme insoupçonné, d'une nourriture immonde et colossale offerte par des absurdités sans âme, qui ne devraient pas exister. Le monstre à cinq têtes... Le monstre à cinq têtes aussi grand qu'un hippopotame... Le monstre à cinq têtes et qui n'a qu'un tronc... Mais j'ai survécu, et je sais que c'était seulement un rêve.

LUI

Je le vis par une nuit sans sommeil, tandis que je marchais désespérément pour sauver ma raison et mon âme. Il apparaissait que ma venue à New York avait été une erreur. Là où j'avais cherché émerveillement et inspiration, dans le dédale des vieilles rues qui s'achevaient en impasses, dans les squares aux fontaines oubliées, entre les modernes tours cyclopéennes et les pinacles babyloniens dressés sous la lune, je n'avais découvert qu'un horrible sentiment d'oppression qui menaçait de me dominer, de me paralyser, de m'annihiler.

La désillusion était venue peu à peu. En arrivant dans la ville, je l'avais aperçue dans le crépuscule, du haut d'un pont, s'élevant majestueusement au-dessus de l'eau. Ses pics et ses pyramides incroyables se dressaient dans la nuit comme des fleurs. Teintée par des brumes violettes, la cité jouait délicatement avec les nuages flamboyants et les premières étoiles du soir. Puis elle s'était éclairée, fenêtre après fenêtre. Et sur les flots scintillants, où glissaient des lanternes oscillantes et où les cornes d'appel émettaient d'étranges harmonies, le panorama ressemblait à un firmament étoilé, fantastique, baigné de musiques féeriques. Il paraissait posséder toutes les merveilles réunies de Carcassonne, de Samarcande, de l'Eldorado et de toutes les cités glorieuses et fabuleuses. Peu après, je me laissai entraîner dans ces anciennes rues si chères à mon imagination, dans ces allées, dans ces passages étroits et tortueux où des rangées de briques rouges, éclairées de petites lucarnes au-dessus d'entrées à colonnes, avaient vu passer des carrosses dorés et des chaises à porteurs lambrissées. Et dans ce premier contact, que j'avais souhaité pendant si longtemps, je pensais avoir enfin atteint le cœur des trésors qui me conduiraient vers la poésie.

Mais mes espérances furent rapidement déçues. Là où la lune m'avait donné l'illusion de la beauté et du charme, la lumière crue du jour ne me révéla que le sordide, l'aspect étranger et la malsaine prolifération d'une pierre qui s'étalait en largeur et en hauteur.

Une multitude de gens se déversaient dans ces rues qui ressemblaient à des canaux. C'étaient des étrangers trapus et basanés, avec des visages durs et des yeux étroits, des étrangers rusés, sans rêves et fermés à ce qui les entourait. Ils n'avaient aucun point commun avec l'homme aux yeux bleus de l'ancien peuple des colons, qui gardait au fond du cœur l'amour des prairies verdoyantes et des blancs clochers des villages de la Nouvelle-Angleterre.

Ainsi donc, au lieu de la poésie que j'avais espérée, je ne trouvai qu'une obscurité frissonnante et une solitude indicible. C'est dans cet état d'esprit que je découvris l'effrayante vérité que personne jusqu'alors n'avait jamais osé envisager — l'intouchable secret des secrets. Cette cité de pierre n'est pas la continuation normale du vieux New York, comme Londres l'est du vieux Londres, et Paris du vieux Paris. Elle est morte. Son corps, imparfaitement embaumé, est infesté de curieuses choses animées, qui ne sont que le reflet de celles qui l'animaient lorsqu'il était en vie. Après avoir fait cette découverte, je cessai de dormir tranquille. Mais une sorte d'apaisement résigné me revint lorsque je pris peu à peu l'habitude d'éviter les rues durant le jour et de ne sortir qu'à la nuit, quand l'obscurité ramène ce qui subsiste encore du passé et que les vieilles portes blanches se remémorent les silhouettes altières qui les franchissaient jadis. Ainsi donc, je parvins quand même à écrire quelques poèmes, tout en chassant l'envie que j'avais de retourner chez moi, dans ma famille, de peur d'avoir l'air de revenir humilié, la tête basse, après un échec.

Une nuit sans sommeil, alors que j'errais à travers la cité, je rencontrai l'homme. C'était dans l'une de ces cours bizarres et cachées du quartier de Greenwich, où j'avais élu domicile, ayant entendu dire qu'il était le refuge naturel des artistes et des poètes. Au début, les vieilles rues, les maisons, les petites places et les squares inattendus m'avaient charmé. Lorsque je découvris que les artistes et les poètes n'étaient que des brailleurs pleins de prétention, je décidai quand même d'y demeurer, par amour des choses vénérables que je m'efforçais de replacer dans leur cadre originaire. La nuit était avancée, et les fêtards avaient disparu. J'étais seul parmi les rues, et je songeais aux curieux arcanes que des générations avaient dû perpétuer en ces lieux. Cela permettait à mon âme de subsister, et me procurait certaines de ces visions et rêveries auxquelles aspirait le poète qui vivait au plus profond de moi-même.

L'homme me rencontra vers 2 heures, par un brumeux matin d'août, tandis que je traversais une enfilade de cours faisant partie d'un réseau continu d'allées pittoresques. J'en avais vaguement entendu parler, mais je m'étais rendu compte qu'elles ne figuraient sur aucune carte contemporaine. Le simple fait qu'elles fussent oubliées me les avait rendues plus chères, et c'est pourquoi je les avais cherchées avec tant d'ardeur. Maintenant que je les avais découvertes, ma curiosité était décuplée. Quelque chose dans leur disposition laissait supposer une grande originalité. Les allées se faufilaient obscurément entre de hauts murs blancs et des locaux déserts, ou se glissaient sans aucun éclairage sous des passages voûtés ; tout cela semblait ignoré des hordes d'étrangers, et jalousement gardé par des artistes furtifs et peu communicatifs dont les actions évitaient toute publicité. Il m'adressa la parole, sans que je l'y eusse invité, après avoir observé l'état d'esprit dans lequel j'étudiais certaines portes à marteau, au-dessus des escaliers à rampe de fer, sous la lueur blafarde des fenêtres losangées faiblement éclairées. Son visage était dans l'ombre. Il portait un chapeau à large bord qui allait parfaitement avec la cape démodée qui l'enveloppait. Je me sentis mal à l'aise, avant même qu'il m'adressât la parole. Sa silhouette était très longiligne, d'une maigreur presque squelettique, et sa voix se révéla extraordinairement douce, caverneuse, bien que peu profonde. Il m'avait, dit-il, remarqué plusieurs fois lors de mes promenades, et il en avait déduit que nous avions le même amour pour les vestiges du passé. N'accepterais-je pas d'être guidé par une personne ayant une longue habitude de ces explorations et possédant des informations très poussées sur ces lieux ?

Comme il parlait, j'aperçus un instant son visage dans le rayon jaune qui émanait d'une fenêtre mansardée. Il avait un aspect ancien, noble, et même beau, et il portait l'empreinte d'un lignage et d'un raffinement inhabituels en ces temps et lieux. Pourtant, l'homme m'inquiétait presque autant qu'il m'attirait. Peut-être son visage était-il trop pâle, ou trop dénué d'expression, ou trop insolite dans ce décor ? Toujours est-il que mon malaise persistait. Néanmoins, je le suivis, car en ces sombres jours, ma quête de beauté ancienne et de mystère était tout ce qui me permettait de faire vivre mon âme, et je condidérai que le Destin me faisait une faveur insigne en me permettant de rencontrer quelqu'un dont les recherches secrètes semblaient beaucoup plus poussées que les miennes.

Pendant quelque temps, l'homme à la cape garda le silence. Nous marchâmes une longue heure, sans qu'il prononçât de mots inutiles. Il faisait seulement de brefs commentaires sur les noms anciens, les dates et les changements. Il me guidait par signes et par de larges gestes tandis que nous nous glissions dans des ouvertures, traversions des couloirs sur la pointe des pieds, escaladions des murs de brique ; et même, une fois, nous nous mîmes à ramper sous un passage voûté dont la largeur et les sinuosités finirent par effacer les dernières notions d'orientation que j'avais réussi à conserver. Ce que nous voyions était très ancien et magnifique, ou du moins donnait cette impression dans les quelques lueurs isolées qui l'éclairaient, et je n'oublierai jamais les colonnes ioniennes branlantes et les pilastres élancés, les poteaux de fer des enclos surmontés d'urnes, les fenêtres à linteaux et les soupiraux décoratifs, qui semblaient devenir de plus en plus curieux au fur et à mesure que nous nous enfoncions dans ce dédale sans fin d'un passé inconnu.

Nous ne rencontrâmes âme qui vive et, le temps passant, les fenêtres éclairées se firent extrêmement rares. Les réverbères avaient d'abord été à huile, puis à bougies. Enfin, après avoir traversé une horrible cour obscure, où mon guide dut me conduire de sa main gantée, nous arrivâmes jusqu'à une étroite porte de bois située dans une portion de ruelle éclairée uniquement par une lanterne toutes les sept maisons. Ces lanternes de métal avaient un aspect incroyablement colonial. La ruelle montait en pente abrupte, et son extrémité était obstruée par le mur couvert de lierre d'une propriété privée, au-delà duquel je pus apercevoir une pâle coupole et les sommets d'arbres s'agitant contre la vague lueur du ciel. Dans ce mur, il y avait une petite porte de chêne noir cloutée, basse et voûtée, que l'homme se mit en devoir d'ouvrir avec une lourde clé. Après avoir suivi une allée de gravier, nous grimpâmes un escalier de pierre jusqu'à l'entrée de la maison.

Nous entrâmes, et, ce faisant, je faillis me trouver mal à cause du relent de moisi qui me frappa les narines, et qui semblait être le fruit de siècles de pourriture. Mon hôte ne sembla pas le remarquer, et par politesse, je gardai le silence tandis qu'il me guidait en haut d'un perron, dans un hall, puis dans une pièce que j'entendis fermer à clé derrière nous. Après quoi il tira les rideaux des trois fenêtres losangées, à peine visibles dans le ciel qui commençait à s'éclairer, et, se dirigeant vers la cheminée, il alluma avec un briquet à silex deux bougies d'un candélabre à douze branches, tout en m'enjoignant de parler à voix basse. Nous nous trouvions dans une bibliothèque spacieuse, bien meublée et lambrissée, du début du XVIIIe siècle, avec de magnifiques frontons de porte, une délicate corniche dorique et un manteau de cheminée splendidement sculpté. Au-dessus des étagères pleines de livres, il y avait, accrochés aux murs, d'excellents portraits de famille. Tout était cependant terni, voire énigmatique, et présentait une ressemblance indéniable avec l'homme qui me faisait maintenant signe de m'asseoir sur une chaise à côté d'une gracieuse table ancienne. Avant de prendre place en face de moi, de l'autre côté de la table, mon hôte hésita un moment, comme s'il était embarrassé. Puis retirant prestement ses gants, son chapeau à large bord et sa cape, il me révéla théâtralement son costume de l'époque géorgienne, le jabot, les culottes de soie, et les chaussures à boucles que je n'avais pas encore remarquées. S'asseyant alors lentement dans une chaise à dossier en forme de lyre, il se mit à me fixer intensément. Sans son chapeau, il paraissait extrêmement âgé, et je me demandai si ce n'était pas cette longévité singulière qui avait été, tout à l'heure, l'une des raisons de mon trouble. Enfin, il se mit à parler de sa voix basse, creuse et soigneusement feutrée. J'eus de grandes difficultés à le suivre, mais je l'écoutai, fasciné et inquiet.

— Vous êtes en face, monsieur, commença mon hôte, d'un homme très excentrique, qui ne doit présenter aucune excuse quant à son vêtement à quelqu'un de votre intelligence et de vos goûts. En pensant à des époques meilleures, je n'ai pas eu de scrupules à assumer leurs habitudes et à adopter leurs costumes et leurs façons, pratique qui n'offense personne si elle est suivie sans ostentation. J'ai eu de la chance de pouvoir conserver la demeure rurale de mes ancêtres, malgré l'expansion de deux villes, d'abord Greenwich, construite après 1800, et puis New York vers 1830. Il y a beaucoup de raisons qui ont poussé ma famille à garder jalousement cet endroit, et je n'ai pas failli à cette obligation. Le seigneur qui vécut ici dès 1768 étudia certaines sciences et fit quelques découvertes, toutes en relation étroite avec des influences provenant de cet endroit précis, et méritant d'être gardées avec le plus grand soin. Je vais à présent vous dévoiler certains des effets étranges de ces sciences et découvertes, mais sous le sceau du secret le plus strict. Je crois que je peux me fier suffisamment à mon intuition des hommes pour savoir que je n'ai rien à craindre de vous et de votre indiscrétion.

Il s'arrêta. J'asquiesçai de la tête. J'ai dit que

j'étais inquiet, mais rien n'était plus mortel pour mon âme que l'univers informe et grossier de New York. Quel que fût cet homme, un inoffensif excentrique ou un détenteur de sciences dangereuses, je n'avais pas d'autre choix que de lui obéir et d'assouvir ma curiosité avec ce qu'il m'offrirait. J'écoutai donc.

— Mon ancêtre, continua-t-il doucement, avait découvert qu'il existe des propriétés remarquables dans la volonté de l'homme. Des propriétés qui lui permettent non seulement d'exercer un pouvoir sur ses propres actions et sur celles des autres, mais aussi sur toutes les forces et les substances de la nature, et sur de nombreux éléments et de nombreuses dimensions dépassant la nature elle-même. Dois-je dire qu'il faisait fi de l'inviolabilité d'éléments aussi considérables que le temps et l'espace, et qu'il utilisait les rites de certains Peaux-Rouges qui jadis campaient sur cette colline ? Les Indiens avaient d'ailleurs été furieux lors de la construction de cette maison, et ils avaient insisté pour y revenir à chaque pleine lune. Pendant des années, ils escaladèrent le mur de la propriété, chaque fois que cela leur était possible, pour s'y livrer furtivement à certains actes. Mais en 1768, le nouveau seigneur les surprit et fut stupéfait de ce qu'il vit. Il décida donc de conclure un marché avec eux et de leur accorder le libre accès au terrain, en échange de l'explication de la signification profonde de ce qu'ils y faisaient. Il apprit que leurs aïeux tenaient cette coutume d'une part d'ancêtres peaux-rouges, et de l'autre d'un vieux Hollandais de l'époque des Etats généraux. Peut-être ce seigneur leur servit-il, intentionnellement ou non, un bien mauvais rhum, toujours est-il qu'une semaine après avoir appris ce secret, il en était le seul dépositaire. Vous, monsieur, vous êtes le premier étranger à qui je raconte cette histoire, mais puisque vous êtes aussi avide de choses passées, je crois que je peux sans crainte vous parler de ce secret.

Je frissonnai en entendant l'homme s'exprimer peu à peu dans un dialecte venu d'une autre époque. Il reprit :

— Ce que le seigneur avait appris de ces sauvages n'était en fait qu'une petite parcelle de la science qu'il parvint à acquérir. Il n'avait pas été à Oxford pour rien, ni étudié en vain avec un ancien chimiste et astrologue de Paris. Bref, il fut convaincu que le monde tout entier n'est que la fumée de nos cerveaux. Le vulgaire, disait-il, n'a aucune prise sur lui, mais le sage peut le traiter comme un simple nuage de tabac de Virginie. Nous pouvons donc faire de nous ce que nous voulons, et chasser ce que nous ne voulons pas. Je n'irai pas jusqu'à dire que tout cela est entièrement vrai, mais c'est suffisamment vrai pour donner de temps à autre un beau spectacle. Vous serez sans doute intéressé par les images que vous allez découvrir sur l'époque que vous chérissez tant. Je vous prie cependant de retenir toute frayeur face à ce que j'ai l'intention de vous faire voir. Venez près de la fenêtre, et restez calme.

Mon hôte me prit alors la main et me conduisit à l'une des deux fenêtres de la pièce malodorante. Au premier contact de ses doigts sur ma peau, mon sang se figea. Sa chair, bien que sèche et ferme, était comme de la glace, et je faillis m'arracher à son emprise, mais je pensai aussitôt au néant et à l'horreur de la réalité quotidienne, et du même coup je fus prêt à endurer n'importe quoi. Une fois près de la fenêtre, l'homme écarta les rideaux de soie jaune et m'obligea à regarder vers les ténèbres extérieures. Pendant un instant, je ne vis rien d'autre qu'une myriade de petites lueurs qui dansaient au loin, très loin. Puis comme pour répondre à un geste imperceptible de la main de mon hôte, un éclair de chaleur illumina la scène et je vis une mer de feuillages luxuriants remplacer l'océan de toits que j'avais eu devant les yeux. Sur ma droite, l'Hudson luisait sournoisement, et devant moi, je vis le scintillement malsain d'un vaste marais salant constellé de lucioles agitées. La lueur s'éteignit, et un sourire diabolique illumina la face curieuse du vieux nécromancien.

— C'était avant mon époque — avant même l'époque du nouveau seigneur. Essayons une fois encore.

Je me sentis défaillir, et je regrettai presque la modernité de cette ville maudite.

— Dieu tout-puissant ! murmurai-je. Vous pouvez réaliser cela pour n'importe quelle époque ?

Et tandis qu'il hochait la tête, et que je me cramponnais aux rideaux pour ne pas tomber, il fit un autre geste. De nouveau il y eut un éclair, mais cette fois sur une scène plus proche de notre siècle. C'était Greenwich, Greenwich tel qu'il avait existé avec çà et là un toit ou une rangée de maisons comme nous en voyons aujourd'hui, mais avec d'agréables allées verdoyantes et de l'herbe. Le marécage brillait encore, et, aux confins du village, j'aperçus les clochers de ce qui était alors New York. Je respirai très fort, pas tant à cause du spectacle même qu'en raison des possibilités que mon imagination essayait de contenir avec effroi.

— Pouvez-vous... osez-vous... allez-vous plus loin ?

Je parlai avec crainte, et je pense qu'il la partagea une seconde, mais son sourire diabolique revint, et il ajouta :

— Loin ? Ce que j'ai vu vous transformerait en statue de pierre ! Arrière, arrière... Avant, avant, regarde, piailleur stupide !

Et en aboyant cette phrase dans un souffle, il fit un nouveau geste, amenant dans le ciel un éclair encore plus aveuglant que les précédents. Pendant trois secondes entières, je fus ébloui par la clarté démoniaque, et en même temps je découvris une scène qui me tourmentera à jamais dans mes rêves. Je vis les cieux grouillants d'étranges choses volantes, et au-dessous une infernale cité noire faite de pierres géantes, avec des pyramides sacrilèges s'élevant sauvagement vers la lune, et des lumières diaboliques venant de fenêtres innombrables. Et grouillant de manière répugnante sur des falaises aériennes, je vis les hommes jaunes aux yeux obliques qui habitaient cette cité. Ils étaient vêtus d'horribles robes orange et rouges et dansaient comme des fous au son de tamtams enfiévrés, du claquement de crotales obscènes et du gémissement délirant des trompes assourdies des bateaux, dont le chant funèbre ininterrompu montait et descendait, ondulant comme les vagues d'un océan de bitume.

Je vis ce spectacle, dis-je, et entendis, comme avec l'oreille de l'esprit, la cacophonie blasphématoire qui l'accompagnait. C'était l'aboutissement hurlant de toute l'horreur que cette cité-cadavre avait suscitée dans mon esprit. Oubliant toutes les consignes de silence, je me mis soudain à hurler, tandis que mes nerfs lâchaient et que les murs oscillaient autour de moi. Puis tandis que l'éclair subsistait, je m'aperçus que mon hôte lui aussi tremblait de frayeur. Il vacilla, s'agrippa aux rideaux comme je l'avais fait précédemment, et agita la tête dans tous les sens, comme un animal traqué. Dieu sait qu'il avait des raisons, car tandis que l'écho de mes cris s'évanouissait, j'entendis un autre son si diaboliquement suggestif que seule ma sensibilité paralysée me permit de garder mes sens. C'était un craquement régulier et furtif venant de l'escalier, de l'autre côté de la porte, comme si une horde montait, pieds nus, ou chaussée de souliers de peau. Il me semblait aussi que l'on agitait prudemment et intentionnellement le loquet de cuivre qui brillait faiblement à la lueur de la bougie. Le vieil homme eut un mouvement convulsif et cracha dans ma direction en éructant ces mots, tandis qu'il oscillait en se cramponnant au rideau jaune :

— La pleine lune ! Maudit sois-tu, chien glapissant ! Tu les as appelés, et ils sont venus me chercher ! Les pieds morts chaussés de mocassins ! Que Dieu vous damne, démons rouges ! Mais je n'ai pas empoisonné votre rhum ! Non, je n'ai pas empoisonné votre rhum ! N'ai-je pas respecté vos rites ? Soyez maudits ! Laissez-moi ! Lâchez ce loquet ! »

A ce moment, trois coups lents et délibérés ébranlèrent les panneaux de la porte. Une écume blanche se forma aux lèvres du magicien en proie à la panique. Sa peur, muée en désespoir, fit place à un regain de rage contre moi. Il fit un pas en direction de la table au bord de laquelle j'essayais de reprendre mon équilibre, et, tirant les rideaux auxquels il s'accrochait, il laissa pénétrer dans la pièce le flot de clarté de la pleine lune. Alors, dans ces rayons verdâtres, les bougies pâlirent et leur lueur s'attarda sur les lambris rongés par les vers, sur le plancher qui s'affaissait, sur le manteau de la cheminée délabrée, sur l'ameublement branlant et sur les draperies en lambeaux. La lueur s'étendit également sur le vieil homme, et je le vis se racornir et noircir tandis qu'il essayait de me déchirer de ses griffes de vautour. Seuls ses yeux demeurèrent entiers. Ils brillaient d'un éclat incandescent qui augmentait au fur et à mesure que le visage se carbonisait et s'éteignait.

Les coups redoublaient contre la porte. La chose noire qui me faisait face n'était plus qu'une tête avec des yeux, essayant vainement de se tortiller dans ma direction, en crachant de temps en temps des jets de fiel. Des chocs rapides étaient maintenant assenés contre les panneaux vermoulus, et je vis luire un tomahawk qui fendit le bois en pièces. Je ne bougeai pas, j'étais pétrifié. Tout hébété, je vis la porte voler en morceaux, et déverser un flux informe et colossal d'yeux brillants et démoniaques. Une curieuse substance d'encre, épaisse comme un flot d'huile, fit éclater une cloison pourrie, renversa une chaise sur son passage, s'écoula sous la table et traversa toute la pièce pour atteindre l'endroit où se trouvait la tête noircie dont les yeux de braise me fixaient encore. Elle se referma autour de cette tête, l'engloutit, la submergea et repartit, sans me toucher, par le même chemin : la porte noire et l'escalier branlant.

Soudain, le plancher céda totalement et je glissai dans la chambre obscure du dessous, à moitié étouffé par les toiles d'araignée, prêt à défaillir de terreur. La lune verte, brillant par les fenêtres cassées, me montra la porte du couloir à demi ouverte, et tandis que je me relevais du sol jonché de plâtras et que je m'extirpais des débris du plafond, je vis passer un horrible torrent de noirceur criblé de centaines d'yeux maléfiques et phosphorescents. Il cherchait la porte de la cave. Quand il l'eut trouvée, le sol de la pièce s'effondra à son tour, comme celui de la pièce supérieure. Un fracas assourdissant fut suivi par la chute le long de la fenêtre ouest de quelque chose qui avait dû être la coupole.

Je me ruai alors dans le couloir jusqu'à la porte d'entrée. Incapable de l'ouvrir, je saisis une chaise, brisai une fenêtre et sautai en toute hâte sur la pelouse abandonnée où le clair de lune dansait parmi les herbes et les ronces.

Le mur était élevé, et toutes les portes étaient verrouillées. Mais à l'aide d'une pile de boîtes qui gisaient dans un coin, je parvins à m'y hisser et m'agrippai à une grande urne de pierre qui le surmontait.

Dans mon épuisement, je regardai autour de moi, et je ne vis que d'étranges murs, des fenêtres, et des vieux toits.

La ruelle en pente par laquelle j'étais venu n'était

visible nulle part, et le peu que je discernais disparut rapidement dans la brume venue du fleuve. Soudain, l'urne à laquelle je me retenais se mit à trembler, comme si elle partageait mon vertige, et l'instant d'après, mon corps plongeait en avant vers je ne savais quel destin.

L'homme qui me découvrit me dit que j'avais dû ramper un bon moment malgré mes fractures, car des traces de sang s'étendaient aussi loin qu'il avait eu le courage de regarder.

La pluie les effaça bientôt, et les rapports ne mentionnèrent rien d'autre que ma découverte dans un endroit inconnu, à l'entrée d'une petite cour noire derrière Perry Street.

Je n'ai jamais tenté de retourner vers ces labyrinthes ténébreux, et je ne conseillerais à aucun homme sain d'esprit d'y aller. Je ne sais aucunement de qui ou de quoi cette créature âgée était faite, mais je répète que la cité est morte et qu'elle est remplie d'horreurs insoupçonnées. Où cet être est-il parti ? Je n'en sais rien, mais moi, je suis retourné chez nous, en Nouvelle-Angleterre, dans la belle campagne caressée chaque soir par les brises marines parfumées.

L'ETRANGE MAISON HAUTE DANS LA BRUME

Chaque matin, près des falaises de Kingsport, une étrange brume monte de la mer. Blanche et duveteuse, elle s'élève des profondeurs vers ses frères les nuages, toute pleine de rêves de pâturages humides et de cavernes de Léviathan. Et lorsque, plus tard, les calmes pluies d'été tombent sur les toits qui abritent les poètes, ces nuages éparpillent des bribes de rêves pour que les hommes ne vivent pas sans avoir vent des mystères anciens, ou des merveilles que durant la nuit les planètes racontent aux autres planètes.

Quand les contes s'épaississent et se font nombreux dans les grottes des Tritons, et que les conques, dans les cités d'algues marines, font résonner de vieux airs enseignés par les Anciens, alors des brumes impatientes se rassemblent dans les cieux, chargées de connaissances et de secrets. Et ceux qui, des rochers, regardent vers l'océan, ne voient qu'une blancheur mystique, comme si le bord de la falaise était le bord du monde, et comme si les cloches solennelles des balises tintaient dans un éther de féerie.

Au nord de Kingsport, la ville archaïque, les hauts rochers s'élèvent curieusement en paliers, jusqu'à ce que l'ultime faîte du nord paraisse suspendu dans le ciel comme un nuage gris de glace. Il est seul, sommet isolé, saillant dans l'espace illimité. A cet endroit, la côte tourne brusquement, là où le grand Miskatonic se jette dans la mer après avoir traversé les plaines, au-delà d'Arkham, apportant avec lui les légendes et les curieux souvenirs des bois et des collines de la Nouvelle-Angleterre.

Les gens de mer de Kingsport lèvent les yeux vers la falaise, comme d'autres vers l'étoile polaire. Ils règlent la durée des tours de garde de nuit suivant la façon dont elle cache ou laisse voir la Grande Ourse, Cassiopée et le Dragon. Pour ces gens, la falaise fait partie du firmament, et en vérité elle ne disparaît à leurs yeux que lorsque la brume cache les étoiles ou le soleil. Ils ont de l'affection pour certaines falaises, par exemple celle aux contours grotesques qu'ils appellent le Père Neptune, ou celle dont ils désignent la succession de piliers par la Chaussée, mais celle qui est si proche du ciel, ils en ont peur. Les marins portugais arrivant de voyage se signent dès qu'ils l'aperçoivent, et les vieux Yankees pensent que l'escalader, si toutefois c'était possible, serait plus terrible que la mort.

Il y a cependant une vieille maison au sommet de cette falaise, et le soir, on peut voir briller de la lumière derrière ses fenêtres losangées. Cette maison a toujours été là. Les gens disent que celui qui y demeure converse avec les brumes matinales qui s'élèvent des profondeurs. Il aurait découvert sur l'océan des choses curieuses à ce moment où le bord de la falaise se confond avec le bord du monde tout entier, quand les cloches solennelles des balises se mettent à tinter dans l'éther blanc de féerie. Cela, ils en parlent par ouï-dire, car ce rocher interdit n'a jamais été exploré, et les gens du pays évitent soigneusement de diriger leurs télescopes vers lui. Les équipages qui mouillent pour l'été l'ont scruté avec des jumelles, mais ils n'ont jamais rien vu de plus que le vieux toit gris pointu, couvert de bardeaux dont les auvents descendent presque jusqu'aux fondations, et la faible lueur jaune filtrant des petites fenêtres, dans le soir. Ceux qui viennent l'été ne croient pas qu' « Il » vit dans cette maison depuis des centaines d'années, mais ils sont incapables de donner la preuve de leur opinion hérétique aux habitants de Kingsport. Même le Vieil Homme terrible, qui parle à des pendules de plomb logées dans des bouteilles, qui achète ses provisions avec des pièces d'or espagnoles séculaires et qui conserve des idoles de pierre dans la cour de sa maison antédiluvienne de Water Street, ne peut qu'affirmer que les choses étaient déjà ainsi quand son grand-père n'était qu'un petit garçon, et qu'elles devaient l'être des siècles auparavant, quand Belcher, Shirley, Pownal étaient les gouverneurs de Sa Majesté pour la province du Massachusetts.

Puis un été, un philosophe vint à Kingsport. Il s'appelait Thomas Olney, et il enseignait des choses ennuyeuses dans une université de la baie de Narrangasett. Il arriva avec une épouse corpulente et des enfants turbulents. Ses yeux et son âme étaient fatigués d'avoir toujours eu les mêmes pensées bien disciplinées. Il contempla les brumes sur le diadème du Père Neptune et essaya de pénétrer dans les univers de blancs mystères, le long des gradins gigantesques de la Chaussée. Matin après matin, il restait allongé sur les falaises à regarder, par-dessus le bord du monde, l'éther cryptique et lointain, et à écouter les cloches spectrales et les cris sauvages des mouettes. Dès que la brume se levait et que la mer était rendue monotone par la fumée des bateaux à vapeur, il soupirait et redescendait en ville, où il aimait à se promener dans les petites ruelles étroites et anciennes qui montent et descendent la colline, et étudier les pignons branlants et les portes aux curieuses colonnes qui avaient abrité tant de générations de marins vigoureux. Et il parlait même avec le Vieil Homme terrible qui n'aimait pas les étrangers, et qui l'invita dans sa maison incroyablement archaïque, où les plafonds bas et les lambris rongés de vers étaient témoins pendant les heures de la nuit de soliloques inquiétants.

Bien entendu, il était inévitable que Olney remarquât la maison grise et mystérieuse, perdue sur ce sinistre rocher qui ne fait qu'un avec les brumes et le firmament. Le mystère qui entourait l'étrange habitation avait toujours été chuchoté dans les ruelles sinueuses de Kingsport. Le Vieil Homme terrible racontait d'une voix asthmatique l'histoire qu'il tenait de son père, qui avait aperçu une nuit un éclair immense surgir de cette maison aux toits pointus et s'élever vers les nuages du ciel. Grand-mère Orne, dont la petite demeure dans

Ship Street est toute couverte de mousse et de lierre, racontait que sa grand-mère avait entendu dire que des formes étranges de brume s'envolaient et entraient directement par la porte étroite et unique de cet endroit inaccessible — car la porte se trouve au bord de la falaise, côté océan, et n'est visible que des bateaux.

A la fin, curieux d'apprendre des choses nouvelles, et aucunement retenu par la peur des habitants de Kingsport ou par la paresse habituelle des estivants, Olney prit une décision terrible. Malgré son éducation conservatrice, ou à cause d'elle, car les existences routinières nourrissent des désirs silencieux pour l'inconnu, il fit le serment d'escalader cette falaise interdite et de visiter l'antique maison grise qui se dressait dans le ciel. A juste titre, la partie la plus rationnelle de sa personnalité lui suggérait que les habitants du lieu devaient y accéder depuis l'intérieur du pays. Ils devaient, sans doute, emprunter une voie longeant la crête la plus proche de l'estuaire du Miskatonic. Probablement faisaient-ils leurs achats à Arkham, sachant combien les habitants de Kingsport aimaient peu leur maison, ou peut-être étaient-ils simplement incapables de descendre la falaise du côté de la cité.

Olney marcha le long des falaises plus basses jusqu'à l'endroit où le grand rocher s'élevait insolemment pour se marier avec les choses célestes. Il s'assura qu'aucune force humaine ne pouvait l'escalader ou le descendre, côté sud, par cette pente menaçante. A l'est et au nord, le roc, également impraticable, s'élevait à des milliers de pieds, perpendiculairement à l'eau. Il ne restait que le flanc ouest, tourné vers l'intérieur en direction d'Arkham.

Tôt un matin d'août, Olney se mit en route pour rechercher un chemin menant vers le pinacle inaccessible. Il marcha en direction du nord-ouest le long de routes agréables. Il dépassa la mare de Hooper et la vieille poudrerie de brique, jusqu'à l'endroit où les pâturages s'élèvent vers la crête dominant le Miskatonic, d'où l'on a une vue admirable sur les clochers blancs d'Arkham. Là, il trouva une route ombragée qui menait vers cette cité, mais point d'autre piste en direction de la mer, ainsi qu'il l'avait souhaité. Des bois et des champs dévalaient jusqu'à l'embouchure du fleuve. Il n'y avait aucun signe de présence humaine, pas même un mur de pierre ou une vache solitaire, seulement l'herbe haute, les arbres géants et les enchevêtrements de ronces que les premiers Indiens avaient dû voir. Tandis qu'il grimpait lentement à l'est, de plus en plus haut au-dessus de l'estuaire qui se trouvait à sa gauche, pour se rapprocher de la mer, il découvrit que le chemin devenait de moins en moins facile d'accès et il finit par se demander comment les habitants de cet endroit détesté pouvaient bien s'y prendre pour atteindre le monde extérieur et se rendre au marché d'Arkham. Puis les arbres se raréfièrent, et loin au-dessous de lui sur sa droite, il vit les collines, les vieux toits et les flèches de Kingsport. Même la colline de Central était minuscule, vue de cette hauteur, et il pouvait à peine discerner le vieux cimetière, près de l'hôpital de la Congrégation, sous lequel, selon la rumeur, se dissimulent des caves et des cryptes terrifiantes. Devant lui s'étendaient une herbe épaisse, des buissons de ronces et de mûres, et au-delà le roc nu de la falaise et le toit pointu de la redoutable maison grise. A présent, la crête se rétrécissait, et Olney se sentit mal à l'aise à cause de sa solitude sous le ciel hostile, près du précipice effrayant, au-dessus de Kingsport, au sud, et de la paroi verticale qui faisait presque un kilomètre de haut à l'embouchure de la rivière, au nord. Tout à coup, il découvrit un trou béant devant lui. Il y descendit en se suspendant par les mains jusqu'à une profondeur de trois mètres environ, et ensuite rampa dangereusement le long d'un défilé naturel sur la paroi opposée. Ainsi, c'était là la manière dont les habitants de cette maison fantastique voyagaient entre ciel et terre ! Quand il émergea du gouffre, une brume matinale se formait, mais il vit distinctement la maison haute et impie devant lui, les murs aussi gris que le rocher et son sommet qui s'élevait audacieusement au milieu du blanc laiteux des vapeurs marines. Et il remarqua qu'il n'y avait pas de porte du côté des terres, mais seulement quelques petites fenêtres à croisillons avec des vitres opaques en œil-de-bœuf, plombées à la mode du XVIIe siècle. Tout autour de lui, ce n'était qu'un chaos de nuages ; il n'apercevait rien d'autre que la blancheur de l'espace sans limites. Il était seul dans le ciel avec cette curieuse et très troublante maison. Après avoir longé l'enceinte jusqu'à la façade, il vit que le mur ne faisait qu'un avec la paroi de la falaise, si bien que l'étroite porte ne pouvait être atteinte que par les airs. Il en ressentit une terreur que l'altitude seule ne pouvait expliquer. N'était-il pas très étrange que des bardeaux aussi rongés par les vers aient survécu au temps, et que des briques aussi croulantes forment une cheminée qui tienne encore debout ? Comme la brume s'épaississait, Olney fit le tour de la maison jusqu'aux fenêtres des côtés nord, ouest et sud, qu'il trouva toutes verrouillées. Il en fut vaguement content, car plus il voyait cette maison, moins il désirait y pénétrer. C'est alors qu'un son le fit sursauter. Il entendit un grincement de serrure, un long grincement, comme si une lourde porte était lentement et prudemment ouverte, et un claquement de loquet suivit. Cela se passait du côté de l'océan, là où l'étroite porte s'ouvrait sur l'espace vide à des milliers de pieds au-dessus des vagues, dans le ciel brumeux. Puis il y eut un piétinement lourd et décidé dans la maison, et Olney entendit les fenêtres s'ouvrir, d'abord sur le côté nord, en face de lui, puis à l'ouest, de l'autre côté. Quand un tâtonnement se rapprocha du châssis le plus proche de lui, il se faufila vers le côté ouest et s'aplatit contre le mur, à côté des fenêtres à présent ouvertes. Il était évident que le propriétaire était rentré, mais il était évident aussi qu'il n'était pas arrivé par la terre, ni par quelque ballon ou aéronef qu'on pût imaginer. Des pas résonnèrent de nouveau. Olney contourna l'habitation par le nord, mais avant qu'il eût pu trouver un abri, une voix appela doucement, et il sut qu'il allait rencontrer son hôte. Penché à la fenêtre ouest, il y avait un grand visage à la barbe noire, dont les yeux phosphorescents portaient l'empreinte de spectacles inouïs. Mais la voix était douce, curieusement désuète, si bien que Olney ne frissonna pas quand une main brune se tendit vers lui pour l'aider à pénétrer dans cette étrange pièce basse aux boiseries de chêne noir et aux meubles de style Tudor. L'homme était vêtu de vêtements très anciens. Il était comme auréolé par la science des mers et par des rêves de hauts galions. Olney ne se souvint ni de toutes les merveilles qu'il lui raconta, ni même qui il était, mais il affirma que l'homme était bienveillant, plein de la magie des songes insondables du temps et de l'espace. La petite pièce semblait verte. Elle paraissait éclairée par une faible lueur aquatique, et Olney vit que les fenêtres qui donnaient à l'est n'étaient pas ouvertes, mais fermées, pour la protéger de la brume, par des vitres épaisses et ternes comme le fond des vieilles bouteilles. L'hôte barbu avait l'air jeune, mais son regard semblait provenir du fin fond des temps. D'après les légendes qu'il racontait sur d'extraordinaires choses anciennes, on pouvait deviner que les gens du village avaient raison de dire qu'il avait été en communication avec les brumes de la mer et les nuages du ciel depuis la naissance du premier village capable de contempler de la plaine sa retraite solitaire.

La journée finissait, et Olney écoutait encore les histoires des temps anciens et des lieux éloignés. Il apprit comment les rois de l'Atlantide avaient combattu les êtres gluants et impies qui étaient sortis en rampant des crevasses du fond de l'océan, et comment le temple à colonnes couvert d'algues de Poséidon peut encore être aperçu à minuit par les bateaux en détresse, qui savent, en le voyant, qu'ils sont perdus. L'époque des Tritons fut évoquée, mais l'hôte devint hésitant lorsqu'il parla des premiers âges précédant la naissance des dieux, ou même des anciens dieux, quand les *autres dieux* venaient danser au sommet de Hatheg-Kla, dans le désert de pierres près d'Ulthar, de l'autre côté de la rivière Skaï. C'est à ce moment qu'on entendit frapper à la porte, à cette ancienne porte de chêne cloutée, au-delà de laquelle il n'y avait que l'abîme de nuages blancs. Olney sursauta de peur, mais l'homme à la barbe lui fit signe de rester calme. Il alla sur la pointe des pieds jusqu'à la porte pour regarder à travers le judas. Ce qu'il y vit lui déplut, car il pressa son doigt sur ses lèvres et revint sur la pointe des pieds fermer toutes les fenêtres avant de retourner s'asseoir sur l'antique siège, près de son invité. Olney aperçut alors une bizarre silhouette noire s'attarder à la vitre translucide de chacune des petites fenêtres, et il fut content que son hôte n'eût pas répondu aux coups frappés à la porte. Car il y a trop de choses étranges et imprévisibles dans le grand Infini, et celui qui est à la recherche des rêves doit éviter d'éveiller ou de rencontrer ceux qu'il ne faut pas.

Puis les ombres commencèrent à se rassembler. D'abord les petites ombres furtives qui se cachaient sous la table, puis d'autres plus audacieuses dans les sombres coins lambrissés. L'homme à la barbe fit alors des gestes de prières énigmatiques, et alluma de grandes bougies dans des chandeliers de cuivre curieusement ouvragés. Il lançait de fréquents coups d'œil vers la porte comme s'il guettait quelqu'un. Son attente ne fut pas vaine puisque l'on entendit bientôt frapper à la porte d'une façon singulière, selon un code sans doute secret et très ancien. Cette fois il ne vérifia pas même par le judas, mais poussa la grande barre de chêne, fit tourner la serrure et déverrouilla la lourde porte, l'ouvrant toute grande aux étoiles et à la brume. A cet instant, un flot d'harmonie obscure pénétra dans la pièce puis, venus des profondeurs océanes, tous les rêves et les souvenirs des Puissants disparus de la terre. Et des flammes dorées jouèrent sur les chevelures d'algues, si bien que Olney fut ébloui et leur rendit hommage. Neptune était là avec son trident, et les Tritons joueurs et les Néréides fantastiques. Sur le dos des dauphins se balançait un vaste coquillage à l'intérieur duquel il y avait la forme grise et terrible du primitif Nodens, le maître du Grand Gouffre. Les conques et les Tritons firent entendre de curieux bruits, et les Néréides émirent d'étranges sons en frappant sur les coquilles de monstres inconnus qui se dissimulent dans les noires cavernes marines. Le vénérable Nodens, alors, étendit sa main flétrie et aida Olney et son hôte à pénétrer dans le vaste coquillage. Les conques et les gongs firent entendre une clameur sauvage et effrayante. Le fabuleux équipage s'élança dans l'éther sans limites, tandis que le bruit de ses cris se perdait dans les échos du tonnerre.

Toute la nuit, à Kingsport, on observa la falaise élevée chaque fois que la tempête et les brumes le permettaient. Lorsque, vers l'aube, les petites fenêtres s'assombrirent, on parla à voix basse de malheur et de désastre. Et les enfants et la femme corpulente d'Olney adressèrent leurs implorations au dieu des Baptistes, et prièrent pour que le voyageur trouvât à emprunter un parapluie et des caoutchoucs, à moins que la pluie ne s'arrêtât d'ici le matin. Puis l'aurore sortit de la mer, dégoulinante d'eau et couronnée de brume, et les balises tintèrent solennellement dans les tourbillons de l'éther blanc. Et à midi, les cors des elfes résonnèrent au-dessus de l'océan tandis que Olney, descendant des falaises, sec et chaussé légèrement, faisait son entrée dans Kingsport avec l'air de quelqu'un qui a vu des pays lointains. Il fut incapable de se souvenir de ce qu'il avait rêvé dans la cabane de l'ermite sans nom, perchée dans le ciel, pas plus qu'il ne sut dire comment il était descendu de ce rocher où l'homme n'avait jamais mis les pieds. Il ne parla jamais de son aventure, excepté avec le Vieil Homme terrible, qui murmura dès lors des choses curieuses dans sa longue barbe blanche, jurant que l'homme qui était descendu de la falaise n'était plus le même que celui qui y était monté, et que l'esprit perdu de celui qui s'appelait Thomas Olney flottait là-haut, soit sous le toit gris et pointu, soit parmi les hauteurs inconcevables de cette sinistre brume blanche.

Et depuis ce jour, au travers de longues années de grisaille et de lassitude, le philosophe a travaillé, mangé, dormi et accompli sans se plaindre tous les actes d'un citoyen. Il ne se languit plus de la magie des collines lointaines, et ne soupire plus après les secrets qui émergent comme des récifs verts d'une mer sans fond. La monotonie de sa vie ne lui cause plus de tristesse et ses pensées bien disciplinées suffisent à son imagination. Son épouse devient plus corpulente, ses enfants plus grands, plus turbulents, et il ne manque jamais, lorsque l'occasion s'en présente, de montrer qu'il est fier d'eux. Dans son regard, il n'y a pas de lueur d'inquiétude, et s'il écoute parfois les cloches solennelles ou les trompes des elfes lointains, c'est seulement la nuit, quand errent de vieux rêves. Il n'a jamais revu Kingsport, car sa famille n'aimait pas les vieilles maisons, et se plaignait de ce que les tuyaux fonctionnaient mal. Ils ont maintenant un bungalow à Bristol Highlands, où il n'y a pas de falaises élevées, et où les voisins sont modernes et civilisés.

Mais à Kingsport d'étranges histoires circulent. Et même le Vieil Homme terrible admet quelque chose que son grand-père ne lui a pas raconté ; car maintenant, quand le vent du nord souffle avec bruit au-dessus de l'ancienne maison qui se confond avec le firmament, le silence inquiétant et menaçant, qui existait bien avant la peste qui ravagea le village de Kingsport, est enfin rompu. Et les vieilles gens parlent des voix joyeuses qu'ils entendent chanter et d'un rire qui résonne de joies supraterrestres. Ils disent que le soir les fenêtres sont plus éclairées qu'auparavant. Ils disent encore que l'aurore vient plus souvent en ce lieu, drapée de couleurs bleues brillantes, avec des visions d'univers gelé, tandis que le rocher et la maison se détachent, noirs et fantastiques, sur un décor échevelé. Et les brumes de l'aube sont plus épaisses. Quant aux marins, ils ne sont plus absolument sûrs que les tintements étouffés de la mer soient ceux des balises. Le plus curieux de tout, cependant, c'est la disparition des anciennes craintes dans le cœur des jeunes gens de Kingsport. Ils sont enclins maintenant à écouter la nuit les bruits vagues du vent du nord, et ils jurent que ni le mal ni la douleur ne peuvent habiter la vieille maison au toit pointu, car la joie résonne dans ces nouvelles voix, et avec elles le tintement des rires et de la musique. Ils ne savent pas quelle légende les brumes marines peuvent apporter à ce pinacle hanté, mais ils désirent ardemment connaître les merveilles qui frappent à la porte béante de la falaise quand les nuages sont très épais. Aussi les vieux craignent-ils qu'un jour ils n'essayent de grimper, l'un après l'autre, vers ce pic inaccessible, dans le ciel, pour y découvrir le secret séculaire caché sous le toit pointu à bardeaux qui fait partie des rochers, des étoiles, et des anciennes craintes de Kingsport. Ils ne doutent pas que ces jeunes gens aventureux reviendront, mais ils pensent qu'une lueur disparaîtra de leur regard, et la volonté quittera leur cœur. Ils souhaitent que le vieux Kingsport, avec ses ruelles abruptes et ses pignons archaïques, continue d'exister, et ne tombe pas dans l'apathie, tandis que s'amplifierait le chœur des rites dans ce terrible nid d'aigle inconnu où les brumes et les rêves s'arrêtent pour se reposer au cours de leurs voyages de la mer vers les cieux. Ils ne veulent pas que les âmes de leurs jeunes hommes quittent les foyers agréables et les tavernes aux toits en croupe du vieux Kingsport, pas plus qu'ils ne désirent que les rites et les chansons de cet endroit rocheux augmentent d'intensité. Car, de même que la voix est venue apporter de nouvelles brumes de la mer et de nouvelles lumières du nord, ils disent que d'autres voix apporteront encore plus de brumes et plus de lumières, jusqu'à ce que peut-être les Anciens Dieux (auxquels ils font allusion seulement en chuchotant, de crainte que le pasteur ne les entende) sortent des profondeurs inconnues du désert de Kadath, pour s'installer sur le rocher si proche des collines et des vallées riantes de ce peuple tranquille de pêcheurs. Ils n'aspirent à rien de tout cela, car, pour les gens simples, les choses qui ne sont pas terrestres ne sont pas les bienvenues, et en outre, le Vieil Homme terrible rappelle souvent ce que Olney disait de ces coups que le locataire redoutait et de la forme noire et inquisitrice qui se découpait dans la brume, à travers les étranges vitres, opaques et plombées, des fenêtres en œil-de-bœuf.

Cependant, seuls les Anciens peuvent décider de ces choses. Et pendant ce temps, la brume matinale s'élève toujours au-dessus de ce pic solitaire et vertigineux surmonté par l'antique maison, la maison grise aux auvents bas, où l'on ne voit personne, mais où le soir apporte des lumières furtives, tandis que le vent du nord se fait l'écho d'étranges divertissements. Blanche et duveteuse, la brume s'élève des profondeurs vers ses frères les nuages, pleine de rêves de pâturages humides et de cavernes de Léviathan. Et lorsque les contes s'épaississent et se font nombreux dans les grottes des Tritons, et que les conques, dans les cités d'algues marines, font résonner de vieux airs enseignés par les Anciens, alors des brumes impatientes se rassemblent dans les cieux, chargées de connaissances et de secrets. Et ceux qui, de Kingsport, nichée inconfortablement sur les falaises inférieures au-dessous de cette redoutable sentinelle de pierre, regardent vers l'océan, ceux-là ne voient qu'une blancheur mystique, comme si le bord de la falaise était le bord du monde, et comme si les cloches solennelles des balises résonnaient dans un éther de féerie.

DANS LES MURS D'ERYX

(Ecrit en collaboration avec Kenneth Sterling)

Avant de prendre du repos, je vais préparer ces quelques notes pour le rapport que je dois présenter.

Ce que j'ai découvert est si singulier et si contraire à toutes les expériences passées, que cela mérite une description détaillée.

J'atterris sur l'aéroport principal de Vénus le 18 mars, temps terrestre, le 9-VI selon le calendrier de la planète. Je faisais partie de l'équipe de Miller, je reçus mon équipement et une montre adaptée à la rotation légèrement plus rapide de Vénus, et me prêtai à l'entraînement habituel du masque. Au bout de deux jours, je fus déclaré apte à ma mission. Quittant le poste de la Crystal Company à Terra Nova à l'aube du 12-VI, je suivis la route du sud, que Anderson avait tracée sur la carte. Elle était mauvaise, car ces jungles sont toujours à moitié impraticables après la pluie. C'est probablement l'humidité qui donne aux lianes grimpantes cette consistance de cuir : il faut parfois les travailler à la machette pendant dix minutes avant de pouvoir se frayer un passage.

Vers midi, il faisait plus sec. La végétation devint plus souple et caoutchouteuse, et la machette travaillait plus facilement, mais même alors, je ne pouvais avancer très vite. Ces masques à oxygène Carter sont trop lourds, et le simple fait d'en porter un épuise rapidement un homme normalement robuste. Un masque Dubois, avec un réservoir d'éponge au lieu de tubes, donnerait un air aussi bon en pesant deux fois moins. Le détecteur de cristal semblait fonctionner parfaitement, indiquant régulièrement une direction qui concordait avec le relevé d'Anderson. Il est curieux de voir comment le principe d'affinité fonctionne sans le truquage des vieilles « baguettes de divination » que l'on emploie sur terre. Il doit y avoir un grand filon de cristal à moins de mille kilomètres, mais je suppose que ces maudits hommes-lézards le surveillent toujours. Ils pensent probablement que nous sommes ridicules de venir chercher ce minéral sur Vénus, de même que nous les trouvons stupides de patauger dans la boue quand ils en voient un morceau, ou quand ils le gardent sur un piédestal dans leur temple. Si seulement ils pouvaient changer de religion ! Ils n'utilisent jamais leur cristal, si ce n'est pour prier. Toute théologie mise à part, ils pourraient nous laisser prendre tout ce que nous voudrions, et même s'ils apprenaient à les traiter pour obtenir de l'énergie, il y en aurait plus qu'assez pour leur planète et la terre réunies. Pour ma part, j'en ai assez de passer à côté des filons et de rechercher des cristaux séparés dans les lits des rivières de la jungle. Parfois, je souhaiterais qu'on balaie tous ces mendiants couverts d'écailles avec une bonne armée venue de chez nous. Une vingtaine de vaisseaux emmèneraient suffisamment de troupes pour faire l'affaire. On ne peut pas appeler ces espèces de choses des hommes, malgré toutes leurs cités et leurs tours. Ils ne savent rien faire d'autre que construire. Ils utilisent des épées et des flèches empoisonnées, et je ne crois pas que leurs prétendues cités aient plus d'importance que des fourmilières ou des barrages de castors. Je me demande même s'ils ont un vrai langage, et tout ce qu'on raconte au sujet de leurs « communications psychologiques » au moyen de tentacules qu'ils ont sur la poitrine me fait l'effet d'être une plaisanterie. Ce qui trompe tout le monde, c'est qu'ils se tiennent debout, mais ce n'est là qu'une ressemblance physique accidentelle avec l'homme terrestre. J'aimerais bien aller dans la jungle de Vénus sans avoir à faire attention à leurs petits groupes ou à esquiver leurs flèches empoisonnées. Ils étaient peut-être corrects avant qu'on commence à leur prendre leurs cristaux, mais maintenant ils sont devenus une véritable plaie. Ils nous décochent des flèches, ils coupent nos conduites d'eau. Je suis de plus en plus persuadé qu'ils ont un sens spécial, comme notre détecteur de cristal. Personne ne les a jamais vus s'attaquer à un homme qui ne porte pas de cristaux sur lui. Vers 1 heure de l'après-midi, une flèche faillit faire tomber mon casque, et je crus un instant que l'un de mes tubes à oxygène avait été percé. Les rusés diables n'avaient fait aucun bruit, et cependant trois d'entre eux m'entouraient. Je les eus tous en tirant en cercle avec mon pistolet à flammes, car malgré leur couleur qui se confond avec la jungle, j'avais réussi à les localiser. L'un d'entre eux faisait deux mètres quarante de haut, et il avait un mufle de tapir. Les deux autres ne mesuraient que deux mètres dix. Ce qui les rend si forts, c'est leur nombre, car un simple régiment de lanceurs de flammes en viendrait rapidement à bout. C'est pourtant curieux qu'ils soient parvenus à établir leur domination sur la planète. Aucune autre créature vivante plus haute que les okmans et les skorahs rampants ou les tukahs volants de l'autre continent n'existe, à moins bien sûr que les cavités du plateau dionéen ne recèlent quelque peuplade inconnue.

Vers 2 heures, mon détecteur vira vers l'ouest, indiquant des cristaux isolés sur ma droite. Cela concordait avec la théorie d'Anderson, et je déviai donc ma route. Le chemin était plus difficile, non seulement parce que le sol s'élevait, mais aussi parce que la vie animale s'intensifiait et que les plantes carnivores se faisaient plus nombreuses. Je continuais à taillader des ugrats, piétinais des skorahs et ma combinaison de cuir était couverte de taches de darohs qui venaient s'écraser sur elle. Le soleil ne séchait pas la boue. A chaque pas, mes pieds s'enfonçaient de douze à quinze centimètres, et quand je les retirais on entendait un bruit de succion. J'aimerais que quelqu'un invente, pour ce climat, une combinaison en une matière autre que le cuir. Une étoffe pourrirait, évidemment, mais un tissu métallique fin, indéchirable, comme ce rouleau utilisé pour les documents et qui les met à l'abri de la décomposition...

Cela devrait pouvoir se faire. Je mangeai vers 3 heures et demie. Si toutefois on peut appeler manger le fait de glisser des tablettes de nourriture sous son masque.

Peu après, je remarquai un net changement dans le paysage. Les fleurs éclatantes, à l'allure vénéneuse, devenaient spectrales. Tous les contours se mirent à osciller rythmiquement, et des points de lumière brillante apparurent et dansèrent sur le même tempo. Après quoi, la température sembla fluctuer dans un martèlement au rythme particulier. L'univers tout entier semblait battre d'une pulsation profonde et régulière qui emplissait l'espace. Je perdis le sens de l'équilibre, et, pris de vertige, je me mis à tituber, je fermai les yeux et couvris mes oreilles de mes mains, mais cela n'améliora pas la situation. Cependant, mon esprit était encore lucide et, en quelques minutes, je me rendis compte de ce qui s'était passé. J'avais rencontré l'une de ces curieuses plantes à mirages dont tant d'entre nous ont parlé. Anderson m'avait prévenu, et me les avait décrites très précisément — la tige touffue, les feuilles pointues, et les fleurs marbrées dont les exhalaisons gazeuses, génératrices de rêves, arrivent à pénétrer toutes les sortes de masques. En me rappelant ce qui était arrivé à Kailey trois mois auparavant, je fus pris de panique et me mis à courir dans le monde dément et chaotique que les manifestations de la plante avaient tissé autour de moi. Puis je repris mes esprits, et compris que tout ce que je devais faire était de m'éloigner de la source des pulsations en me frayant aveuglément un passage, sans tenir compte de ce qui semblerait tourbillonner autour de moi, jusqu'à ce que je fusse en sécurité, hors du rayon d'action de la plante.

Bien que tout tournât dangereusement, je tentai de me placer dans la bonne direction. Mon itinéraire était loin d'être rectiligne. Peu à peu, les lueurs mouvantes disparurent et le paysage spectral et ondulant commença à reprendre un aspect solide. Quand je fus à nouveau en sécurité, je regardai ma montre, et fus étonné de constater qu'il n'était que 4 h 20.

Toute l'épreuve n'avait duré qu'un peu plus d'une demi-heure. Mais elle m'avait semblé une éternité. Chaque instant de retard, cependant, était fâcheux. J'avais perdu du terrain en m'éloignant de la plante. Je m'élançai maintenant en direction du sommet de la colline indiquée par le détecteur de cristal, rassemblant toute mon énergie pour réaliser un meilleur temps. La jungle était encore épaisse, mais il y avait moins de vie animale. Une fois, une fleur carnivore se referma sur mon pied droit, et le retint si solidement que je dus la réduire en morceaux à l'aide de ma machette.

En moins d'une heure, la jungle se raréfia, et à 5 heures, après avoir traversé une ceinture de buissons de fougères, j'émergeai sur un large plateau couvert de mousse. Ma progression se fit plus rapide, et je vis, à l'oscillation de l'aiguille de mon détecteur, que j'approchais de mon but.

Le terrain s'élevait et se terminait sur une crête. J'atteignis le sommet à 5 h 30. J'aperçus alors devant moi une grande plaine, avec au loin des forêts. C'était sans aucun doute le plateau découvert par Matsugawa, il y a cinquante ans, et qui sur nos cartes porte le nom d'*Eryx*, ou de *Hautes terres éryciniennes*. Mais ce qui fit bondir mon cœur, ce fut un petit détail qui ne devait pas être loin du centre géométrique de la plaine. C'était un point de lumière isolé, brillant à travers le brouillard, d'une luminosité perçante, et qui se détachait au milieu des vapeurs jaunâtres du soleil. C'était sans aucun doute le cristal que je recherchais, un objet de la taille d'un œuf de poule, mais contenant assez d'énergie pour chauffer une cité un an durant. Je ne m'étonnai pas, en regardant cette lueur lointaine, que ces misérables hommes-lézards eussent le culte de ces cristaux. Et pourtant, ils n'ont pas la moindre notion de la puissance qu'ils contiennent.

Me mettant à courir, j'essayai d'atteindre aussi vite que possible ce butin inattendu. Et je fus agacé quand la mousse ferme laissa place à une boue parsemée d'herbes et de racines. Mais j'avançais en m'éclaboussant, songeant à peine à regarder s'il n'y avait pas d'hommes-lézards furtifs aux alentours. Tandis que j'avançais, la lumière semblait s'intensifier, et je commençai à y remarquer une particularité. Manifestement, il s'agissait d'un cristal de la plus belle espèce, et ma joie augmentait à chaque pas.

C'est maintenant que je dois faire très attention en écrivant mon rapport, car ce que je vais dire dorénavant concerne des événements sans précédent, quoique heureusement vérifiables. Je courais avec une impatience grandissante, et j'étais à une centaine de mètres du cristal, dont la position sur une sorte de monticule, dans cette boue omniprésente, semblait très étrange, lorsqu'un choc soudain frappa ma poitrine et mes poings fermés, me renversant dans la boue. Dans ma chute, je fis un bruit terrible, et ni la mollesse du sol ni la présence d'herbes et de racines fangeuses ne préservèrent ma tête d'un heurt d'une violence inouïe. Pendant un moment, je restai immobile, trop surpris pour réfléchir. Puis je me remis mécaniquement sur mes pieds et commençai à nettoyer ma combinaison de cuir. Je n'avais pas la moindre idée de ce sur quoi j'étais tombé. Je n'avais rien vu qui pût provoquer le choc, et je ne voyais rien encore à présent. Peut-être avais-je tout simplement glissé dans la boue, mais mes poings et ma poitrine douloureuse me firent changer d'avis. Peut-être cet incident n'était-il qu'une illusion provoquée par une plante à mirages cachée. Cela semblait peu probable, puisque je n'avais noté aucun des symptômes et qu'il n'y avait pas trace de cette végétation en cet endroit. Si j'avais été sur la Terre, j'aurais soupçonné une barrière de force N installée par un gouvernement pour barrer une zone interdite, mais dans cette région sans hommes, une telle idée se révélait absurde.

Rassemblant finalement mes esprits, je décidai de mener mon enquête. Tenant ma machette à bout de bras pour qu'elle fût la première à rencontrer cette force étrange, je me dirigeai à nouveau vers le cristal brillant, en faisant très attention. Au troisième pas, je fus arrêté par l'impact de la lame sur une surface solide. Une surface invisible à mes yeux. Après un moment d'hésitation, je repris courage. Etendant mon bras gauche, je vérifiai la présence d'une matière solide invisible, ou l'illusion tactile d'une matière solide devant moi. En déplaçant ma main, je me rendis compte que la barrière s'étendait, qu'elle était lisse comme du verre, sans trace de séparation entre les blocs. Reprenant du nerf pour continuer mon exploration, je retirai mon gant et touchai la chose de ma main nue. C'était en effet dur comme du verre, et la froideur de l'objet contrastait curieusement avec l'atmosphère ambiante. Je tendis mon regard au maximum, pour essayer d'apercevoir une trace de cette substance qui me faisait obstacle. Je ne pus rien discerner. Il n'y avait pas même trace de réfraction, à en juger par l'aspect du paysage qui se trouvait devant moi. Et l'absence de réfraction m'était prouvée par l'absence de l'image du soleil. Une ardente curiosité remplaça tous mes autres sentiments, et j'élargis mes recherches autant que je le pus. Explorant avec mes mains, je découvris que la barrière s'élevait du sol à un niveau hors de ma portée, et qu'elle s'étendait indéfiniment des deux côtés. C'était donc bel et bien un mur.

De nouveau, je pensai à la plante à mirages et aux rêves qu'elle provoque, mais un instant de réflexion chassa cette idée de ma tête. Frappant avec force sur la barrière avec la poignée de ma machette, et lançant des coups avec mes bottes, j'essayai d'interpréter les sons que j'entendais. Ils faisaient penser à ceux que renvoie le ciment, quoique mes mains eussent touché une surface plutôt vitreuse ou métallique. Certainement, j'étais en face de quelque chose qui dépassait toutes mes expériences passées. Logiquement, je devais essayer d'évaluer les dimensions du mur. Le problème de la hauteur serait difficile, sinon insoluble, mais la longueur et la forme pouvaient être plus facilement déterminées. Etendant mes bras et me pressant contre la barrière, je commençai à me déplacer vers la gauche, prenant bien soin de garder la même direction. Après plusieurs pas, je pus conclure que le mur n'était pas droit, mais que je suivais une partie des vastes cercles d'une spirale. C'est alors que mon attention fut attirée par quelque chose de différent, en relation avec le cristal encore éloigné, qui avait été le but de ma recherche.

J'ai déjà dit que même à une distance plus grande, la position de l'objet brillant semblait curieuse, sur son petit monticule. Maintenant, à une centaine de mètres, je pus voir, malgré le brouillard, ce qu'était ce monticule. C'était le corps d'un homme qui portait la combinaison de cuir de la Crystal Company ; il était allongé sur le dos, son masque à oxygène à moitié enfoncé dans la boue quelques mètres plus loin. Dans sa main droite convulsivement crispée sur sa poitrine, il y avait le cristal qui m'avait conduit jusque-là, un sphéroïde d'une taille incroyable, si grand que les doigts morts n'arrivaient pas à en faire le tour. De la distance où j'étais, je pus voir que la mort était récente. La décomposition était peu apparente, et je songeai que sous ce climat, ce détail signifiait que la mort ne remontait pas à plus d'un jour. Bientôt, les terribles mouches farnoth commenceraient à s'abattre sur le cadavre. Je me demandai qui était cet homme. Ce n'était sûrement pas quelqu'un que j'avais vu pendant ce voyage. Ce devait être l'un des anciens, absent pour une longue mission, et venu dans cette région indépendamment de l'équipe d'Anderson. Il gisait là, et les rayons du grand cristal émanaient d'entre ses doigts raidis. Pendant cinq bonnes minutes, je demeurai cloué par la surprise et l'appréhension. Une crainte m'assaillit, et une envie déraisonnable de m'enfuir s'empara de moi. Ce ne pouvait pas être l'œuvre de ces hommes-lézards furtifs, car il tenait encore le cristal qu'il avait trouvé. Y avait-il une relation avec le mur invisible ? Où avait-il trouvé le cristal ? L'instrument d'Anderson l'avait indiqué à cet endroit, bien avant la mort de l'homme. Je me mis à considérer la barrière invisible comme quelque chose de funeste et je m'éloignai d'elle en frissonnant. Pourtant, je savais que je devais percer ce mystère, d'autant plus vite que la tragédie était récente. Soudain, faisant un effort pour ramener mon esprit au problème que j'avais à affronter, je conçus un moyen pour mesurer la hauteur du mur, ou du moins découvrir s'il s'élevait indéfiniment ou non. Saisissant une poignée de boue, je laissai l'eau en sortir jusqu'à ce qu'elle prît quelque consistance, et je la lançai en l'air sur la barrière transparente. A une hauteur d'environ 4 m, elle s'écrasa contre la surface invisible, se désintégrant immédiatement et dégoulinant en petits ruisseaux avec une rapidité surprenante. Apparemment, le mur était très élevé. Une deuxième poignée, lancée plus haut, frappa la surface à environ 5 m et demi du sol et disparut aussi rapidement que la première. Je rassemblai toutes mes forces et me préparai à lancer une troisième poignée aussi haut que je le pourrais ; laissant l'eau s'échapper de la boue et pressant pour qu'elle atteignît son maximum de consistance, je l'envoyai si haut que j'eus peur qu'elle ne rencontrât pas la surface. Mais cette fois-ci, elle passa par-dessus la barrière et tomba de l'autre côté en faisant des éclaboussures. Enfin, j'avais une vague idée de la hauteur du mur, qui devait faire à peu près 6 m. Avec une cloison verticale aussi lisse que du verre, d'une hauteur de 6 m, l'ascension devenait évidemment impossible. Je devais donc continuer à faire le tour de la barrière, dans l'espoir de trouver une porte, une extrémité ou une interruption quelconque. L'obstacle formait-il un cercle complet ou une autre figure fermée, ou était-ce simplement un arc ou un demi-cercle ? Je repris mon lent mouvement circulaire vers la gauche, palpant de mes mains la surface invisible, dans l'espoir de trouver une fenêtre ou une petite ouverture. Avant de commencer, j'essayai de repérer ma position en faisant un trou dans la boue, mais celle-ci était trop peu épaisse pour conserver une trace. J'évaluai cependant approximativement l'endroit en remarquant un cycade élevé dans la forêt, qui semblait juste dans l'axe du cristal étincelant à une centaine de mètres de là. S'il n'y avait pas de porte ou d'entrée, je pourrais savoir quand j'aurais fait le tour complet du mur. Je n'avais pas beaucoup progressé quand je décidai que l'incurvation représentait un enclos circulaire d'un diamètre d'une centaine de mètres. Si le contour était régulier, cela signifierait que le mort était étendu près du mur, à un point situé juste à l'intérieur ou juste à l'extérieur de la barrière ; j'allais bientôt m'en assurer. Comme je contournais lentement l'obstacle, sans trouver de porte, de fenêtre ou d'autre entrée, je décidai que le corps était à l'intérieur. En m'approchant, les traits du mort me semblèrent vaguement troublants, je trouvai quelque chose d'alarmant dans son expression et dans le regard de ses yeux vitreux. Quand je fus tout près, je l'identifiai comme étant Dwight, un vétéran que je n'avais jamais connu personnellement, mais qu'on m'avait désigné au poste l'année précédente. Le cristal qu'il étreignait était certainement une belle prise, le plus grand spécimen que j'eusse jamais vu. J'étais si près du corps que j'aurais pu le toucher s'il n'y avait pas eu la barrière, quand ma main gauche, qui continuait son exploration, rencontra un angle à la surface invisible. En une seconde, je pris conscience qu'il y avait une ouverture d'environ un mètre de large, qui s'élevait du sol jusqu'à une hauteur hors de ma portée. Il n'y avait pas de porte. Sans hésiter, j'entrai et m'avançai vers le corps qui gisait à angle droit du passage que j'avais franchi et qui semblait être un couloir sans porte. Je fus surpris de découvrir que l'intérieur de ce vaste enclos comportait des séparations. En me penchant pour examiner ce cadavre, je découvris qu'il n'avait pas de blessure. Cela me surprit à peine, puisque la présence du cristal démentait le voisinage des indigènes pseudo-reptiles. Cherchant une cause possible de la mort, mes yeux se posèrent sur le masque d'oxygène qui gisait près des pieds du cadavre. C'était vraiment significatif. Sans cet objet, aucun être humain ne pouvait respirer l'air de Vénus plus de trente secondes, et Dwight, si c'était lui, avait apparemment perdu le sien. Il l'avait probablement bouclé avec négligence, de telle sorte que le poids des tubes avait détaché les brides, chose qui ne se produirait pas avec un masque Dubois, dont le réservoir est en éponge. La demi-minute de sursis avait été trop courte pour permettre à l'homme de se baisser et de récupérer sa protection, ou bien la teneur en cyanogène de l'atmosphère avait été anormalement élevée à ce moment-là. Probablement était-il absorbé dans la contemplation du cristal. Apparemment, il l'avait juste sorti de la poche de sa combinaison, car celle-ci était déboutonnée. J'entrepris d'extraire l'énorme cristal des doigts du prospecteur mort. Le sphéroïde était plus grand qu'un poing humain et brillait comme s'il eût été vivant dans les rayons rougeoyants du soleil de l'ouest. En touchant la surface phosphorescente, je frissonnai involontairement, comme si, en m'emparant de ce précieux objet, j'eusse reporté sur moi la malédiction qui avait frappé cet homme.

J'enfouis précautionneusement le cristal dans la poche de ma combinaison de cuir. Je n'avais jamais été sujet à la superstition. Plaçant le casque de l'homme mort sur son visage, je me redressai et reculai dans le passage invisible jusqu'à l'entrée de la grande enceinte. Je ne pouvais pas croire un seul instant que des humains eussent pu construire cet édifice. Il n'y a que soixante-douze ans que nos vaisseaux ont atteint Vénus, et les seuls êtres humains sur la planète sont ceux de Terra Nova. La science humaine ne connaît aucune substance solide aussi parfaitement transparente et non réfléchissante. On peut exclure les invasions humaines préhistoriques sur Vénus, si bien qu'il ne reste que la solution d'une construction indigène. Une race oubliée d'êtres évolués aurait-elle précédé les hommes-lézards en tant que maîtres de Vénus ? Malgré leurs cités élaborées, il semblait difficile de créditer les pseudo-reptiles d'une entreprise de cette sorte. Il devait y avoir eu une autre race, des siècles auparavant, dont c'était là peut-être le dernier vestige. D'autres ruines d'une origine analogue seront-elles découvertes par des expéditions futures ? Le but d'une telle construction dépasse les conjectures, mais son matériau étrange et apparemment peu pratique suggère un usage religieux. Me rendant compte de mon incapacité à résoudre ce problème, je décidai que tout ce que je pouvais faire était d'explorer la structure invisible. J'étais convaincu qu'il y avait différentes salles et couloirs qui s'étendaient sur la plaine couverte de boue apparemment ininterrompue, et je pensai qu'une connaissance du plan selon lequel ils étaient disposés me fournirait des indications utiles. C'est pourquoi, reprenant le passage et passant à côté du corps, je commençai à m'avancer le long du couloir vers l'intérieur, d'où le mort était probablement arrivé. Je remis à plus tard une enquête sur les lieux mêmes.

Tâtonnant comme un aveugle, malgré la clarté du soleil, j'avançais lentement. Bientôt le couloir s'incurva brusquement, et commença à former une spirale vers le centre. De temps en temps, ma main découvrait un passage latéral sans porte, et plusieurs fois je rencontrai des carrefours de trois ou quatre avenues divergentes. Dans ces cas-là je suivais toujours la route intérieure, qui semblait être continue. J'aurais tout le temps d'examiner les voies transversales après avoir atteint le centre. Enfin je sentis que le couloir se terminait dans un vaste espace à découvert. En tâtonnant autour de moi, je découvris que j'étais dans une pièce circulaire, d'environ 3 m de diamètre, et d'après la position du cadavre par rapport à certains points que j'avais repérés dans la forêt, j'estimai que cette pièce se trouvait approximativement au centre de l'édifice. Cinq couloirs s'ouvraient, en plus de celui par lequel j'étais arrivé. Mais je gardai celui-ci en mémoire, alignant dans mon esprit le corps et un arbre sur l'horizon, tandis que je restais à l'entrée de la chambre. Il n'y avait rien de particulier dans cette pièce, excepté le sol de boue présent partout. Je me demandai si cette partie du bâtiment avait un toit, je recommençai mon expérience en lançant une poignée de boue, et je découvris tout de suite qu'il n'y en avait pas. S'il y en avait eu un, il avait dû tomber depuis longtemps, car aucun débris n'arrêta mes pas. Tandis que je réfléchissais, je fus frappé par le fait que cette structure apparemment primaire était dépourvue de trous, de crevasses ou d'autres marques de ruine... Qu'était-ce, et qu'avait-ce été ?... De quoi était-ce fait ?... Pourquoi n'y avait-il aucune trace de panneaux séparés dans les murs vitreux et étonnamment homogènes ? Pourquoi n'y avait-il pas trace de porte, intérieure ou extérieure ? Je savais seulement que j'étais dans un édifice rond, sans toit, sans porte, fait d'un matériau dur, lisse, parfaitement transparent, non réfléchissant et non réfléchi, d'une centaine de mètres de diamètre, avec beaucoup de couloirs et une petite pièce circulaire au centre.

Je ne pourrais rien apprendre d'autre par mes investigations. Je remarquais maintenant que le soleil était très bas à l'ouest, disque d'or rouge, flottant dans un lac écarlate et orange au-dessus des arbres couronnés de brumes de l'horizon. Il fallait donc que je me dépêche si je voulais trouver un endroit sec pour dormir avant qu'il fît sombre.

J'avais décidé longtemps auparavant de camper pour la nuit sur le plateau ferme et couvert de mousse, près de la crête d'où j'avais aperçu le cristal brillant, confiant dans ma chance habituelle pour me préserver d'une attaque des hommes-lézards. Mon opinion avait toujours été que nous devrions voyager par groupes de deux ou plus, pour que l'un de nous pût monter la garde la nuit. Mais le nombre des attaques nocturnes était si faible que la compagnie ne s'en est pas préoccupée. Les créatures couvertes d'écailles semblent avoir des difficultés pour voir dans les ténèbres, même avec leurs torches. Ayant repris le couloir par lequel j'étais arrivé, je me mis en marche pour ressortir de l'édifice. Une exploration plus poussée pouvait encore attendre un jour.

Cherchant mon chemin à tâtons du mieux que je le pus dans le couloir en spirale, avec pour simple repère un vague souvenir des taches d'herbes sur la plaine, je me retrouvai une fois de plus à proximité du cadavre. Il y avait maintenant une ou deux mouches farnoth qui volaient au-dessus du visage couvert par le masque, et je sus que la décomposition allait commencer. Avec un sentiment de dégoût instinctif, je levai ma main pour chasser cette avant-garde de nécrophages, quand une chose surprenante se produisit. Un mur invisible, arrêtant ma main, m'apprit que, malgré toute mon attention, je n'étais pas revenu au couloir dans lequel gisait le corps. Au lieu de cela, j'étais dans un couloir parallèle, ayant sans aucun doute pris un mauvais virage. Espérant trouver une porte de sortie devant moi, je continuai à avancer, mais je me heurtai à un mur. Il me faudrait donc retourner à la pièce centrale et reprendre mon chemin. Je ne pouvais situer exactement où j'avais commis l'erreur. Je regardai le sol pour voir si par miracle mes traces étaient restées, mais je compris aussitôt que la boue ne conservait pas les empreintes. J'eus peu de difficultés à me retrouver au centre et, une fois là, je réfléchis avec soin sur le chemin correct. J'étais allé trop à droite la première fois. Cette fois-ci, je devrais prendre à gauche quelque part, mais où ? Je le déciderais au dernier moment. En tâtonnant pour la seconde fois, j'étais à peu près sûr que j'étais sur le bon chemin, et j'obliquai à gauche à une jonction que je fus certain de reconnaître. La spirale continuait, et je fis attention de ne pas me perdre dans un des passages adjacents. Bientôt, à ma déception, je vis que j'avais dépassé le corps. Ce passage conduisait au mur extérieur, à un tout autre point. Dans l'espoir qu'une issue existerait dans la moitié de mur que je n'avais pas encore explorée, j'avançai encore, mais je me heurtai pour finir à la barrière solide. De toute évidence, le plan du bâtiment était beaucoup plus complexe que je ne le pensais. Je me demandais maintenant si je devais retourner au centre, ou emprunter quelque couloir latéral qui menât vers le corps. Si je choisissais cette dernière solution, je courais le risque de bouleverser le schéma mental que j'avais de l'endroit où je me trouvais. Par conséquent, il valait mieux que je ne m'y risque pas, à moins de laisser une trace visible derrière moi. Mais cela posait un problème, et je me torturai l'esprit pour trouver une solution. Je n'avais rien sur moi qui pût laisser une marque quelconque, aucun objet dont il me fût possible de me séparer, rien à éparpiller. Mon crayon ne laisserait aucune marque sur le mur invisible, et je ne pouvais semer mes précieuses tablettes de nourriture. Même si je l'avais voulu, il n'y en aurait pas eu assez, et de plus elles se seraient enfoncées instantanément dans la boue. Je fouillai mes poches à la recherche d'un vieux carnet, pour en arracher les pages et les éparpiller sur le sol. En vain : il était tout à fait impossible de déchirer le métal fin et solide du rouleau de documents, que la décomposition ne pouvait attaquer. Dans l'atmosphère particulière de Vénus, je ne pouvais pas me séparer de ma combinaison de cuir, et je ne portais aucun sous-vêtement à cause du climat. J'essayai de barbouiller de boue les murs lisses et invisibles, mais découvris qu'elle disparaissait aussi vite que les poignées que j'avais lancées pour mesurer la hauteur. Finalement, je sortis mon couteau et essayai de graver une ligne sur la surface vitreuse et fantôme, quelque chose que je pusse reconnaître avec ma main même si je ne pouvais pas le voir. Mais ce fut inutile, car la lame ne put laisser la moindre trace sur le matériau inconnu. Découragé, je recherchai de mémoire la pièce centrale. Il me semblait plus facile de revenir à cette pièce que de m'orienter à partir de l'endroit où j'étais. Et j'eus peu de difficultés à la retrouver. Cette fois-ci, je notai sur mon rouleau tous les virages que je prenais, dessinant un diagramme grossier et hypothétique de ma route, notant tous les couloirs adjacents. C'était évidemment un travail d'une lenteur affolante, puisqu'il fallait tout déterminer par le toucher et que les possibilités d'erreur étaient infinies. Mais je pensais que, au bout du compte, cela serait profitable. Le long crépuscule de Vénus s'épaississait quand j'atteignis la pièce centrale. Mais j'espérais pouvoir gagner la sortie avant la nuit. Comparant mon dessin avec mes souvenirs, je crus avoir repéré mon erreur, et une fois de plus, je me remis en marche, sûr de moi, le long des couloirs invisibles. J'obliquai plus à gauche que lors de mes précédentes tentatives, et j'essayai de noter mes virages sur le rouleau au cas où je me tromperais encore. Dans l'obscurité croissante, je voyais la silhouette du cadavre, sur lequel planait un nuage répugnant de mouches farnoth. D'ici peu de temps, les sificlighs émergeraient de la boue pour achever le macabre travail. Approchant du corps avec quelque répugnance, je me préparai à l'enjamber, quand une soudaine collision avec le mur m'indiqua que je m'étais de nouveau trompé. Je me rendis compte alors clairement que j'étais perdu. La complexité de ce bâtiment était trop poussée pour une solution improvisée, et il me faudrait probablement procéder à une réflexion plus méthodique avant d'espérer en sortir. Pourtant, j'étais impatient de me retrouver au sec avant la nuit totale. C'est pourquoi je retournai une fois de plus au centre, et me mis à faire toute une série d'essais et d'erreurs, prenant des notes à la lueur de ma lampe électrique. Ce faisant, je remarquai avec intérêt qu'elle ne produisait aucun reflet, et pas la moindre réverbération sur les murs transparents qui m'entouraient. Je m'y attendais, car le soleil ne s'était à aucun moment reflété sur le matériau étrange. J'étais encore en train de tâtonner quand l'obscurité devint totale ; une lourde brume cachait la plupart des étoiles et des planètes, mais la terre était parfaitement visible, point brillant, bleu-vert, au sud-est. Ç'aurait été une vue magnifique au télescope. Je pouvais même distinguer la lune quand les vapeurs s'atténuaient un peu. Il était impossible de voir le cadavre, mon seul repère, aussi je revins à la pièce centrale après quelques divagations. Il n'y avait rien à faire jusqu'au jour, et il ne me restait qu'à m'arranger de mon mieux ici. Se coucher dans la boue ne serait pas très agréable, mais c'était faisable dans mon vêtement de cuir. Lors d'autres expéditions, j'avais dormi dans de pires conditions ; mon équipement vaincrait ma répugnance.

Me voici donc accroupi dans la boue de la pièce centrale, et écrivant ces notes sur mon journal de bord à la lueur de ma lampe électrique. Il y a quelque chose de presque comique dans cette aventure étrange. Perdu dans un bâtiment sans portes, un bâtiment que je ne peux pas voir. J'en sortirai probablement demain matin de bonne heure, et je serai de retour à Terra Nova avec le cristal en fin d'après-midi. Incontestablement, celui-ci est magnifique, avec un éclat surprenant, même à la faible lueur de cette lampe. Malgré ma fatigue, le sommeil est long à venir, c'est pourquoi je suis en train d'écrire. Je dois maintenant m'arrêter. Il y a peu de danger à attendre des maudits indigènes dans cet endroit. Ce que j'aime le moins, c'est le cadavre, mais heureusement mon masque à oxygène m'en épargne les pires effets. J'utilise les cubes de chlore très parcimonieusement. Je vais prendre quelques tablettes de nourriture et m'endormir. — A plus tard.

Plus tard, après-midi du 13-VI.

Il y a eu plus d'ennuis que je ne pensais. Je suis encore dans le bâtiment, et il faut que j'agisse rapidement et intelligemment si je veux être au sec cette nuit.

Il m'a fallu longtemps pour m'endormir, et je ne me suis pas réveillé avant midi. J'aurais dormi plus longtemps si le soleil n'avait pas été aussi brûlant. Le cadavre était peu agréable à voir, grouillant de sificlighs et recouvert d'une nuée de mouches farnoth. Quelque chose avait fait tomber le masque du visage, et il valait mieux ne pas regarder. Enfin, je me secouai et me brossai, pris quelques tablettes de nourriture, et mis un nouveau tube de chlorure de potassium dans l'électrolyseur de mon masque. J'utilise ces cubes très lentement, mais j'aimerais en avoir une plus grande réserve. Je me sentais beaucoup mieux, après avoir dormi, et j'espérais sortir du bâtiment très rapidement. En consultant les notes et les dessins que j'avais faits, je fus impressionné par la complexité des couloirs et par la possibilité d'avoir fait une erreur fondamentale. Des six ouvertures qui partaient de la pièce centrale, j'en avais choisi une en croyant que c'était celle par laquelle j'étais entré, au jugé. Quand je me tenais juste à l'entrée, le cadavre, à cinquante mètres de là, était juste en ligne avec un certain lépidodendron de la forêt. Maintenant, il apparaissait que cette estimation n'était pas d'une précision suffisante, la distance du corps causant une différence de direction relativement légère par rapport à l'horizon quand on l'observait des ouvertures voisines de celle par laquelle j'étais entré. En outre, l'arbre n'était pas si différent des autres sur l'horizon.

Après vérification, je découvris à mon grand regret que je ne pouvais affirmer avec certitude laquelle des trois ouvertures était la bonne. Est-ce que j'avais traversé une autre série de virages à chaque fois que j'avais essayé de sortir ? Cette fois-ci, j'allais en être sûr. Malgré l'impossibilité de tracer une piste, je pouvais cependant laisser une marque. Si je ne pouvais pas me séparer de ma combinaison, je pouvais par contre, grâce à mon abondante chevelure, abandonner mon casque. Et il était assez grand et assez léger pour rester d'une manière visible à la surface de la boue. C'est pourquoi je retirai l'objet grossièrement hémisphérique et le posai à l'entrée de l'un des couloirs de droite. Je suivrais ce couloir en supposant qu'il était correct, reprenant les virages dont je me souvenais, et notant tout.

Si je ne trouvais pas une issue, j'épuiserais systématiquement toutes les possibilités, et si elles échouaient, j'entreprendrais d'explorer les avenues qui partaient de l'ouverture suivante de la même manière, et j'en ferais de même avec la troisième, si c'était nécessaire. Tôt ou tard, je finirais bien par me retrouver sur la bonne voie, mais je devais faire preuve de patience. En mettant les choses au pire, j'atteindrais peut-être la plaine juste à temps pour passer la nuit au sec.

Les résultats furent assez décourageants, mais ils me permirent d'éliminer l'ouverture de droite en moins d'une heure. Ce couloir semblait ne comporter qu'une succession de culs-de-sac, se terminant chacun à une grande distance du corps, et je m'aperçus très vite qu'il n'en avait pas été ainsi dans mes explorations du jour précédent. Comme auparavant, toutefois, je retrouvai facilement mon chemin vers la pièce centrale. A 1 heure de l'après-midi, je posai mon casque à l'entrée du deuxième couloir, et je me mis à explorer les avenues. Au début, je crus reconnaître les virages, mais je me trouvai bientôt dans un ensemble de couloirs tout à fait inconnu. Je ne pouvais pas même m'approcher du corps, et cette fois-ci j'étais même coupé de la pièce centrale, quoique j'eusse cru avoir noté tous les mouvements que j'avais faits. Il semblait y avoir des croisements et des intersections traîtres et trop subtils pour que je parvinsse à les noter sur mon plan. Je commençai à ressentir un mélange de colère et de découragement. La patience finirait bien sûr par l'emporter, mais je voyais que mes recherches devraient être minutieuses, infatigables et de longue haleine. A 2 heures de l'après-midi, j'étais encore en train d'errer dans d'étranges couloirs, tâtonnant toujours, regardant alternativement mon casque et le cadavre, et prenant des notes avec de moins en moins de confiance et de moins en moins d'espoir. Je maudis la stupidité et la curiosité qui m'avaient attiré dans ce labyrinthe de murs invisibles, en pensant que si je ne m'en étais pas occupé et que j'eusse fait demi-tour aussitôt après avoir pris le cristal du cadavre, j'aurais été maintenant en sécurité à Terra Nova. Soudain, il me vint à l'esprit que je pourrais peut-être, avec mon couteau, creuser un tunnel sous les murs invisibles, et réduire ainsi mon itinéraire jusqu'à l'extérieur, ou vers un couloir conduisant à l'extérieur. Je n'avais aucun moyen de connaître la profondeur des fondations du bâtiment, mais la boue omniprésente prouvait l'absence de tout autre sol que la terre. Fixant le cadavre de plus en plus horrible, je me mis à creuser fiévreusement, avec la lame large et tranchante. Il y avait environ quinze centimètres de boue à moitié liquide, sous laquelle le sol devenait brusquement plus solide. Ce sol semblait être d'une couleur différente, une argile grisâtre qui ressemblait à celle qu'on trouve près du pôle nord de Vénus. Comme je continuais près de la barrière invisible, je vis que le sol devenait de plus en plus dur. Une boue liquide emplissait l'excavation dès que je retirais l'argile, mais je continuai à travailler. Si j'arrivais à creuser un passage sous le mur, la boue ne m'empêcherait pas de sortir en rampant. Mais à un mètre de profondeur, la dureté du sol m'empêcha de creuser davantage. Sa consistance était plus dense que tout ce que j'avais rencontré jusque-là, même sur cette planète. Mon couteau grattait l'argile agglutinée, et les fragments qui en jaillissaient étaient comme des pierres solides ou des morceaux de métal. Finalement, même ce travail devint impossible, et je dus m'interrompre sans avoir pu atteindre le mur. Cet effort, qui avait duré une heure, avait été aussi vain que futile, car il m'avait demandé beaucoup d'énergie et forcé à prendre une autre tablette de nourriture, et à mettre un autre cube de chlore dans le masque à oxygène. Il m'a également obligé à interrompre mes tâtonnements, car je suis encore trop épuisé pour marcher.

Après avoir débarrassé de la boue mes bras et mes mains, je m'assieds pour écrire ces notes, appuyé contre le mur invisible et tournant le dos au corps. Celui-ci est maintenant devenu une masse grouillante de vermine, et l'odeur a commencé à attirer les akmans fangeux de la jungle. Je remarque également que beaucoup d'herbes efjeh de la plaine lancent des tentacules nécrophages vers la chose, mais je ne crois pas qu'elles soient assez longues pour l'atteindre. Je souhaite que des animaux vraiment carnivores comme les skorahs apparaissent, car alors ils sentiront mon odeur et ils ramperont jusqu'à moi. Ces choses-là ont un sens développé de l'orientation. Je pourrais les voir venir et noter approximativement leur itinéraire. Cela me serait sûrement d'une grande utilité. Puis mon revolver me débarrasserait d'eux... Quel rêve ! Maintenant que j'ai écrit ces notes, je vais me reposer un peu, et je reprendrai mes tâtonnements. Aussitôt que je serai revenu à la pièce principale, ce qui devrait être assez facile, j'essayerai l'ouverture de gauche. Peut-être qu'après tout je pourrai sortir avant la nuit ?

La nuit, 13-VI.

Nouvel ennui. Mon évasion sera extrêmement difficile, car il y a des choses que je n'avais pas soupçonnées. Encore une nuit dans la boue, et demain nouvelle bataille pour mes mains. J'interrompis mon repos et je fus debout à 4 heures du matin. Après environ quinze minutes, j'atteignis la pièce centrale, et posai mon casque sur la dernière des trois entrées possibles. M'engageant dans cette ouverture, il me sembla que ce chemin m'était plus familier, mais je fus interrompu moins de cinq minutes plus tard par un spectacle qui me causa un choc profond. Un groupe de quatre ou cinq de ces détestables hommes-lézards émergeait de la forêt, de l'autre côté de la plaine. A cette distance, je ne pouvais pas les observer distinctement, mais je les vis s'arrêter et se tourner vers les arbres en gesticulant, après quoi ils furent rejoints par une douzaine de congénères. Le groupe se mit en marche vers le bâtiment invisible, et je les étudiai avec attention tandis qu'ils s'approchaient. Je ne les avais jamais vus d'aussi près. Leur ressemblance avec les reptiles était très sensible, mais je savais que c'était seulement une apparence, car ces êtres n'ont aucun point commun avec les reptiles terrestres. De plus près, seule la tête plate et la peau verte et visqueuse comme celle d'une grenouille pouvait y faire penser. Ils marchaient sur leurs moignons épais, et leurs ventouses faisaient des bruits curieux dans la boue. C'étaient des spécimens tout à fait moyens, de deux mètres dix de haut, avec de longs tentacules noueux sur la poitrine. Les mouvements de ces tentacules, si les théories de Fogg, Erherg et Jonat sont correctes, ce dont je doutais, mais que je suis beaucoup plus enclin à croire maintenant, indiquaient que ces créatures tenaient une conversation animée. Je sortis mon pistolet à flammes et me tins prêt à soutenir un rude combat. Les chances étaient inégales, mais l'arme me donnait un avantage certain. Si ces êtres connaissaient le bâtiment, ils viendraient jusqu'à moi, et de cette façon m'indiqueraient le moyen d'en sortir, de la même façon que l'auraient fait les skorahs carnivores. J'étais sûr qu'ils m'attaqueraient. Car même s'ils ne pouvaient voir le cristal dans ma poche, ils pouvaient deviner sa présence grâce à leur sens spécial. Pourtant, chose surprenante, ils ne m'attaquèrent pas. Ils s'éparpillèrent et formèrent un vaste cercle autour de moi, à une distance qui indiquait qu'ils étaient tout près du mur invisible. Se tenant en cercle, les créatures me fixaient en silence, agitant leurs tentacules, secouant leurs têtes et faisant des gestes avec leurs membres supérieurs. Au bout d'un moment, j'en vis d'autres sortir de la forêt, qui se joignirent à la foule. Ceux qui se trouvaient près du corps regardèrent brièvement, mais ne firent aucun geste pour le déranger. C'était un spectacle horrible, mais les hommes-lézards avaient l'air d'y êtrc indifférents. De temps en temps, l'un d'entre eux chassait les mouches farnoth avec ses membres ou ses tentacules, écrasait un sificligh, un akman ou une herbe efjeh. Regardant ces nouveaux venus inattendus et grottesques, et me demandant avec inquiétude pourquoi ils ne m'attaquaient pas tout de suite, je perdis un moment la volonté et l'énergie nécessaires pour continuer à rechercher la sortie.

Je me laissai mollement aller contre le mur invisible du passage où je me tenais, laissant ma surprise se perdre peu à peu dans une série de spéculations insensées. Une foule de mystères semblèrent tout à coup prendre une signification sinistre, et je me mis à trembler, saisi d'une crainte que je n'avais jamais connue jusque-là. Je crus savoir pourquoi ces créatures répugnantes s'étaient rassemblées et attendaient autour de moi. Je crus également avoir enfin découvert le secret de la structure transparente ; le cristal attirant que j'avais capturé, le corps de l'homme qui l'avait saisi avant moi, toutes ces choses commencèrent à prendre une signification menaçante. Ce n'était pas une simple succession de hasards qui m'avait fait perdre mon chemin dans ce labyrinthe de couloirs invisibles et sans toit. Bien loin de là. Sans aucun doute, cet endroit était un véritable dédale, un labyrinthe délibérément construit par ces créatures infernales dont j'avais si stupidement sous-estimé l'intelligence. N'aurais-je pas pu soupçonner cela auparavant, connaissant leur prodigieuse habileté architecturale ? Leur but n'était que trop clair. C'était un piège, un piège destiné à attraper les êtres humains, et le sphéroïde de cristal était l'appât. Ces choses reptiliennes, dans la guerre qu'elles menaient contre les voleurs de cristal, avaient eu recours à la stratégie et utilisaient notre propre cupidité contre nous. Dwight, si toutefois c'était bien son corps qui pourrissait, avait été leur victime. Il avait dû être pris au piège. Le manque d'eau l'avait sans doute rendu fou, et peut-être s'était-il trouvé à court de cubes de chlore. Son masque n'était peut-être pas tombé accidentellement. Le suicide était beaucoup plus plausible. Plutôt que d'attendre une mort lente, il avait préféré en finir en ôtant délibérément son masque et en laissant l'atmosphère mortelle faire son œuvre tout de suite.

L'horrible ironie de son sort résidait dans sa position : il était à peine à quelques pas de l'issue salutaire qu'il n'avait pas réussi à trouver.

Une minute de recherche de plus, et il aurait été sauvé. Et à présent, j'étais pris au même piège. Pris au piège, avec cette horde de curieux spectateurs qui se moquaient de mon sort. Cette seule pensée me rendait fou, et tandis qu'elle s'abattait sur moi, je fus saisi d'un brusque accès de panique qui me fit courir aveuglément dans les couloirs invisibles. Pendant plusieurs instants, je me comportai comme un dément, trébuchant, me cognant, heurtant les murs invisibles, et je m'écroulai finalement dans la boue, pantelant, le corps ensanglanté, le cerveau en déroute.

Ma chute m'apaisa un peu. Si bien que lorsque je me remis lentement sur mes pieds, je pus de nouveau faire fonctionner ma raison. Mes spectateurs agitaient leurs tentacules d'une curieuse façon, qui suggérait le rire, et j'agitai mon poing furieusement dans leur direction. Mon geste sembla augmenter leur joie sauvage. Quelques-uns m'imitèrent maladroitement avec leurs membres supérieurs verdâtres. Honteux, je repris le contrôle de moi-même, j'essayai de rassembler mes facultés et de faire face à la situation. Après tout, je n'étais pas dans une si mauvaise posture. Contrairement à Dwight, je savais quelle était la situation, et un homme averti en vaut deux. J'avais la preuve que l'on pouvait atteindre la sortie, et je ne répéterais pas son acte de désespoir. Le corps, ou le squelette qu'il serait bientôt, était constamment devant moi comme un guide vers l'ouverture recherchée, et une patience obstinée m'y amènerait certainement si j'agissais avec assez d'intelligence. J'avais cependant le désavantage d'être entouré de ces maudits reptiliens. Maintenant, j'avais compris la nature du piège, dont le matériau invisible prouvait une science et une technologie bien plus avancées que celles de la terre, et je ne pouvais plus sous-estimer l'intelligence et les ressources de mes ennemis. Même avec mon pistolet à flammes, j'aurais du mal à m'en sortir. Je savais pourtant que mon audace et ma rapidité finiraient bien par l'emporter à la longue. Mais d'abord, je devais sortir, à moins d'attirer quelques-unes des créatures ou de les forcer à venir vers moi. Tandis que je préparais mon pistolet et faisais le compte de mon ample réserve de munitions, il me vint à l'idée d'essayer ses effets sur les murs. Aurais-je négligé un moyen possible d'évasion ? Je n'avais aucune idée de la composition chimique de la barrière transparente, mais on pouvait concevoir qu'une flamme la ferait peut-être fondre. Choisissant un endroit en face du corps, je déchargeai mon pistolet à bout portant et touchai avec mon couteau le point d'impact. Rien n'avait changé, j'avais vu la flamme s'étaler quand elle avait rencontré la surface, et je dus reconnaître que mes espoirs avaient été vains. Seule, une longue et laborieuse quête de la sortie me sauverait de ce dédale.

Ayant avalé une autre tablette et mis un autre cube dans l'électrolyseur de mon masque, je recommençai ma recherche. Tandis que je m'obstinais, je regardais de temps en temps le cercle silencieux des regards moqueurs, et je remarquai une relève dans les rangs de mes ennemis. De temps en temps, certains d'entre eux retournaient à la forêt, tandis que d'autres arrivaient et prenaient leur place. Plus je réfléchissais à leur tactique, et moins elle me plaisait, car elle me donnait une idée de leur mobile. Ces démons auraient pu s'approcher et m'attaquer à tout moment, mais apparemment ils préféraient observer les efforts que je faisais pour m'échapper. Je ne pouvais pas douter qu'ils jouissaient du spectacle, et cela me fit doublement redouter de tomber entre leurs mains. J'interrompis mes recherches à la nuit, et je m'assis pour me reposer. Je suis en train d'écrire à la lueur de ma lampe, et je vais bientôt essayer de m'endormir. J'espère en sortir demain. Car mes réserves baissent, et les tablettes de lacol remplacent mal l'eau. Je n'oserais pas essayer l'humidité de la boue, car l'eau de ces régions n'est pas potable tant qu'elle n'est pas distillée. C'est pourquoi nous avons construit de longs tuyaux jusqu'aux régions d'argile jaune.

Je n'ai plus tellement de cubes de chlore non plus, et je dois essayer de réduire ma consommation d'oxygène. Ma tentative de l'après-midi pour creuser un tunnel et ma panique ont brûlé une grande quantité d'air. Demain, je réduirai mes efforts physiques au strict minimum, jusqu'à ce que j'aie affaire aux reptiles. Je dois garder une réserve de cubes pour le voyage de retour à Terra Nova. Mes ennemis sont tout proches, je peux voir le cercle de leurs faibles torches autour de moi. L'horreur qui émane de ces lueurs me tiendra éveillé.

La nuit, 14-VI.

Un autre jour de recherches, et toujours pas d'issue. Je commence à m'inquiéter pour l'eau, car ma gourde est vide. Dans l'après-midi, il a plu à verse, et je suis retourné à la pièce centrale chercher le casque que j'avais laissé comme repère. Je l'ai utilisé comme un bol, recueillant près de deux tasses d'eau. J'en ai bu la plus grande partie et mis le restant dans ma gourde. Les tablettes de lacol sont peu efficaces contre la soif, et j'espère qu'il pleuvra encore cette nuit. Je laisse mon casque retourné pour qu'il recueille un maximum d'eau. Mes tablettes de nourriture sont peu nombreuses, mais ce n'est pas encore inquiétant. Je diminuerai ma ration de moitié à partir de maintenant.

Ce qui m'inquiète le plus, ce sont les cubes de chlore ; la marche de la journée m'en a fait consommer un grand nombre. Je me sens faible, car j'utilise moins d'oxygène. Quelque chose d'infernal règne sur ce labyrinthe. J'aurais pu jurer que j'avais éliminé certains virages avec ma carte. Et pourtant, chaque nouvelle tentative anéantit mes certitudes. Jamais encore je n'avais ainsi constaté à quel point on peut être perdu sans repère visuel. Un aveugle se débrouillerait mieux, mais pour la plupart d'entre nous la vue est le sens le plus important. Je suis profondément découragé. Je peux comprendre ce que le pauvre Dwight a dû ressentir. Son cadavre n'est plus qu'un squelette, et les sificlighs, les akmans et les mouches farnoth ont disparu. Les herbes efjeh dévorent les vêtements de cuir.

Et pendant tout ce temps, ces spectateurs à tentacules sont là à se moquer de moi, à rire et à se réjouir de mon malheur. Encore une journée, et je deviendrai fou si je ne meurs pas d'épuisement. Mais il n'y a rien d'autre à faire que de persévérer. Dwight serait sorti s'il avait continué une minute de plus. Il est également possible que quelqu'un vienne me chercher, bien que ce ne soit que le troisième jour de mon expédition. Mes muscles me font terriblement mal, et je n'arrive pas à récupérer en m'allongeant dans cette détestable boue. La nuit dernière, malgré ma terrible fatigue, je n'ai dormi que par intermittence, et j'ai peur que cette nuit cela ne se reproduise. Je vis dans un cauchemar sans fin, à mi-chemin entre le sommeil et la veille. Ma main tremble et je n'arrive plus à écrire.

Tard dans l'après-midi, 15-VI.

Progrès substantiel. Ça s'améliore. Très faible, ai peu dormi jusqu'au jour. Puis j'ai dormi jusqu'à midi, mais sans me reposer vraiment. Pas de pluie, la soif m'affaiblit. Ai mangé une autre tablette pour me donner des forces, mais sans eau ça ne m'est pas d'un grand secours. J'ai essayé un peu de l'eau de la boue, mais ça m'a donné une violente nausée, et j'ai encore plus soif qu'avant. Dois économiser les cubes de chlore, et j'étouffe presque par manque d'oxygène. Peux pas marcher la plupart du temps, mais j'arrive à ramper dans la boue. Vers 2 heures de l'après-midi, j'ai cru reconnaître quelques couloirs, et je me suis approché plus près du squelette. Je me suis égaré une fois dans un cul-de-sac, mais j'ai retrouvé la piste principale grâce à ma carte et à mes notes.

Ma tête est faible à cause de la soif, de la suffocation et de l'épuisement, et je n'arrive pas à comprendre ce que j'ai écrit. Les maudites choses vertes continuent à m'observer et à rire avec leurs tentacules. Elles gesticulent d'une manière qui me laisse croire qu'elles sont en train de se livrer à une plaisanterie qui m'échappe.

C'est à 3 heures que j'ai vraiment mis dans le mille. Il y avait une porte que, selon mes notes, je n'avais pas encore passée. Et quand je l'essayai, je découvris que je pouvais ramper vers le squelette. La route formait une sorte de spirale, qui ressemblait beaucoup à celle qui m'avait amené jusqu'à la pièce centrale.

Chaque fois que j'arrivais à un passage latéral ou à une jonction, je gardais l'itinéraire qui semblait se rapprocher le plus de mon premier voyage. Tandis que je continuais mes cercles et que je m'approchais de mon repère, les guetteurs, à l'extérieur, intensifièrent leurs gesticulations incompréhensibles et leurs rires sardoniques et silencieux. De toute évidence, ils voyaient quelque chose d'amusant dans ma progression, comprenant sans doute à quel point je serais sans défense quand je les affronterais. Je les laissai à leur joie, car tout en réalisant mon extrême faiblesse, je comptais sur mon pistolet à flammes et sur ses nombreuses munitions pour me sortir des griffes de ces détestables reptiliens. J'avais repris espoir, mais je n'essayai pas de me lever. Il valait mieux, maintenant, continuer à ramper, et garder mes forces pour affronter les hommes-lézards. J'avançais très lentement, car le danger de m'égarer dans un cul-de-sac était considérable. Mais néanmoins je m'approchais régulièrement de ce tas d'os qui était mon but. Cette perspective me ragaillardit, et pour le moment je cessai de sentir ma douleur et ma soif.

Les créatures étaient toutes massées près de l'entrée. Elles s'agitaient. Bientôt, pensai-je, j'aurais à faire face à la horde tout entière, et également aux renforts qui viendraient de la forêt. Je ne suis qu'à quelques mètres du squelette, et je m'arrête pour reprendre ces notes avant de sortir et d'affronter cette bande bruyante. Je suis sûr qu'avec mes dernières forces, je pourrais les mettre en fuite. Puis je camperai au sec sur la mousse du plateau, et au matin je me mettrai en route dans la jungle pour Terra Nova. Je serai satisfait de revoir les hommes. Les dents de ce crâne ont un rictus horrible.

Vers la nuit, 15-VI.

Horreur et désespoir ! Trompé de nouveau ! Après avoir pris ces notes, je me rapprochai du squelette, mais je rencontrai brusquement un mur. Je m'étais trompé une fois de plus, et je me retrouvais où j'avais été trois jours auparavant, lors de ma première tentative pour sortir du labyrinthe. Je restai anéanti dans la boue tandis que les choses verdâtres, à l'extérieur, riaient et gesticulaient. Au bout d'un moment, je repris conscience.

Avec mes dernières forces, je mis un autre cube dans l'électrolyseur, délibérément, sans tenir compte des besoins de mon voyage de retour. L'oxygène frais me revigora un peu. Il semblait que j'étais moins près du pauvre Dwight que la première fois, et je me demandai si je ne me trouvais pas dans un autre couloir un peu plus éloigné. Avec ce faible espoir, je me traînai laborieusement, mais au bout de quelques mètres, je me heurtai à une impasse. Ainsi donc, c'était la fin. Trois jours ne m'avaient mené nulle part, et je n'avais plus de forces. Je deviendrais bientôt fou de soif, et je n'avais plus assez de cubes pour me permettre de rentrer. Pourquoi ces êtres de cauchemar s'étaient-ils agglutinés autour de l'entrée ? Pour se moquer de moi. Probablement cela faisait-il partie de la plaisanterie — me faire croire que j'approchais d'une issue alors qu'ils savaient pertinemment que tel n'était pas le cas. Il ne me reste plus beaucoup de temps à vivre, mais je suis résolu à ne pas hâter les choses. Le crâne de Dwight est tourné vers moi, poussé par l'une de ces algues qui sont en train de dévorer sa combinaison de cuir. Le regard de cauchemar de ses orbites vides est fixe comme celui de ces horribles lézards. Cela donne un sens hideux au rictus mort qui découvre ses dents blanches.

Je vais rester immobile dans la boue, et conserver autant d'énergie que je le peux. Ce journal, qui je l'espère tombera entre les mains de ceux qui viendront me chercher, va bientôt être terminé. Quand j'aurai achevé d'écrire, je me reposerai pendant un long moment. Puis lorsque l'obscurité empêchera ces êtres épouvantables de me voir, je réunirai mes dernières forces pour essayer de lancer le rouleau de parchemin métallique pardessus le mur, dans la plaine. Je ferai attention de l'envoyer à gauche, pour qu'il ne tombe pas au milieu de la bande de créatures gesticulantes. Peut-être qu'il sera perdu à jamais dans la boue, mais peut-être qu'il atterrira dans les algues et finira par tomber entre les mains des hommes. S'il peut être lu, j'espère qu'il avertira les hommes de ce piège. J'espère qu'il apprendra à notre race à laisser ces cristaux brillants là où ils se trouvent. Ils appartiennent à Vénus. Notre planète n'en a pas vraiment besoin, et je crois que nous avons violé une loi obscure et mystérieuse — une loi venue des profonds arcanes du cosmos. Qui peut dire quelles forces obscures, puissantes, animent ces créatures reptiliennes, qui gardent si férocement leurs trésors ? Dwight et moi-même avons payé, comme d'autres ont payé et paieront. Mais il se peut que ces morts isolés ne soient que le prélude à de plus grandes horreurs. Laissons à Vénus ce qui appartient seulement à Vénus.

Je suis maintenant très près de la mort, et j'ai peur de ne pas avoir la force de lancer le parchemin à la nuit tombée. Si je n'y arrive pas, je suppose que les hommes-lézards s'en empareront, car ils se rendent probablement compte de ce que c'est. Mais ils ne sauront pas que mon message plaide en leur faveur. Maintenant que la fin approche, je me sens plus indulgent envers les choses. A l'échelle cosmique, qui peut dire quelle espèce est plus grande ou approche le plus d'une norme organique spatiale ? La leur, ou la mienne ?

Je viens de sortir le grand cristal de ma poche pour le contempler pendant mes derniers instants. Il brille farouchement et d'une manière menaçante, dans les rayons rouges du jour qui se meurt. La horde gesticulante l'a remarqué. Leurs gestes ont changé d'une manière incompréhensible. Je me demande pourquoi ils restent agglutinés près de l'entrée, au lieu de se concentrer à un point plus proche à l'intérieur du mur transparent.

Il fait nuit. Très faible. Ils continuent à rire et à sauter près de l'entrée et ont allumé leurs torches infernales.

Parlent-ils ? J'ai rêvé que j'entendais un son... loin dans le ciel...

RAPPORT DE WELLESLEY MILLER, commandant du groupe A.
Compagnie du Cristal de Vénus.

Terra Nova, sur Vénus, 16-VI.

Notre agent A-49, Kenton J. Stanfield, 5317, Marshall Street, Richemond (Virginie), a quitté Terra Nova, tôt le matin du 12-VI, pour un court voyage vers un point indiqué par le détecteur. — Retour prévu le 13 ou le 14. — Non rentré au soir du 15. — Avion de reconnaissance F.R.-58, avec cinq hommes sous mes ordres, a pris l'air à 8 heures du soir, pour suivre la route avec le détecteur. L'aiguille n'indiquait aucun changement par rapport aux lectures précédentes. Avons suivi aiguilles jusqu'aux Hautes terres éryciniennes, avons actionné le puissant phare de recherche pendant tout le trajet. Des fusils à flammes de triple portée et des cylindres de radiation D pouvaient disperser une attaque des indigènes ou un troupeau de skorahs carnivores. Quand nous fûmes au-dessus de la plaine d'Eryx, nous vîmes un rassemblement de lumières que nous sûmes être des torches indigènes. Comme nous approchions, ils s'éparpillèrent dans la forêt. Il devait y en avoir une centaine. Le détecteur indiqua un cristal à l'endroit où ils s'étaient groupés. En nous approchant de ce point, nos phares localisèrent des objets sur le sol : un squelette, au milieu des algues afjeh. Un corps à trois mètres de là. En faisant descendre l'avion près du corps, un bout de l'aile s'écrasa sur un obstacle invisible. En nous approchant des corps à pied, nous fûmes arrêtés par une barrière invisible qui nous surprit énormément. Avançant à tâtons, nous trouvâmes près du corps une ouverture, au-delà de laquelle il y avait un espace avec une autre ouverture qui menait près du squelette. Ce dernier, quoique dépouillé de ses vêtements par les algues, avait à côté de lui l'un des casques de la compagnie. C'était l'agent B-9 — Frederic N. Dwight, de la division Kœnig, qui avait quitté Terra Nova depuis deux mois pour une longue mission. Entre le squelette et le corps il semblait y avoir un autre mur, mais nous identifiâmes aisément le second homme comme étant Stanfield. Il tenait un parchemin dans sa main gauche et un crayon dans sa main droite, et devait être en train d'écrire quand la mort le surprit. Aucun cristal n'était visible. Mais le détecteur indiquait un grand spécimen près du corps. Nous parvînmes avec difficulté près du cadavre. Il était encore chaud, et un grand cristal recouvert par la boue gisait à côté de lui. Nous étudiâmes immédiatement le journal qu'il tenait dans sa main gauche, et nous nous préparâmes à prendre des dispositions d'après ses indications. Le contenu de ce parchemin forme le long récit qui précède ce rapport, un récit dont nous avons vérifié les éléments, et que nous ajoutons comme appendice à ce qui a été découvert. La dernière partie de ce récit indique l'approche de la folie, mais il n'y a aucune raison de mettre en cause la véracité du tout. Stanfield est manifestement mort à la fois de soif, de suffocation, de tension cardiaque et de dépression psychologique. Son masque était en place, et fournissait librement de l'oxygène malgré une réserve de cubes dangereusement basse.

Notre avion ayant été endommagé, nous envoyâmes un câble radio et appelâmes Anderson avec l'avion de secours F.G.-7, une équipe de sauveteurs et des explosifs. Au matin, F.R.-58 était réparé, et repartit avec Anderson, avec à son bord les deux corps et le cristal. Nous enterrerons Dwight et Stanfield dans le cimetière de la compagnie et enverrons le cristal à Chicago par le prochain vol à destination de la Terre. Plus tard, nous adopterons la suggestion de Stanfield — celle qu'il formule dans la première partie de son rapport. Nous enverrons suffisamment de troupes pour exterminer complètement les indigènes. Le terrain étant ainsi dégagé, il n'y a pratiquement pas de limite à la quantité de cristaux que nous pourrons obtenir.

Dans l'après-midi, nous étudiâmes le bâtiment ou le piège invisible avec beaucoup d'attention, l'explorant à l'aide de longues cordes, et préparant une carte détaillée pour nos archives. Nous fûmes très impressionnés par sa conception, et prélevâmes des échantillons de sa substance pour l'analyse chimique. Toutes ces connaissances nous seront utiles quand nous prendrons les différentes villes des indigènes. Notre perceuse à tête de diamant type C, a réussi à pénétrer le matériau invisible, et les équipes sont en train de disposer de la dynamite pour tout faire sauter. Il ne restera rien quand nous aurons terminé. L'édifice est une menace à tout trafic aérien.

En examinant les plans du labyrinthe, on ne peut s'empêcher d'être impressionné non seulement par l'ironie du sort de Dwight, mais par celui de Stanfield également : en essayant d'atteindre le corps à partir du squelette, nous ne pûmes trouver aucun accès sur la droite, mais Markheim trouva un passage à quatre mètres cinquante de Dwight, et à un mètre cinquante de Stanfield. Au-delà de ce passage, il y avait un long couloir que nous n'explorâmes que plus tard, mais à droite de ce couloir, il y avait un autre passage conduisant directement au corps. Stanfield aurait pu atteindre la sortie en parcourant encore six ou sept mètres, s'il avait trouvé l'ouverture qui était juste derrière lui — ouverture qu'il avait négligée dans son épuisement et son désespoir.

LA BETE DE LA CAVERNE

L'horrible conclusion qui s'était petit à petit imposée à mon esprit était devenue une terrible certitude. Je m'étais égaré. J'étais totalement, désespérément perdu dans le labyrinthe de la Caverne du Mammouth. Quelles que fussent les passes que j'empruntais, mes yeux n'arrivaient pas à saisir le moindre indice susceptible de me ramener sur la bonne voie. Reverrais-je, un jour, la sublime lumière du jour, les collines et les plaisantes vallées du monde ? Ma raison m'interdisait d'espérer plus longtemps. Encore influencé par une vie consacrée à l'étude de la philosophie, j'étais très fier de rester aussi imperturbable devant les événements. Bien que j'eusse lu fréquemment que les victimes de ce genre d'aventures sombraient dans un délire violent, je n'éprouvais rien de tel pour le moment. Dès que je réalisai que je m'étais fourvoyé, un grand calme se fit en moi.

La pensée que j'avais erré probablement très longtemps, et que l'on ne s'était sans doute pas aperçu de ma disparition, ne me fit pas perdre mon sang-froid un seul instant. Si je dois mourir, me disais-je, cette redoutable mais majestueuse caverne serait une sépulture aussi acceptable que n'importe quelle église. Et cette idée, loin de me désespérer, m'apportait beaucoup d'apaisement. Mon destin serait de mourir de faim, j'en étais convaincu. Dans de telles circonstances, certains individus étaient devenus fous, mais j'étais certain de ne pas connaître cette fin. Mon infortune m'était entièrement imputable, puisque, ignorant le guide, je m'étais écarté du groupe des touristes. Après avoir flâné pendant plus d'une heure dans les couloirs secrets de la grotte, je m'étais montré incapable de retrouver le passage que j'avais suivi depuis que je m'étais séparé de mes compagnons.

Déjà, ma torche commençait à vaciller. Bientôt je serais enveloppé par la monstrueuse et presque palpable obscurité des entrailles du globe. Tandis que je me tenais dans la déclinante lumière tremblotante, je me demandai incidemment quel serait mon trépas. Je me rappelais l'histoire que j'avais entendu raconter sur les colonies de poitrinaires qui, s'étant installées dans ces gigantesques cavités naturelles pour se refaire une santé grâce à la prétendue salubrité du monde souterrain, à la pureté de l'air et à l'uniformité de la température, avaient trouvé dans ces lieux paisibles une mort étrange et effrayante. En passant devant les tristes ruines de leurs cottages, j'essayai d'imaginer quelles seraient les séquelles d'un séjour anormalement long dans cette immense et silencieuse caverne sur quelqu'un d'aussi sain et vigoureux que moi. Maintenant, pensai-je, j'allais avoir à en subir les effets, à moins que, succombant rapidement par manque de nourriture, je n'eusse pas le temps de mener cette expérience à son terme.

A la fin, la faible lueur de ma torche s'évanouit dans les ténèbres. Je résolus de faire tout ce qui serait en mon pouvoir pour me tirer d'affaire. Aspirant l'air à pleins poumons, je commençai par hurler très fort dans le vain espoir d'attirer l'attention du guide par mes clameurs. Mais pendant que je m'égosillais, mon cœur me dit que ces cris ne servaient à rien, et que ma voix, amplifiée et répercutée par les innombrables remparts du noir dédale environnant, ne rencontrait d'autres oreilles que les miennes. Soudain, je sursautai, car j'eus l'impression d'entendre des bruits de pas résonner sur le sol rocailleux. Etait-ce la délivrance ? Mes épouvantables appréhensions avaient-elles été sans objet ? Le guide, ayant remarqué ma disparition, était-il parti à ma recherche dans ce labyrinthe calcaire ?

En même temps que j'essayais de trouver des réponses à toutes ces questions, je m'apprêtais à renouveler mes appels pour hâter mon sauvetage, quand, en un instant, ma joie se transforma en terreur. Mon ouïe, déjà très fine, et rendue plus sensible encore par le silence absolu qui régnait dans cet antre, m'apprit à ma grande terreur que ces pas ne pouvaient pas être ceux d'un humain. En effet, dans le silence extra-terrestre de cette région souterraine, les pieds du guide auraient dû résonner avec un bruit sec. Or, les sons que je percevais étaient feutrés, semblables à ceux d'un félin en mouvement. D'ailleurs, en écoutant encore plus attentivement, il me sembla distinguer quatre légers chocs distincts, au lieu de deux. J'étais à présent persuadé que j'avais réveillé par mes cris une bête sauvage, peut-être un lion des montagnes qui s'était égaré, par hasard, dans cette grotte. Sans doute, songeai-je, l'Eternel avait-il choisi pour moi une mort plus rapide et plus clémente que l'inanition ? Pourtant, l'instinct de conservation qui sommeille au fond de chacun d'entre nous s'éveilla tout à coup en moi. Bien que le fait d'échapper à un péril imminent ne fît peut-être que retarder une fin lente et terrible, je m'apprêtai à vendre chèrement ma peau.

Si étrange que cela puisse paraître, mon esprit ne pouvait concevoir autre chose, de la part de ce visiteur, qu'un sentiment d'hostilité. C'est pourquoi je restai immobile et silencieux, dans l'espoir qu'il oublierait ma présence, et qu'il continuerait sa route. Malheureusement il n'en fut rien. L'animal, de toute évidence, avait dû flairer mon odeur, qui, dans une atmosphère aussi confinée, devait être perceptible de très loin.

Réalisant donc que j'allais devoir me défendre contre une attaque imprévue et invisible, j'attrapai en tâtonnant les plus gros fragments de rocher qui jonchaient le sol et, une pierre dans chaque main, j'attendis avec résignation l'inévitable assaut de l'ennemi. Pendant ce temps, le hideux bruit de pas s'était rapproché. Le comportement de cette étrange bête était indubitablement inquiétant. Sa démarche ressemblait à celle d'un quadrupède dont les pattes arrière eussent singulièrement manqué de coordination par rapport à celles de devant. Pourtant, à de brefs intervalles, il me semblait que deux pieds seulement étaient engagés dans le processus de locomotion. Je me demandais quelle espèce d'animal j'allais avoir à affronter. « Ce doit être, pensai-je, une pauvre bête qui paie d'une réclusion à vie la curiosité intempestive qui l'a conduite dans ce redoutable labyrinthe. Probablement se nourrit-elle des poissons aveugles, des chauves-souris et des rats de la caverne, ainsi que des poissons ordinaires que l'on pêche dans les petits cours d'eau de Green River qui communiquent de quelque manière avec les eaux de la grotte. »

J'occupai ma terrifiante attente en faisant les plus grotesques conjectures sur les transformations que cette vie souterraine avait pu provoquer dans l'aspect physique de cette bête, me remémorant les hideuses images que la tradition locale avait conservées des tuberculeux trouvés morts après un long séjour dans la caverne. Puis je réalisai soudain que même si je parvenais à me défaire de mon adversaire, je n'aurais pas l'occasion de le contempler, puisque ma torche s'était éteinte depuis longtemps déjà, et que je n'avais pas sur moi la moindre allumette. La tension était maintenant épouvantable. Mon imagination délirante évoquait des formes horribles et répugnantes qui semblaient, dans la totale obscurité, toutes proches de mon corps. Le bruit effrayant des pas s'amplifiait. Il me semblait que j'allais me mettre à hurler, et pourtant, même si je n'avais pas été suffisamment maître de moi pour me retenir, je crois que ma voix n'aurait pas obéi. J'étais médusé, pétrifié, et je me demandais si, au moment crucial, mon bras droit serait encore capable de lancer son projectile. A présent, le « pof-pof » des pattes était très proche. Je percevais également la respiration pénible de l'animal. Malgré la panique qui s'était emparée de moi, je me représentai qu'il devait venir de loin et qu'il était fatigué. Brusquement, le charme se rompit. Ma main droite, guidée par mon ouïe infaillible, lança de toutes ses forces le bloc de calcaire acéré en direction du point d'où provenaient halètement et bruit de pas. Elle manqua de peu son but, car j'entendis la créature faire un bond de côté. L'animal, pris au dépourvu par cette attaque inattendue, semblait hésiter sur la conduite à suivre. Ayant rectifié mon tir, je lançai mon second projectile, avec beaucoup plus de bonheur cette fois, car la bête s'effondra sur le sol. Submergé par un immense soulagement, je m'abandonnai contre le mur. Je n'avais fait que blesser l'hôte de la caverne, car il continuait de respirer en exhalant un souffle lourd et saccadé. Maintenant, je n'avais plus aucune envie de m'approcher de lui pour l'examiner. Quelque chose comme une superstition, et qui ressemblait à une peur irraisonnée, avait envahi mon cerveau. Je ne pouvais ni m'approcher du géant ni lui lancer d'autres pierres pour l'anéantir. Pris de panique, je me mis à courir, dans la mesure où je pouvais m'orienter, dans la direction d'où je venais. Soudain, j'entendis un son, ou plutôt une succession de sons. L'instant d'après, ils se transformèrent en une série de bruits métalliques et rythmés. Cette fois-ci, il n'y avait plus de doute, ce ne pouvait être que le guide. En apercevant, au-dessus de moi, la faible lueur de la torche qui m'apportait le salut, je me mis à crier et à hurler de joie. Je m'élançai vers la lumière, et avant d'avoir compris ce qui m'arrivait, je me retrouvai sur le sol, aux pieds du guide, enlaçant ses bottes, balbutiant, malgré ma réserve naturelle, ma gratitude envers mon sauveur, et racontant, de la façon la plus incompréhensible et stupide qui soit, mon épouvantable aventure.

Enfin, peu à peu, je retrouvai mon état normal. Le guide m'expliqua qu'il avait remarqué mon absence en sortant de la caverne. Il était aussitôt parti à ma recherche, passant au crible pendant plusieurs heures toutes les crevasses et tous les passages qui se trouvaient aux alentours de l'endroit où il m'avait vu pour la dernière fois.

Enhardi par la torche et la présence de mon compagnon, je me pris à repenser à l'étrange bête que j'avais laissée blessée dans l'obscurité, à quelques pas de là, et je suggérai d'aller la voir d'un peu plus près. Je retournai donc, accompagné par le guide, sur les lieux de mon rapide combat. Nous discernâmes bientôt une masse blanche sur le sol, plus blanche que le calcaire lui-même. Avançant prudemment, nous laissâmes échapper simultanément une exclamation de surprise, car de tous les animaux que chacun de nous avait pu voir au cours de sa vie, celui-ci était le plus étrange. Il ressemblait à un singe anthropoïde de grandes dimensions. Peut-être s'était-il échappé d'une ménagerie ambulante ? Son pelage était blanc comme la neige et étonnamment fin. Une grande partie de son corps était lisse, mais ses poils étaient si abondants sur la tête qu'ils tombaient en cascade sur ses épaules. Son visage était tourné contre le sol. L'inclinaison des membres était très bizarre. De longues griffes prolongeaient ses orteils et ses doigts, mais ses pattes n'étaient pas préhensibles, caractéristique que j'attribuai, comme sa blancheur irréelle, à son séjour prolongé dans la caverne, et il ne semblait pas avoir de queue. Sa respiration était maintenant extrêmement faible. Le guide venait de tirer son pistolet pour achever la pauvre créature, lorsque, soudain, elle émit un son si étrange que l'homme en laissa choir son arme. C'était un bruit difficile à décrire, et qui ne ressemblait à aucun de ceux que produisent les espèces simiesques connues. Je me demandai si ce n'était pas la lumière, que la bête ne devait plus avoir vue depuis son entrée dans la caverne, qui avait déclenché ce gémissement. Le son, comparable à un murmure de basse, continuait faiblement. Soudain, un sursaut d'énergie agita le corps de la bête. Ses pattes s'agitèrent convulsivement et ses membres se contractèrent. Dans un soubresaut, le corps roula sur lui-même, mettant en lumière le visage. Pendant quelques secondes, je fus tellement frappé d'horreur par ces yeux morts qui nous fixaient, que je ne remarquai rien d'autre. Ils étaient noirs, d'un noir profond, contrastant curieusement avec la pâleur neigeuse de la chair et des poils. Comme ceux des autres habitués des cavernes, ces yeux étaient profondément enfoncés dans leurs orbites et complètement dépourvus d'iris. En l'examinant plus attentivement, je m'aperçus que le faciès était moins protubérant que celui du singe moyen, et beaucoup moins velu. Le nez était très marqué. Comme nous regardions le spectacle étrange qui se déroulait devant nous, les lèvres épaisses s'ouvrirent encore pour laisser échapper plusieurs sons. Enfin, la mort emporta cette créature. Le guide saisit la manche de mon manteau en tremblant si violemment que la lumière vacilla, projetant d'étranges lueurs mouvantes sur les murs. Immobile, je n'esquissai aucun mouvement, incapable de détacher mon regard du sol. La terreur me quitta progressivement, faisant place à la surprise, au respect et à la compassion, car les sons émis par la créature allongée sur le calcaire venaient de nous révéler une terrible vérité : ma victime, l'étrange habitant de l'antre insondable, était, ou avait été un jour un homme !

LE CLERGYMAN MAUDIT

Ce fut un homme grave, au regard intelligent, aux vêtements sobres et à la barbe grise, qui m'introduisit dans la mansarde. Il me parla ainsi :

— *Il* a vécu ici, en effet, et je vous déconseille de toucher à quoi que ce soit. Votre curiosité vous rend irresponsable. Nous ne venons jamais de nuit dans cette chambre, et ce n'est que pour respecter ses dernières volontés que nous conservons tel quel cet endroit. Vous connaissez son œuvre. Alors qu'il était pratiquement parvenu au terme de ses expériences, cette société abominable est intervenue. Aussi, nous ignorons où il est enterré. Personne n'a pu atteindre les membres de cette secte, pas même les hommes de loi. J'espère que vous quitterez la place lorsque la nuit sera tombée. Je vous demanderai en outre de laisser sur la table cet objet qui ressemble à une boîte d'allumettes. Nous ne savons pas ce qu'il représente, mais nous soupçonnons qu'il a un rapport avec ce qu'il a fait. Nous allons même jusqu'à éviter de le regarder fixement.

Au bout d'un moment, l'homme me quitta. La

mansarde était sale et poussiéreuse. Malgré ses meubles sommaires, quelque chose en elle affirmait que celui qui l'avait habitée n'était pas coutumier des taudis. Une étagère d'ouvrages classiques et théologiques couvrait un pan de mur, une autre bibliothèque contenait des traités de magie : *Paracelse, le Grand Albert,* et d'autres textes, écrits dans un alphabet étrange, que je ne parvins pas à déchiffrer. La pièce comportait un placard. Sa seule issue était la trappe qui s'ouvrait sur un escalier raide. Les fenêtres étaient des œils-de-bœuf, et les poutres de chêne noirci révélaient leur grand âge. Bref, cette maison appartenait au vieux monde. Où me trouvais-je ? Cette ville, assurément, n'était pas Londres. Selon moi, c'était un petit port. Le curieux objet posé sur la table me fascinait. J'en connaissais l'usage. Je sortis de ma poche une torche électrique — ou quelque chose de semblable — et fis quelques essais anxieux. La lumière n'en était pas blanche, mais violette. Elle avait plutôt l'aspect d'une lueur radio-active que celui d'une lumière véritable. Je ne m'en servais pas, en fait, comme d'une lampe ordinaire. En effet, je possédais une lampe électrique ordinaire dans une autre poche.

Il commençait à faire nuit et les vieux toits et les cheminées avaient une étrange allure, vus à travers la minuscule fenêtre. Rassemblant tout mon courage, je calai contre un livre, sur la table, le petit objet. Puis je dirigeai dessus les rayons de la lumière violette. Elle se rapprochait plus, à présent, d'une pluie de petites particules violettes, que d'un rayon continu. Tandis que ces parcelles de lumière frappaient la surface de verre, au centre du curieux objet, elles produisirent un craquement, comme celui des étincelles traversant un tube de vide. La surface de verre sombre émit une lueur rosâtre, et une vague silhouette blanche parut prendre forme en son centre. C'est alors que je constatai que je n'étais plus seul dans cette pièce. Je remis le projecteur dans ma poche. Mais le nouveau venu ne parla pas, et je ne perçus aucun bruit dans les moments qui suivirent. Comme si cette scène eût été une pantomime. Le nouveau venu et ses compagnons, cependant, étaient des êtres de grande stature. Le premier, un homme mince et sombre, de taille moyenne, était revêtu du costume ecclésiastique de l'Eglise anglicane. Il avait une trentaine d'années, le teint verdâtre et, malgré des traits agréables, le front anormalement haut. Ses cheveux noirs étaient bien coupés, soigneusement peignés, et il était rasé de près, quoique sa barbe, très foncée, marquât son menton d'une ombre bleuâtre. Il portait des lunettes sans monture, avec des branches d'acier. Il n'était pas si différent, somme toute, des autres hommes d'Eglise britanniques de ma connaissance, mais il avait le front plus haut, la peau plus sombre, l'expression plus intelligente — et aussi plus subtilement *diabolique.*

Avant que j'eusse eu le temps de prévenir son geste, il avait déjà lancé tous ses livres de magie dans la cheminée qui se trouvait dans un recoin de la pièce, et que je n'avais pas aperçue, tant elle était dissimulée par l'inclinaison de la mansarde. Les flammes dévorèrent les volumes, dans un mélange étonnant de couleurs étranges et d'odeurs affreuses.

Parmi les hommes qui apparurent alors, j'en remarquai un qui portait le rabat et la culotte courte d'un évêque. Ils semblaient à la fois haïr et craindre le premier arrivant et celui-ci paraissait éprouver à leur égard le même sentiment. Une expression sardonique figeait son visage, mais je pus voir que sa main droite tremblait tandis qu'elle agrippait le dessus d'une chaise. L'évêque désigna la bibliothèque vide et la cheminée (où les flammes venaient de s'éteindre). Le premier arrivant eut un sourire narquois, et tendis la main gauche vers le petit objet sur la table. Alors, toute l'assistance recula d'effroi. La procession des ecclésiastiques disparut peu à peu le long de l'escalier, après avoir franchi la trappe. En partant, ils eurent tous des gestes menaçants à notre intention. L'évêque fut le dernier à quitter les lieux.

Quand nous fûmes seuls, le premier arrivant se dirigea vers un placard, d'où il retira un rouleau de corde. Grimpant sur une chaise, il attacha une extrémité de la corde à un crochet fixé sur l'étagère centrale en chêne noir, et fit un nœud coulant avec l'autre extrémité. Comprenant qu'il voulait se pendre, je m'avançai pour tenter de l'en dissuader. En me voyant il s'interrompit, et me contempla avec une étrange expression de triomphe qui me déconcerta. Il descendit lentement de la chaise, pour s'approcher de moi, un rictus diabolique au coin de ses lèvres minces.

Je me sentis soudain en danger de mort, et sortis aussitôt de ma poche mon fameux projecteur. Car, je ne sais pourquoi, quelque chose me disait qu'il servirait à ma défense. Je le braquai sur son visage. Ses traits jaunis prirent une couleur violette, puis devinrent tout roses. Son exultation satanique se mua en une attitude de terreur profonde. Battant brutalement l'air de ses bras, il recula, en trébuchant. Il se trouvait près de la trappe ouverte. Je criai pour l'avertir. Mais il ne m'entendit pas. L'instant d'après il tomba à la renverse dans cette ouverture béante et disparut.

Avec circonspection, je m'approchai de la trappe. Me penchant au-dessus de l'escalier, je constatai qu'il n'y avait en contrebas aucun corps écrasé. Par contre, j'aperçus une foule de gens accourant vers moi avec des lanternes. Le charme du silence et des phantasmes était rompu. J'entendais à nouveau des sons humains, et ce que je voyais avait nos habituelles trois dimensions. Quel bruit les avait donc attirés ? Les deux personnes qui se trouvaient à la tête de la troupe (de simples villageois) s'arrêtèrent, pétrifiées, en me voyant — l'une d'entre elles se mit à hurler :

— Quoi ! quoi ! Encore !

Prise de panique, la troupe entière s'enfuit. Seul un homme resta. Je reconnus en lui le barbu qui m'avait conduit en ce lieu. Debout, seul, une lanterne à la main, il attendait. Il semblait fasciné, mais non effrayé. Il me rejoignit dans la mansarde.

— Ainsi, dit-il, vous ne l'avez pas laissé tranquille. Je sais ce qui est arrivé. Cela s'est déjà produit une fois, mais l'homme a eu peur, il s'est tiré une balle. Vous n'auriez jamais dû le faire revenir. Vous savez ce qu'il veut. Quelque chose de terrible est arrivé, sans aller assez loin cependant pour porter atteinte à votre personnalité. Si vous gardez votre sang-froid, et si vous acceptez d'apporter certains changements dans votre vie, vous pourrez continuer à jouir de l'existence. Mais vous ne pourrez pas vivre ici. Je ne pense pas non plus que la vie de Londres vous convienne. Je vous conseille de gagner l'Amérique. Ne tentez plus aucune expérience ici. Cela ne ferait qu'aggraver la situation. Vous ne vous en êtes pas mal tiré, mais partez immédiatement. Et remerciez le ciel. Je vais essayer d'être franc avec vous. Il s'est produit un certain changement dans votre apparence. On pouvait s'y attendre. Mais si vous quittez ce pays vous pourrez vous y habituer. Venez, il y a un miroir à l'autre bout de la pièce. Bien que vous ne soyez pas repoussant, attendez-vous à un choc.

Comme je tremblais de peur, l'homme à la barbe dut me soutenir pour m'accompagner jusqu'à la glace. Un homme mince, à la peau sombre, de taille moyenne, vêtu de l'habit de l'Eglise anglicane, portant des lunettes sans monture à branches d'acier qui brillaient sous un front anormalement haut : *le premier arrivant silencieux qui avait brûlé ses livres.*

Pour le reste de ma vie, au moins en apparence, j'allais devoir être cet homme !

LA TOMBE

En faisant le récit des circonstances qui m'ont entraîné dans cet asile de fous, je sais que ma situation présente un doute — bien naturel — sur l'authenticité de mon histoire. Il est très malheureux que l'ensemble de l'humanité ait une vision mentale trop limitée pour peser avec patience et intelligence des phénomènes isolés, éprouvés seulement par quelques individus au psychisme particulièrement pénétrant, et qui, par leur exceptionnelle sensibilité, se situent bien au-delà de l'expérience commune.

Des hommes doués intellectuellement savent qu'il n'y a pas de différence nette entre le réel et l'irréel, que les choses ne nous apparaissent qu'à travers la délicate synthèse physique et mentale qui s'opère subjectivement en chacun de nous. Mais le matérialisme prosaïque de la majorité condamne comme folie les éclairs de voyance qui déchirent, chez certains, le voile habituel de l'empirisme banal.

Mon nom est Jervas Dudley, et depuis ma plus

tendre enfance, je suis un rêveur et un visionnaire. Suffisamment riche de naissance pour échapper au travail, et, de par mon tempérament, inapte aux études formelles et aux distractions sociales de mon entourage, j'ai toujours vécu dans des domaines situés en dehors du monde visible, employant ma jeunesse et mon adolescence à lire des ouvrages anciens, fort peu connus, et à vagabonder sans but dans les champs et les bois proches de ma demeure ancestrale.

La signification que j'ai découverte dans ces livres et ces promenades n'est sûrement pas celle qu'y trouvaient alors les garçons de mon âge. Il ne faut pas que je m'étende là-dessus, car un discours détaillé confirmerait les cruelles calomnies que certains de mes surveillants, furtivement, murmurent sur mon intelligence. Je me dois de raconter les événements tels quels, sans essayer d'en analyser les causes.

J'ai donc dit que je vivais à l'écart du monde visible, mais non que je vivais seul. Car personne n'en est capable. Le manque de compagnie vivante conduit inévitablement les solitaires à la fréquentation d'objets inanimés, ou qui le sont devenus.

Près de chez moi s'étend une étrange vallée boisée, aux profondeurs crépusculaires, au creux de laquelle je passais des heures entières à lire, penser, rêver.

Tout enfant, j'avais fait mes premiers pas le long de ses pentes moussues, et c'est au pied de son grand chêne noueux que m'assaillirent les premières chimères de mon enfance.

Je m'y rendais pour lier connaissance avec les dryades, maîtresses de ces arbres, et il me fut souvent donné de contempler leurs danses sauvages sous les rayons déclinants de la lune. Mais ce n'est pas maintenant qu'il me faut évoquer ces souvenirs.

Je parlerai seulement de la tombe solitaire, dans le recoin le plus sombre des fourrés, à flanc de coteau. La tombe déserte des Hydes, une famille ancienne et de haut rang dont le dernier descendant direct avait été enterré là, obscurément, plusieurs décennies avant ma propre naissance. La sépulture est taillée dans un vieux granit rongé par les intempéries, et que le brouillard et l'humidité ont décoloré depuis des générations. Creusée dans la pente de la vallée, la tombe n'est visible que lorsqu'on se trouve en face de son entrée. La porte en pierre, massive, effrayante, recouverte de dépôts visqueux, s'appuie sur des gonds de fer rouillé. Elle est maintenue étrangement entrebâillée par des chaînes et des cadenas de fer, selon la mode macabre qui date d'un demi-siècle. La demeure de la famille dont les membres reposaient là entourait autrefois la pente où se trouve la tombe, mais il y a déjà fort longtemps, elle fut ravagée par la foudre et les flammes.

C'est à voix basse, anxieusement, que les vieux habitants de la région évoquent parfois, sous le terme mystérieux de « colère divine », cet orage de minuit qui détruisit le triste château. C'est cette allusion étrange qui, tout au long de ma jeunesse, fit croître la fascination que le tombeau avait toujours exercée sur moi. Seul un homme avait péri dans cet incendie. Quand le dernier des Hydes fut enterré dans ce caveau de famille silencieux et obscur, c'est de très loin que l'urne funèbre contenant ses cendres parvint à sa dernière demeure. Car la famille, après la catastrophe, avait quitté la région.

Jamais je n'oublierai cet après-midi où je trébuchai pour la première fois sur cette maison de la mort, à demi enfouie dans l'ombre. C'était en plein été, à l'époque où l'alchimie de la nature transforme le paysage champêtre en un tableau éclatant, en une palette de verts, où les sens enivrés se laissent envahir par les vagues houleuses de verdure humide et par les odeurs subtiles qui montent de la terre et des plantes. Dans de tels lieux, l'esprit perd son objectivité, le temps et l'espace deviennent futiles, irréels, des échos d'un passé oublié, d'avant l'histoire, viennent frapper avec insistance la conscience captivée.

Tout le jour, j'avais erré à travers les bosquets de la vallée. A dix ans, je connaissais déjà beaucoup de merveilles que la foule ignorait, et, à certains égards, j'avais atteint une surprenante maturité. Après m'être frayé un chemin entre deux massifs de bruyère sauvage, je me trouvai brusquement à l'entrée du caveau, ne sachant rien encore de la nature de ma découverte. Les sombres blocs de granit, la porte, si curieusement entrouverte, les motifs funéraires au-dessus de la porte ne m'effrayèrent pas le moins du monde. Car j'avais lu maintes fois déjà des descriptions de tombeaux effroyables, et mon imagination fertile en avait suscité de plus sinistres encore. Mais en raison de mon tempérament particulier, je m'étais tenu à l'écart des cimetières. L'étrange habitacle de pierre que j'avais découvert n'était pour moi qu'une source d'intérêt et de méditation.

Je scrutai à travers l'entrebâillement de la porte l'intérieur froid et humide, et, pendant mon attentive observation, naquit en moi, non pas la notion de mort ou de décadence, mais une bien étrange impulsion. Un désir fou, irraisonné, me fascinait en face de cet enfer de réclusion. Poussé par une voix surgie sans doute de l'âme hideuse de la forêt, je résolus de m'enfoncer dans l'obscurité qui me faisait signe, au mépris des lourdes chaînes qui me barraient le passage. Dans la lumière déclinante du jour, je secouai avec fracas, l'un après l'autre, les obstacles rouillés qui entravaient mon chemin, afin de pousser la porte de pierre et tenter de glisser mon corps mince dans cet espace. Mais en vain. Devant mon échec, ma curiosité se transforma en colère. Au crépuscule, je décidai de rentrer chez moi, mais j'avais auparavant, dans ma rage, juré à tous les dieux du petit bois que, quelque jour, *à n'importe quel prix,* je pénétrerais dans la pénombre du sépulcre, dans ces glaciales profondeurs qui semblaient m'appeler.

Le médecin à la barbe gris fer qui vient tous les jours dans ma chambre a dit une fois à un visiteur que cette décision avait marqué le début de ma pitoyable monomanie. Mais je préfère laisser le jugement final à mes lecteurs, qui se prononceront lorsque je leur aurai tout raconté.

J'employai vainement les mois qui suivirent ma découverte à tenter de faire sauter le cadenas compliqué du caveau, et à me livrer à de subtiles recherches sur l'histoire de l'édifice. Beaucoup de renseignements précieux parvinrent à mes oreilles de gamin attentif. Mais je gardai le plus absolu secret sur ce que je savais et sur ce que j'avais décidé d'entreprendre.

Je dois à la vérité de dire que les informations que je recueillis ne me surprirent ni ne m'effrayèrent. Mes convictions intimes sur la vie et la mort m'avaient amené à opérer un vague rapprochement entre la terre froide et les corps vivants, et je sentais que la grande et sinistre famille du château incendié était en quelque sorte représentée dans les pans de pierre que je cherchais à explorer. Les murmures sur les rites magiques et les fêtes impies qui, autrefois, avaient eu lieu dans le château disparu, entretenaient ma lancinante attirance pour cette tombe, devant laquelle, jour après jour, je restais assis, des heures durant.

Une fois, j'introduisis une bougie par l'étroit passage de l'entrée, mais je ne pus rien apercevoir, excepté un escalier de pierre humide qui descendait au-dessous du niveau de la terre. J'éprouvais une sorte d'enchantement à humer l'odeur répugnante de l'endroit, qui, singulièrement, semblait évoquer au fond de moi des souvenirs enfouis dans un passé au-delà de toute mémoire, remontant sans doute à une époque où je ne possédais pas encore le corps que j'habite à présent.

Au cours de l'année qui suivit ma découverte, je lus, dans mon grenier plein de livres, une traduction des *Vies* de Plutarque. En me plongeant dans l'histoire de Thésée, je fus très impressionné par le passage où il est question de cette grosse pierre sous laquelle étaient inscrits les signes du destin du héros, pierre d'un poids tel que celui-ci devait, pour la soulever, avoir atteint une force suffisante, c'est-à-dire un âge où ce destin se serait déjà accompli. Cette légende eut pour effet de diminuer ma grande impatience à pénétrer dans le tombeau, car je compris que mon heure n'était pas arrivée. Plus tard, me persuadai-je, j'aurais acquis la force ou l'ingéniosité qui me rendrait capable d'ouvrir cette porte. Pour le moment, il me fallait me conformer aux impératifs du Destin.

A la suite de quoi mes regards scrutateurs à travers le portail humide se firent moins insistants, et je consacrai le plus clair de mon temps à d'autres recherches, tout aussi étranges. Je me levais parfois, calmement, au milieu de la nuit, pour aller parcourir les cimetières et autres lieux funéraires, dont mes parents m'avaient toujours tenu éloigné. Ce que j'y faisais, je ne saurais le dire, parce que je ne suis pas sûr de la réalité de ces choses, mais je sais que le lendemain de chacune de mes promenades nocturnes je surprenais mon entourage par les connaissances que je possédais et que les miens avaient oubliées depuis des générations. Un de ces jours-là, je scandalisai la communauté par une opinion bizarre que je m'étais forgée à propos de l'enterrement du riche et célèbre chevalier Brewster, un chroniqueur local qui avait été enterré en 1711 et dont la pierre tombale, en ardoise, supportait un crâne sculpté et des os disposés en croix, qui partaient en poussière. Dans un moment de puérile imagination, je déclarai que non seulement l'entrepreneur de pompes funèbres Goodman Simpson avait dérobé les élégants souliers d'argent, les bas de soie et les sous-vêtements de satin du défunt, mais que le chevalier lui-même, mis en bière encore vivant, s'était retourné deux fois dans son cercueil recouvert d'un tumulus le lendemain de son enterrement.

Cependant, l'idée d'entrer dans le tombeau ne m'avait jamais quitté. Car mes recherches généalogiques m'avaient révélé une vérité aussi excitante qu'inattendue : mes propres ancêtres paternels avaient un lien de parenté — si ténu fût-il — avec la famille prétendument éteinte des Hydes. Dernier rejeton de la race paternelle, j'étais donc moi-même le dernier de cette lignée mystérieuse.

Je commençai à penser que cette tombe était *mienne*, et j'attendais avec une plus vive impatience l'heure où la Destinée m'autoriserait à accéder de l'autre côté de la porte de pierre, à descendre dans l'obscurité l'escalier de pierre gluante.

J'avais pris l'habitude d'écouter attentivement près du portail, dans le tranquille silence de minuit. Peu à peu j'atteignais ma majorité. Au cours des ans, j'avais défriché le petit fourré à flanc de coteau qui dominait la tombe, formant autour d'elle une couronne de bosquets. La végétation était peu à peu devenue comme les murs et le toit d'un berceau de verdure. Ainsi je m'étais construit un Temple qui n'était qu'à moi, et dont la porte fermée constituait le reliquaire. Je m'étendais là, sur le sol moussu, rêvant à des choses étranges et singulières.

La nuit de ma première révélation fut une nuit étouffante. J'avais dû m'endormir de fatigue, parce que j'eus la nette impression de m'éveiller d'un profond sommeil lorsque j'entendis les voix. J'hésite à les qualifier, à parler de leurs accents et de leurs timbres. Je dirai seulement qu'elles avaient une prononciation et qu'elles employaient un vocabulaire bien particuliers. Je pus y reconnaître les nuances du dialecte de la Nouvelle-Angleterre, depuis les syllabes peu élégantes des colons puritains, jusqu'à la rhétorique précise d'il y a cinquante ans. Tous ces éléments se mêlaient dans cette conversation des ténèbres. Mais cela, je ne le remarquai qu'après coup. Sur le moment, mon esprit fut tout simplement fasciné par un autre phénomène — si éphémère que je ne saurais jurer de sa réalité. Je venais d'apercevoir, me sembla-t-il, une *lumière* qui avait été éteinte à la hâte dans les profondeurs du tombeau.

Je ne pense pas avoir été aucunement frappé de stupeur, mais je sais que cette nuit-là quelque chose en moi a *changé,* d'une façon définitive.

En retournant chez moi, je me dirigeai sans hésiter vers un coffre qui pourrissait dans le grenier, et dans lequel je trouvai la clef qui le lendemain me permit sans encombres de franchir l'obstacle qui avait si longtemps entravé mon désir.

Ce fut dans la douce lumière d'un après-midi finissant que j'entrai pour la première fois dans le caveau. J'étais comme ensorcelé et mon cœur bondissait dans une exultation quasi maladive.

Après avoir fermé la porte derrière moi, je descendis les marches ruisselantes, à la lumière d'une faible bougie. J'eus immédiatement l'impression de connaître le chemin, et malgré le grésillement de la bougie, dû à l'atmosphère viciée de l'endroit, je m'y sentais singulièrement à l'aise.

Regardant autour de moi, j'aperçus plusieurs

dalles de marbre qui supportaient des cercueils. Quelques-uns d'entre eux étaient scellés et intacts, d'autres au contraire avaient pour ainsi dire disparu, il n'en restait plus que les poignées d'argent et les plaques, isolées au milieu de curieux tas de poussière blanchâtre.

Sur une plaque, je pus lire le nom de Geoffrey Hyde, qui était venu du Sussex en 1640, et était mort ici quelques années plus tard.

Dans une alcôve se trouvait un coffre vide, bien conservé, décoré des lettres d'un nom qui me fit à la fois sourire et trembler. Une impulsion bizarre me poussa à grimper sur la dalle étroite, à éteindre ma bougie et à m'étendre dans la boîte vide.

Dans la lumière grise de l'aube, je sortis en chancelant du caveau, et bouclai la chaîne derrière moi. Je n'étais plus tout à fait un jeune homme, car vingt et un hivers avaient déjà refroidi ma délicate charpente.

Des villageois matinaux, qui assistèrent à mon retour, s'étonnèrent des signes de satisfaction évidente, de divertissement enjoué qu'ils constataient pour une fois chez un homme réputé sombre et solitaire.

Ce jour-là je ne me montrai pas à mes parents avant d'avoir consacré quelques heures à un sommeil réparateur.

A partir de ce jour, chaque nuit je me rendis à la tombe. Je vis, j'entendis, j'accomplis des choses que je dois oublier. Ma manière de parler fut la première à subir un changement et je me mis soudain à employer force archaïsmes dans mes propos, ce que mes proches ne manquèrent pas de relever aussitôt.

Plus tard, je devins encore plus audacieux, plus brutal, et mon comportement, peu à peu, devint celui d'un homme qui connaît la vie, phénomène fort surprenant, lorsqu'on songe à la réclusion dans laquelle s'était déroulée mon existence. Ma réserve s'effaça pour laisser place à la volubilité, à l'aisance d'un Chesterfield, ou encore au cynisme impie d'un Rochester. Je fis brutalement étalage d'une érudition toute particulière, qui ne correspondait plus à la science monacale à laquelle je m'étais consacré dans ma jeunesse. Je couvrais des pages entières d'épigrammes improvisées, qui rappelaient celles de Jay, de Prior et des rimeurs de la reine Anne.

Un matin, au petit déjeuner, une catastrophe se produisit lorsque je me mis à réciter, avec des accents avinés, un morceau extrait d'une chanson du temps des George qui n'avait jamais été couchée par écrit, et qui donnait à peu près ceci :

Venez ici, compagnons, avec vos gobelets de bière,
Et buvons à l'heure présente tant qu'il est encore
[temps.
Empilez des montagnes de bœuf sur vos assiettes,
Car c'est le boire et le manger qui seuls nous
[réconfortent.
Remplissez vos verres, car la vie passe vite ;
Quand vous serez sous terre
Vous ne boirez plus à la coupe de votre roi ni de
[votre maîtresse.
On dit qu'Anacréon avait le nez pivoine,
Mais qu'importe un nez rouge si l'on est bien-
[heureux,

Dieu me damne, je préfère être écarlate tant que
[je suis ici,
Que blanc comme un lis et mort depuis un an.
Alors, Betty, ma mignonne, donne-moi un baiser ;
En enfer il n'y a pas de fille d'aubergiste comme
[toi.
Le jeune Harry qui se tient aussi droit qu'il le peut
Va bientôt perdre sa perruque et rouler sous la
[table,
Mais remplissez vos verres et faites-les circuler ;
Mieux vaut être sous table que sous terre ;
Faites bombance et amusez-vous pendant que vous
[buvez.
Sous six pieds de poussière il est moins aisé de
[rire ;
Que le diable m'emporte, je peux à peine marcher
Et que je sois damné si je tiens debout.
Holà, dis à Betty d'apporter une chaise,
Je vais essayer de rentrer chez moi, car ma femme
[n'est pas là.
Aide-moi donc, je ne peux pas me tenir,
Mais tant que je suis à la surface des terres, je suis
[heureux.

C'est à cette époque-là que naquit ma terreur de l'orage et des flammes. Je me mis à en éprouver un sentiment d'effroi insoutenable qui me contraignait à me réfugier dans les recoins les plus isolés de la demeure paternelle quand le ciel se faisait menaçant. Si cela se passait pendant la journée, l'une de mes cachettes préférées était la cave en ruine du château qui avait brûlé. En imagination, je me la représentais telle qu'elle avait dû être.

Mais ce que je craignais depuis fort longtemps

finit bien un jour par se produire. Mes parents, inquiets des changements survenus dans le comportement de leur unique enfant, se mirent — dans des intentions exclusivement bienveillantes — à espionner mes actes. Ayant depuis ma plus tendre enfance veillé moi-même sur tous mes secrets, ne les confiant jamais à quiconque, je n'avais soufflé mot à personne de mes visites à la tombe. A présent, dans ma course à travers les dédales du bosquet, il me fallait prendre garde à semer un éventuel poursuivant. Je gardais sur moi la clef du caveau, que j'avais attachée à un cordon perpétuellement pendu à mon cou. Jamais je ne revenais du sépulcre avec une chose que j'avais pu y trouver.

Un matin, alors qu'en sortant de la tombe je refaisais surface à la lumière du jour, et refermais la chaîne, j'aperçus, au fond d'un fourré voisin, le visage redouté d'un observateur. La fin de mon aventure approchait, sans nul doute, puisque le but de mes pérégrinations nocturnes venait d'être révélé. L'homme ne m'aborda pas, et je me dépêchai de rentrer, afin de surprendre le récit qu'il ferait à mon père. Mes séjours dans la tombe allaient-ils être dévoilés au monde ? Imaginez combien ma surprise fut agréable lorsque j'entendis cet espion raconter à voix basse que j'avais passé la nuit dans la charmille qui entourait la sépulture. Par quel miracle l'observateur avait-il pu ainsi se tromper ? J'étais à présent convaincu d'être protégé par une puissance surnaturelle. Cette assurance accrut mon audace, car je décidai de me rendre désormais à la tombe tranquillement, pour ainsi dire à découvert, puisque j'étais persuadé que personne au monde ne pouvait m'y voir pénétrer. Pendant une semaine, je goûtai avec plénitude la joie de ces plaisirs charnels que je dois taire, quand soudain la chose se produisit. Oui, cette nuit-là, j'aurais dû me garder de mettre le nez dehors. Car les nuages avaient la couleur d'orage, tandis qu'une lueur infernale montait du marais. Le ciel tout entier était menaçant. L'appel des morts lui-même avait changé. Ce soir-là, il ne venait plus de la tombe, mais de la cave calcinée au sommet de la colline.

Comme je sortais d'un fourré et abordais la plaine qui s'étend devant les dernières ruines de l'antique demeure, il se produisit ce que toute ma vie j'avais attendu. Sous le brumeux clair de lune, je distinguai la demeure disparue depuis un siècle, qui se dressait à nouveau, dans toute sa splendeur. Toutes les fenêtres étaient illuminées de bougies, tandis que, dans la longue allée, de luxueuses voitures à chevaux déversaient les plus hauts personnages de l'aristocratie bostonienne, et que, richement vêtue, une assemblée nombreuse de gentilshommes poudrés arrivait à pied des demeures voisines. Je me mêlai à cette foule, sachant au fond de moi que j'étais l'hôte et non point l'invité. De l'intérieur me parvenaient des bruits de musique endiablée, des rires joyeux. Le vin coulait à flots. Je reconnus plusieurs visages que j'avais déjà vus à demi dévorés ou rongés par la mort et la décomposition. Au milieu de cette foule excitée et sans retenue, j'étais le plus déchaîné. Je déversais des torrents de blasphèmes et, dans mes plaisanteries choquantes, je faisais fi des lois humaines, divines, cosmiques.

Soudain un bruit d'orage résonna plus fort encore que nos cris, et la foudre fit voler le toit en éclats et répandit la panique au milieu de cette tapageuse compagnie. Des langues de flammes et de suffocantes fumées s'engouffrèrent dans la maison. Les noceurs, frappés de terreur devant cette calamité dont la violence semblait surnaturelle, s'enfuirent en hurlant dans la nuit. Je restai seul, cloué sur mon siège, dans un effroi inconnu. Puis une autre terreur m'envahit. Réduit en cendres, je vis mon corps dispersé aux quatre vents. Cela signifiait que *jamais je ne reposerais dans la tombe des Hydes.* Ce cercueil, pourtant, ne m'était-il point destiné ? N'avais-je pas le droit de reposer éternellement parmi les descendants de sir Geoffrey Hyde ?

Je réclamerais mon héritage même si mon âme devait errer des siècles durant à la recherche d'une autre enveloppe charnelle pour la représenter dans l'alcôve vacante du caveau. Non ! *Jervas Hyde* ne connaîtrait jamais le triste sort de Palinur !

Tandis que le fantôme de la maison en flammes s'estompait devant moi, je me sentis saisi par deux hommes forts. L'un d'eux était l'espion du fourré. Je hurlai et me débattis comme un forcené pour échapper à leur puissante poigne. Il tombait une pluie torrentielle, et des éclairs zébraient l'horizon. Mon père, dévoré de chagrin, était tout près de moi. Tandis que je criais à ces hommes de me déposer dans ma tombe, mon père leur demanda de me traiter avec la plus grande douceur.

Un cercle noir, sur le sol de la cave en ruine, indiquait l'endroit où la foudre avait frappé. Là, quelques villageois curieux trouvèrent une petite boîte ancienne, ouvragée, que la foudre avait déterrée. Ce coffret, dont les attaches avaient été brisées sous le choc, contenait des papiers, des objets précieux, mais lorsque les villageois en firent l'inventaire sous mes yeux, une chose me fascina. C'était une miniature sur porcelaine reproduisant un jeune homme qui portait une élégante perruque bouclée, et dont les initiales étaient J.H. Son visage, j'aurais pu tout aussi bien le reconnaître dans mon miroir.

Le lendemain, on m'étendit dans cette pièce où les fenêtres ont des barreaux, mais un vieux domestique simple et dévoué m'a donné des renseignements importants. Il m'a appris par exemple que personne ne croit en mes récits. Mon père affirme que je n'ai jamais franchi le portail enchaîné, et que le cadenas rouillé n'a pas été touché depuis plusieurs décennies. Il prétend même que tout le village connaissait mes expéditions nocturnes. Tout le monde m'avait, paraît-il, vu assoupi sous la tonnelle près de la façade lugubre. Je m'insurge contre ces assertions gratuites, mais je n'ai aucune preuve pour les contredire : j'ai perdu la clef du cadenas au cours de la nuit d'orage. Mon père se persuade que tout ce que je sais du monde des défunts, je l'ai appris dans les vieux livres de la bibliothèque familiale.

Sans la présence de mon vieux serviteur Hiram, je serais à présent convaincu de ma folie.

Mais Hiram, pour qui j'ai toujours éprouvé une vive affection, me garde sa confiance. C'est lui qui m'a aidé à rendre publique une partie de mon histoire. Il y a une semaine, il a fait sauter la chaîne du portail de fer, et a descendu les marches de la tombe, s'éclairant d'une lanterne. Sur une dalle, dans une niche, il a trouvé un vieux cercueil vide dont la plaque ternie porte le prénom « Jervas ».

Ils m'ont promis que je serais enseveli dans ce cercueil, dans cette tombe.

TABLE DES MATIERES

Science-fiction

Depuis 1970, cette collection est leader du genre en France. Elle a publié la plupart des grands classiques (Asimov, Van Vogt, Clarke, Dick, Vance, Simak), mais elle a aussi révélé de nombreux jeunes auteurs qui seront les écrivains de premier plan de demain (Tim Powers, David Brin, Greg Bear, Kim Stanley Robinson, etc.). La S-F est reconnue aujourd'hui comme littérature à part entière, étudiée dans les écoles et les universités. Elle est véritablement la littérature de notre temps.

ANDERSON Poul	**La patrouille du temps** 1409/**3***
ASIMOV Isaac	**Les cavernes d'acier** 404/**3***
	Les robots 453/**3***
	Face aux feux du soleil 468/**3***
	Tyrann 484/**3***
	Un défilé de robots 542/**3***
	Cailloux dans le ciel 552/**3***
	La voie martienne 870/**3***
	Les robots de l'aube 1602/**3*** & 1603/**3***
	Le voyage fantastique 1635/**3***
	Les robots et l'empire 1996/**4*** & 1997/**4***
	Espace vital 2055/**3***
	Asimov parallèle 2277/**4***
	Le robot qui rêvait 2388/**6***
	La cité des robots 2573/**6*** (avril 89)
BAKER Scott	**Kyborash** 1532/**4***
BEAR Greg	**La musique du sang** 2355/**4***
BELFIORE Robert	**La huitième vie du chat** 2278/**3***
BLISH James	**Semailles humaines** 752/**2***
BOGDANOFF Igor & Grishka	**La machine fantôme** 1921/**3***
BRIN David	**Marée stellaire** 1981/**5***
	Élévation 2552/**5*** & 2553/**5***
BROWN Fredric	**La nuit du Jabberwock** 625/**3***
CARROLL Jonathan	**Le pays du fou rire** 2450/**4***
CHERRYH C.J.	Chanur :
	- L'épopée de Chanur 2104/**3***
	- La vengeance de Chanur 2289/**4***
	- Le retour de Chanur 2609/**6*** (juin 89)
	L'œuf du coucou 2307/**3***
CLARKE Arthur C.	**2001 l'odyssée de l'espace** 349/**2***
	2010 : odyssée deux 1721/**3***
	Les enfants d'Icare 799/**3***
	Avant l'Eden 830/**3***
	Rendez-vous avec Rama 1047/**3***
	Les fontaines du paradis 1304/**3***

Science-fiction

CURVAL Philippe	Le ressac de l'espace 595/3*
DICK Philip K.	Loterie solaire 547/2*
	Dr Bloodmoney 563/3*
	Le maître du Haut-Château 567/4*
	Ubik 633/3*
	Le dieu venu du Centaure 1379/3*
	Blade runner 1768/3*
	Coulez mes larmes, dit le policier 2451/3*
DONALDSON Stephen R.	Thomas l'Incrédule :
	- Les Chroniques de Thomas l'Incrédule 2232/4*
	- Le réveil du titan 2306/4*
	- L'éternité rompue 2406/6*
DREW Wayland	Miracle sur la 8e rue 2343/3*
	Willow 2487/3*
FARMER Philip José	Le Fleuve de l'éternité :
	- Le monde du Fleuve 1575/3*
	- Le bateau fabuleux 1589/4*
	- Le noir dessein 2074/6*
	- Le labyrinthe magique 2088/6*
	- Les dieux du Fleuve 2536/6*
FOSTER Alan Dean	Alien 1115/3*
	Aliens, le retour 2105/4*
	Futur immédiat 2505/3*
FRÉMION Yves	Rêves de sable, châteaux de sang 2054/3*
GALOUYE Daniel F.	Simulacron 3 778/2*
GIBSON William	Neuromancien 2325/4*
	Comte Zéro 2483/4*
GOLDMAN William	Princess Bride 2393/4*
HALDEMAN Joe	La guerre éternelle 1769/3*
HAMILTON Edmond	Le retour aux étoiles 490/3*
HEINLEIN Robert A.	Une porte sur l'été 510/3*
	Double étoile 589/2*
	Vendredi 1782/4*
	Job : une comédie de justice 2135/5*
	Le chat passe-muraille 2248/6*
	Au-delà du crépuscule 2591/7*
HERBERT Frank	La ruche d'Hellstrom 1139/4*
HOWARD Robert E.	Conan le conquérant 2468/3*
JETER K.W.	Machines infernales 2518/4*
JEURY Michel	La croix et la lionne 2035/3*
JONES Raymond F.	Renaissance 957/4*
KEYES Daniel	Des fleurs pour Algernon 427/3*
KLEIN Gérard	Les seigneurs de la guerre 628/3*
	La loi du talion 935/3*

	La saga d'Argyre :
	- Le rêve des forêts 2164/**3★**
	- Les voiliers du soleil 2247/**2★**
	- Le long voyage 2324/**2★**
LEE *Tanith*	**VazKor** 1616/**3★**
	La déesse voilée 1690/**4★**
	Tuer les morts 2194/**3★**
	Terre de lierre 2469/**3★**
LÉOURIER *Christian*	**Mille fois mille fleuves...** 2223/**2★**
	Les racines de l'oubli 2405/**2★**
LEVIN *Ira*	**Les femmes de Stepford** 649/**2★**
LOVECRAFT *Howard P.*	**L'affaire Charles Dexter Ward** 410/**2★**
	Night Ocean et autres nouvelles 2519/**3★**
McKEE CHARNAS *Suzy*	**Un vampire ordinaire** 2433/**4★**
MERRITT *Abraham*	**Les habitants du mirage** 557/**3★**
	La nef d'Ishtar 574/**3★**
MOORE *Catherine L.*	**Shambleau** 415/**4★**
OTTUM *Bob*	**Pardon, vous n'avez pas vu ma planète ?** 568/**3★**
PARIS *Alain*	**Daïren** 2484/**3★**
POHL *Frederik*	**Casse-tête chinois** 2151/**4★**
	L'ultime fléau 2340/**3★**
POWERS *Tim*	**Les voies d'Anubis** 2011/**5★**
	Sur des mers plus ignorées... 2371/**4★**
	Le Palais du Déviant 2610/**4★** (juin 89)
RAY *Jean*	**Malpertuis** 1677/**2★**
ROBINSON *Kim Stanley*	**La mémoire de la lumière** 2134/**4★**
	La planète sur la table 2389/**4★**
RODDENBERRY *Gene*	**Star Trek** 1071/**2★**
SADOUL *Jacques*	**Les meilleurs récits de Weird Tales** 2556/**6★**
SHECKLEY *Robert*	**Le prix du danger** 1474/**3★**
	Le robot qui me ressemblait 2193/**3★**
SILVERBERG *Robert*	**Les ailes de la nuit** 585/**2★**
	Les monades urbaines 997/**3★**
	Le château de Lord Valentin 1905/**4★** & 1906/**4★**
SIMAK *Clifford D.*	**Demain les chiens** 373/**3★**
	Mastodonia 956/**3★**
	Le chemin de l'éternité 2432/**4★**
SPIELBERG *Steven*	**Rencontres du troisième type** 947/**2★**
SPIELBERG & KOTZWINKLE	**E.T. l'extra-terrestre** 1378/**3★**
	E.T. La planète verte 1980/**3★**
STEINER *Kurt*	**Le disque rayé** 657/**2★**
STINE *Jovial Bob*	**La folle histoire de l'espace** 2294/**3★**
STOLZE *Pierre*	**Marilyn et les samouraïs du père Noël** 1962/**4★**

Science-fiction

STURGEON Theodore	*Les plus qu'humains* 355/3★
	Cristal qui songe 369/3★
	Killdozer - Le viol cosmique 407/4★
	Les talents de Xanadu 829/3★
THOMPSON Joyce	*Bigfoot et les Henderson* 2292/3★
VANCE Jack	*Cugel l'astucieux* 707/2★
	Cycle de Tschaï :
	- Le Chasch 721/3★
	- Le Wankh 722/3★
	- Le Dirdir 723/3★
	- Le Pnume 724/3★
	Le monde magique 836/2★
	Rhialto le Merveilleux 1890/3★
VAN VOGT A.E.	*Le monde des Ā* 362/3★
	Les joueurs du Ā 397/3★
	La fin du Ā 1601/3★
	A la poursuite des Slans 381/2★
	La faune de l'espace 392/3★
	L'empire de l'atome 418/3★
	Le sorcier de Linn 419/3★
	Les armureries d'Isher 439/3★
	Les fabricants d'armes 440/3★
	Le livre de Ptath 463/3★
	La guerre contre le Rull 475/4★
	Destination univers 496/4★
	Créateur d'univers 529/3★
	L'homme multiplié 659/2★
	Rencontre cosmique 975/3★
	Le colosse anarchique 1172/3★
	Au-delà du Village enchanté 2150/4★
VINGE Joan D.	*La Reine des Neiges* 1707/5★
	Finismonde 1863/3★
	Mad Max au-delà du dôme du tonnerre 1864/3★
WALTHER Daniel	*L'Epouvante* 976/2★
WILLIAMS Paul O.	*Le cercle inachevé* 1920/3★
WILLIS Connie	*Les veilleurs du feu* 2339/4★
WINTREBERT Joëlle	*Les maîtres-feu* 1408/3★
	Chromoville 1576/3★
	Le créateur chimérique 2420/4★

Univers présente chaque année les aspects les plus fascinants de la SF contemporaine

Univers 1986	2012/4★ inédit
Univers 1989	2572/4★ inédit (avril 89)

Épouvante

Depuis Edgar Poe, il a toujours existé un genre littéraire qui cherche à susciter la peur, sinon la terreur, chez le lecteur. Il a été illustré au cinéma par des films tels que Shining, L'exorciste, Carrie, La malédiction. *Ce sont les livres qui ont inspiré ces films, et d'autres ouvrages du même genre, que vous présente cette collection.*

ALMQUIST Gregg	L'éveil de la Bête 2574/4★ (avril 89)
ANDREWS Virginia C.	Ma douce Audrina 1578/4★
BARKER Cline	Livre de sang 2452/3★
BINGLEY Margaret	Au-delà de la mort d'Alice 2520/3★
BLATTY William Peter	L'exorciste 630/4★
CAMPBELL Ramsey	La poupée qui dévora sa mère 1998/3★
	Le Parasite 2058/4★
	La lune affamée 2390/5★
FARADAY M.M.	La possédée 2059/4★
FARRIS John	Écailles 2225/4★
	La forêt sauvage 2407/5★
GRANT Charles L.	La force hideuse 2290/4★
HERBERT James	Le Sombre 2056/4★
	Pierre de lune 2470/4★
HOWARD Joseph	Damien, la malédiction 992/3★
JETER K.W.	Les âmes dévorées 2136/4★
(voir aussi p. 24)	Le ténébreux 2356/4★
KAYE M. & GODWIN P.	Lumière froide 1964/3★
KING Stephen	Carrie 835/3★
(voir aussi p. 22)	Shining 1197/5★
	Danse macabre 1355/4★
	Cujo 1590/4★
	Christine 1866/4★
	Peur bleue 1999/3★
	Charlie 2089/5★
	Simetierre 2266/6★
	Le Fléau 2326/6★
	Différentes saisons 2434/7★
	Brume 2578/4★ & 2579/4★ (mai 89)
KOONTZ Dean R.	Spectres 1963/4★
	Le rideau de ténèbres 2057/3★
	Le visage de la peur 2166/3★
LEVIN Ira (voir aussi p. 25)	Un bébé pour Rosemary 342/3★
MONTELEONE Thomas	L'horreur du métro 2152/4★
NICHOLS Leigh	L'antre du tonnerre 1966/3★
	L'heure des chauves-souris 2263/5★
	Feux d'ombre 2537/6★

PIERCE *Dale*	***Le sang du matador*** *2554/3★ (mars 89)*
RHODES *Daniel*	***L'ombre de Lucifer*** *2485/3★*
RUSSO *John*	***Panthère noire*** *2233/3★*
	The Awakening *2611/5★ (juin 89)*
SAUL *John*	***Corps étranger*** *2308/4★*
SELTZER *David*	***La malédiction*** *796/2★*
STRAUB *Peter*	***Shadowland*** *2249/6★*
	Le dragon flottant *2373/6★*
STRIEBER *Whitley*	***Cat Magic*** *2341/6★*
TUTTLE *Lisa*	***Le couteau sacrificiel*** *2181/3★*

Aventure Mystérieuse

L'Aventure Mystérieuse *publie des études sur les grandes énigmes de l'humanité : civilisations disparues, vie après la mort, OVNI, alchimie, astrologie, Templiers, Atlantide, vies antérieures, prophéties, parapsychologie. Tous ces sujets, qui sont à la frange des sciences reconnues, sont analysés ici de façon passionnante.*

BELLINE	***La troisième oreille*** *2015/2★*
	Un voyant à la recherche du temps futur *2502/4★*
BERGIER *Jacques*	***Les extra-terrestres dans l'Histoire*** *2394/2★*
BERLITZ *Charles*	***Le Triangle des Bermudes*** *2018/3★*
LAFFOREST *Roger de*	***Présence des invisibles*** *2179/2★*
	La magie des énergies *2279/2★*
MAHIEU *Jacques de*	***Les Templiers en Amérique*** *2137/3★*
MOODY *Dr Raymond*	***La vie après la vie*** *1984/2★*
RAMPA *T. Lobsang*	***Histoire de Rampa*** *1827/3★*
	La caverne des anciens *1828/2★*
	Le troisième œil *1829/3★*
	Les secrets de l'aura *1830/3★*
	Les clés du nirvâna *1831/2★*
	Crépuscule *1851/2★*
	La robe de sagesse *1922/3★*
	Je crois *1923/2★*
	C'était ainsi *1976/2★*
	Les trois vies *1982/2★*
	Lama médecin *2017/3★*
	L'ermite *2538/3★*
	La treizième chandelle *2593/3★ (mai 89)*
SABATO *Mario de*	***Les manipulateurs du destin*** *2060/3★*
	Le destin parallèle *2357/3★*
SIÉMONS *Jean-Louis*	***Mourir pour renaître*** *2309/4★*

J'ai lu BD

La bande dessinée est aujourd'hui admise partout. On l'enseigne même à la Sorbonne. La série J'ai lu BD est la première collection de poche consacrée à ce genre. Elle réédite les bandes dessinées françaises et étrangères les plus célèbres. Les dessins ne sont pas réduits mais remontés différemment ; ainsi un album de 48 pages donne 160 pages dans J'ai lu, et le papier est d'une qualité supérieure afin de permettre la reproduction des couleurs. J'ai lu BD est le panorama de la bande dessinée d'aujourd'hui.

ADAMOV & COTHIAS	**Les Eaux de Mortelune - 1** BD109 (**4*** couleur)
ARNAL	**Pif le chien - 1** BD81 (**4*** couleur)
	Pif le chien - 2 BD107 (**4*** couleur)
	Pif le chien - 3 BD135 (**4*** couleur, juin 89)
AUTHEMAN	**Vic Valence - 1** BD41 (**4*** couleur, Alfred 87)
BARBE	**Cinémas et autres choses** BD30 (**2***)
BEAUNEZ	**Mes partouzes** BD24 (**3***)
BERNET & ABULI	Torpedo :
	1 - Tuer c'est vivre BD25 (**2***)
	2 - Mort au comptant BD113 (**2***)
BINET	Les Bidochon :
	1 - Roman d'amour BD4 (**3***)
	2 - Les Bidochon en vacances BD48 (**3***)
	3 - Les Bidochon en HLM BD104 (**3***)
	4 - Maison, sucrée maison BD121 (**3***, mars 89)
	Kador :
	Tome 1 BD27 (**3***)
	Tome 2 BD88 (**3***)
BOUCQ	**Les pionniers de l'aventure humaine** BD34 (**6*** couleur)
BRETÉCHER	**Les Gnangnan** BD5 (**2***)
BRIDENNE	**Saison des amours** BD65 (**4*** couleur)
BROWNE	**Hägar Dünor le Viking - 1** BD66 (**3***)
BRUNEL	**Pastiches - 1 / Ecole franco-belge** BD46 (**5*** couleur)
	Pastiches - 2 / Ecole américaine BD115 (**5*** couleur)
CAILLETEAU & VATINE	**Fred et Bob - 1 / Galères Balnéaires** BD108 (**4*** couleur)
CEPPI	**Stéphane - 1 / Le guêpier** BD116 (**5*** couleur)
CHARLES	**Les pionniers du Nouveau Monde - 1** BD103 (**4*** couleur)

CHÉRET & LÉCUREUX	***Rahan / L'homme sans cheveux*** *BD143 (**4*** couleur, mai 89)*
COLLECTIF	***La bande à Renaud*** *BD76 (**4*** couleur)*
	Baston / La balade des baffes *BD136 (**4*** couleur, juin 89)*
COMÈS	***Silence*** *BD12 (**5***)*
	La belette *BD99 (**5***)*
DAVIS & FALK	***Mandrake le magicien*** *BD58 (**4*** couleur)*
DELINX & GODARD	***La jungle en folie*** *BD117 (**4*** couleur)*
DERMAUT & BARDET	*Les chemins de Malefosse :*
	1 - Le diable noir *BD19 (**5*** couleur)*
	2 - L'attentement *BD71 (**5*** couleur)*
	3 - La vallée de misère *BD129 (**5*** couleur, avril 89)*
DÉTHOREY & GIROUD	***Louis La Guigne - 1*** *BD97 (**4*** couleur)*
DRUILLET	***Les 6 voyages de Lone Sloane*** *BD60 (**5*** couleur)*
	Vuzz *BD94 (**3***)*
	Yragaël *BD122 (**5*** couleur, mars 89)*
ÉDIKA	***Débiloff profondikoum*** *BD38 (**3***)*
FOREST	***Barbarella*** *BD49 (**5*** couleur)*
FRANQUIN	***Idées noires*** *BD1 (**3***)*
	Gaston Lagaffe :
	1 - Gala de gaffes *BD17 (**3*** couleur)*
	2 - Gaffes à gogo *BD39 (**3*** couleur)*
	3 - Le bureau des gaffes *BD70 (**3*** couleur)*
	4 - Gaffes en gros *BD100 (**3*** couleur)*
	5 - Gare aux gaffes *BD126 (**3*** couleur, avril 89)*
	Spirou et Fantasio - 1 / L'ombre du "Z" *BD141 (**5*** c., mars 89)*
FRED	***Magic Palace Hôtel*** *BD72 (**4***)*
GIARDINO	***Sam Pezzo - 1 / La souricière*** *BD15 (**3***)*
GILLON	***La survivante*** *BD111 (**6*** couleur)*
GOTLIB	***Pervers Pépère*** *BD8 (**3***)*
	Rhââ Lovely - 1 *BD21 (**3***)*
	Rhââ Lovely - 2 *BD55 (**3***)*
	Rhââ Lovely - 3 *BD131 (**3***, mai 89)*
	Gai-Luron - 1 *BD43 (**3***)*
	Gai-Luron - 2 *BD75 (**3***)*
	Hamster Jovial *BD83 (**2***)*
GOTLIB, LOB & ALEXIS	***Superdupont*** *BD33 (**3***)*
GOTLIB & ALEXIS	***Dans la joie jusqu'au cou*** *BD93 (**3***)*
HART	***B.C. - 1*** *BD79 (**3***)*
	Le magicien d'Id - 1 *BD95 (**3***)*
HERMANN & VERNAL	*Jugurtha :*
	1 - Le lionceau des sables *BD53 (**5*** couleur)*
	2 - Le casque celtibère *BD114 (**5*** couleur)*

JUILLARD & COTHIAS	**Les 7 vies de l'épervier - 1** BD77 (**4★** couleur)
LAUZIER	**Zizi et Peter Panpan** BD23 (**5★** couleur)
LELONG	Carmen Cru :
	1 - Rencontre du 3e âge BD14 (**3★**)
	2 - La dame de fer BD64 (**3★**)
	3 - Vie et moeurs BD119 (**3★**)
LELOUP	Yoko Tsuno :
	- Le trio de l'étrange BD37 (**5★** couleur)
	- La forge de Vulcain BD67 (**5★** couleur)
	- La frontière de la vie BD96 (**5★** couleur)
	- Message pour l'éternité BD125 (**5★** couleur, mars 89)
LIBERATORE	**RanXerox à New York** BD3 (**5★** couleur)
MACHEROT	**Chlorophylle contre les rats noirs** BD51 (**4★** couleur)
McMANUS	**La famille Illico** BD73 (**3★**)
MALLET	**Les petits hommes verts** BD44 (**4★** couleur)
MANARA	**HP et Giuseppe Bergman** BD20 (**5★**)
	Le déclic BD31 (**4★**)
	Le parfum de l'invisible BD105 (**4★**)
MANDRYKA	**Le Concombre masqué - 1** BD110 (**4★** couleur)
MARGERIN	**Ricky VII** BD140 (**4★** couleur)
MARTIN	**Alix / Les légions perdues** BD68 (**6★** couleur)
	Jhen / Les écorcheurs BD106 (**5★** couleur)
	Lefranc :
	1 - Les portes de l'enfer BD82 (**5★** couleur)
	2 - L'oasis BD138 (**5★** couleur, mai 89)
MOEBIUS & JODOROWSKY	**L'Incal - 3 / Ce qui est en bas** BD139 (**5★** couleur)
MORCHOISNE, MULATIER, RICORD	**Ces Grandes Gueules...** BD16 (**4★** couleur)
MORDILLO	**Les meilleurs dessins d'Opus** BD10 (**4★** couleur)
PÉTILLON	Les aventures de Jack Palmer :
	- Mr Palmer et Dr Supermarketstein BD13 (**5★** couleur)
	- La dent creuse BD78 (**5★** couleur)
PICHARD & LOB	Blanche Épiphanie :
	- Blanche Épiphanie BD61 (**4★**)
	- La déesse blanche BD137 (**4★**, avril 89)
PRATT	Corto Maltese
	- La ballade de la mer salée BD11 (**6★**)
	- Sous le signe du Capricorne BD63 (**6★**)
	- Corto toujours un peu plus loin BD127 (**6★**, avril 89)
	Ernie Pike / Premières chroniques BD85 (**4★**)
QUINO	Mafalda :
	- Mafalda BD2 (**4★** couleur)
	- Encore Mafalda BD54 (**4★** couleur)
	- Mafalda revient BD134 (**4★** couleur, juin 89)
	...Panorama BD90 (**2★**)

RAYMOND	**Flash Gordon** BD47 (5★ couleur)
ROSINSKI & VAN HAMME	Thorgal :
	1 - La magicienne trahie BD29 (5★ couleur)
	2 - L'île des mers gelées BD74 (5★ couleur)
	3 - Les trois vieillards du pays d'Aran BD98 (5★ couleur)
	4 - La galère noire BD123 (5★ couleur, mai 89)
SCHETTER	**Cargo - 1 / L'écume de Surabaya** BD57 (5★ couleur)
SEGRELLES	Le mercenaire :
	1 - Le feu sacré BD32 (4★ couleur)
	2 - La formule BD124 (4★ couleur, mars 89)
SERRE	**Les meilleurs dessins** BD6 (5★ couleur)
	Humour noir BD35 (5★ couleur)
	A tombeau ouvert BD86 (5★ couleur, fév.89)
SERVAIS & DEWAMMF	**Tendre Violette** BD42 (5★)
SOKAL	Canardo :
	1 - Le chien debout BD26 (5★ couleur)
	2 - La marque de Raspoutine BD89 (5★ couleur)
STEVENS	**Rocketeer** BD91 (5★ couleur)
TABARY	**L'enfance d'Iznogoud** BD9 (5★ couleur)
TARDI	Les Aventures d'Adèle Blanc-Sec :
	- Adèle et la Bête BD18 (4★ couleur)
	- Le démon de la tour Eiffel BD56 (4★ couleur)
	- Le savant fou BD120 (4★ couleur)
	Brouillard au pont de Tolbiac BD36 (4★)
TARDI & FOREST	**Ici même** BD62 (6★)
TILLIEUX	Gil Jourdan :
	- Libellule s'évade BD28 (4★ couleur)
	- Popaïne et vieux tableaux BD69 (4★ couleur)
	- La voiture immergée BD112 (4★ couleur)
VAN DEN BOOGAARD	**Léon-la-Terreur** BD45 (5★ couleur)
	Léon-la-Terreur atteint des sommets BD118 (5★ couleur)
VEYRON	**L'amour propre** BD7 (5★ couleur)
	Bernard Lermite BD50 (3★)
VICOMTE & MAKYO	Balade au Bout du monde :
	1 - La prison BD59 (5★ couleur)
	2 - Le grand pays BD130 (5★ couleur, juin 89)
WALKER	**Beetle Bailey - 1** BD102 (3★)
WALTHÉRY	Natacha :
	- Natacha, hôtesse de l'air BD22 (4★ couleur)
	- Natacha et le Maharadjah BD52 (4★ couleur)
	- La mémoire de métal BD101 (4★ couleur)
	- Un trône pour Natacha BD132 (4★ couleur, mai 89)
WEYLAND	Aria :
	1 - La fugue d'Aria BD40 (5★ couleur)
	2 - La montagne aux sorciers BD84 (5★ couleur)
YOUNG CHIC	**Blondie** BD87 (3★)

Littérature

extrait du catalogue

Cette collection est d'abord marquée par sa diversité : classiques, grands romans contemporains ou même des livres d'auteurs réputés plus difficiles, comme Borges, Soupault, Goes. En fait, c'est tout le roman qui est proposé ici, Henri Troyat, Bernard Clavel, Guy des Cars, Alain Robbe-Grillet, mais aussi des écrivains tels que Moravia, Colleen McCullough ou Konsalik.

Les classiques tels que Stendhal, Maupassant, Flaubert, Zola, Balzac, etc. sont publiés en texte intégral au prix le plus bas de toute l'édition. Chaque volume est complété par un cahier photos illustrant la biographie de l'auteur.

ADLER Philippe	**C'est peut-être ça l'amour** 2284/**3★**
	Les amies de ma femme 2439/**3★**
AMADOU Jean	**Heureux les convaincus** 2110/**3★**
ANDREWS Virginia C.	Fleurs captives :
	- Fleurs captives 1165/**4★**
	- Pétales au vent 1237/**4★**
	- Bouquet d'épines 1350/**4★**
	- Les racines du passé 1818/**4★**
	- Le jardin des ombres 2526/**4★**
	Ma douce Audrina 1578/**4★**
ANGER Henri	**La mille et unième rue** 2564/**3★** (avril 89)
APOLLINAIRE Guillaume	**Les onze mille verges** 704/**1★**
	Les exploits d'un jeune don Juan 875/**1★**
ARCHER Jeffrey	**Kane et Abel** 2109/**6★**
	Faut-il le dire à la Présidente ? 2376/**4★**
ARTUR José	**Parlons de moi y a que ça qui m'intéresse** 2542/**4★**
AUEL Jean-M.	**Les chasseurs de mammouths** 2213/**5★** & 2214/**5★**
AURIOL H. & NEVEU C.	**Une histoire d'hommes** 2423/**4★**
AVRIL Nicole	**La disgrâce** 1344/**3★**
	Jeanne 1879/**3★**
	L'été de la Saint-Valentin 2038/**2★**
	La première alliance 2168 /**3★**
AZNAVOUR-GARVARENTZ	**Aïda Petit frère** 2358/**3★**
BACH Richard	**Jonathan Livingston le goéland** 1562/**1★** illustré
	Illusions 2111/**2★**
	Un pont sur l'infini 2270/**4★**
BALZAC Honoré de	**Le père Goriot** 1988/**2★**
BARBER Noël	**Tanamera** 1804/**4★** & 1805/**4★**
BATS Joël	**Gardien de ma vie** 2238/**3★** illustré
BAUDELAIRE Charles	**Les Fleurs du mal** 1939/**2★**
BEAULIEU PRESLEY Priscillia	**Elvis et moi** 2157/**4★** illustré

BENZONI Juliette	Un aussi long chemin 1872/4*
	Le Gerfaut des Brumes :
	- Le Gerfaut 2206/6*
	- Un collier pour le diable 2207/6*
	- Le trésor 2208/5*
	- Haute-Savane 2209/5*
BEYALA Calixthe	C'est le soleil qui m'a brûlée 2512/2*
BINCHY Maeve	Nos rêves de Castlebay 2444/6*
BISIAUX M. & JAJOLET C.	Chat plume 2545/5*
BOMSEL Marie-Claude	Pas si bêtes 2331/3* illustré
BORGES & BIOY CASARES	Nouveaux contes de Bustos Domecq 1908/3*
BOURGEADE Pierre	Le lac d'Orta 2410/2*
BOVE Emmanuel	Mes amis 1973/3*
BRADFORD Sarah	Grace 2002/4*
BRISKIN Jacqueline	La croisée des destins 2146/6*
BROCHIER Jean-Jacques	Odette Genonceau 1111/1*
	Villa Marguerite 1556/2*
	Un cauchemar 2046/2*
	L'hallali 2541/2*
BURON Nicole de	Vas-y maman 1031/2*
	Dix-jours-de-rêve 1481/3*
	Qui c'est, ce garçon ? 2043/3*
CALDWELL Erskine	Le bâtard 1757/2*
CARS Guy des	La brute 47/3*
	Le château de la juive 97/4*
	La tricheuse 125/3*
	L'impure 173/4*
	La corruptrice 229/3*
	La demoiselle d'Opéra 246/3*
	Les filles de joie 265/3*
	La dame du cirque 295/2*
	Cette étrange tendresse 303/3*
	L'officier sans nom 331/3*
	Les sept femmes 347/4*
	La maudite 361/3*
	L'habitude d'amour 376/3*
	La révoltée 492/4*
	Amour de ma vie 516/3*
	La vipère 615/4*
	L'entremetteuse 639/4*
	Une certaine dame 696/4*
	L'insolence de sa beauté 736/3*
	J'ose 858/2*
	La justicière 1163/2*
	La vie secrète de Dorothée Gindt 1236/2*
	La femme qui en savait trop 1293/2*

	Le château du clown 1357/4*
	La femme sans frontières 1518/3*
	Les reines de coeur 1783/3*
	La coupable 1880/3*
	L'envoûteuse 2016/5*
	Le faiseur de morts 2063/3*
	La vengeresse 2253/3*
	Sang d'Afrique 2291/5*
	Le crime de Mathilde 2375/4*
CARS Jean des	*Elisabeth d'Autriche* 1692/4*
CASTELOT André	*Belles et tragiques amours de l'Histoire* 1956/4* & 1957/4*
CASTRIES duc de	*Madame Récamier* 1835/4*
CATO Nancy	*L'Australienne* 1969/4* & 1970/4*
	Les étoiles du Pacifique 2183/4* & 2184/4*
	Lady F. 2603/4* (juin 89)
CESBRON Gilbert	*Chiens perdus sans collier* 6/2*
	C'est Mozart qu'on assassine 379/3*
CHABAN-DELMAS Jacques	*La dame d'Aquitaine* 2409/2*
CHASTENET Geneviève	*Marie-Louise* 2024/5*
CHAVELET É. & DANNE J. de	*Avenue Foch* 1949/3*
CHEDID Andrée	*La maison sans racines* 2065/2*
	Le sixième jour 2529/3*
CHOW CHING LIE	*Le palanquin des larmes* 859/4*
	Concerto du fleuve Jaune 1202/3*
CHRIS Long	*Johnny* 2380/4* illustré
CLANCIER Georges-Emmanuel	Le pain noir :
	1- Le pain noir 651/3*
	2- La fabrique du roi 652/3*
	3- Les drapeaux de la ville 653/4*
	4- La dernière saison 654/4*
CLAUDE Madame	*Le meilleur c'est l'autre* 2170/3*
CLAVEL Bernard	*Lettre à un képi blanc* 100/1*
	Le tonnerre de Dieu 290/1*
	Le voyage du père 300/1*
	L'Espagnol 309/4*
	Malataverne 324/1*
	L'hercule sur la place 333/3*
	Le tambour du bief 457/2*
	Le massacre des innocents 474/1*
	L'espion aux yeux verts 499/3*
	La grande patience :
	1- La maison des autres 522/4*
	2- Celui qui voulait voir la mer 523/4*
	3- Le cœur des vivants 524/4*
	4- Les fruits de l'hiver 525/4*

459

Impression Brodard et Taupin
à La Flèche (Sarthe) le 16 mars 1989
6482A-5 Dépôt légal mars 1989
ISBN 2-277-12459-1
1er dépôt légal dans la collection : mars 1978
Imprimé en France
Editions J'ai lu
27, rue Cassette, 75006 Paris
diffusion France et étranger : Flammarion